Stefan Zweig

# 一个
# 陌生女人的
# 来信

〔奥地利〕斯·茨威格 著　　张玉书 等 译

人民文学出版社

图书在版编目（CIP）数据

一个陌生女人的来信/（奥）斯·茨威格著；张玉书等译. —北京：人民文学出版社，2017（2024.2重印）
ISBN 978-7-02-013313-0

Ⅰ. ①一… Ⅱ. ①斯…②张… Ⅲ. ①中篇小说—奥地利—现代 Ⅳ. ①I521.45

中国版本图书馆 CIP 数据核字(2017)第 213514 号

责任编辑　欧阳韬
装帧设计　李思安
责任印制　王重艺

出版发行　人民文学出版社
社　　址　北京市朝内大街 166 号
邮政编码　100705

印　　刷　大厂回族自治县彩虹印刷有限公司
经　　销　全国新华书店等

字　　数　231 千字
开　　本　880 毫米×1230 毫米　1/32
印　　张　10.75　插页 1
印　　数　20001—30000
版　　次　2019 年 5 月北京第 1 版
印　　次　2024 年 2 月第 5 次印刷

书　　号　978-7-02-013313-0
定　　价　42.00 元

# 目　次

# 前言

茨威格初登文坛时，是以抒情诗人的面貌出现的，接着又进行戏剧创作。奥地利作家，不少是诗人、小说家兼剧作家，施尼茨勒、霍夫曼斯塔尔和茨威格均是如此。早在大学时代，茨威格已先后发表了两部诗集《银弦集》和《早年的花环》。茨威格作为作家，可以说是少年得志。

大学二年级时，茨威格到柏林去学习了一个学期，主要时间不是用在课堂里听讲，而是用来认识社会，认识人生。

柏林之行开阔了茨威格的视野。他生活在富裕的维也纳市民阶层，来往的都是有教养有地位的上层社会男女，何尝接触过被社会唾弃、生活在社会底层的人物，何尝认识过那些离经叛道、用自己怪异荒诞的艺术作品来和现存社会抗争的现代派诗人和艺术家，又何尝了解社会的阴暗面、臭气冲天的阴暗角落。他走进那些未来派的俱乐部，接触到他从未打过交道的酒鬼、同性恋者和吸毒分子等遭到社会摒弃的人，接触到一个他见所未见闻所未闻的世界。人生是那样的广袤无垠，光怪陆离，五光十色，有光明有黑暗，有善有恶。更重要的是善中有恶，恶中有善。一切闪光的并非全是金子，而一切乌黑的也并不全是粪土！他于是懂得了生活的广度和深度，也懂得了文学应有的广度和深度，当时初次接触到的陀思妥耶夫斯基的长篇小说《卡拉玛佐夫兄弟》就是活生生的典范，茨威格于是深思了。

茨威格本来感到踌躇满志，这是一个初露头角的青年作家惯有的心态，但是他有足够的自知之明，能够客观地分析和比较自己的作品和名家的杰作，找出差距。他还太稚嫩，太肤浅，必须学习学习再学习。为了表示自己的决心，他把一本几乎已经完成的长篇小说付之一炬，并且下定决心，先不忙着写作，而是听从德默尔的忠告，先通过翻译向名家学习，再从事写作，尤其不要贸贸然动手写长篇！

翻译是挑战。它要求译者以同样典雅的文体，同样优美的语言来再现原著的辉煌。多少译者由于才力不济，把令人赞叹不已的杰作译得面目全非，读来兴味索然，多少译文由于光彩全无使得原作者也因而蒙受不白之冤。翻译如架桥过河，由于架不好桥，无从过河的事时有发生。所以当好译者在某种意义上也意味着当好作者。当然，翻译和写作并不是一回事，成功的翻译家未必都能成为杰出的作家。写作还需要实践，尤其需要生活，茨威格的生活积累还不够丰厚。

他似乎陷入了一个写作的危机，实际上他是登上了一个新的高度。当他登上一个新的高峰时，他可以居高临下地俯瞰自己过去的作品，他赢得了一个相当大的距离，可以不带偏见相当客观地评论自己的作品，就像评论别人的创作一样。他花了三年时间，在集中精力从事翻译的同时，深入生活，学习写作，创作了他最初的中短篇小说。

他的第二部诗集《早年的花环》并不意味着突破。他的第一部诗剧《特西特斯》，尽管轰动一时，也只能视为这位才气横溢的青年作家一次成功的尝试。

真正的突破是他的中短篇小说。二十世纪欧洲文坛上有三位作家被公认为是出类拔萃的中短篇小说家,他们是俄国的契诃夫、法国的莫里亚克和奥地利的茨威格。而作品译文的语种之多,销售量之大,则以茨威格为最。

茨威格在少年时代发现的一个秘密,乃是成年人在爱情婚姻上的虚伪。他们装出道貌岸然的样子,其实在爱情生活上表现了惊人的两重性,这一发现使少年茨威格深受震动。他于一九一一年发表的小说集《早年的经历》,从不同的角度描写和处理了这一问题,实际上是写他自己成熟过程中对周围世界的发现和感觉。

《夜色朦胧》是这个集子里的第一篇,写的是一个少年在夜色朦胧之中和一个神秘的少女度过了几个销魂荡魄的夜晚而始终不知道这迷人的女神究竟是谁。他的三个表姐,还有其他女眷,都有可能,又都不可能。他探询、查考,终不得解。故事扑朔迷离,夜间激情似火,白天冷若冰霜,使少年陷于迷惘。他一直把二表姐误认为是那个默默不语和他共度良宵的仙女,把她供在心里,把纯真的爱奉献给她。为了看她一眼,他爬上她窗前的大树,最后从树上摔下,折断腿骨。这个爱的哑谜使他痛苦,也给他带来神秘的欢乐。可是在他卧床养伤的时候,这个夜色朦胧中的女神飘然而至,露出了自己的真实面貌。出乎意料的是,这位女神不是他朝思暮想的二表姐,而是他根本没有想到过的三表姐。他简直以为自己身在梦中,那是朦胧夜色之中产生的令人难以置信的幻梦。

茨威格用印象主义手法描绘朦胧夜色中的花园和令人目迷

神眩的幽会：

夜色朦胧，万籁俱寂，馥郁的浓香，使人心醉，泄露了淹没在黑夜之中的似锦繁花。泉水淙淙，树影幢幢，更使人感到花园的幽深，林木的茂密。

夜，神秘莫测，清凉静谧，暑热消退，喧声尽逝。少年的心里可并不平静，青春在骚动，激情在翻腾，朦胧的渴望，无名的怅惘驱使他在林间徘徊，在树下踯躅。突然间一道白光，一缕轻纱，一片浮云，从天外飞来一个仙女，从夜空降落一位女神，像朦胧的夜色一样虚无缥缈，似真似幻，来似春风去如朝露，飘然而至，倏然而逝，只留下荡气回肠的回忆，嗒然若失的怅惘。这意外的艳遇，销魂的时光，激情如火，柔情似水，像一阕迷人的夜曲，诗意盎然，动人心弦，汇成小说《夜色朦胧》的主旋律。

一到白天，这阕浪漫主义的夜曲便戛然而止，神话世界变成了现实世界，诗意顿消，朦胧的夜色变成刺眼的强光，清幽静谧的林间小径代之以笑语喧哗的豪华客厅。激情如火，柔情似水的仙女再也不见踪影。现实中只有贵族小姐，上流社会的女子。她们全都娴雅端庄，神情高傲，态度凛然。这些冷若冰霜、稳重审慎的小姐当中竟会有一人和他共度销魂荡魄的夜晚，向他揭示爱情的秘密，让他痛饮人生欢娱的香醇、醉人的玉液琼浆！在朦胧的夜色中，在幽静的树林里，这位谜样的女主人公卸去了白天骄矜的面具，露出怀春少女的本来面目，渴望着爱情的欢乐，毫不忸怩作态。然而她毕竟还是这个阶层的特殊产物，即使在恋情正浓，最为销魂的瞬间，她也不忘保守秘密，绝不让少年知道她究竟是谁。为了不让少年探明她的底细，她一声不吭，一字不吐，宁可忍受巨大的痛苦。因为一出声就会泄露自己的声音，让人知道她是何人。她像精灵一样，出没于朦胧的夜色之中，来去飘忽，行踪诡秘，是娇羞？是顾虑？还是视爱情为儿戏的习惯和本能？啊，这奇怪的变幻，白昼和黑夜，现实和虚幻，热烈和冷淡，矫饰和纯真，像两个旋律交替出现，把这不谙世事的少年弄得目眩神迷。是他经历了一场幻梦，梦见仙女下凡，还是这些小姐善于装假，使人真伪莫辨？这扑朔迷离的昼夜变幻，给他欢乐，给他痛苦，使他意外地钟情，使他过早地失恋。如果说这也是伦勃朗光与影对照的技法，那么这个朦胧夜色中发生的迷人故事，则是为了衬托出强光照射下白昼的现实生活业已失去纯真，变得虚伪矫饰。

这离奇的故事说明上层社会奇怪的双重道德。这对于涉世未深、真情未泯的少年自然是个痛苦的洗礼。真相大白之后他反而大失所望，感到受骗，受到愚弄，他纯真的初恋被人戏耍。这意外的爱情经历和奇特的失恋之苦，给他留下苦涩的回味，难以磨灭的伤痕。他带着一条跌断后重新治愈的腿和一颗受伤后难以愈合的心离开了表姐们，告别了少年时代，走进了更加扑朔迷离、真伪难辨的成年人世界。

一九二二年出版的小说集《马来狂人》，标志着茨威格的写作已达到了成熟期。《一个陌生女人的来信》是一个对爱情忠贞不贰的痴情少女的绝笔。她在十三岁时便暗恋着邻居青年作家 R。五年后她重返维也纳，每天到他窗下等候，被他误认为卖笑女郎，但她绝不向他暴露身份，绝不向他呼救求援，默默地承受着生活的重担、社会的歧视、贫困的折磨和疾病的摧残。这种无所企求、真挚无私、充满献身精神的爱，在肉欲横流、金钱肆虐的时代，更显得超凡脱俗、凄婉动人。一朵鲜花在隐蔽的角落无声无息地枯萎，只有这一叠素笺发出震撼人心的无声叙述，像从另一个世界吹来一阵凄惨的冷风，带来一股不能得到的信息，已逝者的信息，使我们想起一个悄然逝去、饮恨终身的无名女子的悲伤心曲。

《马来狂人》是茨威格的代表作之一，与《一个陌生女人的来信》齐名。

《马来狂人》描写印度洋上的赤道之夜，郁闷炎热，令人窒息。船舷旁黑暗的角落里，有一个借酒浇愁的怪人。从他的嘴里，我们听到了一个惊心动魄的故事：一个德国医生，由于偶然的过失，流落在亚洲热带丛林中苦熬岁月。突然有一位美丽的贵妇人奇迹似的闯入他的生活，求他帮她堕胎。他同意干这违法的事情，条件是：她必须委身于他。这个高傲的女人向他报以一声轻蔑的长笑，转身离去。他像马来狂人似的对她穷追不舍。

这个生性高傲、宁死也不愿受辱的女人，不幸做了商人妇，内心苦闷，在追求爱情自由的过程中不幸怀孕，在求救时，又不幸遇见了一个乘人之危的医生。于是她铤而走险，不惜冒生命危险，让一个无知的老妪为她堕胎，最后流血不止，悲惨地死去。这说明她绝非生性轻浮。她爱名誉甚于生命。弥留时，她并不追悔往事，只怕死后名声受到玷污。

医生发狂似的跟踪追去，不再是为了满足自己的欲望，而是为了向她提供帮助。他虽然在某种意义上促使这个女人采取下策，造成她的死亡，但是在她死后，他却成了她遗嘱的执行者，为捍卫她的名誉不惜舍弃自己的生命。他以决死的态度迫使法医签署“暴病身亡”的验尸证明。然后他放弃一切，乘上返回欧洲的海轮，暗中守护着她的灵柩。在她丈夫打算移棺上岸，以便开棺验尸的紧急关头，他从船上纵身跳下，和铅棺一起沉入海底，以生命为代价履行了自己在死者弥留时许下的诺言。这些行动虽然不能完全抹杀他过去的卑劣行径，至少在一定程度上表现了他补赎前愆的诚意。

茨威格在《马来狂人》这篇小说里，不仅仅是要叙述一个离奇的故事，而是通过心理分析的方法让我们看到人的灵魂深处各种激情的波动。就是这些内心世界的惊涛骇浪，造成了主人公的悲剧命运，使得表面看来怪异荒诞的现象变得合情合理。茨威格不是用犀利的解剖刀和外科医生的客观冷静态度解剖人的灵魂，然后不动感情地写下病历和诊断书；作者在发掘人物内心、刻画人物命运的时候，显然充满了同情。作者动情，作品才能动人。这是他的作品直扣人们心扉、引起人们共鸣的一大秘诀。

《夜色朦胧》和《马来狂人》出自同一个作者的笔端，然而风格迥异，情趣不同。相同的只是细腻深刻的心理分析，以及蕴藏在作品中的强烈激情和浓郁诗意。

茨威格的特色在于对心灵的挖掘，他把我们引入一个奇妙的世界，似曾相识却又陌生。这就是人们的内心世界。我们看到的芸芸众生，日出而作，日入而息，生活平静，外表平静，没有战乱，没有灾祸，没有使人大悲大喜的原因，然而人们的内心却如波涛汹涌的大海，潮涨潮落，骚动不宁，内在的激情、愿望、冲动在翻腾。《马来狂人》中的那位男主人公，生活在丛林里，炎热的天气、单调的生活、难熬的孤寂，使得这位医生的心早就像一根绷紧的弦，潜藏着无穷无尽的能量。待到那位商人的妻子飘然而至，他内心的狂涛便再也控制不住，于是情节便以令人喘不过气来的惊人速度发展，一泻千里，直到悲剧的结尾。我们眼前只看见一个人在飞奔，骚动不宁的内心驱使他一往无前。他想救她，想帮助她，想防止她跳进毁灭的深渊。可是她也在飞奔，她是在逃避这个对她不安好心的男人，她在维护自己的尊严，她在逃向死亡。小说的情节是平淡的。没有海啸台风，没有雷鸣电闪，没有隆隆炮声，没有人喊马嘶，然而在这两个人的心里，却是怒潮起伏，狂涛激荡。一个在奋力地追，一个在没命地逃；一个急于表白、急于道歉、急于警告，另一个在愤怒地谴责、厌恶地唾弃、恐惧地惊叫。而这一切都在无言之中进行。

一九二七年茨威格发表了他的又一部中短篇小说集《感情的混乱》。顾名思义，这里收集的小说也是偏重感情世界的种种纠葛。其中《一个女人一生中的二十四小时》讲一个年轻的赌徒，沉溺太深不能自拔，小说中的女主人公出于同情，为了挽救他，给他以温情。然而缱绻柔情也敌不过赌瘾，他终于走上了绝路，开枪自杀。小说着重描写他的一双手，这双手反映出主人公复杂的感情：焦急的等待、迫切的期望、泰然自若、失望颓丧、孤注一掷、心灰意冷。这种病态的激情在生活中有，在伟人身上也有表现。俄国伟大的作家陀思妥耶夫斯基一度是个赌徒，曾在一夜之间把一切全都输光。这种内在的激情是人的内心世界的组成部分。

茨威格的中短篇小说不仅限于以上三部小说集；还有一些脍炙人口的名篇散见于报纸杂志，反映生活的不同侧面，表现不同人物和题材。

茨威格生前发表的最后一部小说《象棋的故事》,是一篇优秀的反法西斯小说。它和为数甚多的反映法西斯暴行的文学作品不同,不是着力描写集中营里党卫军如何施虐,集中营外盖世太保如何疯狂,不描述人们熟知的皮肉痛苦,无数的鲜血、酷刑,无数的呻吟、哀号,而突出的是法西斯的"文明"的暴行。看上去不打不骂,也无强制苦役,不受冻,不挨饿,单人独住,不上手铐脚镣,没有威胁恐吓,然而这种无形无声的酷刑对人的精神摧残,比严刑拷打有过之无不及。他让人看到,与世隔绝、被人遗忘,生活在真空、虚无之中,会对人的心灵造成多么难以忍受的压力,对人的心灵造成多么巨大的摧残。小说通过主人公B博士的命运让人信服地看到这种酷刑,虽然无声无形,却比有声有形更为凶残!

文艺创作不可能不师法前辈,问题在于如何广采百家之精华,形成独特的风格。艺术的生命在于创新,创新绝不意味着割断历史、不要传统。茨威格的创作究竟算是哪一家哪一派?他认真学习过巴尔扎克、陀思妥耶夫斯基、托尔斯泰、司汤达,同时又热衷于翻译维尔哈伦、魏尔兰、保尔·瓦勒里。他研究过尼采的哲学,也接受了弗洛伊德的学说。他对现代派作家、艺术家的艺术创新,揭露社会的独特手法颇为赞赏。能说他是现代派?可是他对歌德推崇备至,他作品里有非常明显的古典文学烙印。能说他是古典文学的嫡传弟子?我们于是想到海涅的一个具有真知灼见的论断:"对每个天才都必须进行研究,都只能以他想干什么来评判他。这儿需要回答的问题只是:他有没有掌握表现自己思想的手段？他是否使用了正确的手段？这样做才算脚踏实地。我们不再以主观的愿望去框别人的形象，而是努力理解艺术家在体现自己的思想时所拥有的天赋的手段。”

茨威格并没有在表现方式上标新立异。他整个的倾向是写实的，离奇晦涩、怪异神秘的东西与他无缘。尽管他写的人物是被生活压成奇形怪状的畸形人，他们的心灵是扭曲的，但是对他们的表达和描述并不古怪亦不荒诞。他并不是把一些脓血污秽当作珍奇颇有得色地展现在读者面前，而是在描写他们的伤痕和血迹的同时，对他们的不幸倾注了满腔同情。这就不同于自然主义。自然主义者，正如梅林所说，兴致勃勃地去描写肮脏病态的东西，仿佛这不加选择的客观描写本身便是目的。同时也不同于日后的新写实主义，这些人早已心如槁木死灰，可能是哀极而心死，作品有一股冷峻肃杀之气，令人心悸颓丧，悲观消沉，似乎业已看透人生，故而调子低沉。而茨威格的作品里有一股激情，在黑暗中有一线光明。在那些人类渣滓身上，他还要去寻找一丁点可以肯定的符合人性的东西。这样人们的失望之中还有一点希望，在颓丧之余还有些许慰藉。这就是他称之为理想主义的东西。

茨威格善于采百花之蜜，取百家之长来为己所用，并且予以发展，成为独创。在他的小说中，例如《夜色朦胧》的开头，不仅可以看出印象主义手法的痕迹，甚至可以追溯到德国浪漫主义大师的文学宝库，但是故事的完整、情节的安排、诗意的气氛，又可以看出古典大师的影响，合在一起就形成他自己独特的风格。

茨威格的作品偏重感情生活，着重内心世界。在他的小说里，没有众多的人物，没有宏伟的场面，没有惊心动魄、曲折离奇的情节，功夫在内心矛盾的刻画和描绘，内心世界的发掘和解剖。他不仅善于运用内心独白，也善于运用情景交融的客观描绘或第三者叙述等手法。总之，为了达到目的，任何艺术手段均可为我所用。不是为技巧而技巧，而是有自己的艺术目的、思想目的。抒情的气氛，生动的情节，深刻的心理刻画，丰富的思想内涵，全都包括在内。而这一切恰好是各种读者从自己不同的艺术趣味的角度出发都会欢迎的。这就是他成功的秘诀。

茨威格着重刻画内心，但也不忽视故事情节，他喜欢以第一人称叙述，而为了使人物能真的倾吐衷情，必须设置特殊的环境。叙述者不可能无动于衷地叙述，再客观也难免有主观感情色彩。以《马来狂人》为例，这些情节实在也是心理分析所必需的。我们从茨威格得到的启发是：对任何技法不存偏见，不以个人爱憎决定取舍。现代派文学的手法当年对茨威格而言，是真正的新奇，真正的新颖。他吸取其中的滋养，可并未变成它们的奴隶。就题材而论，他并不限于施尼茨勒的“爱与死”，就技法而论，他也没有写过一篇纯“内心独白”的小说，便是心理分析法，他也是按照自己的方式，通过种种途径来进行，或描写历史画卷，或刻画内心活动，或用情景交融的手法，而且特别与众不同的是，他的小说总笼罩着一股或浓或淡的诗意气氛，这大概和他从写诗起家是密不可分的。

心理分析是茨威格小说的一大特点，意识流的手法也是茨威格经常采用的手法，人们往往把茨威格的作品当作弗洛伊德学说的注解，仿佛茨威格也是一个典型的意识流派小说家。可是罗曼·罗兰说:“能用一个定义全面概括的作品,都是毫无生命的死物。”茨威格的作品恰好充满生机,半个世纪来,读者对之始终兴趣盎然。显然,茨威格学习了意识流派的手法,而没有亦步亦趋地模仿这一派的写作技巧。了解一下茨威格对意识流小说的态度,有助于进一步了解茨威格。

意识流小说对传统的小说而言,是一个突破,是一种变革,有别于传统,开拓了新的天地,展现了新的有待开发的处女地,也就是茨威格在评价弗洛伊德时说的那些“显现在地上,又深埋在地下”,被人“庄严地宣布为禁区”的“情欲世界”。照理这样的小说应该是人们喜闻乐见、百读不厌的读物才是,但是实际情况并不是这样。我们举乔伊斯的《尤利西斯》为例,关于这部小说的艺术成就,很多学者在文学史和文学专著里面都有很多论述,我们就不在这里一一列举,只介绍一下茨威格自己对这部小说的评论。

一九二八年茨威格读了《尤利西斯》以后,写了一篇《詹姆斯·乔伊斯的〈尤利西斯〉简介》。文章一开头茨威格便写道:

“使用说明:请先找一个结实的支点,这样在阅读这部篇幅无比浩瀚的长篇小说时,不必从头到尾把书捧在手里,因为此书几乎长达一千五百页,拿在手里沉甸甸的,活像一个铅块。”他提到,有人把这本书捧为“本世纪最伟大的散文作品”和“我们时代的荷马史诗”。他警告读者在阅读的时候,心里不要产生“稀奇古怪的种种期待”。而要“拿出全部耐心和公正(因为阅读时也会恼火)”,然后再开始阅读。第二部分,他提到:“种类:这是一部长篇小说吗?不是,根本不是:这是从人的精神里产生出来的一团混乱,是一首宏伟壮观的狂想曲,是在头脑里演出的稀有罕见的瓦尔普吉斯的狂欢之夜①，一部描写心理状态的电影，它以飞快的速度一掠而过，微微震颤。与此同时，辽阔宽广的心灵景色充满了才气横溢、灵巧精美的细节描绘，摇摇晃晃地从你眼前闪过，双重的思想、三重的思想、各式各样的思想重叠映现，杂乱无章，拥挤不堪，蜂拥而来。是心理学的一次纵酒狂欢，配备了一台新式技巧的速拍缓映机，把人的每一个动作，每一个内心波动都分解成它们所含有的原子。是潜意识的一支塔兰苔拉舞曲，奔放，疯狂，各种念头飞快旋转，汹涌奔流，把正好横在路上的一切，不加选择全都一起冲走，最崇高的思想和最平淡的想法，光怪陆离的念头和弗洛伊德式的观念，神学著作和淫秽文字，抒情的典雅词句和马车夫的粗鄙俚语，全都混杂在一起——可以说是一片混沌，但是它并不是一个酩酊大醉的兰波②式的头脑做的一场昏梦，酒意正浓，昏昏沉沉，鬼迷心窍，神志不清，而是由一个思想犀利、讥消成性、玩世不恭的知识分子放肆大胆地故意安排的。读的时候，你会高兴得大声喊叫，恼火得暴跳如雷，你会疲乏不堪，又感到被人一鞭抽醒，最后昏昏欲睡，仿佛乘坐了十小时旋转木马，或者一刻不停地在听着音乐，先是那种刺耳的、笛音一样尖利的音乐，然后又是鼓号齐鸣震耳欲聋的音乐，爵士乐队奏出的粗犷狂野的音乐，可是自始至终是詹姆斯·乔伊斯的有意识地现代化了的语言音乐，在这里投身到一种精巧至极的语言狂欢会中去，这是曾经在世界上所有的

① 典出歌德《浮士德》第一部，传说每年四月三十日至五月一日之间的夜晚，魔鬼和女巫们在布罗肯山山顶举行狂欢聚会，由于五月一日是督伊德教的圣瓦尔普吉斯瞻礼日，故“瓦尔普吉斯之夜”成为巫魔狂欢夜的代用语。

② 阿尔图尔·兰波（1854—1891），法国象征派诗人。

语言里进行过的最为精巧的语言狂欢会之一。在这本书里,有一些英雄主义的东西,同时也有一些东西抒情地模仿着艺术,所以说这是货真价实的一片混乱,是黑乎乎的一大团,在这里面魔鬼以最最放肆大胆、最最挑动人心的方式,嘲弄着神圣的精神,怪里怪气地扮演着精神,然而,这是空前绝后的,难以重复的,新颖别致的。”

最后茨威格对这本书进行了一个综合的评述。“综述:此书是一块月球上的陨石,头朝下一跤跌进了我们的文坛,是个了不起的壮举,一本空前绝后的奇书,奇幻无比,只许出自这一个人的手笔,这是一个顽强的个人主义者,一个独来独往的天才所进行的英雄主义的试验。没有荷马史诗的特点,丝毫没有。荷马的艺术在于脉络清晰,线条纯净,而这张荧光闪烁的屏幕,反映的是精神冥府,正是由于它画面飞驰而过,才吸引着人们的心灵。”茨威格在这里明确指出,这本书是个“绝无仅有的试验,任何比较都无法进行”。尽管他在全文的最后提到:“人类将像对待一切神秘莫测之物一样对它肃然起敬,反正今天已经如此,人类向这个偏执的、猛烈的、诱人的成就致敬,向詹姆斯·乔伊斯表示敬意,敬意”;但是他在结尾之前却预言,乔伊斯的试验是无法模拟,因而也不会传宗接代的。茨威格说,乔伊斯的这本书“和谁也不配对,大概因而也不会产生后代”。

茨威格以他独特的语言,对这本小说,对这样一种所谓纯意识流的小说进行了极为深刻的分析。既然我们写作是为了赢得读者,是为了让读者得到艺术的享受,那么我们就不能把我们的作品创造得和真正的意识流那样混杂。文学毕竟不是杂乱的人的意识的翻版，这样做就完全违背了文学的初衷，完全失去了文学的价值。所以，尽管茨威格在这里也使用了相当多肯定和褒扬的言辞，但实际上他认为这种作品和文学史上的大师们的名著是不能相提并论的。它不同于荷马史诗，也不同于陀思妥耶夫斯基的小说。它天马行空，独来独往，前无古人，后无来者，只能成为文学史上一个异象，而不可能成为人们学习的范文。它注定是没有后代的。

事实上现代文学中涌现出来的脍炙人口的作品，几乎都采用了意识流的手法，但是没有一个作家会头脑发昏到去模仿《尤利西斯》的地步。我们也许可以这样说，意识流或者内心独白，作为表现人们内心世界的文学技巧和手段是成功的、有效的，但如通篇以再现人的意识的杂乱无章为目的，恐怕很难成功。

文艺毕竟不是哲学、政治，单单运用思维而不诉诸人的感情，很难发挥文艺的功效。席勒说悲剧能给人以快感，使人的心灵涤荡，起到净化的作用，就是建立在文艺有动人心魄之力这一前提之上。而要刻画人的感情，必须展示人们的内心世界。茨威格的长处，恰好在于表现人们心灵时的深度。他是出于这方面的需要才采用心理分析、内心独白这些手法。他不是小说写作技巧的革新者，而是运用多种表现手法取得成功者；他不去追求形式的新，而是追求内容的新，只有内容上达到了新颖和深邃，作品才会厚重并吸引人。

这些特点，使得茨威格的作品在今天还深受世界各国读者的欢迎。几十年来，茨威格在中国找到越来越多的热情读者，证明他的优秀作品已经越过不同语言、不同文化和自然条件造成的鸿沟,使他成为中国作家和中国读者的挚友。但愿这本茨威格中短篇小说选能为他在中国赢得更多的知己。

张玉书

二〇〇六年一月于蓝旗营

# 夜色朦胧*

是不是风儿吹来，又把雨意带到城市的上空，所以骤然间我们屋里变得这样昏暗？不！空气纯净如银，宁静安谧，这是今年夏季少有的好天气，但是天色已晚，我们竟然没有觉察。只有对面屋顶的窗户还闪烁着淡淡的落日余晖，屋脊上方的天空已经布满了金色的烟霞。再过一小时就要暮色四合。这真是奇妙的一小时，因为再也没有比渐渐消退、渐渐黯淡的颜色看上去更美丽的了。然后屋里便是一片昏黑，暮霭从地面冉冉升起，最后浓黑的浪潮无声无息地击向四壁，把我们载入深沉的黑暗。这时候倘若有两个人相对而坐，无言相望，就会觉得对方那张亲切的面孔显得比原来更加苍老、更加陌生、更加遥远，仿佛彼此之间从来也不怎么熟识，好像隔着一个辽阔的空间和许多年月在遥遥相望。可是你说，此刻你不愿保持沉默，否则听到钟表的嘀嗒声和彼此的呼吸声心情会过于苦闷，钟表把时间切成千百个细小的碎片，而寂静中响起的呼吸声听上去颇像病人的呻吟。要我现在讲点什么给你听，好啊。当然不是讲我自己，因为我们生活在这里，一座城市紧挨着另一座城市，无尽头地延伸，是没有

---

* 本篇于一九一一年在小说集《最初的经历》（莱比锡海岛出版社出版）中首次发表。

多少生活经历的，或者说，我们觉得生活是这样平淡，因为我们还不知道，究竟什么东西是真正属于我们的。此时此刻，其实最好缄默不语，可我偏要给你讲一个故事，我希望，这个故事也染上一抹温暖的、柔和的、波动的朦胧的光，这朦胧的光像一层帷幕正在我们窗前飘动。

我不知道，这个故事是怎么浮现在我脑海里的。我记得，今天下午天时还早，我只是在这儿坐了一阵，看了会儿书，然后撂下书蒙蒙眬眬地陷入梦幻之中，也许业已进入梦乡。突然我看见这儿有人影晃动，他们沿着墙壁一掠而过，我可以听见他们的谈话，可以看见他们的举动。可是等我正想目送这些行将消逝的人影时，我倏地惊醒，又是孑然一身。那本书已掉在我的脚边。我拾起书来，寻找方才的人影，我在书里再也找不到那个故事。仿佛这个故事已从书的篇页里落进我的手里，或者书里从来就没有那个故事。说不定我是在梦里见到的或者是在哪一朵五彩缤纷的云彩里读到的，这些云彩今天从遥远的国度飞到我们的城市，把长久以来压抑着我们的雨意带走。或许我是由那首朴素的古老歌曲听到这个故事的，那轧轧作响的手摇风琴不是正那样忧伤地在我们窗下演奏着这支歌吗？或许是有人多年前把它说给我听的？我记不清了。这种故事常常涌到我的面前，我像戏水似的让这些故事里发生的事情从我指缝里流去，没有抓住它们，就像人们从麦穗和长茎花卉旁边走过，轻轻抚弄而不攀折一样。我只是在梦中经历了一番这个故事，先是一幅突兀而起、色彩斑斓的图画，渐渐引到一个比较柔和的结尾，可是我没有攫住它。然而你今天要听我讲个故事，我现在就把它讲给你听，此时此刻，朦胧的夜色已经使我们心里渴望见到五光十色、流动活跃的东西在我们眼前熠熠发光，并在灰暗中变得越来越黯然失色。

我该怎么开头呢？我觉得，应当把一个瞬间从黑暗中突显出来，突出一幅图画和一个人，因为在我心里这些古怪的梦境也是这样开头的。现在我可想起来了。我看见一个身材修长的少年正从一座府邸宽阔的台阶上走下来。时间是在夜里，只有微弱的月光，可是我像用一面雪亮的镜子把他那柔软灵巧的躯体照得轮廓分明，把他面部的特征看得一清二楚。他美得异乎寻常。黑色的头发梳得带点稚气，平平地垂落在有点过于高爽的额头上。在黑暗中，他向前伸出两手，为的是感受一下被太阳晒透了的空气的温暖，这双手非常娇嫩秀气。他的步态迟迟疑疑。他像做梦似的走下台阶，走进这座有许多圆形树木在飒飒作响的大花园，唯一的一条宽阔的大路像一道白色的小桥横贯全园。

我不知道，这一切是什么时候发生的，发生在昨天呢还是发生在五十年前，我也不知道发生在哪里，可是我想，一定是发生在英格兰或者苏格兰，因为只有在那儿我才看见过这么高耸的、用大方石块砌成的府邸，远远望去，犹如城堡，有一股凛然逼人之势，走近细看，才觉得姿容顿改，下面是风光明媚繁花似锦的花园。是的，现在我确切知道，故事发生在苏格兰高原，因为只有在那儿夏夜才这样明亮，天上的苍穹发出乳白的光辉，活像一块蛋白石，田野也从不完全变黑，天地万物都像从里向外微微发光，只有阴影活像巨大无朋的黑鸟，降落在明亮的平原上。是发生在苏格兰，啊，现在我非常、非常肯定地知道是在那里，如果我努力一下，我也能想起这座伯爵府邸的名字和这个少年的姓名，因为现在似乎有一层黝黑的硬皮从我的梦境脱落，一切我都感觉得如此清晰，正如这不是我臆想出来的，而是我亲身经历过的。整个夏天，这个少年在他那已经出嫁的姐姐家里做客，按照高贵的英国世家的亲切友好的方式，他不是独自度假；晚上餐桌旁聚集着共同行猎的朋友和他们的妻室，还有几个姑娘，都是亭亭玉立的美女，她们的欢声笑语和青春活力在古老的墙垣之间回响，使人觉得笑声悦耳，而不感到喧闹烦人。白天马儿往来奔驰，猎犬套上皮带，那边河面上有两三条小船在闪光：欢快活跃而不忙乱的生活使每天的节奏轻快惬意。

可是此刻已是晚上，早已席终人散。先生们坐在客厅里，抽烟玩牌；直到午夜为止，白晃晃的、边上微微颤动的光柱从灯光辉煌的窗口一直投向花园，间或也夹杂着一串响亮的、欢畅的笑声。太太们大多已经回到自己的房里，说不定还剩一两位留在前厅里闲聊。所以一到晚上，这个少年便是独自一人。按他的年龄，他还不能和先生们混在一起，即使让他去，也只许待一会儿。他又害怕待在太太们的身边，因为往往他一打开房门，太太们便突然压低声音，他感觉到，她们正在谈一些不该让他听的事情。其实他压根儿就不喜欢跟太太们待在一起，因为她们问他问题的时候，就像问孩子似的，而听他回答的时候也总是爱答不理的，她们只是没完没了地差他干这干那，然后向他道谢，好像他是个听话的乖孩子。所以他刚才就想干脆上床睡觉，而且已经沿着盘曲的楼梯上楼去了，可是屋里太热，空气滞重，闷得叫人透不过气来。白天忘了把窗关上，屋子叫太阳足足晒了一天，桌子摸上去烫手，床上热得像个火炉，四壁发出一股股热气，屋里每个犄角、每块窗帘都散发出闷人的气息。再说，时间还早——夏夜像一支明亮的烛光在屋外闪耀，是那样的安静，没有一丝风儿，静得俗念全消。少年又从那府邸高高的台阶上走了下来，走进花园。苍穹发出乳白色的微光，像圣人头上的祥光似的，覆盖在黑黝黝的花园上方，千百朵看不见的花朵里沁出一股浓烈的芳香，诱人地向他袭来。他心里有种异样的感觉。十五岁的少年，心情纷乱，他说不清楚这是怎么回事。但是他的嘴唇颤抖不已，仿佛想向黑夜诉说什么，或者想举起双手，或者久久地紧闭双眼，似乎在他和这宁静不动的夏夜之间有一种神秘的、亲切的东西，想说句话，或者做个手势，以示问候。

少年慢慢地从那宽阔的、敞开的大道折进旁边一条狭窄的小径，路边树梢上泛着银光的枝叶，似乎在高处拥抱，而树下夜色正浓，漆黑一片。周遭寂静无声。只有沉寂的花园里惯有的那种难以形容的嘤嘤声，那种像细雨落在嫩草上、草茎互相轻轻触动发出的嗡嗡作响的轻微震颤，向那踽踽独行的少年拂来，他正完全沉湎于快意的、不可捉摸的忧伤之中。有时候他轻轻抚摩一下一株树，或者停住脚步，谛听一下这轻微的响声。帽子压着他的额头，于是他把帽子摘下，露出他那血液涌流的太阳穴，任睡意惺忪的晚风轻轻抚弄。

他迈步走进树荫深处，突然发生了一件意想不到的事情。在他身后碎石路上发出轻微的响声。他悚然一惊，转过身去，只见一个身材颀长的白色人影，飘飘渺渺地向他挨近，一转眼，那人影已到他跟前，他惊慌失措地发现自己已经被一个女人紧紧搂住，可是并未感到任何暴力。一个温暖的、柔软的女性肉体使劲地贴着他的身体，一只纤手迅速地哆哆嗦嗦地抚摩着他的头发，把他的头向后扳：他昏昏沉沉地感觉到嘴上贴过来一枚陌生的、绽开的佳果，这是两瓣颤动不已的芳唇，用力地吮吸着他的嘴唇。这张脸离他的脸这么近，他无法看清那脸上的轮廓。他也不敢去看那张脸，因为一阵寒战透过他的全身，他似乎痛楚地紧闭双眼，身不由己地让自己成了这双灼人的嘴唇的战利品。他的双臂于是迟迟疑疑笨手笨脚地抱住这个陌生女郎，然后猛地一下，像醉酒了似的把这个陌生的娇躯紧紧地搂在怀里。他的双手贪婪地沿着柔美的曲线游动、停顿，又哆哆嗦嗦地继续移动，越来越狂热，越来越激烈。此刻这女郎的娇躯重重地压在他的胸上，使他陶醉。她越来越使劲，已经完全压在他的身上，他的身体渐渐向后倾倒。这个女郎沉重地呼吸着，在她那娇躯的重压之下，他觉得自己不知怎的往下一沉，身子向下坠落，他的双膝已经支持不住。他一无所思，既不想这个女郎是怎么到他身边来的，也不想她叫什么名字。他只是闭着双眼，从这两片吹气若兰、温馨湿润的樱唇上把热切的贪欲痛饮到自己心里，直到酩酊大醉，身不由己，毫无知觉地驱向一股无比巨大的强烈激情。他仿佛觉得天上的群星突然坠落，在他眼前闪烁不定、耀眼生辉，他触及的一切，全都像火花似的颤动不已，迸发火光。他不知道，这一切持续了多久，他这样被柔软的娇躯缠着，是不是已经过了几个小时，或者只不过几秒钟之久。在这场狂热的、销魂荡魄的搏斗当中，他感到身上的一切全都熊熊燃烧，全部心神都消融在一股奇妙的、神志晕眩的感觉之中。

接着，蓦然间，炽热的锁链挣断了。紧紧压着他前胸的人儿猛地松开，这个陌生女郎简直像发怒似的撑坐起来，说时迟，那时快，她早已像一道白光一闪，飞快地穿过树丛，他还没来得及举起双手去抓住这道白光，它早已无影无踪了。

这究竟是谁？这一幕到底延续了多少时间？他迷惘地昏乱

地扶着一棵树站立起来。他那滚烫的头脑慢慢地恢复了冷静的思考：他的一生似乎一下子向前移动了千百个小时，他曾经乱糟糟地梦想过的女人和激情种种，莫非突然之间都成了现实？抑或这仅仅是一场幻梦？他摸摸自己的身上，伸手抚摩自己的头发。可不是，在那怦怦跳动的太阳穴旁边还是湿漉漉的，这是他俩刚才跌进青草里，沾了草上的露水以后才变得又湿又凉的。于是一切又像闪电似的在他眼前出现，他觉得他的嘴唇又在发烫，他又呼吸到从窸窣作响的衣裙里散发出来的令人销魂的幽香，他尽量想要回忆起每一句话，可是一句话也想不起来。

现在他一下子吃惊地想起，她什么话也没说，连他的名字也没叫一声；他只听见从她嘴里溢出的阵阵呻吟，以及拼命屏住的乐极而发的啜泣，他只闻到她那凌乱的秀发发出的芳香，他只感到她的酥胸灼热地压在他的胸上，还有她那丰腴光滑的肌肤。她的娇躯，她的呼吸，她那全部震颤的感情全都为他所有，可是他丝毫也想象不出，这个在黑暗之中用她的爱情向他发起袭击的女人究竟是谁。而他现在嗫嚅着想叫出一个名字，以便称呼他的惊愕，他的幸福。

他于是觉得，方才突然之间和一个女人所经历的这件闻所未闻的事情，和那个在黑暗中用诱人的目光凝视着他的熠熠发光的秘密相比，是多么贫乏，多么微不足道。这个女人究竟是谁？他飞快地把一切可能性全都想了一遍，把住在这个府邸里的所有女人的形象全都召集到他眼前；他想起每一个奇特的时刻，从回忆中挖掘每一次和她们的谈话，回忆起可能卷进这个哑谜的那五六个女人的每一次微笑。也许是年轻的E伯爵夫人，她常常那么厉害地呵责她那日益衰老的丈夫；或者是他叔叔的年轻的妻子，她的那双眼睛温柔得出奇，可是又呈现出虹霞般的光泽；要不就是——想到这里他吓了一跳——那三姐妹中的一个？他的三个表姐，她们全都娴雅端庄，神情高傲，态度凛然，彼此是那样相像。啊，不可能，她们全都冷若冰霜，稳重审慎。自从秘密的烈焰在他胸中燃烧，闪烁不定地落进他的梦境，他是多么羡慕这三个表姐啊，她们是那样的平静，头脑一点也不发昏，心中也不存任何欲念，或者显得欲念全无，而他对自己心里萌发的激情怕得要命，就像害怕一种疾病一样。可是现在呢？她们所有这些人当中究竟是谁这样善于装假啊？

这样死死地追问渐渐地消除了他血液中的醉意。夜已深，玩牌的大厅里已经灯灭人静，在这府邸里只有他独自一人还醒着，就他一人——也许还有另一个人，一个不知名的女人。疲劳轻轻地催逼着他。何必再想个没完？明天早上一道目光，睫毛间的眸子一亮，悄悄地握一握手，就会向他透露全部秘密。他做梦似的精神恍惚地走上楼梯，就像他先前精神恍惚地下楼一样，可是此时和刚才又是多么不同啊。他周身的血液还在微微地激动，晒热了的房间他此刻觉得已经爽朗凉快多了。

第二天早上他一觉醒来，楼下马匹已在用马蹄使劲地踏地刨地。他听见笑语喧哗，当中夹着他的名字。他翻身起床——早饭是已经错过了——飞快地穿好衣服，奔下楼去，大家在楼下乐呵呵地迎接他。“懒龙出窝了。”E伯爵夫人冲着他笑道，两只明亮的眼睛充满了笑意。他贪婪地盯着她的脸，不，不是，不可能是她，她笑得太无拘无束了。“做了个香甜的美梦吧！”他叔叔的年轻妻子揶揄道，他觉得她的娇弱的身躯显得过于瘦小。他带着疑问的神气逐一打量她们的脸庞，但是没有一张脸向他报以嫣然一笑。

他们骑马到乡间去。他仔细谛听每一个人的嗓音，仔细窥看骑在马背上的女人身体摆动时的每一根线条，每一道波纹；他注意她们的每一个扭动，注意她们如何举起手臂。中午在饭桌上谈天时，他弯过身子，凑得近些，想去闻闻她们芳唇里吐出的芬芳气息或者头发里逸出的浓香，但是一无所获，什么东西也没有给他一个信号，一个可以供他炽热的思想跟踪跃进的细微的痕迹。漫长无边的白昼终于挨近夜晚。他想拿起本书来读读，可是书里的字行都从边上滑去，突然把他带进花园，又是黑夜，奇怪的黑夜，他感到自己又被那无名女人的双臂紧紧地搂住。他于是从他瑟瑟直抖的手里放下书本，想走到池塘边去。他自己也大吃一惊，突然之间，已经站在碎石路上那老地方了。吃晚饭的时候，他神不守舍，两手直打哆嗦，不停地东摸西摸，像受人追捕似的，两只眼睛怯生生地缩进垂落的眼帘底下。等到大家终于，啊，终于都推开椅子站起身来，他才满心欢喜，马上逃出房间，溜进花园，在白色的小道上来回踯躅。这条小道仿佛一层乳白色的夜雾在他脚下微微发光，他踱来踱去，踱来踱去，走了几百个、上千个来回。客厅里已经点灯了吗？不错，这些灯终于都点燃了，二层楼上几个黑洞洞的窗口终于也发出了灯光。太太们都已经回到自己的卧房。现在如果她要来，只消再过几分钟就行了，可是现在每一分钟都显得无比的漫长，简直叫人焦灼难耐。他又走来走去，仿佛被秘密的绳索拴着，扯得他这么走过来走过去。

忽然，那白色的人影一闪，迅疾地从台阶上飞了下来，快得他都没法把她看清。她像是一缕月光，或者是一条失落在树丛之中、迎风飞舞的纱巾，被一阵迅急的轻风吹送，此刻，此刻投入他的怀抱，他的双臂像猛兽的利爪，急切地把这野性的、因为快步奔跑而心脏迅猛跳动的娇躯紧紧地抱住。这温暖的波涛出乎意料地击在他的胸上，使他由于这甘美的一击而以为晕了过去，一心只想沉湎在幽暗的欢乐之中，而这一切又和昨天一样，只是短短的一瞬。可是接着猛地一下，醉意顿消，他控制住他炽烈的火焰。不，千万不要迷失于这奇妙的销魂荡魄的境地，在没有弄清楚这个肉体究竟叫什么名字之前，千万不要屈服于这两片使劲吮吸的芳唇，这个肉体现在跟他贴得这么近，以致他觉得这颗勃勃直跳的陌生的心脏是在他自己的胸中搏动！她吻他的时候，他把头往后仰，想看看她的脸，但是浓荫降落，在闪烁不定的微光中和乌黑的头发交织成一片。纵横交错的树叶枝丫过于浓密，而为浮云遮掩的月亮光辉又过于幽微。他只看见一双眼睛在忽闪忽闪地发亮，活像一对晶莹夺目的宝石深深地镶嵌在一大块光泽朦胧的大理石的什么地方。

他一心想要听她说句话，哪怕只是从她嗓子眼里迸出一字半句。“你是谁？告诉我，你是谁？”他要求知道。但是这张柔软、湿润的嘴只报以热吻，却只字不吐。他硬要逼她说出一声，逼她发出呼痛的叫喊，他掐她的胳臂，把指甲深深嵌入她的皮肉，但是从她那使劲屏住的胸口里他只感到吁吁娇喘、炽热的呼吸和死不吭气的芳唇的闷热，这两片芳唇有时发出轻轻的叹息。他不知道是由于痛苦还是因为快乐，他对于这倔强的意志一筹莫展，无力制胜，这可使他发了狂，这个黑暗中的女人得到了他，却没有向他暴露自己是谁，对于她那贪欲强烈的肉体，他的力量是无限的，但要得知她的名字，却毫无办法。他心里不由得怒气横生，他于是抗拒她的拥抱；可是她，感觉到他的手臂渐渐松弛，觉察到他的烦躁不安，便伸出她那兴奋的纤手，抚弄他的头发，像是抚慰又像是引诱。他感觉到，那纤纤的手指一掠过去，有什么东西在他的额上轻轻地叮叮作响，发出金属声，是一枚圣像，一枚金币，虚悬在她的手镯上。他立即心生一念。他像被极端狂热的激情所攫住，把她的手拼命贴在他的身上，同时把那枚金币深深地压进他那半裸的胳臂，直到金币的表面印进他的皮肤。现在他已经对一个记号满有把握，既然这个记号已经印在他的身上，他也就顺从地屈服于方才被遏制住的激情。于是他深深地逼进她的肉体，从她的芳唇吮吸极度的欢乐，默默无言地把这娇躯紧紧拥抱，全身心地投入这神秘肉感的狂焰中去。

等到后来她像昨天一样突然一跃而起，快步逃走的时候，他也并不设法拉住她，因为对那个记号的好奇心在他血液里沸腾。他飞步冲进自己的房间，把发出幽暗微光的油灯拨得光芒四射，然后贪婪地低下头去，看那枚金币在他胳臂上刻下的印记。

印记已经不大明显，边上的纹路已经消退，但是有一角还很鲜明，印出红色的痕迹，清晰可辨。边上磨得有棱有角，这块金币想必是八角形，中等大小，和一便士的硬币差不多大，只不过更加轮廓分明，因为在这儿和突出部分相应的坑洼还刻得很深。这个印记像火一样灼人，他这样贪婪地仔细观看，这印记突然像伤口似的作痛，只有把手浸入冷水，这种火烧火燎的疼痛之感才会消失。这枚金币是八角形的：他现在感到确有把握。他眼里闪耀着胜利的光辉。明天他将知道一切。

第二天早上他是最早坐上餐桌的几个人当中的一个。太太小姐们当中只有一位年纪较大的小姐，他的姐姐和 E 伯爵夫人坐在桌旁。她们大家都兴高采烈，旁若无人地谈天说地，根本没有注意到他。这样他倒可以更加方便地从旁观察。他的眼光迅速地扫向伯爵夫人纤细的手腕：她没戴手镯。这下子他才能平静地和她谈话，但是他的眼睛一个劲地焦灼不安地向门口张望。三姐妹，他的表姐们这时一同走了进来。他又开始感到忐忑不安。他隐隐约约地看到了她们的手镯，都塞在袖子里，可是她们很快入了座。坐在他正对面、长了一头栗色头发的是吉蒂，玛尔哥特是金发姑娘，伊丽莎白的头发是那样的明亮，在黑暗中像白银一样发光，而在阳光照耀下，则像金水在那儿流淌。她们三个都像往常一样冷淡，沉默，庄重，不可侵犯。他最恨她们这股神气，因为她们比他大不了多少，几年前还跟他在一起玩呢。他叔叔的年轻妻子还没有来。少年的心变得越来越不安，因为他感到很快就要见分晓，一下子他反而喜欢这种秘密的谜样的痛苦呢。但是他的目光充满了好奇心，飞快地沿着桌边瞟来瞟去，女人们的手静静地放在那洁白发亮的桌布上，或者缓缓地挪动，就像船儿在波光粼粼的海湾里游弋。他只看见这一双双纤手，他觉得这些手蓦地都变成了活人，就像一座舞台上的人物，各有自己的生命和灵魂。为什么他的血液在他的太阳穴上这样怦怦直跳？他大吃一惊，发现他的三个表姐都戴着手镯，这三个神情高傲、外表上这样无懈可击的女人，他一直以为她们非常倔强非常内向，即使在孩提时期他也这样认为，可现在她们当中有一个肯定是那个女人，这个念头使他迷惘。那么究竟是哪一个呢？吉蒂他最不熟悉，因为她年纪最大，是吉蒂呢还是态度凛然的玛尔哥特呢？还是说竟是小伊丽莎白呢？她们当中无论是哪一个，他都不敢指望。他内心深处暗自希望，她们谁也不是，或者说他不愿意知道那个女人是谁。可是现在强烈的欲望又攫住了他。

“我可以请你再给我一杯茶吗，吉蒂?”他的声音听上去就像嗓子眼里塞了沙子似的。他把杯子递过去，这下她可得举起手臂，伸过桌面，一直放到他的面前。现在——他看见一个圣牌在手镯下面来回晃荡，他的手一时僵住了，可是不对，这是一块镶嵌呈圆形的绿宝石，碰在瓷器上发出轻微的响声。他的眼光感激地扫了一下吉蒂的褐发，像是亲吻一样。

片刻时间，他屏住呼吸。

“劳驾给我一块白糖好吗，玛尔哥特?”对面桌边一只狭长的纤手像从睡梦中惊醒，伸出去，握住一个银盒，把它递了过来。瞧——他的手微微一颤——在手腕缩进袖子的地方，他看见从一个镂刻精致的手镯上垂下来一块古老的金牌，磨成八角形，一便士那么大小，显然是件家传的饰物。这可是八角形的啊，尖角都很锋利，昨天都印到他的肉里去了。他的手稳不住，夹白糖的夹子两次都夹偏了，最后才让一块糖掉进他的茶里，可是忘了去喝它。

玛尔哥特！这个名字烧灼着他的嘴唇，极度意外，他几乎发出一声惊呼；可是他咬紧牙关。此刻他听见她说话——他觉得她的声音是这样的陌生，就像有人从一个讲台上在向下说话似的——冷漠地，深思熟虑地，略微开几句玩笑，可又是那样的镇静自若，使他简直不由得对她在生活中这样善于撒谎作假感到毛骨悚然。这难道果真是昨天晚上被他压得娇喘吁吁的女人吗？他狂饮过她那湿润的芳唇，她在夜里像头猛兽似的向他扑来，果真是她吗？他目不转睛地凝视着这两片嘴唇。可不是，那股倔强劲儿，那种缄口不语的脾气，只可能隐藏在这两片薄薄的嘴唇上，可是那炽热的烈焰又向他泄露了什么呢？

他更加仔细地端详她的脸庞，好像他第一次看见这张脸。他心里欢呼雀跃，高兴得浑身战栗，几乎掉下泪来。他第一次感到，她带着这种高傲的神气是多么娇美，深藏在她的秘密之中，给人扑朔迷离的印象，又是多么诱人。他乐不可支地用目光细细描摹她那两道秀眉组成的弧形曲线，碰到一个锐角，那曲线又突然向上挑起，他的目光深深挖掘到她那双灰绿色眼睛的阴凉的矿藏中去，吻着她双颊上苍白的、泛出淡淡光泽的皮肤，他的目光把她那绷得很紧的嘴唇幻化成舒开的花瓣，供他亲吻，他的目光掠过她那发亮的秀发，然后飞快地往下一落，于是搂住她整个身姿。只有到此刻他才认识她。当他从桌边站起的时候，他的双膝直抖。他被她的音容笑貌弄得如醉如痴，就像喝了浓烈的酒浆一样。

这时他姐姐已经在楼下呼唤。马匹已经备好，准备早晨出游，马儿焦灼不安地踏着步子，急切不耐地嚼着马勒。他们一个接一个迅速地跃上马鞍，一阵杂沓的马蹄声，穿过花园里宽阔的林荫道。起先马儿踏着急步前进，少年觉得，那均匀的步伐和他周身血液奔腾飞驰的节拍很不协调。可是一出大门，大家就纵马飞奔，从左右两边离开大道，从侧面向下冲进草地，晨光熹微，草地上还蒸发着淡淡的雾气。夜里想必露水很重，因为透过这薄薄的轻纱似的烟雾不时发出闪烁不定的晶光。空气变得无比清凉，就像在一道瀑布附近似的。这密集的一队人马很快就分成几股，宛如一条锁链挣断成五颜六色的碎片。有几个骑士已经消失在树林之中和山冈之间。

玛尔哥特是骑在最前面的几个人当中的一个。她喜欢纵马狂奔，喜欢疾风扑面而来，猛吹她的长发，喜欢这种驱马奔驰时迎风向前的难以形容的美好感觉。在她身后那少年纵马飞奔。他看见她那高傲的身躯挺拔地高踞在鞍马之上，由于马背猛烈的起伏，弯成一根美丽的线条，他有时看见她的脸，泛起一抹淡淡的红晕，看见她的眼睛在熠熠发光，此刻，她这样热情地痛享她自己的力量，他又认出她来了。他绝望地感觉到他猛然发生的爱情，他的强烈的欲望。一阵猛烈的贪欲向他击来，他一心只想现在突然抓住她，把她从马上拉下来，搂在他的怀里，再一次狂饮她那桀骜不驯的嘴唇，在胸上迎接她那激动的心房发出的撼动人心的搏动。他向马肋抽了一鞭，他的坐骑一声长嘶，跃到前面。现在他就在她旁边，他的膝盖几乎触及她的膝盖，两个人的马镫轻轻地碰在一起。现在他非说话不可，非说不可。“玛尔哥特。”他嗫嚅地说道。她转过头来，两道剑眉高高挑起。“什么事，波普？”她这句话说得冷淡至极。她的眼神又冷又亮。一阵寒噤一直通到他的膝盖。他想说些什么呢？他自己也不知道了。他期期艾艾地说了些往回走之类的话。“你累了吗？”她说道，他感到语气里有点嘲弄的意味。“不累，可是别人都远远落在后面了。”他只是费劲地说出了这么一句。他感觉到，只要再等片刻，他就要做出非常荒唐的事情来了，要不是冷不丁地向她伸出双臂，要不就是痛哭起来，再不就是举起鞭子向她抽去，鞭子就像通了电似的在他手里直颤呢。他猛地一拉缰绳，掉转马头，弄得马儿扬起了前蹄。她继续向前奔去，身姿是那样挺拔，高傲，神圣不可侵犯。

其余的人很快就赶上了他，在他身边七嘴八舌地大声说话，可是他们的话语和笑声像响亮杂沓的马蹄声在他耳边闹哄哄地响着,没往他心里去。他怪自己刚才没有勇气向她诉说他的爱情,逼得她坦白承认,他那想要驯服她的欲望变得越来越猛烈,竟像一幅红色的天幕在他眼前落到地上。为什么他不把她嘲弄一番,就像她用自己的倔强劲儿嘲弄他那样?他不知不觉地驱策着他的坐骑,等到马儿狂奔猛跑起来,他才觉得心里松快一点。这时大家叫他返回来往家里骑。太阳已经爬过山冈,高悬中天,已是正午时分。从田野里飘来一阵浓郁的柔和的芳香,四野色彩缤纷,鲜明夺目,像销熔的黄金刺人眼帘。从地面升起蒸腾的热气和滞重的浓香,汗水淋漓的马匹困顿地踏步向前,发出暖热的汗气,连连喘息。这队人马又慢慢地聚在一起,大家懒得纵声欢笑,也很少开口说话。

玛尔哥特也出现了。她把马骑得口吐白沫。溅在她衣裙上的白沫颤动不已。她的头发拢成一个圆髻眼看着就要散开,只有发夹把它们松松地绾在一起。少年像着了魔似的死盯着这堆编在一起的金发,想到这些头发可能突然散开,掉下来变成凌乱的迎风飞舞的长发,他简直兴奋得发狂。在大路尽头花园的穹形大门已经在望,后面是通向府邸的宽阔大道。他小心翼翼地策马从别人身旁走过,第一个到达府邸,翻身下马,把缰绳交给快步赶来的仆人,等候大队人马回来。玛尔哥特是走在最后的几个人中的一个。她慢悠悠地策马走来,身子懒洋洋地向后靠着,仿佛在享受了一次极度欢乐之后变得精疲力竭。他感觉到,在她销魂之后,定是这副模样,昨天晚上、前天晚上她想必就是这副模样。回忆又使他热情激荡。他挤到她跟前去,上气不接下气地扶她下马。

他在扶马镫的时候,他的手使劲地握住她脚腕上娇嫩的关节。“玛尔哥特。”他呻吟了一声，低声喃喃自语。她不搭理，连看都不看他一眼，从容不迫地握住他伸过来的手一跃下马。

“玛尔哥特，你是多么奇妙啊！”他又一次结结巴巴地说道。她目光锋利地直盯着他，眉毛又在额上高高扬起。“我想，你喝醉了吧，波普！你在胡说些什么呀！”他对她的装模作样怒不可遏，也被激情弄得不顾一切，他把一直还握在他手里的那只手紧紧地贴在胸上，仿佛要把这只手扎进他胸膛里去似的。玛尔哥特气得满脸通红，狠狠地把他一推，推得他打了个趔趄，接着她就快步从他身边走过。这一切发生得那么迅速，迅速得就像闪电一样，所以谁也没有觉察，连他自己也以为，这只是一个使人害怕的幻梦。

他的脸色是这样苍白，接着这一整天他是这样的心神不定，以致金发白皙的伯爵夫人从旁走过时摸摸他的头发，问他是不是有什么不舒服。他火气大到这种田地，一脚把那叫着跳着向他扑来的狗踢到一边去了，他在玩牌的时候是那样的笨拙，姑娘们都拿他取笑。今天晚上她不会来了，这个念头毁了他，使他情绪恶劣，脾气暴躁。他们大家一起在花园里坐着喝茶，玛尔哥特坐在他的对面，可是看也不看他。他的眼睛却像被磁铁吸引似的一个劲地瞟过去瞅她，可是她的那双眼睛冷冷地活像两块灰色的石头，毫无反应。她这样作弄他，使他又气又恨。看到她神气地转过头去不看他，他握紧了拳头，他感到，他简直会一拳把她打倒在地。

“你这是怎么啦，波普，你的脸色这么难看。”突然有个声音这样说道，说话的是小伊丽莎白，玛尔哥特的妹妹。她的眼睛里闪耀着一道暖热的、温柔的光芒，可是他没有觉察到。他好像觉得给人抓到了什么毛病，怒气冲冲地说道：“你们别拿这些该死的关心来折磨我，让我安静一会儿，好不好！”话一出口他就后悔不迭。因为伊丽莎白刷的一下变得脸色苍白，别过脸去，嗓子里带着哭声说道：“你这人可真叫古怪。”大家都挺生气地望着他，几乎带着威胁的神气，他自己也感到刚才的行为实在失礼。可是，他还没来得及向伊丽莎白道歉，从桌子那边传来一个生硬的声音，尖刻锋利得活像刀刃，这是玛尔哥特的声音：“其实我觉得波普这样的年纪，可以说是够没礼貌的。根本不应该把他当作绅士看待，甚至不该把他看作成年人。”这番话是玛尔哥特说的，玛尔哥特，她昨天夜里还把自己的嘴唇供他亲吻呢！他觉得周围的一切天旋地转，眼前升起一片浓雾。他不由得怒火中烧。“你想必知道得非常清楚，恰恰是你！”他用一种恶狠狠的强调口气说了这番话，站起身来。动作太猛，身后的椅子也给掀倒了，可是他转身就走，头也不回。

然而，连他自己也觉得荒唐，一到晚上，他又站在楼下的花园里，祷告上帝，让她务必前来。说不定她做的一切只是骗人，只是倔强，不，他再也不问她，再也不折磨她，只要她来，只要他在嘴上又能感觉到她那柔软、湿润的芳唇表现出来的那种激烈的贪欲，这种贪欲说明了所有的问题。时光似乎已经沉沉入睡，黑夜像头懒洋洋的没精打采的野兽匍匐在府邸前面：时间真是长到荒谬的地步。周围草丛里发出的轻微的嘤嘤声似乎被许多嘲弄的声音所激发，纷纷蔓蔓的树枝丫杈像爱嘲弄的人手在轻轻摆动，戏弄着自己的阴影和射来的灯火的微光。虫声四起，乱成一片，听起来觉得陌生，比万籁俱寂更加激起人们心里的痛楚。一会儿，从对面乡间传来几声犬吠，一会儿一颗流星飞箭似的横越中天，坠落在府邸后面的什么地方。夜色显得越来越明亮，投在路上的树荫变得越来越黑暗，而这轻微的声响变得越来越杂乱。忽然间，浮荡的行云又遮住天穹，使四野沉浸在幽微、哀伤的黑暗之中。寂寞之感痛楚地落在炽烈的心上。

少年不住地徘徊，步子越走越急，越走越快。有时候他愤怒地猛击一棵树，或者用指头把树皮揉得粉碎，他搓揉得那样狠，连指头都磨出血来了。不，她不会来了，他心里知道这点，可是他还是不愿意相信，因为要是不来，她就永远、永远也不会再来了。这在他一生中可是最最痛苦的时刻。他还年轻，年轻极了，所以他狠命地扑倒在潮湿的苔藓地上，双手使劲地刨着泥土，泪流满面，轻声地、伤心地抽泣个不停。他小时候从来没有这样哭过，今后也再不会这样哭泣。

突然，树丛中轻轻地发出咔嚓一声，把他从绝望中唤醒。他翻身跳起，向前伸出双手瞎摸一气，忽然——有什么暖烘烘的东西向他胸前猛地一撞，这是多么美妙的一撞啊——他梦寐以求、想得发疯的那个娇躯又拥在他的双臂之中。他的喉头发出一阵呜咽，他整个身体化为一阵异常激烈的痉挛，他把这个亭亭玉立、肌肤丰腴的娇躯紧紧地搂在自己怀里，搂得这样蛮横，以至于从那陌生、沉默的芳唇里迸发出一声呻吟。他一觉得他的力气使她发出呻吟，便立刻知道，他已经主宰了她，而不像昨天前天那样，成了她乖戾脾气的战利品；一股强烈的欲望攫住了他，他只想为他几天来所受的痛苦折磨她，只想为她的倔强、为她今天晚上当着大伙的面说的那些轻蔑的话，为她在生活中要弄的这出撒谎的把戏而惩罚她。他对她所怀的炽烈的爱情如今交织着仇恨，混为一体，结果热烈的拥抱与其说是一种缠绵的柔情，毋宁说是激烈的搏斗。他紧紧地握住她那纤细的手腕，使得她整个娇喘吁吁的身躯随之扭动，抖颤不已，然后他又把她猛地一下子搂在怀里，使得她动弹不得，只能闷声闷气地呻吟，不知是由于快乐还是由于痛苦。可是从她嘴里一句话也没有逼出来。他把自己的嘴唇贴在她的嘴上，使劲吮吸，想把这低沉的呻吟也紧紧锁住。这时他忽然感到她唇上有什么热乎乎、湿漉漉的东西。血，一个劲往外渗的鲜血，她刚才牙齿咬着嘴唇咬得多狠啊。他就这样折磨着她，直到他突然感到自己的力气也完全耗尽，一股快乐的热浪在他心里涌起，于是他们两个胸贴着胸，喘作一团。纷纷扬扬的火花落进夜幕，群星在他眼前飞舞闪耀，一切都乱成一团，他的思想旋转得越来越狂，天下万物都只有一个名字：玛尔哥特。在心潮激荡、感情起伏的高潮，从他心灵深处沉重地迸发出这一声，这是欢呼也是绝望，是仇恨、愤怒和热爱。就这一声呼喊，里面积压着三天来的痛苦：玛尔哥特，玛尔哥特，对他来说，这几个字里震颤着宇宙之间的全部音乐。

她好像身上被人猛击了一下。拥抱中猛烈的动作倏然停住，她把他使劲地、猛烈地一推，从喉咙里发出一声抽泣，一声呜咽，她的动作又变得十分凶猛，但这只是为了脱身，为了挣脱他那可憎的接触。他感到十分惊诧，试图把她抱住，可是她跟他挣扎，他把脸凑近，只见愤怒的泪水颤巍巍地顺着她的面颊流下，她那苗条的娇躯像条蛇似的扭来扭去地挣扎。突然之间，她猛地一下把他推倒，脱身逃走。她的衣裙在树木之间闪出一道白光，接着就淹没在黑暗之中。

于是他又孤零零地站在那里，惊慌失措，神魂颠倒，就和第一天夜里这温馨热情的娇躯猛地挣脱他的怀抱时一样。在他眼前，灿烂的繁星似乎也闪着泪花，热血奔流像尖针似的自里向外猛扎他的额头。他到底出了什么事了？他摸索着向树丛中走去，一行行的树木在他面前散开，他一直走到花园深处，他知道，那儿有个不停地汩汩涌流的喷泉，他让喷泉的水轻轻抚弄他的手，银白色的清泉向他喃喃地悄声细语，映照着此刻慢慢从浮云中探出头来的月亮，发出奇妙的光辉。少年这时眼目清亮了一些，仿佛和煦的暖风从树梢上吹落一阵狂野的悲哀，奇妙地把他攫住。从他的胸中迸涌出滚滚热泪，此刻他比忘情地热烈拥抱的时候更加强烈更加清楚地感觉到，他爱玛尔哥特是爱得多么心切。迄今为止所发生的一切，爱情的陶醉和战栗，占有的痉挛，探听不到秘密激起的怒火，全都消逝得无影无踪：只有爱情带着忧伤甘美的滋味把他紧紧地搂住，一种已经几乎没有任何渴望、可是无比强烈的爱情。

他刚才为什么这样折磨她？这三夜她奉献给他的东西不是已经多得不可胜数了吗？自从她教他尝到缱绻柔情和爱情的强烈的战栗之后，他的生活不是突然之间从一片阴沉暗淡的朦胧之中进入光华四射的危险的光芒中去了吗？她是流着眼泪、怒气冲冲地从他身边走开的啊！从他心里涌起一股不可抗拒的、柔情似水的愿望，想要和她言归于好，想要得到一句温存的、平静的话，只渴望着静静地把她搂在怀里，别无所想，别无所求，只渴望着对她说，他心里对她是多么感激。是的，他要到她那儿去，低声下气地去，他要对她说，他对她的爱是多么的纯洁，他今后永远也不再叫她的名字，永远也不逼着她回答任何问题。

潺潺的流水银光闪闪，他不由得想起她的泪水。他接着往下想：也许她此刻正孤零零的独自一人待在自己房里，只有这轻声絮聒不休的黑夜倾听着她的心事，黑夜偷听大家的心声，却不给任何人带来慰藉。他知道她近在咫尺，却又远在天涯，既看不到她秀发上的一丝光泽，也听不见她嗓子里吐出来的一半随风飘散的片言只字，可是两人的灵魂已经紧密地缠在一起，这对他来说，真是难以忍受的痛苦。渴望待在她身边的欲望简直强得难以抵抗，哪怕是像只狗似的匍匐在她门前，或者像个乞丐似的伫立在她的窗下，他也心甘。

他迟迟疑疑地从黑洞洞的树荫下悄悄地走出来，看见二楼她的窗上还亮着灯光。这是一片幽暗的灯光，它那昏黄的微光连窗前那株粗大的枫树的叶丛都没有照亮，这棵枫树像伸手一样把它的枝丫伸到窗前，想去轻敲窗户，在微风中时而挺身向前，时而又抽身缩回，活像一个浑身漆黑的巨人，站在这块小小的发亮的玻璃窗前，侧耳偷听。一想到玛尔哥特就在这块明亮的玻璃窗后面醒着，说不定还在哀哀哭泣，或者正在想念着他，他不由得心潮激荡，不得不靠住大树，免得身子摇摇晃晃。

他像着了魔似的抬头仰望，一动不动。白色的窗帘来回摆动，一刻不停地在风中飘舞，从暗处望过去，在室内温暖的灯光照耀下呈暗金色；如果飞到窗外，接触到从圆形树叶丛中洒下的晶莹的月亮清辉，又呈银白色。朝里开的玻璃窗反映出这光与影的活跃的流动，这忽明忽暗的光与影仿佛在编织绸布上黑白交织的花纹。可是这个心情焦灼的少年，此刻正用灼热的眼睛从树荫的暗处凝神仰望。在他看来，似乎有人正用深色的日耳曼人的古文把三天来他俩之间发生的事书写在这明净光亮的玻璃板上。黑影的流动、银辉的闪耀，像轻云淡烟一样掠过明亮的玻璃表面，这些匆匆映入眼帘的感觉以瞬息万变的图像充满了他的想象力。他看见了她，玛尔哥特，亭亭玉立，娇美奇艳，那秀发，啊，那凌乱的金发，散披着，在她的血液里正奔流着她自己内心的焦躁不安，在屋里走来走去，他看见她为激烈的爱情所苦，浑身战栗，由于愤怒而不停地抽泣。他此刻透过不可飞越的高墙，就像透过玻璃一样清晰地看见她最细小的动作，她举起了两只纤手，跌坐在一张小沙发里，默默地、绝望地凝望着星光灿烂的夜空。玻璃窗有一刻大放光明，这时，他甚至于以为认出了她的脸庞，她正忧心忡忡地把脸凑到窗前，想低头俯视沉沉入睡的花园，寻找他的身影。这时，他被心里狂野的感情所压倒，压低了嗓子然而十分急切地向楼上呼唤她的名字：玛尔哥特！……玛尔哥特！

不是有个人影像一缕白色的轻纱，飞快地掠过这光亮的镜面？他觉得他看得一清二楚。于是他仔细谛听。可是毫无动静。在他身后，睡意正浓的树木在轻声呼吸，慵懒的夜风轻柔地拂动青草，发出丝绸曳地的窸窣声，越来越悠远，越来越响亮，活像一股温暖的波涛涌来，随即又悄悄地消逝。黑夜在静静地呼吸，窗户无声地立在那里，一个银色的镜框，嵌着一幅褪色的画像。难道她没有听见他的声音？还是她已经不愿意再听见他的声音？

窗口微微颤动的光亮使他心乱如麻。他胸中强烈的欲望随着猛烈的心跳传到树上，他的激情是那样的狂暴，似乎树皮也因而瑟瑟直抖。他只知道，此刻非见她一面，非和她说句话不可，哪怕他这样大声呼喊她的名字，吵得大家都闻声赶来，人们都从睡梦中惊醒，他也在所不顾。他现在感觉到，一定会出点什么事。最荒唐的事他也觉得求之不得，就像在睡梦中，什么事情都显得轻而易举，可以企及。此刻，他又一次举目张望二楼的窗口，忽然发现靠近窗口的这棵树把一根树枝像路标似的伸了出去，他的手立即更加狂野地抓住树干。他突然恍然大悟：他一定要爬上去——这树干虽然很粗，可是柔软而有韧性——从树顶上叫她，上面距离她的窗户很近；他要在树顶上，在离她很近的地方和她说话，非要她原谅他了以后，他才爬下树来。他一刻也不考虑，只看见窗口在引诱他，在微微发光，他感觉到身边的这棵树，粗壮有力，准备驮住他。他很快地爬了几下，然后再把身子往上一悠，两只手已经攀住一根树枝，正使劲地把全身引上去。现在他已吊在树上，几乎吊在树上最高处的树叶丛中。在他身下，茂密的枝叶晃动得非常厉害。这阵像起伏的波涛一样的飒飒声一直传到最后几片树叶，那根直伸出去的枝丫更加弯向窗户，仿佛想对那毫无预感的姑娘发出警告。爬在树上的少年现在已经看见屋里洁白的天花板，天花板的正中是油灯射出的金光闪耀的光圈。他兴奋得浑身轻轻哆嗦，他知道，再待一会儿他就要看见她本人了，看见她哭哭啼啼或者无声啜泣，或者正受着相思之苦的煎熬。他的双臂渐渐没劲了，可是他又振作起来。他慢慢地顺着那根伸向她窗户的树枝往前滑，膝盖磨出了血，手擦破了，可是他继续往前爬，附近窗户里射来的灯光几乎已经照在他的脸上。还有一大蓬树叶挡住他的视线，挡住他那万分渴望的最后一眼，于是他伸出手去，想把这蓬树叶拨开。灯光已经亮晃晃地照在他的身上，他身子向前一倾，一阵哆嗦——他的身子晃了一晃，失去平衡，一个筋斗栽了下去。

就像一枚沉重的果子落地，他摔在草地上，发出轻轻的沉闷的击地声。楼上有个人影从窗口探出身子，不安地向下俯视，可是夜色静悄悄的,纹丝不动,就像一个池塘,悄声把一个行将淹死的人拥入它那浩淼的水中。过一会儿楼上的灯光熄灭了,花园又在游移不定的朦胧夜色中向沉默不语的阴影投去幢幢鬼影。

过了几分钟,这个从树上摔下来的少年从昏迷状态中苏醒。他的目光有片刻之久很生疏地直望天空,天穹苍茫,几颗疏星向他身上倾泻着寒光。可是接着他的右脚感到一阵钻心的剧痛,他现在只要试着轻轻地动一动,就痛得几乎大叫起来。于是他蓦地明白,他出事了。他也知道,他不能躺在这里不动,不能躺在玛尔哥特的窗下,不能向任何人呼救,不能大声喊叫,不能乱动,发出声响。额上滴下鲜血,他摔到草地上的时候,想必碰在一块石子上或碰在一块木头上,他抬起手来拭去鲜血,免得血流到眼睛里。然后他想法子把身体完全压在左边,用双手深深地抠进泥土,慢慢地向前挪动。每次断腿碰了什么东西,或者只不过稍微震了一下,他就痛得身子一抽搐,他真担心自己又会昏迷过去。他慢慢地把身子往前拖,花了差不多半个小时才爬到台阶跟前,他已经感到两个胳臂发麻,动弹不得。额上渗出冷汗,和一个劲地往下滴的鲜血掺和在一起。现在还有最后一关,最凶险的一关得去克服,这就是那道台阶。他忍着最剧烈的疼痛,极其缓慢地往台阶上爬。等他爬上台阶,双手哆哆嗦嗦地抓住扶梯,他已经喘成一团。再往前挣扎几步,他就到了玩牌的客厅门前,他听见里面有人说话,看见屋里亮着灯光。他扶着门上的把手,艰难地撑着站起来,突然,门一开,他像给扔了出去似的,跟着跌进灯火通明的客厅。

他跌进屋来的景象想必十分骇人,一脸的鲜血,一身的污泥,像一个大泥块立即扑倒在地,因为先生们都乱哄哄地跳了起来,椅子碰得乱响一气,大家都争先恐后地挤过去抢救,小心翼翼地把他抬到长沙发上。他还能含糊不清地说:他想到花园里去,不料从台阶上摔了下去。说到这里,突然一片黑纱落在他的眼前,晃来晃去,把他紧紧缠住,于是他神志昏乱,人事不省。

立刻备马,有人骑马到附近的镇上去请医生。阖府上下都惊动了,闹得鸡犬不宁:走廊里亮起一支支摇曳的烛光,就像萤火虫,睡在卧室里的太太小姐们,隔着房门,悄声询问,睡眼惺忪的仆人们畏畏缩缩地走来,最后,终于把那失去知觉的少年抬到楼上他的卧室里去。

大夫诊断一条腿骨折,安慰大家伤势并不危险。只不过摔伤的病人得裹着绷带长期卧床静养。大家把大夫的话告诉少年,他只是虚弱地淡然一笑。这对他来说并非沉重的打击。因为这样躺着,独自一人长时间地躺着,既无喧声,也无旁人,躺在一间明亮宽敞的房间里,如果想要梦见心上人,窗外的树梢就轻轻摆动,送来一阵阵飒飒的声音,这实在妙不可言。这样安安静静地沉思一切,在轻柔的美梦中梦见自己的意中人,全然不受尘世凡俗事务的干扰,只是和这些娇柔的梦中幻影亲密交往,只要把眼帘闭上片刻,这些幻影便会走到你的床边,这该是多么甜蜜。说不定恋爱时再也没有比在这些苍白、蒙眬的幻梦中度过的时光更宁静更优美的了。

开头几天伤处还痛得非常厉害。可是他觉得,疼痛之中混合着一种特殊的欢乐。一想到他是在为玛尔哥特、在为他的心上人忍受这种痛苦,少年感到一种浪漫主义的简直可说巨大无边的自豪。他心里暗想,最好在脸上落个血红的伤疤,这样他就可以老带着这个伤疤走来走去，就像骑士身上带着他贵妇人的颜色一样；要不然干脆就别苏醒过来，老躺在楼下，摔得四肢伤残地躺在她的窗前，这也是极其美妙的。想着想着他就梦想起来：第二天早上她楼下人声嘈杂，一片喧闹，把她惊醒，她好奇地从窗口探出身子，看见他躺在她的窗下，粉身碎骨，因为她的缘故而死于非命。他看见她发出一声惨叫，跌倒在地；他耳朵里听见了这尖声惨叫，看见她满脸绝望的神情，心里充满了忧伤，看见她一生都穿着黑色的丧服，神色阴郁、表情严肃地走着，如果有人问起她的痛苦，她的嘴角便微微抽动。

他就这样沉湎在幻梦之中，一连好几天，起先只在黑暗中才陷入梦境，后来睁着眼也做起梦来，不久他就习惯于把这心爱的人影呼唤到他惬意的回忆中去。没有一个时刻对他来说会显得过于明亮，以致她的身影无法作为淡淡的光影从墙边掠过，来到他的跟前，或者显得过于喧闹，竟使他觉得，屋外她的声音会和树叶上水珠滴落的声响及烈日暴晒下沙砾的细微碎裂声夹杂一起，难以区分。他一连几小时就这样和玛尔哥特谈话，或者梦见他自己和她一起出去旅行，进行美妙的漫游。可是有时候他像失魂落魄似的从这种幻梦中惊醒。她真的会为他伤心哀悼吗？她真的会永远怀念他吗？

当然，她有时也来探望一下病人。往往当他在想象中和她谈话，她那光彩夺目的形象似乎站在他跟前的时候，房门开了，她走进屋来，亭亭玉立，艳丽娇美，可是毕竟和他梦中的人儿截然不同。因为她并不温柔，也没有情绪激动地俯下身子吻他的前额，就像梦中的玛尔哥特那样，而只是在他床边的小沙发上坐下，问他身体可好，是否还觉得疼痛，然后杂七杂八地说些琐事给他听听。她一待在他的身边，他心里总是甜丝丝的，又害怕又慌乱，连看都不敢看她一眼。他往往闭上双眼，为了能更好地倾听她的声音，把她说这些话语的声调更深地吸入他的内心，这才是他自己的音乐，它将一连几小时震颤回响，萦绕在他身边。他犹犹豫豫地回答她的提问，因为他热爱沉默过于深切，他只希望能听到她的呼吸声，在内心深处感觉到他和她单独待在屋里，待在这宇宙的空间。等她起身向门边走去，他不顾伤痛难忍，也要挣扎着撑起身子，再一次把她轻盈灵活的身姿的全部线条镂刻在他心里，趁它还没有跌进他那用幻梦组成的把握不住的现实世界中去，把它再活生生地拥抱一次。

玛尔哥特几乎每天来探望他。可是吉蒂不也是每天都来的吗，还有伊丽莎白，那个小伊丽莎白甚至每次总是这么心惊胆战地凝视着他，并且用这么温情脉脉、忧心忡忡的声音问他，现在是否觉得好了一些？他的姐姐不是也每天都来探望他，还有其他的太太们不也是这样吗？她们大家难道不是全都一样，对他十分亲切吗？她们不是也坐在他的身边，告诉他许多琐琐碎碎的事情吗？她们待的时间甚至于太长了，因为她们在这里，他就无法神思飞驰，她们会把他从冥思悬想的宁静状态中惊醒，迫使他跟她们神聊胡扯。他希望她们都别来，就玛尔哥特一个人来看他，就待一小会儿，仅仅几分钟，然后他又一个人独自躺在那儿，不受干扰，安安静静地梦想着她，心里轻松欢畅，像驾着朵朵浮云，完全沉湎于内心深处他心爱的令人欢畅的形象之中。

所以有时候，他听见有只手握住门把，他就闭上眼睛，假装睡觉。于是来探望的人踮着脚尖蹑手蹑脚地退了出去，他听见门把迟迟疑疑地关上，心里明白，他又可以跳进他那幻梦的温暖的浪潮中去游泳，被潮水轻柔地拥向最最迷人的远方。

于是有一次发生了这样一件事：玛尔哥特已经来看望过他了，仅仅待了一小会儿，不过她的秀发给他带来了花园里浓郁的芳香，盛开的茉莉花散发出来的馥郁浓烈的花香，她的眼睛里闪烁着八月天艳阳的炽烈光芒。于是，他知道，今天不能指望她再来了。这将变成一个漫长、明亮的下午，在甘美的梦幻中发出夺目的光辉，因为大家都已骑马出游，没有人会来打扰他了。这时房门又慢慢地打开，他连忙闭眼装睡。可是进来的人——屋里寂静无声，他听得清清楚楚——并没有退出屋去，而是悄无声息地把门关上，免得把他吵醒。然后小心翼翼，几乎脚不沾地地轻手轻脚地走到他的跟前。他听见衣裙窸窣，来人在他床边坐下。透过他紧闭的双眼，他火烧火燎地感觉到她的目光在他脸上掠动。

他的心开始忐忑不安地跳动起来。是玛尔哥特吗？肯定是她。他感到是她，不过，现在不把眼睛睁开，而只是感觉到她在身边，这不是更加甘美、更加撩人心曲、更加令人兴奋吗？这种刺激不是既隐秘又令人销魂吗？她想干什么呢？他觉得这几秒钟简直漫长得无边无际。她只是一个劲地瞅着他，窥视着他的睡眠，他意识到自己毫无抵抗能力地听任她仔细观察，却看不见她。他心里明白，此刻只要睁开眼睛，他的双眼就会像一袭大氅似的猛地把玛尔哥特的惊慌失措的脸紧紧裹住，让它沉浸在充满柔情蜜意的爱抚之中。这种既使人不适，又令人陶醉的感觉像电流似的通过他全身的毛孔，使他感到麻麻酥酥。可是他一动不动，只是尽量控制住由于胸口过于憋闷而变得急促不安的呼吸，等待着，等待着。

什么事情也没有发生。他只觉得,她似乎向他更低地俯下身子,他熟悉的飘浮在她芳唇上的那股紫丁香花的湿润清淡的幽香似乎更加挨近他的脸庞。于是他周身的鲜血便像一股热浪从他脸上奔流到他全身。这时她把手放在他的床上,隔着毯子轻轻地摩挲他的手臂,他像磁铁感应似的感觉到这轻柔悠缓、小心翼翼地抚摩,她摸到哪里,他的血便猛烈地涌流到哪里。感觉到这种轻轻的爱抚,真是妙不可言,既使人陶醉,也使人振奋。

她的纤手仍然在慢悠悠地,简直是有节奏地来回抚摩着他的手臂。这时他悄悄地把眼睛睁开一点。起先眼前只是朦朦胧胧的紫红一片,由闪烁不定的光线组成的一片云雾,接着他觉察到铺盖在他身上的那条深色斑点的花毯,然后觉察到这只不住抚摩的纤手,似乎它正从很远的地方过来;他模模糊糊地看见了它,模糊极了,只是窄窄的一道白光,像一片明亮的白云涌向前来,又退缩回去。他把眼帘当中的缝隙再张大一点。现在他认清了她的纤纤玉指,白皙、光泽,活像细瓷,看见她的手指微微弯曲着滑了过来,然后又滑了回去,动作轻盈,可是充满了内在的活力。它们像虫子的触角似的慢慢地爬过来,然后又爬回去,在这一瞬间他觉得这只手也像是一个有生命的活物,就像一只贴着你衣服的猫,一只小巧玲珑的白猫,收起爪子,柔声咕噜着向你挨近。倘若这只猫儿的眼睛突然开始闪闪发光,他决不会感到惊讶。果然,在这道白光掠过来的时候,不是有只眼睛在闪光吗?不,这只不过是金属的反光,是黄金的光泽。等这只手再滑过来,他看清楚了,那是一枚金牌,悬在手镯上微微颤动,就是那枚神秘的、泄露机关的金牌,八角形的,像一便士硬币那么大小。这是玛尔哥特的手,在爱抚他,他心里顿时迸发出一种强烈的欲望,想把这只轻柔、白皙、赤裸裸没戴戒指的纤手一把抓到唇边狂吻一气。可是这时他突然感觉到她的呼吸,感到玛尔哥特的脸离他的脸非常之近,这时他再也不能把他的眼帘低垂着了,他满心喜悦、容光焕发地睁开眼睛,直视着那张离他很近、吓得直跳起来往后退缩的脸。

等到俯在他脸上的那张脸投下的阴影一散开,光线射向那张神情激动的脸上,他——仿佛浑身受到猛烈的一击——认出来,这是伊丽莎白,玛尔哥特的妹妹,那年纪轻轻、别有风韵的伊丽莎白。这是一场梦吗?不,他现在眼睛直愣愣地盯着这张飞快升起红晕的脸,她的眼睛怯生生地移了开去:这是伊丽莎白。他一下子意识到那可怕的误会,他的眼光急切地向下移动,移到她的手上,果然,那块金牌戴在手上。

他的眼前开始轻纱飞旋。就和当时他昏倒在地时的感觉一模一样,可是他咬紧牙关,不让自己失去知觉。过去的事情像闪电似的压缩在一秒钟之间,全都从他眼前掠过。玛尔哥特的惊愕和高傲,伊丽莎白的微笑,她向他投来的奇怪的目光,就像一只保守秘密的手在轻轻地触摸他——不,不,不可能发生任何误会。

唯一的一个微弱的希望蓦地在他心中升起。他凝视着那块金牌,说不定是玛尔哥特送给她的,今天送的,昨天送的,要不就是那时送的。

可是这时候伊丽莎白已经在跟他说话了。想必由于紧张激烈的沉思,他的面部表情抽搐起来,因为她提心吊胆地问他:“你觉得痛,是吗,波普?”

她俩的嗓音是多么相似啊,他心里想道。他只是漫不经心地随口答道:“是的,是的……啊,我是说,不痛……我觉得挺好的!”

又出现一片寂静。那个念头像股热浪似的一个劲地向他涌来:说不定这只不过是玛尔哥特送给她的。他知道,这不可能是真的,可是他憋不住非问她一下不可。

“你那儿戴的是块什么圣牌啊?”

“啊,那是美洲一个什么共和国出的金币,我也说不上是哪个共和国的。这是罗伯特叔叔有一次带来给我们的。”

“给我们的?”

他屏住呼吸。现在她会把真情说出来了。

“给玛尔哥特和我。吉蒂不要。我不知道她干吗不要。”

他感到,有一些湿润的东西涌入他的眼眶。他小心地别过头去,不让伊丽莎白看见他的眼泪,这眼泪此刻一定已经就在眼睫毛旁边,再也逼不回去,正顺着面颊慢慢地、慢慢地向下滚落。他想说些什么,可是又怕他的嗓子会因为抗不住越来越强烈的哽咽的压力而变音失声。两个人都沉默不语,彼此都忐忑不安地窥伺着对方。后来伊丽莎白站起身来:“我走了,波普。愿你早日恢复健康。”他闭上眼睛,接着轻轻一响,她带上了房门。

就像一群鸽子受惊飞起,现在各种思想都在他脑海里盘旋飞绕。这时候他才体会到这一误会的严重。他对自己干的傻事感到又羞又恼,但与此同时,他也感到一阵激烈的痛苦。他现在知道,玛尔哥特,他是永远失去了。可是他又觉得,他还是和原来一样的爱她,丝毫没有改变,说不定现在还带着那种绝望的向往在爱着她,就像人们向往那些可望而不可即的东西那样。而伊丽莎白呢——他仿佛暴怒似的把她的身影推开,因为她全部倾心奉献的爱情以及她此刻竭力控制的激情的烈焰对他来说也不可能超过玛尔哥特的嫣然一笑或者她的纤手对他的轻轻触摸。倘若伊丽莎白当时让他知道她是谁，他一定会爱她的，因为那时他在激情之中还天真幼稚，可是现在，他已经千百次梦见过玛尔哥特，她的名字已经深深地铭刻在他的心里，他已经无法把她的名字从他的生活中拭去。

他感到，眼前变得更加模糊昏暗，不断的思索渐渐融化在一片泪水之中。他竭力想把玛尔哥特的倩影呼唤到自己的眼前，就像他在卧病养伤期间，在漫长寂寞的时候所做的那样，然而白费力气，伊丽莎白总是脸上带着一双深情、眷恋的眼睛，像一片阴影似的挤到中间来，于是人影零乱，他只好痛苦地从头到尾沉思一遍，事情是怎么发展到这一步的。他一想起自己如何站在玛尔哥特的窗前，呼喊她的名字，他就羞得无地自容，可是他又对性情娴静、金发、白皙的伊丽莎白充满了同情。他在所有这些日子里从来没有跟她说过一句话，或者望她一眼，而在那些日子里他对她的感激之情实际上应该是像烈火一般腾空燃起的啊。

第二天早晨，玛尔哥特到他床边来待了一会儿。她在身边，他都哆嗦起来了，看也不敢看她的眼睛。她在跟他说些什么？他几乎都没听见，两边太阳穴嗡嗡直响，比她的声音还响。等她从他身边走开，他才又向她投去恋恋不舍的一瞥，搂住她整个的身影。他感到：他爱她从来没有像现在这样深切。

下午伊丽莎白来了。她的纤手有时轻轻地抚摩一下他的手，表示出一种轻柔的亲密感情，她说话的声音很轻，听上去有些黯然神伤。她带着某种惊恐净谈些无关紧要的事情，仿佛她怕谈到自己或者谈到他，就会泄露了自己的真情实感。他自己也说不好，他到底对她怀着什么样的感情。有时像是怜悯，有时又觉得像是对她的爱所怀的一种感激。可是他对她什么也说不出口。他不敢正眼看她，生怕说出谎话来骗了她。

现在她每天都来，待的时间也更长一些。仿佛他俩之间的秘密揭开以后，那种惶恐不安的情绪也随之消逝。可是他们从来也不敢谈起那件事，不敢谈起在花园的浓荫里度过的时光。

有一次伊丽莎白又坐在他的躺椅旁边。室外阳光明媚，迎风摇曳的树梢向屋里投进一片绿色的反光，在墙上抖动。她的头发这时呈现火红的颜色，像熊熊燃烧的云霞，她的皮肤苍白而又透明，整个人看上去光艳明丽，轻盈得飘飘欲仙。他的枕头那儿正好有一片阴影，他从那儿看到她的脸就在近处，可是又显得那么遥远，因为她脸上映照着阳光，而这光线照不到他。他一看见她那光彩照人的娇容，往事种种，全都忘得一干二净。她正向他俯下身子，于是她的眼睛似乎变得更加深邃，像两道深色的螺纹线在向里面旋转，趁她身子往前一倾，他的胳臂便搂住她的身躯，使她的头低垂到他面前，他吻着她那小巧湿润的嘴。她浑身哆嗦得非常厉害，但是并不挣扎，只是微微有些悲哀地用手抚摩他的头发。然后用一种微弱得几乎难以听见的声音，而且还带着一种充满柔情蜜意的悲凉情绪说道："你爱的可只是玛尔哥特啊。"他感到这舍身相许的声调，这不作反抗的淡淡的绝望心情一直印入他的心灵，而那使他深受震撼的名字一直透入他的灵魂。可是在此时此刻他不敢说谎。他默不作声。

她又轻轻地，简直像姐妹一样地吻了吻他的嘴唇，然后一言不发地走出屋去。

这是他们唯一的一次谈到这件事情。几天之后，他们把这个正在恢复健康的少年抬到楼下花园里去。最先落下的枯叶在小径上互相追逐,夜幕早降,已经使人想起秋日的哀愁。又过了几天,他已经费劲地独自在枝丫交错的树丛中行走。今年这可是最后一遭。树木此刻在阵阵秋风中大声絮聒,比那三个温暖的夏夜里声音更加嘈杂,情绪更加乖戾。少年心情忧伤地向那个地方走去。他仿佛觉得在这个地方立起了一道看不见的黑墙,在这堵黑墙的后面,是他的童年,已经完全淹没在一片朦胧之中,而在他的面前,却是另一个国度,陌生而又危机四伏。

晚上他去辞行,再一次仔细地端详了一下玛尔哥特的脸,仿佛想把她的脸永远印在心上。他怔忡不宁地把手伸到伊丽莎白的手里,她的手热情地使劲地握着他的手。他的眼光几乎漠然地从吉蒂,从朋友们,从他姐姐的脸上掠过。他的灵魂充满了这样一种感觉,他爱上了一个姑娘,而另一个姑娘又爱上了他。他的脸色非常苍白,在他脸上有一种深沉的神态,使他看上去再也不像一个稚气的少年。他第一次看上去像个成年的男子。

可是,等到拉车的马一起步,他看见玛尔哥特无动于衷地转过身去,走上台阶,而在伊丽莎白的眼里突然闪现出一道泪光,她使劲地把身子靠在台阶的扶手上。这时,他新近的种种经历一下子全都涌上他的心头,他不由得像个孩子似的泪如泉涌。

府邸越来越远,马车扬起的滚滚灰尘中,那树荫森森的花园显得越来越小,田野越来越辽阔,最后他所经历的一切都在他眼前消失,只剩下恼人的回忆。他坐两小时的马车到邻近的火车站。第二天早上他到了伦敦。

又过了几年,他再也不是个少年了。但是那最初的经历始终栩栩如生地镌刻在他的心里,再也不会从他心里消退。玛尔哥特和伊丽莎白两人都已出阁，但是他不愿再见到她们，因为对往事的回忆有时以如此猛烈的力量把他压倒，以致他后来的全部生活和这段回忆的现实相比，反倒只成了一场幻梦和一片假象。他变成了那种跟爱情和女人都不可能再有任何关系的人，因为，他在他生活的某一瞬间已经把爱人和为人所爱这两种感觉如此充分地在自己身上结合起来，再没有什么欲望促使他去寻找那么早就已经落到他手里的东西了，那时他还是个少年，颤抖不已的双手惊慌失措地直往后缩。他漫游了许多国家，成了那些举止得体、文静安详的英国人当中的一个。许多人把他们当作没有感情的人，因为他们是那样的沉默寡言，他们的目光总是冷淡地从女人的脸上掠过，对她们的娇笑视而不见。谁想得到，他们在内心深处始终带着一些心爱人儿的肖像，他们的目光始终盯在这些肖像上面，这些肖像和他们的鲜血交织在一起。他们的鲜血围着这些肖像熊熊燃烧，就像供在圣母马利亚像前的长明灯一样。现在我也知道这个故事是怎么到我脑海里来的了。在我今天下午读的那本书里，夹着一张明信片，这是一个朋友从加拿大寄给我的。这朋友是个年轻的英国人，我是在一次旅途中认识他的。在漫长的夜晚，我常常和他谈天，在他的谈话里有时候非常神秘地闪烁着对两个女人的回忆，犹如立在远处的塑像，而这两个女人刹那间又始终和他的青春时代交融在一起。我和他谈话已是很久很久以前的事情了，当时的谈话我大概也早已忘怀。可是今天，我一收到这张明信片，这段回忆又从我心中升起，而且梦幻似的和我自己各式各样的经历混杂在一起，我仿佛觉得，他这个故事是在刚才从我手里滑落的这本书里读到的，或者是在一个梦中找到的。

可是现在屋里变得多么昏暗啊，在这深沉的朦胧夜色之中你显得离我又是多么遥远啊！我以为你的脸在那里，可我只看见一片轻柔的光影，我不知道，你是在微笑，还是在悲伤。你会因为我为一些萍水相逢的人们编造一些稀奇古怪的事情，梦想出各式各样的命运，然后又让他们滑回去，滑到他们的生活和他们的天地里去而微笑？还是说你会因为这个少年而悲哀？他从爱情的旁边走过，在这甜蜜的幻梦的花园里盘桓了一个小时，便永远地离开了它。瞧，我不希望这变成一则凄婉哀愁、令人黯然神伤的故事，我只想跟你讲一个少年，突然受到爱情的袭击，讲他自己的爱，和一个姑娘对他的爱。但是，人们在晚上讲的故事，终归都要陷入淡淡的哀愁的情绪。朦胧的夜色降落到这些故事上面，给它们蒙上层层轻纱，寓于夜色之中的全部悲哀像星斗全无的苍穹笼罩在它们上空，黑暗侵入它们的血液，叙述这些故事的明亮光彩、五颜六色的话语于是听上去便显得声韵丰满而又深沉，仿佛它们在述说我们自己的亲身经历。

(1911)①

① 本书中篇末未署名者，皆由张玉书译。

# 马来狂人*

一九一二年三月在那不勒斯的码头上，正当一艘巨型远洋客轮卸货的时候，发生了一件奇怪的不幸事件，各家报纸对此进行了大量的报道，可是都添枝加叶，渲染得神乎其神。我虽然也是“海洋号”上的乘客，但却和其他乘客一样，未能目睹这一离奇的事件，因为事件发生在深夜轮船装煤卸货的时候，我们为了避开嘈杂的声响，都下船登岸，到咖啡馆或者剧院消磨这段时光去了。尽管如此，我总认为，当时我未曾公开宣布的某些推测正好可以澄清那桩耸人听闻的事件，而且如今年代相隔久远，也使我可以利用当时一次推心置腹的谈话的材料，这次谈话是直接在那个离奇插曲之前进行的。

我准备乘“海洋号”返回欧洲。当我到加尔各答船舶代理处去订票的时候，办事员耸耸肩膀表示遗憾。他还不知道是否能给我保留一个舱位，现在正好是雨季之前，船上的票总是在澳大利亚就卖得一张不剩，他先得等新加坡发来的电报。使我欣慰的是，第二天他通知我，他可以给我签一个舱位，当然，这只是

---

* 本篇于一九二二年在小说集《马来狂人》（莱比锡海岛出版社出版）中首次发表。

一个不大舒适的舱位，在甲板底下，而且是在船的中部。我已经迫不及待地要返回老家了，因此我不多加犹豫，就叫他把这舱位签给我。

办事员给我说的情况一点不错。船上很挤，舱房很坏，是个又窄又小靠近蒸汽机的正方形角落，只有一扇圆窗送来一点微弱的亮光。滞重混浊的空气散发出油腻和霉烂的臭味。电风扇像只发了疯的铁蝙蝠在头上呼呼地旋转，简直一刻也摆脱不了它。脚下不断传来机器格达格达的声音，似乎有个运煤的小工喘着气一刻不停地在爬同一道扶梯。头上不断听见散步甲板上来来往往的拖沓的脚步声。所以我把皮箱往那灰色横栏构成的又霉又湿的坟墓里一塞，便赶紧逃回到甲板上来。甘美的和风掠过波面，从陆地上吹来，我从船舱里爬上来，像吸龙涎香似的痛吸了一口这甘美柔和的清风。

但是散步甲板上也拥挤不堪，骚乱不宁，到处是人，悠悠忽忽，五光十色。大家到了船上，无所事事，过分兴奋，便一面聊天，一面来回走动。女人们娇声娇气地嬉笑逗乐，人们不断地在甲板上狭窄的通道里兜着圈子，人群叽里呱啦地闲聊，从甲板上的椅子前面乱哄哄地一涌而过，然后转回来再碰头，碰了头再去转。这一切不知怎么叫我很不舒服。我看见了一个新的天地，很多画面迅速地互相交融，一一映入我的眼帘。于是我想把这些刚刚看到的东西加以思索、分解、整理、重新塑造；然而在这拥挤的通道上没有一刻安宁。书上的字句随着聊着天从旁闪过的人影化成一片模糊。在这无遮无拦人来人往的轮船过道上简直不可能独处一隅。

足足三天之久，我试着独处一隅，无可奈何地望着人、望着海，但是大海始终是那副模样，一片澄蓝，空空荡荡，只在日落的时候突然被泼上各种色彩。经过七十二小时之后，船上的人我都看熟了。每一张脸我都熟而又熟，女人们的尖声大笑不再惹我心烦，身旁两位荷兰军官橐橐的靴声也不再使我冒火。那么只好逃走，但是船舱里又热又湿，大厅里又有那些英国姑娘一个劲地用她们颇不高明的技巧在钢琴上弹奏着节奏生硬的圆舞曲。末了我只好毅然决然地把日夜颠倒过来，一到下午我就灌上几杯啤酒，喝得昏昏沉沉，然后钻进船舱，一觉睡到晚饭和舞会之后。

等我醒来，我那小棺材似的船舱里已经一片昏黑，闷得叫人难受。电风扇我已经关掉，空气又腻又潮，太阳穴像受着文火烧烤。我神志昏迷，过了好几分钟，才弄清楚这是何时、我身在何地。反正午夜大概已经过去，因为我既没听见音乐，也没听见不停的拖沓的脚步声，只有机器，这条鳄鱼的搏动的心脏，正气喘吁吁地把这咯吱作响的船身送到举目难辨的地方。

我摸索着登上甲板。甲板上空无一人。我抬起头来望了一眼阴森森的烟囱高塔和幽灵似的微微闪光的桅杆，一片奇幻的光亮突然射进我的眼帘。夜空发亮。和天幕上晶光闪烁的星星相比，夜空自是昏暗的，可是不然，它也发光，仿佛天际有一幅天鹅绒的帷幕遮住了满天强烈的光芒，仿佛光华四射的群星只是天窗和缝隙，从那里泄出难以描摹的光亮。我一生中从来没有看见过天空像那天晚上那样湛蓝清冷，可是又燃烧着、充溢着从星月中泻下的光线，像是从神秘莫测的天穹深处燃烧出来似的。轮船的边缘涂着白漆，映着月光，在天鹅绒似的深色海面上鲜明地显现出来。锚索、帆桁、一切窄长的、一切有棱有角的全都融化在这片漫溢的清光里。桅杆上的电灯，以及更高处瞭望台上的圆窗,都像悬空高挂在天际,人间这些昏黄的星星夹杂在天上光辉的星座之间。

那神奇的南十字星座正在我的头顶上,像是给人用闪闪发光的钻石钉子钉在浩渺的太空中,在天上轻轻浮荡,其实只是轮船在晃动。这个泅水的巨人微微地颤动着,吁着气,一上一下,一上一下冲破黑浪前进。我站着抬头仰望,仿佛正在沐浴,温水从头顶上灌下,不过这不是水而是光,洁白微温的光冲洗着我的手,柔和地浇淋着我的肩和我的头,似乎一直沁入我的内心。因为我突然俗念顿消,神清气爽。我轻松舒畅地呼吸,唇上突然像碰到了一剂清凉的饮料,这是空气,夹着果子的芬芳和远方海岛的香气,柔和,清淳,使人微醉。我上船以来,第一次感到那神圣的梦幻的欢乐和另外一种更肉感的欢乐,那就是想把我的肉体投进我周围的温柔之中。我想躺下来,举目仰望那白色的象形文字。但是躺椅和沙发都搬走了,在这空旷的散步甲板上找不到一处供人休憩冥想的所在。

我于是摸索着往前走,渐渐地走到轮船的前部,光线似乎越来越猛地从各种物件上向我射来,使我两眼发花。这洁白刺目的星光简直叫我痛苦,我直想躲进一个隐蔽的所在,直挺挺地仰卧在一床草席上,身上照不到星光,它只能在我上方,映照在我身边的物件上面,我就像从暗室里眺望外面的景色。最后我终于磕磕绊绊地迈过锚索,绕过铁绞盘,一直走近龙骨,俯身下望,只见船头冲进一片浓黑,溶化在水里的月光向两边分开,泡沫飞溅。铁犁一个劲地在这翻滚的黑泥地上起伏,我感觉到这被征服的元素①的一切痛苦,

① 指水、火、土、空气。

也感觉到这场耀眼的游戏中尘世威力的一切快乐。我看得出神，竟忘了时间的流逝。我这样站着已经一小时了呢，还是仅仅才几分钟。轮船像一只巨大的摇篮，一上一下地颠簸着我，使我忘记了时间的推移。我只感到疲乏，这种疲乏又像是一种快感。我直想睡觉，想做梦，可是又不愿离开这神奇的魔力，走进我的棺材。我不自觉地用脚去探身下的一堆锚索。我望了下去，双目紧闭，可是眼前并非完全黑暗，因为银色的清辉倾泻在我的眼上、身上。我觉得身下海水轻声作响，头上这个世界的银白清流发出难以听见的声音。这种响声逐渐涌入我的血液，我不再意识到自己的存在，我不知道这呼吸声是我自己发出的还是远远搏动的轮船的心脏发出的。我随波漂流，渐渐地迷失在这午夜的骚扰不宁的响声之中。

紧挨我身旁有人轻轻地干咳了一声，把我吓了一跳。我几乎已经沉入梦幻的境地，此刻不由得惊醒了。我先前一直双目紧闭，这时睁开眼睛四下探望，眼前的白光刺得我眼花。就在我紧对面，在船壁的阴影里有个东西一闪一闪，像是眼镜的反光。这时又有圆圆的一颗大火星一亮，一只烟斗。在我坐下来的时候，只是低头看了一下泡沫飞溅的船头，抬头望了一下南十字星座，显然没有看见这位邻人，他大概一直动也不动地坐在这里。我还有点神志恍惚，便不由自主地用德语说了声："对不起！"——"啊，哪里……"有人从暗处用德语回答了一声。

在黑暗里和一个人默默地坐在一起，紧紧地挨着他，可是又看不见他，我简直难以形容，这有多么古怪，多么可怕。我不由得产生这样一种感觉，仿佛这人在盯着我看，就像我正盯着看他一样。但是我们头上辉映涌流的月光很强,除了对方在阴影中的轮廓,谁也看不清谁。我觉得只听见他的呼吸声,和他吸烟斗的吱吱声。

这种沉默难以忍受。我恨不得马上走开。但是这又显得太粗暴,太唐突。窘迫之余我便取出一支香烟。火柴一亮,火光照亮这狭小的空间有一秒钟之久。我在眼镜后面看见一张陌生的面孔,无论是在吃饭的时候还是散步的时候,我在船上都没有看见过。不知是因为突然的火光刺痛了我的眼睛,还是一阵幻觉,他的脸显得怪模怪样,又阴沉又可怕,不像人脸。可是我还没有来得及看清他的五官,那匆匆亮了一下的脸庞又被黑暗所吞噬。我只看见一个轮廓,黑魆魆的躲在暗处,时而还看见烟斗的一圈红光,嵌在空中。谁也不说话,这种沉默像赤道的空气一样郁闷憋人。

我终于忍受不住,便站起身来客气地说了一声:“晚安。”

“晚安。”从黑暗里传来一声回答,声音沙哑生硬,好像嗓子生了锈似的。

我磕磕绊绊地往前走,穿过索具,绕过木柱,费了很大的劲。我身后响起一阵匆匆忙忙、跌跌撞撞的脚步声。我方才的邻人走来了。我不由自主地停住脚步。他并不挨近我,我透过黑暗从他的步态感觉到他心里有些恐惧和愁闷。

“对不起,”他急急忙忙地说道,“我有一件事情求您。我……我……”——他口吃起来,由于窘迫一时说不下去——“我……我完全因为私人的……纯粹是私人的原因,才躲在这里……一件伤心事……我避免和船上的人们来往……我指的并不是您……不是这个意思,不是……我只想求您……别跟船上任何人说，您在这儿看见过我，那我就感激不尽了……都是些私人的原因，此刻阻止我和人们来往……是呀……可是……如果您对旁人谈起，有人夜里待在这儿……我会感到很难堪的……我……”话说到这里又卡住了。我赶紧打消他的困惑，向他保证，一定满足他的愿望。我们握了握手。我便回到我的舱房里，昏昏沉沉地睡了一觉，做了很多离奇古怪、乱七八糟的梦。

我遵守诺言，对船上的任何人都没说起这次奇遇，尽管诱惑并不小。因为在航海途中，一点小事情，例如地平线上出现了一角船帆，从海里跳出一只海豚，一段新发现的艳史，一句不甚高明的笑话，都会变成了不起的事件。同时好奇心又折磨着我，我酷想多知道一些关于这位不寻常的旅客的事情。我翻遍了旅客名册，寻找一个可能是他的名字，我打量船上的旅客，看他们是否可能和他有关系。整个白天我急躁难耐，原来我一心只在等待夜晚来临，不知是否还会再遇见他。谜一般的心理现象对我一向具有很大的威力，简直使我坐立不安，我总想弄清楚事物的内在关系，这种欲望使我血液奔流。我只要一看见怪人，就可能迸发出一种想了解他的激情，这和那种想占有女人的激情相差无几。白天我百无聊赖，时间空空地打发过去。我早早地上床睡觉，知道我会在午夜醒来，心事会把我叫醒。

果然不错，我在昨天同样的时刻醒来。夜光表面上，长短针重叠成一条发光的线。我急急忙忙走出闷热的船舱，进入更加郁闷的黑夜。

群星像昨夜一样辉耀，把漫天的清辉倾泻在颤动的船身上，南十字星座高悬天际，晶光闪耀。一切都和昨天一样——在赤道地带白天和黑夜比我们的地区更像孪生姐妹——不过我的心里再没有昨天那种柔情涌流、如痴如梦的恍惚之感。不晓得什么东西吸引着我，使我慌乱，我知道它吸引我到哪里去：到船角那堆黑魆魆的船索旁去，不知道那个神秘的男人是否又呆呆地坐在那里。头上响起船上的钟声。这使我移步向前。我一步一步地往前走，心里既有反感，可又受到吸引。我还没有走到船壁那里，突然有个东西在那儿亮了一下，像是一只火红的眼睛，那是烟斗。原来他已经坐在那儿了。

我不禁吓得倒退了几步，站住了身子。再过一刹那我可能就走开了。这时在那边黑暗里有什么东西窸窸窣窣动了一下，站了起来，向前走了两步，猝然间我听见他的声音就在我的紧跟前，他压低了嗓子，声调很客气。

“对不起，”他说，“您显然是想回到您的老位子上去，我觉得您看见了我便退了回去。您请坐吧，我正要走了。”

我急忙对他说，他尽管留在这儿好了。我之所以退了回来，只是为了不打扰他。“您一点也不打扰我，”他说道，声调里透着一点愁苦，“相反，有个伴我反而快乐。十天以来我一句话也没有说过……其实好几年都没有说话了……真不好过，也许正因为什么事都得咽进肚里，几乎憋死我了……我在船舱里坐不下去，这个……这个棺材……我受不了啦……船上的人我也受不了，他们成天嘻嘻哈哈……我现在受不了这种笑声……我在船舱里都听见这种笑声，我堵起耳朵……当然，他们不知道……他们就是不知道，即使知道，这跟他们这些陌生人又有什么相干……”

他又停住了。可是突然又急急忙忙地说道：“我不愿麻烦您……请原谅我的唠叨！”

他鞠了个躬，打算走开。可是我急忙申辩："您丝毫也不麻烦我，能在这儿静静地听人说几句话，我也同样高兴……您抽支烟吧？"

他拿了一支烟。我给点上火。火光里，这张脸又从黝黑的船边上显现出来，可是现在是正对着我：镜片后面的一双眼睛正仔细地端详着我的脸，神情急切，有股疯狂的劲头。我不觉吃了一惊。我感觉到这个人有话想说，而且非说不可。我知道，为了帮助他，我得沉默静听。

我们又坐了下来。他那儿还有一把椅子，他请我坐下。我们的香烟一闪一闪地发光，他的烟头骚动不安地在黑暗里颤动，我由此看出他的手在发抖。可是我不作声，他也不吭气。突然他轻声问我："您很累了吧？"

"不，一点不累。"

从暗处传来的声音又犹豫了一阵。"我有一点事情很想请教您……也就是说，我有一点事情想告诉您。我知道，我知道得很清楚，刚遇见一个人，就向他倾吐心曲，这是多么荒谬。但是……我此刻……我此刻正处在一种可怕的心理状态中……我现在非跟什么人谈谈不可……否则我就毁了……您一定会理解这点，要是我……要是我刚才跟您说……我知道，您帮不了我的忙……但是我已经沉默得生起病来了……而在旁人看来，一个病人总是可笑的……"

我打断他的话，请他不要折磨自己。有什么话尽管跟我说……我当然不可能应承他什么事情，但是人人都有义务表示乐于助人。倘若看见有人陷于困境，自然就有义务予以帮助……

"有义务…… 表示乐于助人…… 有义务,设法帮助别人……那么说,您也认为,您也认为人人有义务……有义务表示乐于助人。"

这句话他一连说了三次。这种迟钝的固执的重复的语气,我听了很厌恶。这人是不是发疯了?是不是喝醉了?

可是,仿佛我把心里的这种推测大声嚷了出来似的,他突然用一种截然不同的声调说道:"您也许会把我当作疯子或者醉汉。不是,我不是疯子——现在还不是。只是您方才说的那句话很奇怪地打动了我的心……很奇怪,因为此刻折磨着我的,正是这句话:是否人人有义务……有义务……"

他又口吃起来。于是他干脆住口,振作一下又开始说道:

"我是一个医生。对于医生来说常常有一些情况,一些可怕的情况……就说是边缘情况吧,碰到这类情况,一个人简直不知道自己是否有一种笼统的义务……因为,不仅有一种对旁人的义务,还有一种对自己的义务,一种对国家的义务,一种对科学的义务。医生应该帮助别人,当然,医生的存在可不就是为了助人……但是这种信条终究是理论上的……到底帮助别人应该帮到什么地步?……您是一个陌生人,我跟您素昧平生,我请求您不要告诉别人您曾看见过我……好,您守口如瓶,您尽了义务……我请求您和我说几句话,因为我沉默得快要死了……您愿意听我说……好……但是,尽这些义务是容易的……可是万一我请求您,把我抓起来扔到海里去……那么您的殷勤好意,您的助人愿望便到头了。反正迟早有个尽头……只要一牵连到自己的生命,牵连到自己的责任,那就完了……迟早非有个尽头不可……迟早这种义务要停止的……难道说恰恰在医生身上不该停止吗？难道仅仅因为他有一张拉丁文的文凭就非得是一个拯救普天下苍生的救世主不成？要是有一个女……有一个人跑来，要求他做一个高尚的人，热心助人而又心地善良，难道他就的确非抛弃他的生命，非变成一个心无杂念的人不可？是啊，义务总有个限度，在力不从心的时候，恰好在这时候……”

他又顿住了，振作了一下。

“请您原谅……我一说就激动起来……可是我并没有喝醉……还没有喝醉……我老实告诉您，我现在也常常醉酒，在这难堪的寂寞之中……请您想一想，足足七年之久，我几乎纯粹生活在土人和野兽当中……简直不会心平气和地说话了。一开口，话语就夺口而出……请您等一等……好，我想起来了……我方才想请问您，想告诉您一件事，请教您一下，在那种情况下，人究竟有没有助人的义务……像天使那样纯洁无邪地助人，人究竟……可是我怕说来就话长了。您真的不累吗？”

“不累，一点不累。”

“我……我感谢您……您不喝点吗？”

他伸手到身后暗处去摸索了一阵。什么东西撞在一起，发出叮当的响声，那是他搁在身边的两三个、好几个酒瓶。他递给我一杯威士忌，我略微抿了一口，他却举起杯来一饮而尽。我们沉默了一会儿。钟响了：十二点半。

“好吧……我想向您叙述一件事情。请您假设，有一个医生，在一座小城市里……或者根本就在乡下……一个医生，他……一个医生……他……”

他又顿住了。然后他突然把他的椅子往我身边挪了一下。

“这样说不成。我得把一切事情直截了当地告诉您,从头说起,否则您不会明白……这件事不能打比方,不能抽象地谈……我必须把我的具体事情说给您听。不该那么羞羞答答、藏头露尾地讲……人家在我面前也是脱得赤条条一丝不挂的,把他们身上的癣、大小便给我看……要想得到医治,不可含糊其辞,不可有任何隐瞒……所以我不跟您说一个虚无缥缈的医生的事情……我脱得赤条条地对您说:我……在这该死的寂寞之中,在这可诅咒的国度里我已经忘记了害羞是怎么回事。这个可诅咒的国度吞噬人的灵魂,吸尽人的骨髓。”

我大概做了一个什么动作,因为他又住口不说了。

“啊,您表示抗议……我明白,您看见印度欣喜若狂,神庙,棕榈树,为期两个月的旅行中所看到的全部罗曼蒂克的风光,这一切您都非常喜欢。不错,热带风光是富有魔力的,要是您望着火车、汽车或者人力车驶过热带地区的话。七年前我初到印度的时候,感觉也是如此。什么事情我都梦想着去做,我要学当地的语言,用原文阅读那些经典,研究地方病,进行科学研究。调查土人的心理状况——或者像欧洲人的俗话所说的——做一个传播人道和文明的传教士。到这里来的人都有着同样的梦想。可是在这座看不见的玻璃房子里,人的力量渐渐耗尽,无论吞服多少奎宁,还是要得热病。热病一直侵入骨髓,人就变得虚弱懒散,软弱无力,成了水母。如果欧洲人离开大城市,来到一个该死的罪恶的小镇,不知怎的,就会判若两人,迟早都会受到损害,有的酗酒,有的抽鸦片,有的打人,变成野兽——每个人都会沾上一种毛病。他们都向往着欧洲,梦想着有朝一日又能在一条大街上漫步,在一间豁亮的石头房间里和白种人坐在一起。他们年复一年地这样梦想着，可是等到休假的时候来到，人已经变得过于懒惰，不愿动身。他们知道自己在大洋彼岸已为人所遗忘，无亲无故，就像这大海中人人踩踏的贝壳。于是他们便留下来，待在这炎热潮湿的森林里潦倒颓丧。我把自己出卖给这座烂泥窝的那一天，真该诅咒……

“话说回来，我这样做也并非完全出于自愿。我在德国学过医，成为一个货真价实的医学士，一个高明的医生，甚至在莱比锡医院里谋得一个职位。一本业已湮没无闻的某一年的医学杂志当时曾经为一种新的针剂大吹大擂，而第一个研制出这种针剂的就是我。这时我堕入了情网。我在医院里认识了一个女人。这个女人把她的情人折磨到发狂的地步，结果她的情人竟开枪打她。不久我也变得和那个情人一样的疯狂。这个女人神态高傲，冷若冰霜，把我弄得神魂颠倒。我总是受那些惯于颐指气使的、厚颜无耻的女人的辖制。而这一个呢，把我收拾得服服帖帖，我简直对她百依百顺。我——咳，有什么不可讲的呢，事情都过去七年了——我为了她的缘故挪用了医院里的公款。事情败露之后，闹得天翻地覆。我的一个叔叔暗中打点，事态总算没有扩大，可是我的前程就此断送。当时我正好听说，荷兰政府招募医生到殖民地去，并且预支给应招者一笔钱。我当时立刻想到，这必定不会是什么好差使，所以才预先给钱。我知道，在这些热病蔓延的种植园里，死人坟墓上十字架数目的增长比我们这儿快三倍。可是一个人年轻的时候，总以为热病和死神只会光顾别人。再说我当时也没有多加选择的余地。我就乘车前往鹿特丹，签了十年的合同，拿了一大沓钞票。一半我寄回家去给我叔叔，还有一半在那儿的码头区叫一个女人给弄走了。这个女人把我身上所有的东西都骗个精光,就因为她跟那条该死的母狗长得一模一样,我就这样身无分文、没有怀表、不抱幻想地从欧洲扬帆远航。我们的船驶出港口的时候,我并不特别忧伤。我坐在甲板上,跟您一样,望着南十字星座和棕榈树,心胸开阔起来——啊,树林,孤寂,宁静,我梦想着!好——寂寞我可是领略了个够。人家没有把我安插到贝塔维亚或者泗水去,没有安插到有人、有俱乐部、有高尔夫球、有书、有报的城市里去,而是——咳,地名和正题无关——调到一个小镇上,离开最近的一个城市也有两天的路程。有那么几个既无聊又干瘦的官员,几个欧亚混血儿,我成天就跟这些人厮混,除此之外,远近只有树林、种植园、丛莽和沼泽。

"起先日子还过得去。我进行各式各样的研究;有一次,副总督在驱车出巡的时候翻车压断了腿,我在没有助手的情况下给他做了手术,人们对此哄传了好一阵;我收集当地土人的毒药和武器;我从事成百件小事,使自己不至于萎靡不振。可是从欧洲带来的力气还没有耗完的时候,这样做还行,不久我就委顿了。仅有的几个欧洲人叫我看了厌烦,我和他们断绝了来往,我没事就喝酒,胡思乱想。只要再熬三年,合同期满,我将拿到一笔退休金,就可以返回欧洲,重新开始新的生活。其实我本来就无所事事地等待着,等待着。要是她……要是这件事情不发生的话,我到今天还这么坐着干等呢。"

黑暗中说话的声音停住了。烟斗的火光也不亮了。周围一片寂静,我一下子又听见海水拍击龙骨泡沫飞溅的声音和轮机的遥远而低沉的心脏搏动。我很想再点起一支香烟,可是我怕火柴猛地一亮，照在他的脸上。他一个劲地沉默不语。我不知道，他是说完了，迷糊了，还是睡着了，他的沉默是如此的深沉。

船上的大钟干脆有力地敲了一下：一点钟。他悚然一惊：我又听见玻璃杯碰击的声音。显然他又伸手到脚下去摸威士忌。轻轻地咕嘟一声，他喝了一口——突然又响起了他的声音，可是这声音现在似乎变得更加紧张急切，更加热情激越。

“是啊……请您等一等……是啊，情况就是这样。我就这样干坐在我那该诅咒的小窝里，就像一只蜘蛛待在蛛网里，好几个月，一动也不动。雨季刚过去，已经一连几个星期，雨水拍打着屋顶，没有一个人，没有一个欧洲人来过，整日价坐在屋里和我的黄皮肤女仆们做伴，喝我的上等威士忌。我当时恰好情绪低落，日夜思念欧洲：我只要在哪本小说里读到阳光普照的大街和白皮肤的女人，我的手指就激动得抖个不住。我没法向你完全描述我当时的情况，这是一种热带病，一种时而袭来的寒热病似的猛烈却又无力的怀乡病。我记得我当时正坐着看一张地图，梦想着进行种种旅行。这时有人使劲地敲门。站在外面的一个听差和一个女仆，都惊讶得瞪大了眼睛：他们比手画脚地说：有位太太来了，是位夫人，是个白种女人。

“我霍地站起。方才我没听见有汽车开过来的声响。一个白种女人到这个丛莽世界里来？

“我想到楼下去，可是刚举步又猛地退了回来。我向镜子里瞥了一眼，匆匆忙忙地整理了一下我的衣服。我心烦意乱、焦灼不安，为不愉快的预感所折磨，因为我不知道在这个世界上会有人出于友好的动机前来看我。我终于走下楼去。

“有位太太在前厅等候，看见我就快步迎了上来。一张厚厚的乘汽车用的防尘面纱遮住了她的脸。我想向她问好，可是她很快地就接过话头。‘您好，大夫，’她用英语十分流畅地说道——我觉得有点过于流畅，就像是事先练好的——‘请原谅我这个不速之客。我们刚才正巧在镇上，我们的汽车就停在那儿，’——我脑子里飞快地闪过一个念头，干吗她不把汽车一直开到门口——‘我突然想起，您就住在这儿。我已经听人谈起很多您的事。您上次给副总督动手术，真是妙手回春，现在他的腿已完好如初，他跟从前一样玩高尔夫球了。是啊，我们还一直在谈论这件事呢，我们宁愿不要我们那里所有的怨气冲天的外科医生和另外两个大夫，换您到我们那儿去。说真的，您怎么老不在城里露面，您过的日子活像个苦行僧……’

“她就这样叽里呱啦地说个没完，越说越急，根本不让我有插嘴的余地。她喋喋不休地说了这番傻话，我听出她有些心烦意乱、心神不定，我自己也不觉烦躁不安起来。我暗忖她干吗说个没完没了，干吗不把面纱摘了？她在发烧吗？她病了吗？她是不是疯了？我变得越来越不安了，因为我发现我这样一声不响地站在她面前，听凭她劈头盖脑地给我浇上一场倾盆大雨似的废话，显得非常可笑。最后她终于稍稍停顿了一下，我才能请她到楼上去。她对听差一摆手，让他留下，然后走在我的前面，迈步上楼。

“‘您这儿真美，’她一面在我屋里四下环顾，一面说道，‘啊，这么多漂亮的书！这些书我都想读它一遍！’她走到书架跟前，仔细端详着书名。自从我迎上前去接待她以来，她这是第一次有那么一分钟没吭声。

“‘我可以给您沏杯茶吗？’我问道。

“她也不转过身来，还是一个劲地只看书名。‘不用，谢谢您，大夫……我们马上又得继续上路……我没多少时间……只不过是一次小小的远足……啊，您这儿还有福楼拜，这个作家我喜欢极了……妙极了，真是妙不可言，这本《情感教育》……我发现，您还读法文书呢……您懂的东西真多啊！……不错，德国人，德国人在学校里什么都学了……掌握那么多外语，真了不起！……副总督对您的本事坚信不疑，他老是说，只有您一个人给他做手术，他信得过。……我们城里那位好心的外科医生只能陪着打打桥牌……话说回来，您知道吗……’——直到现在她还背冲着我——‘今天我自己脑子里也闪过这么个念头，我得找您请教请教……刚才我们恰好从这儿路过，我就想……我看您现在大概正忙着吧……那我宁可下次再来！’

“‘你干脆把牌亮出来吧！’我当时心中暗想。可是我不动声色，只是对她说，现在还是不论什么时候，只要她愿意，为她效劳对我来说都是三生有幸的事。

“‘不是什么了不起的病，’她说着把身子转过一半来，同时从书架上取下一本书，随便翻看着。‘不是什么了不起的病……小毛病……妇女的病……头晕、昏厥。今天早上我们的汽车拐了个弯，我就突然栽倒了，昏死过去……听差不得不在汽车里扶着我，取水给我喝……咳，说不定司机开得太快了，您说呢，大夫？’

“‘我没法这样随便判断。您经常这样昏倒吗？’

“‘不……啊，是的……近来老是这样……恰好在最近一段时间……是的……老是这样晕眩恶心。’

“她又站在书架子前面，把书塞回去，另外抽出一本，翻阅着。真奇怪，她干吗翻书的时候老是这么……这么心烦意乱啊，干吗她不把面纱掀起来看人啊？我故意一声不吭，让她等着，我觉得这样挺有意思。最后她终于又开口了，还是她那喋喋不休、满不在乎的口气。

“‘这不是什么严重的病吧，大夫，是不是？不是热带病……不是什么危险的病……’

“‘我得先看看，您有没有发烧。请让我按按您的脉……’

“我向她走去。她稍稍地往旁边躲了一下。

“‘不用，不用，我没有发烧……肯定没有发烧……自从出现这种昏厥现象以后，我每天自己量热度。从来没发烧，一点问题也没有，总是三十六度四。我的胃也没病。’

“我迟疑了一会儿。整个这段时间里，我心里总有这么一个疑团：我感觉到，这个女人有求于我，人家到这个丛莽里来，总不是来谈福楼拜的吧。我让她等了一两分钟，然后我直截了当地说道：‘请原谅，我可以非常坦率地提几个问题吗？’

“‘当然可以，大夫！您是大夫嘛！’她回答道，可是说着她又转过身去，背冲着我，摆弄起书来了。

“‘您生过孩子吗？’

“‘生过，有个儿子。’

“‘您过去……您以前……我是说，您生孩子以前，您有过类似的情形吗？’

“‘有过。’

“她的声音现在完全变了。变得清清楚楚，十分肯定，不再是喋喋不休的神经质的语气。

“‘请您原谅我提这个问题……您现在是不是可能又处在

类似的情形之中了呢?'

"'是的。'

"她这两个字说得斩钉截铁,像小刀一样锋利。她转过去的头,丝毫也不颤动。

"'夫人,也许最好让我给您进行一次全身检查……请您到另一间屋子里去,好吗?'

"这时她猛地转过身来。我透过面纱,感觉到一股冷森森的、坚决的目光向我直射过来。

"'不了……这没有必要……我对自己的情况心里完全有数。'"

那声音迟疑了一会儿。斟满酒的杯子在黑暗里又闪了一下。

"好吧,请您接着听吧……不过,请您首先花片刻时间,设法把这事好好考虑一下。一个男子在孤寂之中消沉下去,冷不防有个女人闯到他的跟前,几年来这是第一个白种女人踏进他的房间……突然之间我感觉到,屋里有了什么不祥的东西,有一种危险。我感到一阵寒噤:这个女人的钢铁般的坚定使我毛骨悚然。她走进屋来,滔滔不绝地说个没完,接着一下子就提出她的要求,就像拔出一把匕首一样。因为她所要求于我的事,我已经知道,我马上就知道了——女人们要求我做这样的事,这并不是第一次。不过她们来的时候都是另外一副模样,要么羞惭满面,要么苦苦哀求,她们是流着眼泪来求我的。可是这一位……是啊,这一位却是钢铁般的男子汉似的坚决……我从第一秒钟起就感觉到,这个女人比我坚强……她要我屈服,就能使我屈服于她的意志,可是……可是……我心里也有一些恶的东西,我心里的男子汉在抵抗，有那么一股子怒火，因为……我刚才已经说过了……从第一秒钟起，是啊，我还没看见这个女人，我就觉得她是个敌人。

“我先保持沉默，沉默得执拗而顽固。我感到，她隔着面纱盯着我，目不转睛，带着挑战的神气，想逼我说话。可是我并不那么轻易就屈服。我开始说话，可是……说得拐弯抹角……我无意识地也模仿起她那种喋喋不休、漫不经心的口气。我假装不明白她的意思，因为——我不知道，您是否能够体会这点——我要逼得她把态度放明朗点，我不愿意自己凑上去，而是要……人家来央求我……尤其要她来求我，因为她是这样的专横倨傲……因为我知道，就是女人的这种骄矜傲慢、冷若冰霜的态度使我觉得自愧不如，低她们一头。

“于是我信口胡诌，说这不是什么严重的病，这种昏厥是妇女正常的生活现象，非但不是什么坏事，相反，它几乎还保证健康发育。我广为引证医学杂志上登载的病例……我一个劲地说啊说啊，随随便便，轻描淡写，始终把她的情况看成是无足轻重的小事一桩……我一直等着她来打断我的话头。我知道，我这么说她是受不了的。

“果然她插嘴了，口气很尖利，还做了个手势，仿佛要把这些安慰人的空话全都抹掉似的。

“‘大夫，使我不安的不是这个。在我生我儿子的那会儿，我的身体比较好……可是现在我的身体不是那么好①……我的心脏有病……’

---

① 原文为英文。

“‘啊,心脏有病,’我重复了一遍,假装焦虑不安的样子,‘那我得马上检查一下。’我动了一下,像是想站起来去取听诊器似的。

“可是她马上就插嘴了。她的声音现在又尖利又坚决——就像在下命令。

“‘我的心脏有病,大夫,我必须请您相信我跟您说的话。我不愿意进行体格检查浪费许多时间——我认为,您可以对我表示更大的信任。我至少已经向您表示了足够的信任。’

“现在战斗打响了,这是公开的挑战。我接受了她的挑战。

“‘信任的前提是坦率,无保留的坦率。请您把话说清楚,我是个大夫。首先请您把面纱摘了,坐下来,别去摸那些书,别绕圈子。没有人戴着面纱去瞧病的。’

“她盯着我,身体挺得笔直,神情高傲。她犹豫了一会儿,然后坐下来,撩起面纱。我看见了一张脸,就像我所害怕的那样,是张看不透的脸,表情严峻,不露声色,具有一种不受年龄影响的美,长着一双灰色的英国人的眼睛,看上去异常平静,实际上在这双眼睛背后可以想象出各式各样热烈的情欲。这张嘴唇极薄、抿得很紧的嘴,如果自己不愿意说,是不会泄露任何秘密的。我们互相盯着看了一分钟之久——她的眼睛里既含有命令,同时又含有询问的神气,一种冷酷的、钢铁般的残忍的表情,我忍受不住,情不自禁地把眼光移到旁边。

“她用手指的关节轻轻地敲着桌子。这么说她也心烦意乱。然后她突然很快地说道:‘大夫,您知道我找您干什么吗,还是说,您并不知道?’

“‘我想我是知道的。可是让我们摊开来明说吧。您想结

束您目前的状况……您要我使您摆脱昏厥和恶心,办法是……把病根彻底清除。是这个意思吗?'

"'是的。'

"就像刑斧坠落,咔嚓一响,这两个字吐了出来。

"'您是否也知道,这样的尝试是危险的……对我们双方都危险?'

"'知道。'

"'法律是不许我这样干的?'

"'有那么一些情况,非但不禁止这么干,反而还认为有必要这么干呢。'

"'可那是要有一份医生的诊断书的。'

"'您会找到这份诊断书的。您是医生。'

"她说这话的时候,目不转睛地盯着我,目光明亮,眼睛眨也不眨。这是一道命令,我这个软骨头浑身颤抖,对她的意志这种魔鬼似的专横跋扈暗自钦佩。可是我还在挣扎,我不愿意暴露出自己已经被踩得粉碎。——'千万别让步得太快!多添点麻烦!逼得她来求你。'一种莫名的欲望在我心里一闪。

"'这事并不永远取决于大夫的主观意愿。可是我准备和医院里的一位同事……'

"'我不要您的同事……我是来找您的。'

"'我可以问一下吗,干吗偏偏找我?'

"她冷冷地看我一眼。

"'我不怕把实话对您说。因为您住在偏僻的地方,您并不认识我——因为您是个医术高明的大夫,因为您……'说到这里她第一次迟疑了一下——'大概不会在这个地区再待多久,

特别是您……如果您能带一大笔钱回家去的话。’

“我感到浑身一阵寒噤。这样精确的盘算，这种铁一样的生意经使我震惊晕眩。到现在为止，她还没有开口央求过我——可是一切早已计算得清清楚楚，首先对我进行多方侦察，然后一下把我抓住。我觉得她这种魔鬼般的意志咄咄逼人，可是我凭着全部的怒火奋起抵抗。我再一次强迫我自己采取就事论事的态度——几乎是嘲讽的态度。

“‘而这一大笔钱您打算……打算给我支配？’

“‘为了酬谢您的帮助，也为了让您立即动身。’

“‘您知道吗，这样一来我的退休金可就吹了？’

“‘我将赔偿您的损失。’

“‘您的意思非常清楚……不过我要求您更明确些。您打算提出多大一笔款子作为酬金？’

“‘一万两千盾，阿姆斯特丹银行兑现的现金支票。’

“我浑身哆嗦……我浑身发抖，因为愤怒……也因为赞佩。她什么都计算好了，这么一大笔款子，还有支付的方式，这样我就被迫动身离境，她还不认识我，就已经掂了我的分量，把我给收买了，她的意志早已预先在支配我了。我恨不得扇她两个嘴巴……可是我，我浑身哆嗦地站了起来——她也站了起来——四只眼睛互相逼视着，我看到这张不肯央求的紧闭的嘴，和她那不肯屈服的傲气凛然的额头，这时我突然产生……一种……一种残暴的欲念。她想必也有所感觉，因为她扬起了眉毛，就像人家想撵走一个讨厌的家伙似的。我们两人之间的仇恨突然赤裸裸地表现出来了。我知道，她恨我，因为她需要我，而我恨她，因为……因为她不肯央求我。这一秒钟的沉默实际上是我们两人第一次真正开诚布公的交谈。然后像条爬虫咬了我一口似的，我突然闪过一个念头，我就对她说……对她说……

“可是请您等一等，要不然您会错误理解我干的事情……我说的话的……我得先向您解释一下……这个疯狂的念头是怎么在我脑子里出现的……”

黑暗里玻璃杯又轻轻地碰击了一下。那人的声音更激动了。

“我并不是想宽恕我自己，为我自己辩护，洗刷我自己……可是要不然您不会明白的……我不知道我以往的为人是否善良，不过……我想，我一直是乐于助人的……在那儿生活糟得不行，能够用学到的那点科学知识救人一命，是唯一的快乐，是一种莫大的乐趣……的确是这样，我最美好的时刻乃是，一个黄皮肤的小伙子跑来，吓得脸色青里透白，脚上给蛇咬了一口，肿得老高，哭着号着，求我别把他的腿锯掉，而我终于成功地救了他。要是有一个女人发着高烧卧病在床，我会驱车一小时去出诊——就是像这个女人要求我做的事，我也帮过忙，我还在欧洲的医院里工作的时候，就帮过这种忙。但是在这种情况下你至少觉得，这个人是需要你的，你至少知道，你救了某人一命，或者使某人免于绝望——这种别人需要你的感觉，你在帮助别人的时候，自己也需要这种感觉。

“可是这个女人——我不知道，我能不能向你描绘我的心情——她激怒了我，她像逛大街似的溜溜达达地走进屋来，从这一瞬间起，她那傲气十足的架势就激起我的反抗——我该怎么说才好呢——她把我身上一切被压抑着的、一切隐蔽着的、一切恶的东西都激发起来进行抵抗。她到这儿来要贵妇人的派头，冷若冰霜，不可接近，把性命攸关的事情，当作一笔买卖，这简直使我怒不可遏……再说……再说……话说到底，总不是因为打打高尔夫球就把肚子给弄大的吧……我知道……这就是说……我突然一下子——我当时就闪过了这么一个念头——说不定非常清楚地想起，这个淡漠的女人，这个高傲的女人，这个冷若冰霜的女人，我只要在看她的时候，带点抵御的神气，稍微有点拒绝的样子，她那铁灰色的眼睛上面，眉毛便笔直地竖了起来，可是在两三个月之前，她曾经跟一个男人在床上滚来滚去，像畜生似的赤条条一丝不挂，说不定浪得兴起，淫声艳语不绝，两个身体汇成一体，就像两个嘴唇交吻。在她神情高傲、摆出一副拒人于千里之外的冷漠神气，活像一个英国军官那样地盯着我看的时候，我脑海里闪过的就是这个火烧火燎的念头……于是我心里的一切都紧张了起来……我一心只想凌辱她……从这一瞬间起，我透过她的衣服，看见她赤裸裸的肉体，从这一瞬间起，我活着只有一个念头，那就是把她占有，从她那倔强的嘴唇里挤出一声呻吟，像那个、像另外那个我不认识的男子那样，在销魂荡魄之际触摸一下这个冷淡高傲的女人的肉体。这点……这点我想向您解释一下。我这个人不论有多么堕落，可我作为医生从来没有试图乘人之危……但是这一次，并不是因为欲火，并不是因为性欲，的的确确不是这样……要是这样，我会承认的……这一次只是强烈地渴望煞煞这股傲气……作为一个男人来煞这股傲气……我想，我已经跟您说过，神态高傲、近乎冷漠的女人一向对我具有某种威力……可现在又加上在这儿生活了七年没有和一个白种女人在一起，我简直一点抵抗力也没有了……因为本地的姑娘，这些叽叽喳喳纤小秀气的鸟儿，只要有个白人，有个‘洋老爷’要她们，她们就毕恭毕敬地浑身哆嗦，低三下四地委身相从，她们对你总是张开怀抱的，总是准备咯咯地轻声娇笑着来侍候你……可恰好是她们的顺从和奴性使你败兴……现在你明白了吧，要是突然之间出现了一个女人，傲气十足，满腔仇恨，从头到脚包得严严实实，连手指尖都深藏不露，可是同时又闪耀着神秘的光彩，蕴藏着往日的激情……这样一个女人突然大胆放肆地走进一个男人、一个孤寂饥饿、与世隔绝的人形野兽的笼子里来，你明白了吧，这会对我产生什么样令人晕眩的影响。这一点……我说出这一点，只是为了好让您明白随后发生的事。于是……我满怀着某种邪恶的贪欲，想到她赤身裸体、娇媚肉感、恣意销魂的情景，心里如醉如痴，我仿佛全身振奋了起来，外表上却装出无动于衷的样子。我神情冷漠地说道：‘一万两千盾？……不干，为这么点钱我是不会干这件事的。’

“她凝视着我，脸色有些发白了。她大概已经感觉到，我这样反抗并不是出于贪财。可是她还是问了一句：‘那么您要什么呢？’

“我不再用冷漠的口气说话。‘咱们干脆把牌亮开来吧！我不是生意人……我不是《罗密欧与朱丽叶》里的那个可怜的药剂师，为了一点昧良心的赃金①，出卖他的毒药……我也许跟生意人正好相反……您会发现，通过这条途径您的愿望是不能实现的。’

“‘这么说您不愿意干？’

① 原文为英文。

“‘给钱不干。’

“霎时间我们两人当中出现了一片寂静，静到了我第一次听见她呼吸的声音。

“‘此外您还能希望得到什么别的东西呢？’

“这下我再也控制不住自己了。

“‘我首先希望您……您别像跟个小贩似的而是要像跟一个人似的跟我说话，如果您需要我的帮助，别一上来就搬出您那些可耻的钱来，而是请求……我这个人去帮助您这个人……我不仅仅是个医生，我不单单只有看病的时间……我也有别的时间……也许您正好是在这样一种时间里来到我这里……’

“她沉默了片刻。然后她的嘴轻轻一撇，微微颤抖了一下，很快地说道：

“‘这么说，要是我求您……您就会干这事的啰？’

“‘您马上又想做笔交易了——您只有在我先答应您的情况下，您才肯请求。可是您先得央求我——然后我才会答复您。’她把头一昂，就像匹桀骜不驯的马一样。她怒容满面地直视着我。

“‘不——我不会求您，宁死也不求您！’

“这时候一股怒火涌上我的心头，一股炽热的毫无道理的怒火。

“‘您不愿意央求，那我就自己提出要求。我想，我不必明确说出口来了吧——您知道，我希望从您那儿得到什么。然后——然后我就会帮助您。’

“她目不转睛地瞪了我一会儿。然后——啊，我没法，我没法说，这有多么可怕——然后她的脸一绷，猛的一下子笑了起来……她用一种无可名状的轻蔑神气冲着我的脸哈哈大笑……这种轻蔑神气，使我无地自容……同时又使我心醉神迷。这种轻蔑的笑声犹如一声爆炸，来得那么突然，可说是骤然发作，被一股巨大的力强烈地触发了出来，我……是啊，我简直要匍匐在地，去吻她的脚。前后不过一秒钟之久……就像是一道霹雳，我觉得浑身在着火……这时她已经扭转身子，快步向门口走去。

"我身不由己地想追上去……向她道歉……苦苦求她……我的力气已经完全瓦解了……她又一次扭过头来说道……不，是下达命令：

"'您千万不要冒险跟踪我或者盯我的梢……您这样做要后悔的。'

"说罢砰的一下关上了房门。"

说到这里他又迟疑了，又沉默了……又只听见哗哗的水声，仿佛月亮的清辉一泻千里。接着终于又响起了他的声音 。

"房门砰的一声给关上了……可是我一动不动地站在原地……我似乎被她的那道命令给催眠了……我听见她走下楼梯，关上大门……我听见了一切，我一心只想追上去，我不知道，是想把她叫回来，还是想打她或者掐死她，反正想追上她，追上她……可是我动弹不得，我的四肢像触了电似的全都麻痹了……我被这道目光的专横的闪电击中了，一直击中我的骨髓……我知道，这是无法解释的，无法叙述的……这话也许听上去很可笑，可我确实就那么站着，呆若木鸡……过了好几分钟，也许是五分钟，说不定是十分钟，这才从原地挪动了脚步……

"可是我刚挪动第一只脚，就急不可耐地快跑起来……我一下子飞奔下楼，……她可能只走完了那条通向镇里去的马路……我冲到车棚去取自行车，发现忘了带钥匙，于是我使劲扳开竹子编的棚门，弄得劈啪乱响，折断了好些竹子……我纵身跳上自行车，飞快地向她追去……我必须……我必须趁她还没走到小轿车跟前，就追上她。我非跟她谈谈不可……

“马路从我身旁掠过……现在我才发现，我刚才在楼上木鸡似的呆呆地站了有多久……因为我发现她已经到了树林那儿拐弯的地方，就在镇子口上，听差陪着她，她正迈着直挺挺的僵硬步伐急急忙忙地向前走去……可是她大概也看见了我，因为她跟听差说了几句话，听差就停步留了下来，她一个人继续往前走。……她想干吗？……她干吗要把听差留下？……她想和我谈话，不让他听见？……我拼命蹬我自行车的踏脚……突然之间有样东西从马路边上向我扑了过来……是那个听差……我刚来得及把车往边上一拐，就一下摔了出去……

“我骂骂咧咧地爬起来……情不自禁地举起拳头，想给这个蠢货一下，可是他跳开了……我扶起自行车，想重新上车……可是这个混蛋又跳过来一把抓住自行车，用他那蹩脚的英语说道：‘您待在这儿’①。

“您没在热带地区待过……您不知道，这样一个黄种混蛋抓住一个白人‘老爷’的自行车，还命令这位‘老爷’待在那儿不许动，在那儿是怎样的放肆行为。我非但不予回答，反而照着他的脸一拳打去……他晃了几晃，可是抓住自行车不放……他那双眼睛，那双胆怯的小眼睛睁得大大的，流露出奴性十足的恐怖

---

① 原文为英文。

神情，可是他的手紧紧抓住车把，死也不放……‘you remain here.’他又嗫嚅了一遍。幸亏我身边没带手枪，要不然我会一枪把他打死的。‘滚开，你这个流氓！’我只吼了一声。他缩着脖子，盯着我看，可是他的手抓着车把不放。我又照着他的脑袋打了一拳，他还是不松手。这下我可火冒三丈了……我发现她已经走了，说不定已经溜掉了……于是我用真正拳击的方式，在他下巴颏上猛击一拳，他像一阵旋风似的倒了下去。现在自行车又到了我的手里……可是等我跳上去，车子却骑不动……刚才使劲把车子夺来夺去，钢丝拧弯了……我两手哆哆嗦嗦地，企图把钢丝扳直……可是不行……我就把车扔在道上，就扔在那个无赖身边。他流着血从地上爬起来，赶紧往旁边一闪……然后，啊不，您没法体会，在那大庭广众之下，这是多么可笑，一个欧洲人……咳，我已经不知道自己在干什么……我心里只有一个念头，跟着她，追上她……于是我就跑，活像个疯子沿着马路往前飞跑，两边茅屋里那些黄种人十分惊讶地挤在门口，看一个白种人，看这个医生在那儿猛跑。

“我汗水淋漓地赶到镇上……我第一句话就问：小轿车在哪儿？……刚刚开走……大家都非常惊异地望着我，我在他们眼里，大概活像个疯子，满身尘土，一头的汗，人还没站住，就大叫大嚷地发问……我看见马路那头汽车风驰电掣而去，卷起一股白烟……她逃跑成功了……成功了，正如她那坚定的盘算，坚定到残忍地步的盘算的一切细节都必然成功一样。

“可是逃跑对她也无济于事……在热带地方的欧洲人当中是没有秘密可言的……大家彼此全都认识，事无巨细都会引人注目……她的司机在镇公所的平房里不是白白待了一小时的……几分钟之后,什么情况我全都知道了……我知道了她是谁,……她住在城里……住在首府,从这儿坐火车去要八小时的路程……她是,咱们就这么说吧,她是一个大商人的妻子,家资万贯,出身高贵,是个英国女人。我知道,她丈夫到美国去了五个月,过几天就要回来,接她一起回欧洲去……可是她——这个念头像毒药似的烧灼着我周身的血液——她目前的状况至多只能再维持两三个月……

“到此为止,所发生的一切事情,我还能使您明白……之所以能使您明白,大概只是因为到这一瞬间为止,我还能理解我自己……我还能作为医生对我自己的状况做出诊断。可是从此刻起,我就像发了高烧似的……我失去了对自己的控制……这就是说,我知道自己所做的一切是多么荒诞不经,可是我已控制不住我自己……我已经不再理解我自己……我像着了魔似的,奔向我的目标,一个劲地往前跑……您且等一等……说不定我还是能使您理解……您知道马来狂是怎么回事吗?”

“马来狂? ……我好像记得……这是在马来人当中流行的一种癫狂症……”

“不仅是癫狂……这是一种疯病,一种狂犬病……一种狂暴的、荒诞的偏执狂的发作,任何一种酒精中毒都无法与它相提并论……我住在当地的时候曾经亲自研究过几个病例——观察别人的情况总是非常聪明非常冷静的——可是并没有揭示出这种疯病起源的可怕秘密……反正无论如何总是和气候有点关系,和这种郁闷压抑的气氛有关,就像一阵暴风雨压迫着人的神经,直到神经崩裂……所以说马来狂……是啊,马来狂……就是这样:一个马来人,随便哪一个,非常普通,非常和善,慢慢地啜饮着自己家酿的酒……就这么坐在那儿，神情呆滞，样子冷漠，有气无力……类似我坐在自己房间里那样……突然猛地一下子他跳起身来，抓了一把匕首便跑上街去……他笔直地往前跑，一个劲地往前跑……自己也不知道往哪儿跑……不论是人还是畜生，如果拦住他的去路，他就用马来匕首把他捅倒在地，这种嗜血的醉意只有使他更加激昂暴烈……他一面狂奔，一面口吐白沫，像疯子一样嚎叫……他不断地跑呀跑呀……不东张西望，不左顾右盼，只是一个劲地尖声嚎叫，握着血淋淋的匕首，笔直往前狂奔猛跑，叫人看了毛骨悚然……村里的人都知道，没有任何力量能够拦住一个马来狂人……所以只要有个狂人跑来，大家都高声喊叫，互相警告：‘马来狂！马来狂！’大家都四下奔逃……可是他视而不见，听而不闻，只是一个劲地跑，见人捅人，见什么捅什么……直到人家把他像条疯狗似的一枪打死，或者他自己口吐白沫倒地身亡。

“我有一次从我那平房的窗口看到了这么一幕……真叫人毛骨悚然……可是正因为我看见过这种场面，我才理解自己那些日子的行为……因为我恰好就是这样，可怕的眼光直勾勾地盯着前方，既不左顾右盼，又不东张西望，就这样着了魔似的奔了出去……去追这个女人……我已经记不清楚，这一切事情我是怎么干的，所有的一切都是在狂奔疯跑之中以快到荒唐的速度从我身边一掠而过……我知道了这个女人的一切事情之后，知道了她的姓名，她的住宅，她的命运之后，不出十分钟，不，五分钟，不，不出两分钟，我就骑上一辆迅速借来的自行车冲回家去，扔了一套衣服在箱子里，取了点钱，坐上一辆汽车赶到火车站……乘火车走了，没向镇上的官员请假，也没找个人来代替我行医，屋子也没上锁，就扔在那儿不管了……仆人们围着我，那些女用人一脸惊奇，连连发问……我一句话也不回答，头也不回……便乘车到火车站，坐下一班车到城里去……这个女人踏进我的房间不过一个小时，我就把我的全部生活抛在身后，像个马来狂人似的奔到一片空虚之中……

“我笔直向前跑，用我的脑袋去撞墙壁……晚上六点钟我到达城里……六点十分我赶到她家里，让用人给我通报……您可以理解，这是我所能做的最荒唐、最愚蠢的事情……可是马来狂人在狂奔的时候是睁眼瞎，他看不见自己在往那儿跑……几分钟之后用人出来了，彬彬有礼，冷淡地说……夫人有点不舒服，不能见客。

“我踉踉跄跄地走出大门……又绕着这幢房子转了一个小时，着了魔似的还抱着这样一种荒诞的希望：她说不定会来找我……最后我才在海滨饭店要了个房间，带着两瓶威士忌到房里去……这两瓶酒和双倍剂量的安眠药帮了我的忙……我终于沉入梦乡……这昏昏沉沉的睡眠是我在生死之间狂奔时唯一的休息。”

船钟敲响了。有力地敲了两下，那饱满的声音仍在像一池死水似的几乎静止不动的空气里振动，然后消失在龙骨下不断溅起的轻柔的水声之中，这水声一直执拗地伴着这个人情绪激昂的说话声。黑暗中坐在我对面的这个人想必吓了一跳，他的话戛然而止。我又听见他的手伸去摸酒瓶，又听见轻轻的咕嘟咕嘟的声音。然后他仿佛平静了下来，声音更加坚定地又开始说道：

“从这一瞬间开始，以后的时间我没法向您叙述。今天回想起来，我当时一定在发烧，反正我非常激动亢奋，近乎疯狂——正如我刚才跟您描绘的那样，是个马来狂人。但是请您不要忘记，我到达城里的时间是星期二夜间，而到星期六——我在城里才听说——她丈夫就要乘‘伊比利亚半岛及东方航运公司’的轮船从横滨来，所以说只剩下三天时间，只剩下短短的三天时间来下决心，找人帮忙了。请您理解这一点：我知道，我必须立即帮助她，可我连跟她说句话都不可能。我急于想要为我可笑而又疯狂的举止向她赔不是，恰好就是这种迫切愿望，驱使我继续向前。我知道每秒钟都非常宝贵，我知道这对她来说是生死攸关的事情，可是我连接近她，哪怕只在她耳边说句话，给她做个手势的可能也没有，因为恰好是我穷追不舍的激烈蠢笨的神态把她吓了一跳。就仿佛……啊，您等等，……就仿佛一个人追在别人身后，想警告那人有凶手想杀害他，可是被追的人反而把警告的人当成了凶手，继续向前跑，直到毁灭为止……她只把我看作一个马来狂人，紧紧地追着她，想使她受到屈辱，而我呢……可怕的矛盾恰好就在这里——我根本不再想那桩事了……我已经心力交瘁，我只想帮助她，只想为她效劳……为了帮助她，我简直可以去杀人，去犯罪……可是她，她对此一无所知。我第二天早上一醒过来，就马上跑到她家里去，听差站在门口，就是脸上给我揍了一拳的那个听差，他远远地看见了我——他大概是在那儿等我——马上一闪身溜进门去。说不定他只是进去悄悄地为我通报……说不定……啊，这样让人捉摸不透，真折磨得我好苦啊……说不定他们已经做好了一切准备来接待我……可是我一看见那个听差，就想起了我的耻辱，于是我不敢再去访问这个女人……我的双膝不住地哆嗦。走到门槛前我又扭转身走了开去……我走开了,而她也许正在同样痛苦的煎熬之中一个劲地等着我呢。

“我不知道我在这个陌生的城市里还有什么事情好做,这个城市在我的脚下像火焰燃烧似的发烫……我突然闪过一个念头,马上叫了一辆汽车,去见副总督,就是当年我在我们镇上抢救过的那一位,我让仆人给我通报求见……我的外表想必已经带上一点使人感到惊愕的东西,因为他看见我的时候,目光里露出一些惊讶,他那彬彬有礼的举止也含有若干不安,……说不定他已经看出我是个马来狂人。我开门见山地对他说,我请求调到城里来工作,我在原来的岗位上已经再也活不下去了……我必须马上换换地方……他瞅着我……我没法向您形容,他瞅我时的那副神气……就像大夫在打量一个病人……‘神经崩溃,亲爱的大夫,’他于是说道,‘这种情况我非常了解。好吧,这事可以安排;不过请您稍为等一等……咱们就说稍等四个星期吧。……我先得找个人来接替您的工作。’——‘我等不及了,我一天也等不了,’我回答道。他又用那种奇特的眼光注视了我一下。‘非这么办不可啊,大夫,’他神情严肃地说道,‘那个镇上总不能没有大夫啊。不过我答应您,我今天就开始办理这件事情。’我咬紧牙关站在那里,一动不动:我第一次清楚地感觉到,我是一个被人出钱买来的人,是个奴隶。我全身细胞都奋起反抗,可是这位圆滑老练的副总督抢在我的前头说,‘您已经长久不和人们交往,大夫,长此以往是要得病的。我们大家都不胜惊讶,您从不进城,从不休假。您需要更多的社交活动,更多的兴奋刺激。您至少今天晚上得来,我们今天在政府大楼里举

行招待会。您将看到全区的头面人物，有些人早就想认识您了，他们常常问起您，希望您到城里来。'

“最后一句话使我精神为之一振。问起过我？莫非是她问起过我？我突然之间变了个人：我立即极有礼貌地感谢他的邀请，保证一定准时前来。我也的确到得非常准时，实在太准时了。我先得跟您说，我心急如火，头一个来到政府大楼宽敞的大厅里。四周全是默不作声的黄皮肤的仆人，他们光着脚一颠一颠地跑来跑去，并且——我心烦意乱地感觉到——在背后偷偷地笑话我。在他们悄无声息地进行准备的时候，足足有一刻钟的工夫。我是唯一的欧洲人，孤零零地就我一人，连我背心口袋里装的怀表发出的滴答声都听到了。接着，终于来了几个政府官员，携带着他们的家眷。最后总督也来了，他跟我进行了一次较长时间的谈话，我认为，我对答得热忱而又巧妙，直到……直到后来，我突然感到一阵神秘的烦躁，一点灵性也没有了，说话也结结巴巴起来。尽管我是背冲着大厅的门，但我一下子感觉到她进入了大厅，她一定在大厅里了。我没法向您说清楚，为什么这种突然产生的确信这样使我惶惑迷惘，我还在和总督交谈，他的声音还在我耳边震响的时候，我已经感到她就站在我背后什么地方。幸亏总督一会儿就结束了和我的谈话，我相信，要不然我会猛地扭转身去的，我神经的这种神秘的抽动是如此强烈，而我的欲念给撩拨得如此的炽烈。果然，等我转过身去，发现她正好站在刚才我的感觉无意识地预感到她站立的那个地方。她穿一身黄色的跳舞服装，裸露着瘦削、纯净的双肩，像象牙似的发出黯淡的光泽，站在一群人中间谈天说地。她笑容满面，可是我觉得，她脸上表情有些紧张。我走近她的身边——她不可能看见我或者不愿意看见我——注视着她薄薄的嘴唇四周漾起的讨人喜欢的、彬彬有礼的微笑。这笑靥又重新使我心醉神迷，因为它……唉，因为我清楚地知道，这是谎言，这是高超的技艺，这是出色的装假的本事。我脑子里突然闪过一个念头，今天是星期三，星期六她丈夫就要乘船来了……她怎么还能这样微笑……这样胸有成竹，这样无忧无虑，怎么还能懒洋洋地在手里摆弄她的扇子，而不是恐慌之余，把扇子使劲搓揉，捏得粉碎？我……我这个陌生人尚且两天来一直在为那个时刻心惊胆战……我这个陌生人尚且感情极度紧张地分担着她的惧怕、她的惊恐……而她却来参加舞会，并且微笑着，微笑着，微笑着……

“我们身后奏起了音乐，舞会开始了。一个年纪比较大的军官向她求舞，她向正在闲聊的这群人道个歉，便离开了他们，挽着那个军官的胳膊到另一间大厅里去，正好从我身边走过。她一眼瞥见我，脸上的肌肉便猛地一下子绷紧了。……但这只不过是一秒钟的时间，然后像是认出了我，便像对一个有一面之缘的熟人那样点头致意（我还没来得及决定究竟跟不跟她打招呼），说了声‘晚上好，大夫，’就过去了。谁也猜不出来，在这灰绿色的眼神里究竟深藏着什么，而我呢，我自己也不知道。她为什么打招呼？……她为什么一下子又认得我了呢？……这究竟是摈斥，还是接近，还是说这仅仅不过是因为出乎意料而发窘？我没法向您形容，我当时待在那儿，心情是多么激动，我内心的激情全都被挑逗起来，压缩在我的心头，随时有可能一触即发。我瞥见她懒洋洋地偎依着这位军官跳着华尔兹舞，额头上闪烁着无忧无虑的冷漠清光，而我明明知道，她……她跟我一样心里只有那件事……在这儿就我们两个人共有着一个可怕的秘密……她却跳着华尔兹……在这几秒钟内,我的恐惧,我的贪欲和我的赞佩变得比以往任何时候都更加强烈。我不知道,是否有人在仔细端详着我,但是可以肯定,她在掩盖,我在暴露,我的举止使我的暴露远远超过她的掩盖——我根本不可能去看另一个方向,我必须……是啊,我必须目不转睛地望着她,我远远地、远远地抓她那张难以接近的脸,看看这张面具是否会有一秒钟落下来。她想必也很不舒服地感觉到了我的这道凝神注视的目光。她挽着舞伴的胳臂走回来的时候,飞快地瞟了我一眼,像是严厉地对我发号施令,又像是挥手把我撵走;在她的额头上又显出了那道小皱纹,表示出高傲的愤怒,这道皱纹我在第一次和她见面时就看见过的。

“可是……可是……我已经跟您说过了……我犯了马来狂,我既不左顾右盼,也不东张西望。我马上就明白了她的意思——这目光是说:别引人注目!克制一点!我知道,她……我该怎么说才好呢?……她要求我在这大庭广众之下检点举止态度……我懂得,如果我现在回家去,明天肯定会受到她的接待,她只希望现在,只希望现在避免受到我的这种引人注目的亲昵态度的威胁,她担心——这担心是多么有道理啊——由于我的笨拙会闹出一场戏来……您瞧,我什么都明白,我懂得了这道命令式的灰色目光的含义,但是……我内心的冲动过于强烈,我非跟她说话不可。于是我摇摇晃晃地向那群人走去,她就站在他们当中闲谈,尽管在场的人我只认得几个,我还是往这个松散的圈子凑过去,只是渴望着听听她说话,可总是那么像条挨了揍的狗似的心惊肉跳地缩着脖子怕见她的目光,这目光有时冷冰冰地从我身上扫过，仿佛我是我挨着的那些布门帘里的一条，或是轻轻流动的空气。可是我站着，渴望着听她跟我说句话，渴望着她能做出一个默契的暗示，我眼睛直愣愣地站在这群闲谈的人们当中，活像一块石头。我那神气想必已经变得够引人注目的了，因为谁也不跟我说一句话，我这可笑的模样摆在那儿，她一定受罪死了。

“我不知道我这样在那儿站了有多少时间，好像站了一辈子……我没法摆脱这种意志的魔力。恰好是我这股顽固的疯劲使我浑身麻痹……可是她再也受不了啦……她突然以优美绝伦的轻盈姿态转向在场的先生们，说道：‘我有点累了……我想今天早点上床休息……晚安！’……说着她就一点头——这是社交场上少见的——从我身边飘然而去……我眼前还看见她额上那条直竖的皱纹，然后只看见她的背脊，那雪白的、冷漠的、赤裸的背脊。足足过了一秒钟我才理解到她已经走了，今天晚上，这救命的最后一天晚上，我再也不能看见她，再也不能跟她说话了……我还直挺挺地站了一会儿，我这才理解到……于是……于是……

“不过请您等一等……请等一等……否则您无法理解我干的事情的荒唐和愚蠢……我首先得向您描述一下那整个房间……这是政府大厦的宏伟大厅，给灯光照得如同白昼，宽大无比的大厅几乎是空荡荡的……男男女女都成双成对地跳舞去了，男人们赌钱去了……只在角落里散立着几小堆人在那儿谈天……所以说大厅是空荡荡的，每一个动作都会引人注目，并且被刺眼的灯光照得一清二楚……她摆动高挑的身躯，迈着缓慢而轻盈的步伐走过这宽敞的大厅，不时用她那难以形容的姿态回答人家的致意。她身上那股优美、冷峻、尊严、安详的神气使我心醉。……我呢，我留在原地，我已经跟您说过了，在我弄明白她已经走了之前，我仿佛瘫了似的……等我弄明白，她已经走到大厅的那一头，快到门口了……于是……啊，今天回想起来，我还羞惭得无地自容……我突然心里一惊，我就跑——您听听：我跑……我不是走，而是穿着咯咯直响的皮鞋，引起很大的回声，跑过大厅去追她……我听见我自己的脚步声，我看见众人的目光都不胜惊讶地注视着我……我羞愧得简直可以马上死去……我一面跑，一面就已经清楚地意识到这种举动的疯狂，可是我已经……我已经没有退路了……我在门口追上了她……她转过身来……她的眼睛像一把灰色的钢刀扎进我的心窝，她气得鼻翼不住地翕动……我刚想结结巴巴地开口说话……她……她突然扬声大笑起来……笑得清脆响亮，无忧无虑，发自内心，并且大声说道……声音大得大家都能听见……'啊，大夫，您到现在才想起给我儿子开的药方啊……你们这些搞科学的先生们真是……'几个站在近处的人都好心好意地跟着笑了起来……我领会了她的意思，她无比巧妙地挽救了这一局面，我佩服得五体投地……我伸手到皮夹子里，从处方本上撕下一张空白的方子，她懒洋洋地接了过去，然后……再一次冷冷地微笑致谢……翩然而去……我在最初一秒钟感到心里轻松……我发现，她无比巧妙地弥补了我的疯狂，控制了局势，但是我也立刻明白，对我来说，全都完了，这个女人由于我干了这件发昏的傻事，一定恨我，一定把我恨之入骨……我现在哪怕上百次上千次地登门求见，她也会把我像条狗似的撵走。

"我踉踉跄跄地走过大厅……我注意到，人们都在瞅我……

我想必看上去非常奇怪……我走到饮酒的柜台前面，一连灌了三四杯白兰地……这才免于晕倒在地……我的神经再也支持不住，它们好像都扯断了……然后我从一道旁门悄悄地溜了出去，像个罪犯似的。……不论把世界上哪个王国赏给我，我也不愿意再一次穿过她那刺耳的笑声还在四壁萦绕的大厅……我往前走……我已经说不上我往哪儿走……进了几家小酒店，喝得烂醉如泥……就像一个想借酒浇愁的人一样，只求一醉……但是我……并没有完全麻木……她的笑声一直在我耳边，尖利而又凶狠……这笑声，这该死的笑声我怎么也压不下去……后来我又在码头上踯躅了半天……我的手枪留在家里了，要不然我会一枪把我自己打死的。我的脑子里别的什么也不想，只想着抽屉左边的木匣子里放着的手枪……我只想着这一件事，我走回家去。

“我后来之所以没有自杀……我向您发誓，不是因为贪生怕死……扳动一下上了膛的枪的冰凉的扳机，本来对我倒是一种解脱。……可是我该怎么向您解释才好呢……我觉得我还得尽一个义务……是啊，助人的义务，该死的义务……她可能还需要我，她需要我，这个念头使我发狂……等我回到家里，已经是星期四的清晨了，而星期六……我已经跟您说过了，星期六船就到了。这个女人，这个心性高傲，目无下尘的女人在她丈夫面前，在众人面前，忍受不了这样的羞辱，绝对活不下去，这我是一清二楚的。……我毫无意义地浪费了宝贵的时间，荒唐冒失的行为使我根本无法及时给她任何帮助，啊，想到这些，我痛苦不堪……一连几个小时，是啊，我向您发誓，一连几个小时我在房间里团团乱转，走来走去，绞尽脑汁在想，怎么才能接近她，怎么才能弥补我的一切过错，怎么才能帮助她……因为她再也不会让我迈进她的门槛，这点我是心里有数的。……我的每一根神经还感觉到她的笑声和她的鼻翼愤怒的抽动……一连几小时，的确一连几小时，我就这样在狭小的斗室里来回跑来跑去，老是那么三米距离……天已经亮了，已经是上午了……

“突然我念头一转，向桌子猛扑过来……我抽出一叠信纸，动笔给她写信。……什么都写出来……写一封像狗一样摇尾乞怜的信。我在信里请求她的宽恕，把我自己骂成一个疯子，一个罪犯……我苦苦哀求她充分信赖我……我发誓，下个钟头就走，离开这座城市，离开这个殖民地，只要她愿意，我就离开这个世界……只不过她得宽恕我，信任我，在这最后一小时，在这最后的时刻，让我帮助她……我就这样一口气飞快地写了二十页信纸……这封信想必疯疯癫癫，没法形容，活像热昏时的呓语，胡话连篇。等我从桌边站起，早已浑身是汗……房间在我眼前左右摇晃，我不得不喝下一杯凉水……然后我才试图把信再读一遍……可是读了开头几句我就感到不寒而栗……我哆哆嗦嗦地把信折好，摸到一个信封……突然我又闪过一个念头。我一下子明白了那句真正举足轻重的话。我再一次抓起钢笔，在最后一页添了这么一句：‘我在海滨饭店等候着一句宽恕的话。要是到七点我还得不到任何回音，我就开枪自杀。’

“然后我就封好信封，打铃叫来一个侍者，让他把这封信送去。终于把该说的话都说了——全都说了！”

在我们身边响起玻璃瓶碰地和滚动的声音。他的动作太猛，一下子把威士忌酒瓶碰倒在地。我听见他的手在地上乱摸，找那酒瓶，然后突然一把抓住了瓶子。他猛地一扬手，把喝空了的酒瓶扔出甲板。他沉默了几分钟，然后又像说胡话似的往下说，比先前说得更加激动、更加匆忙。

“我已经不再是虔诚的基督徒了……对我来说，既无天堂也无地狱。……要是真有一个地狱，我也不怕它了，因为地狱也不可能比那天上午直到傍晚我度过的那几个钟头更加难熬。……请您设想一下吧，一间斗室在中午如火的烈日之下，给晒得又闷又热……一间小屋，只有桌子，椅子和床……桌上除了一只怀表和一把手枪外别无他物，桌子旁边坐着一个人……这个人什么事也不干，只是直愣愣地瞪着桌子，瞪着怀表的秒针……这个人不吃不喝不抽烟，一动不动……这个人老是……您听着：一连三小时之久，老是目不转睛地盯着白色的圆形表面，盯着那根小小的秒针，它正滴答滴答响着直转圈子……我就这样……就这样度过了这一天，等着、等着、一个劲地等着……可是就像一个马来狂人干事似的，我的等待是毫无意义的、带着兽性的、疯狂的执拗劲，一味死等。

“算了，我不给您描绘这些时刻了……这是没法描绘的……我自己也弄不明白，一个人怎么可能经历了这样的事情居然没有发疯……于是……到三点二十二分……这时间我记得很清楚，我的眼睛是瞪着怀表的……突然有人敲门……我霍地跳起身来……像老虎捕食似的跳了起来，一下子奔过整个房间跑到门口，一把拉开房门……一个胆战心惊的中国小男孩站在门外，手里拿着一张折好的纸条，我贪婪地把纸条一把抓在手里，那孩子已经一溜烟跑掉了，跑得无影无踪。我打开纸条想看看内容……可是我读不下去。……我眼前红红绿绿的一片，旋转个不停……请您设想一下我内心的痛苦，我终于收到了她写的字句……可是这些字句在我眼前不住地抖动，活蹦乱跳……我把脑袋浸在冷水

里……这样我的神志才清醒一些……我再把纸条拿来，看到上面写着：‘太晚了！不过请在家里等着！也许我还会叫您！’

“这张皱成一团的纸不晓得是从哪张广告纸上撕下来的，纸上没有签名，铅笔写的字迹潦草杂乱，看得出来，这字体本来是很稳健有力的……我不明白，为什么这张纸条这样使我内心受到震动……纸条上带有一丝恐怖和秘密，好像是在逃亡中写的，站在窗龛边，或者坐在向前行驶的车子里写的……有一种难以形容的害怕、匆忙、惊讶的成分从这张秘密纸条里冷飕飕地袭入我的灵魂……可是……可是我还是很高兴：她写信给我了，我还用不着死，我还可以帮助她……说不定……我还可以……啊，我沉溺在最最荒诞不经的推测和希望之中，完全忘乎所以了……我千百次地把这纸条读了又读，吻了又吻，翻来覆去地仔细研究，看有没有一个被人遗忘、没有读到的字……我的梦幻变得越来越深沉，越来越混乱，这是一种睁眼做梦的奇妙无比的状态……一种麻痹状态，介乎沉睡和清醒之间的一种既滞重又灵活的状态，也许只延续了十几分钟，也许延续了几个小时……

“我猛地惊醒过来……不是有人在敲门吗？……我屏住呼吸……一分钟、两分钟，毫无动静，静寂无声……接着又听见一阵轻微的声响，好像有只老鼠在挠门，一阵轻微的，然而激烈的敲门声……我跳起身来，脑袋还有点眩晕，一把把门打开——门口站着那个听差，她的听差，就是那会儿被我打得满嘴鲜血的那个听差……他那褐色的脸像死人一样灰白，他那慌乱的眼神预示着不幸……我立刻感到心惊肉跳……‘出了……出了什么事了？'我只能嗫嚅地说出这么一句话。'快来吧！'①他说道……其他什么话也没说……我立刻发疯似的冲下楼梯，他紧跟着我……一辆小轿车等在门口，我们上车……'出了什么事了？'我问他。……他浑身哆嗦地凝视着我，咬紧嘴唇，一声不吭。……我又问他一遍——他死不开口……我恨不得照他脸上又给他一拳，可是……恰好是他对他女主人的那种义犬似的忠心感动了我……我就不再发问了……小汽车风驰电掣般穿街过巷，行人慌忙向两边散开，咒骂之声不绝。小车离开了坐落在海滨的欧洲人聚居地区，进入下城，继续向前，一直进入中国人居住区的那些人声嘈杂、弯曲狭窄的街道。……最后我们终于开进一条窄巷，在一个非常偏僻的地方……汽车在一幢低矮的房子前面停下……这幢房子肮脏不堪，似乎缩成一团，门前上着排门，点着一支蜡烛……就是那种暗藏着烟馆和妓院的小破房之一，不是贼窝就是窝主的家……听差匆匆忙忙地敲门……门缝后面有个人悄声说话，盘问再三……我再也忍受不住了，便从车座上一跃而起，撞开虚掩着的大门……一个中国老太婆尖叫一声，往里面逃去……听差跟在我的身后，引着我穿过走廊……打开另外一扇门……这扇门通向一间里屋，里面弥漫着烧酒和凝结的鲜血的臭味……有什么东西在屋里哼哼……我摸索着走进屋去……"

他的声音又顿住了。等他再开口的时候，与其说是说话，毋宁说是啜泣。

---

① 原文为英文。

“我……我摸索着走进屋里……在那儿……在一张肮脏的席子上……躺着一个不住呻吟的人……痛得缩成一团……那躺着的人就是她……

“在黑暗中我没法看见她的脸……我的眼睛还没习惯屋里的黑暗……所以我只好用手摸过去……她的手……很热……热得发烫……她在发烧,发着高烧……我感到一阵寒噤……马上什么都明白了……她为了躲开我,逃到这里来……让一个龌龊的中国老太婆把她的身体任意宰割,只是由于希望在这儿能更好地保守秘密……她宁可让一个魔鬼似的老巫婆把她谋杀,也不肯依赖我……只是因为我这个疯子……我没有照顾她的自尊心,没有马上帮助她……她怕我比怕死还厉害……

“我大叫点灯。听差跳了起来,那可恶的中国女人两手哆哆嗦嗦地端来一盏直冒黑烟的煤油灯……我得压住满腔怒火,不然我会跳上去卡住那个黄皮肤无赖的脖子……他们把灯放在桌上……油灯把明亮的黄色灯光投到那备受苦楚的肉体上面……突然之间我杂念顿消,全部苦闷,全部愤怒,所有郁积在心的情欲的污水脓血全都没了……我又只是一个医生,一个助人为业、感觉敏锐、富有经验的人……我忘记了我自己……我头脑清醒、感觉清晰地和那可怕的事情进行斗争……我梦里贪求的她那赤裸裸的肉体,我现在摸上去,只把它当作……我该怎么说才好呢……当作物质,当作器官……我感觉到的不是她,而只是在和死神抗争的一条生命,只是那个在极度痛苦中蜷缩抽搐的人……她的鲜血,她那神圣的热血流得我两只手上全是,可是我感觉到她的鲜血,既不感到快乐,也不感到恐怖……我只是个医生……我只看到她的痛苦……并且发现……

“并且立刻发现,一切全都完了,除非发生一个奇迹……那个该死的老婆子笨手笨脚地已经把她弄伤了,流血过多已经半死了……在这发出阵阵臭气的小屋里,我连一点止血的药也没有,甚至干净的水也不可得……我摸上去,所有的东西都脏得要命……

“‘我们必须马上去医院,’我说道。可是我刚说完,这个备受折磨的肉体立刻痉挛地挣扎着撑了起来。‘不……不去……宁死也不去……别让人家知道……谁也不让知道……回家……回家……’

“我明白了……她现在只为这个秘密,只为她的名誉在搏斗,而不是为她的生命……于是——我服从了……听差抬来一乘轿子……我们把她安置在里面……仿佛她已经是一具死尸,浑身无力,发着高烧……我们抬着她穿过黑夜……回家……用人们大吃一惊,七嘴八舌地问东问西,我们把他们驱散……像小偷似的把她抬进她自己的房间,闩上房门……然后开始和死神展开斗争,展开一场漫长的斗争……”

突然之间有一只手紧紧地抓住我的胳膊,我又惊又痛,几乎叫出声来。这张脸在黑暗中突然一下子像鬼脸似的凑得很近,我看见他的白牙在他突然发火的时候露了出来,看见他的两个镜片在幽微的月光反射之下像两只巨大的猫眼在微微发光。他现在不再说话了——他被一阵狂暴的愤怒所震撼,大声吼叫:

“您这个陌生人,懒洋洋地在这儿坐在一张甲板上的椅子里,您这个周游全球的陌生人,您可知道,死人是怎么回事?您可曾亲自见过死人的场面?您看见过没有,身体如何拱起来,发青的指甲如何向空中乱抓,喉咙口如何呼呼痰喘,手脚如何抽搐，每一个手指都在使劲抵抗那可怕的事情，眼睛又如何在一种非语言所能形容的恐怖之中瞪出，这些您都看见过没有？您这个无所事事的大闲人，您这个周游世界的旅行家，您在这儿侈谈助人，把它当作一种义务，您可曾亲身经历过这一切？我作为医生常常看见死人，把这当作是临床病例，看作是事实……对这进行了所谓的研究——可是亲身经历一个人死却只有一次，就在那天夜里我自己经历了，我自己也跟着死去了……在那个可怕的夜晚，我坐在那里，绞尽脑汁，想尽办法，想找到一点什么东西，发明一点什么东西，来止住那不停地流着的鲜血，来把高烧压下去，这高烧在我眼皮底下把她活活烧死；想发明一点什么东西来抵抗那越逼越近的死神，我竟无法把它从床边驱走。您知道吗，身为医生，自以为无所不晓，能治百病，像您所如此明智地说的——自以为有义务救人助人——结果竟坐在一个垂死的女人的床头，无能为力，明知她要死，却束手无策……只知道这一点，这件可怕的事，那就是即使把自己身上的每根血管切开，也帮不了她的忙……眼睁睁地看着这个亲爱的肉体可怜地流血过多而死，受尽痛苦的折磨，摸摸脉搏，跳得飞快，同时脉息越来越弱……就在你的手指底下，脉息渐渐消失……身为医生，却一筹莫展，毫无办法……只能呆呆地坐着，像教堂里的干瘪老太婆，嘴里念念有词地诵经祈祷，然后又握紧了拳头，向着可怜的上帝发狠，心里明明知道，根本就没有什么上帝……您明白吗？您懂吗？……我只有一点不明白，那就是怎么搞的，在这样的时刻，为什么别人不跟着死去……为什么别人睡了一觉第二天又起来，刷牙洗脸，系上领带……为什么人家也经历了我所感到的一切居然还能再生活下去？我感觉到，她的呼吸渐渐微弱，我为之搏斗、为之斗争的这第一个人，我使出我心灵的全部力量想要保住的这第一个人……她渐渐地从我手底下溜走了……不知道溜到哪里去……一分钟一分钟地，越溜越快，而我热昏的脑子竟想不出一点办法来留住这个人……

“另外，为了使我的痛苦变得加倍的剧烈，还有……我就这样呆呆地坐在她的床边——为了减轻她的痛苦，我已经给她打了吗啡，我看见她躺着，双颊滚烫，脸色灰白——是啊，我就这样呆呆地坐着。我觉得背后有两只眼睛，带着一种可怕的紧张的神情，直盯着我……那个听差坐在我背后的地板上，缩成一团，嘴里喃喃低语，在念什么祈祷词……要是我的目光和他的目光相遇，那么，……啊，不，我没法形容这个……在他那狗一样的目光里总流露出一些乞求……一些感激的神情……与此同时，他向我举起双手，仿佛想求我救救她……您明白吗？他向我举起他的双手，好像我是上帝，而我这无能为力的可怜虫，心里清楚地知道，一切全都完了……我在这儿就跟在地板上满处乱爬的一只蚂蚁一样，毫无用处。啊，这种目光折磨得我好苦，这种对我的医术所抱的狂热的、粗野的希望……使我痛苦不堪，我简直要冲着他大喊大叫，拿脚踢他……可是我感觉到，通过我们两人共同的对她的爱……通过这个秘密……我们两人相依为命……他坐在我背后，缩成一团，像头潜伏着的野兽，像个黑魆魆的线圈，……我刚说要什么东西，他就马上跳起来，赤着脚，悄没声地，哆哆嗦嗦地满怀希望地把东西递给我，仿佛这就是救命的药，这就是救星……我知道，为了救她的命，他可以把自己的血管切开……这个女人就是这样，她对人就有这么大的力量……而我却连救活她一滴鲜血的力量也没有。……啊，这一夜，这可怕的一夜，这在生死之间飘摇不定的漫长无边的黑夜！

“天快亮的时候她又醒了过来……她睁开眼睛……现在这双眼睛再也没有高傲、冷峻的神情……这双眼睛在屋子里四下环顾，仿佛感到陌生，眼睛水汪汪的，一看便知道在发烧……然后她凝视我：她似乎在沉思，想回忆起我的脸……突然……我看出来……她想起来了……因为她脸上显出一种恐惧、拒绝的神气……有一股敌意，有些害怕，……她使劲地挪动她的两臂拼命挣扎，仿佛她想逃走……远远地、远远地躲开我……我发现，她想起了那件事……想起了当初那个时刻……可是接着她又转念一想……她望着我，平静了一些，沉重地呼吸着……我感觉到，她想说话，想说什么……她的双手又开始使劲握了起来……她想撑起身子，可是她太虚弱了……我安慰她，我向她俯下身子……于是她痛苦地、久久地望着我……她的嘴唇微微地动了几动……她说的话只不过是最后一些行将消逝的声音……

“‘谁也不会知道吧？……不会知道吧？’

“‘不会，’我说话的时候，拼命带有说服力，‘我向您保证。’

“但是她的眼睛还流露出不安的神色……她用发烧的嘴唇，含糊不清地吐出一句话，‘您向我发誓……谁也不会知道……发誓！’我举起我的手指，好像指天发誓。她凝视着我……带着一种无法形容的眼神……这眼神柔和、温暖，充满了感激……是的，的确，的确充满了感激……她还想说点什么，但是她太虚弱，说不出话。她直挺挺地躺在那里，因为使劲，浑身虚脱，双目紧闭。然后那可怕的事情开始了……她还整整搏斗了一个钟头，一小时沉重的时刻：一直到早晨她才完了……”

他沉默了很久。直到中甲板上船钟在寂静中当、当、当敲了三下，三点钟了，我才发现，他好长时间没有说话了。月色更加惨淡无光，可是另外一种黄色的光线已经骚动不安地在空气中颤抖，海风不时轻轻掠过，像是微风吹拂。过半小时，再过半小时，天就要亮了，在明亮的天光照耀下，这些恐惧就会消散。他脸上的轮廓，我现在看得更加清楚了，因为我们这个角落里，阴影已经不是这么浓密、黝黑——他摘掉了头上的便帽，在他光秃的头颅底下，他那受苦受难的脸显得更加阴森可怕。可是那双闪闪发光的镜片又冲着我，他振作了起来，他的嗓音带着一种嘲讽的尖刻的口气。

"这下子她是完了——可是我还没完。我独自一人守着尸体，独自一人在一幢陌生的房子里，独自一人在一座不知秘密为何物的城市里，而我……却得去保守这个秘密……是啊，请您设想一下当时整个的情形吧：这个殖民地上流社会的一位太太，身体健康，前一天晚上还在政府大厦的舞会上跳舞，现在突然躺在床上死了……有个陌生的医生守着她，据说是她用人找来的。……屋里谁也没有看见，他什么时候来的，从哪儿来的……他们夜里用一乘轿子把她抬了进来，然后关上房门……等到早上她就死了……等人死了才把用人都叫了来，突然之间房子里哭声震天。……邻居一下子就知道了，全城都知道了……只有一个人在那儿，他应该把一切解释清楚……这就是我这个陌生人，从偏远的小镇上来的医生……这可真是个令人愉快的处境，是不是？

"我知道，我还面临着什么样的考验。幸亏那个听差在我身边，那个好样的小伙子，他从我的眼色里看出每一个暗示——

这个迟钝的黄皮肤的动物也明白,这儿还有一场恶仗要打。我只给他说了一句:‘太太希望,不让任何人知道发生了什么事情。’他用他那狗一样水汪汪的、但是坚决果断的目光直视着我的眼睛说:‘是,先生!①’再无别的话了。可是他把地板上的血迹拭擦干净,把一切都收拾得整整齐齐——正是他的果断坚决也使我重新变得果断坚决了。

“我知道,在我的一生中,精力这样的充沛旺盛,我还从来没有过,而且今后也永远不会再有。当一个人一切全都失去了的时候,他会像一个绝望的人一样,为最后那点东西拼命战斗的。这最后的东西便是她的遗嘱,便是这个秘密。我十分平静地接待一切来客,把同样的一个编造出来的故事说给他们听,诸如这个女人派她的听差去请医生,路上碰巧遇到了我。可是我一面似乎冷静地在谈,一面却在等……一直等着决定性的一着……等着那位验尸的法医,得等他来了以后,我们才能把她收殓,把这秘密随同她装进棺材……请您别忘了,这天已经是星期四,而星期六她丈夫就来了……

“到九点钟我终于听人通报,法医来了。我叫人请他进来——从职位上讲,他是我的上司,同时又是我的敌手,她当时非常轻蔑地谈到过的,正是这个医生,此人显然已经知道我想调动工作。我第一眼就已经感觉到:他对我怀有敌意。可是恰好是这一点,使我振作起精神。

“还在前厅里他就开口问道:‘某某太太,’他说了她的姓名——‘是什么时候去世的?’

---

① 原文为英文。

“‘早上六点钟。’

“‘她什么时候派人去找您的?’

“‘昨晚十一点钟。’

“‘您知道吗,我是她的私人医生?’

“‘知道,但是事情紧迫……而且……死者明确表示要找我诊治。她不许人另找别的医生。’

“他眼睛死盯着我:在他那脸色苍白、有些虚胖的脸上泛起了一阵红晕,我感觉到,他冒火了。可是我正好需要他冒火——我身上全部精力都亢奋起来,迫切希望速战速决,因为我感觉到,时间一长,我的神经是支持不住的。他本想回敬几句含有敌意的话,结果只是满不在乎地说道:‘您刚才认为,可以用不着我,可是我的职务使我有责任证实她确已死去,以及……她是如何致死的。’

“我没有回答,让他走在我的前面。然后我退回去,锁上房门,把钥匙放在桌上。他十分惊讶地扬起眉毛:‘这是什么意思。’

“我神色安详地走到他的面前:

“‘这里的问题不是确定致死的原因,而是——另找一个原因。这位太太把我叫来,是因为她做了一次失败的手术,叫我给她治疗这次手术的后果。……我已经无法挽救她的性命,但是我答应她,挽救她的名誉,这是我一定要办到的。因此我请您帮助我!’

“他惊讶得双目圆睁。‘要我这么一个官方医生在这儿掩盖一桩罪行?’他嗫嚅地说道,‘您说的话总不是这个意思吧!’

“‘不错,是这个意思,我不得不希望您这么办。’

“‘叫我为您的罪行……’

“‘我已经跟您说过了，这位太太的身体我碰也没有碰过，要不然……要不然我此刻不会站在您的面前，要不然我早已把我自己给结果了。她已经补赎了她的过失——如果您愿意这么说的话——别人用不着知道这事。我不能容忍这位太太的名誉现在毫无必要地受到玷污。’

“我的这种斩钉截铁的语气只有使他更加恼火。‘您不能容忍……好啊……现在您倒成了我的上级……或者您至少以为已经是我的上级了……您倒试试对我发号施令吧……我一开头就想到了，要是把您从您那个犄角里叫来，准有什么肮脏的勾当……您可真是开了个光明正大的好诊所，这就是个好样品……不过现在我要检查，我，您尽可放心，我签字的这份记录，将是正确无误的。我不会在谎言上签上我的名字的。’

“我的神气泰然自若。

“‘不过——这次您可是非签不可。因为不签您是走不出这个房间的。’

“说着我把手伸进口袋——我身边并没有带手枪。可是他吓得一哆嗦。我朝他面前跨了一步，直瞪着他。

“‘您听着，我要跟您说几句……免得走极端。我对我自己的这条命毫不在乎……对别人的命也不在乎——我反正已经到了这步田地……我在乎的只有一件事，那就是遵守我的诺言，对这次死亡的方式保密……您听我说：我用人格担保，只要您签署了死亡证明书，说这位太太是死于……就说是死于一个偶然的原因，那我在本周之内就离开这个城市，离开印度……只要您要我死，那么只要一旦棺材入土，我确有把握，没有人……您懂吗：

没有人——再会去追查这件事，我就拿起我的手枪，把我自己打死。这样做大概会使您满足了吧——这也应该使您满足了。'

"我的嗓音想必含有一些威胁，一些危险的东西，因为当我不由自主地向他逼近的时候，他就直往后躲，双目圆睁，满脸惊恐，就像……就像人们看见马来狂人手里挥舞着匕首发疯似的飞奔而来，吓得四处逃散时的那副神气。……一下子他的态度就变了……不晓得怎么搞得像是矮了一截，全身瘫痪了。他那强硬的态度终于彻底垮了。他还叽里咕噜说了几句，进行一次最后的非常软弱的反抗：'我活了一辈子，这可是第一次签署一份假的死亡证明书……反正总会找到一种方式……人们也知道，发生了什么事情……我总不能这么随随便便地……'

"'当然不能随随便便地干，'我顺水推舟，给他打气——我的太阳穴像针扎似的催我：'快点！快点！'——'不过现在既然您已经知道，您要是不干，只能侮辱一个活人，而使一个死者蒙受可怕的伤害，那您肯定不会犹豫不决了。'

"他点点头。我们走到桌边。几分钟以后证明书写好了（后来又在报上发表，令人信服地描绘了一场心脏麻痹）。完事之后他站起来，凝视着我：

"'您这个星期就动身，是不是？'

"'人格担保。'

"他又瞅了我一眼。我感觉到，他想装出严厉、冷淡的神气。'我马上去弄棺材，'他说道，为了掩盖他的窘迫。可是我心里有什么东西，使我难过得……这么……这么厉害——突然他把手伸给我，以一种骤发的亲切友好的态度跟我握手。'愿您好自为之。'他说道——我不明白，他是什么意思。莫非我病了？还是……疯了？我陪他到房门口，打开房门——可是我最后只有一点力气，在他背后关上房门。接着太阳穴又开始针扎起来，我感到天旋地转，恰好在她的床前，我瘫倒在地……就像……就像马来狂人跑到最后，神经崩裂，扑倒在地，神志昏迷。”

他又顿住了。我身上感到有些寒意：莫非是此刻轻轻从船上呼啸而过的晨风带来的第一阵骤寒？可是这张受尽折磨的脸——此刻已被晨光的反照映得清晰可辨——又振作起来：

“我这样在席子上躺了多少时间，我不知道。有人碰碰我的身体。我一惊而起。是那个听差畏畏缩缩地站在我的面前，还是那副卑躬屈膝的样子，神色不安地注视着我的眼睛。

“‘有人想进来……想看看她。’

“‘谁也不许进来。’

“‘是……可是……’

“他的眼睛里满是惊恐的神气。他想说什么，可是又不敢说。这头忠实的动物不知怎的在忍受着一种痛苦。

“‘是谁呀？’

“他浑身哆嗦地凝视着我，好像怕我揍他似的。然后他说道——他没有提名道姓……这样一个低等的生物，一下子怎么会那么懂事？有些时候，一种难以形容的机警使非常鲁钝的人也变得机敏狡黠，这是怎么搞的？……然后他非常……非常胆战心惊地说道……‘就是他。’

“我一跃而起，立刻全都明白了，并且立刻如饥似渴、迫不及待地想见见这个陌生男人。您瞧，真是怪事……在所有这些痛苦之中，又是渴望、又是惊恐、又是忙乱的热昏之中，我竟然整个儿的把‘他’给忘了……我忘记了，还有一个男人参与了这件事情……这个女人爱过他，并且把她不愿给我的东西，热情奔放地奉献给了他……十二小时、二十四小时以前我可能还恨他，还会把他撕成碎片……可是现在……我、我没法向您描述，我是如何迫切地希望看见他……爱他，因为她爱过他。

“我一步就跳到门口。一个年轻的、非常年轻的金发军官站在门外，举止异常笨拙，身材极其瘦削，脸色非常苍白。看上去像个孩子，真是……真是太年轻了……同时使我受到难以名状的震动的，乃是他拼命想装出一副大丈夫的样子，拼命想维持他的仪表……掩盖他内心的激动……他举手敬礼的时候，我立刻发现，他的手在发抖。……我恨不得跟他拥抱……因为他完全符合我的愿望，我希望占有这个女人的男子不是一个勾引妇女的能手，不是傲气冲天的家伙……不是这样，她是委身给一个半大的孩子，一个纯洁的、温柔的男人。

“这个年轻人非常拘谨地站在我的面前。我那贪婪的目光，我热情欢迎的姿态，只有使他更加慌乱。他嘴唇上面的小胡子不时抽动，泄露了他内心的骚动……这位年轻的军官，这个孩子不得不使劲控制自己，免得失声痛哭。

“‘请原谅，’他终于开口说道，‘我很希望能……再见一见……太太。’

“我无意识地、完全不由自主地伸出我的手臂，搂着他，搂着这个陌生人的肩膀，像搀扶一个病人似的扶着他走。他不胜惊讶地望着我，眼睛里充满了无限的温暖和感激……在这一瞬间，我们两人都明白了，我们之间有某种共同的东西……我们走去看死者……她躺在那里，盖着雪白的亚麻布，浑身洁白……我感觉到，我在他身边，使他感到压抑……所以我退后几步，让他单独跟死者待在一起。他慢慢地走过去……拖着脚步，一步步向前挪……我从他的肩膀看出，他心如刀绞，肝肠寸断……他走着，就像一个人顶着猛烈的风暴，一步步向前走……突然，在她的床前，他跪倒在地……正像我先前晕倒一样。

“我马上跳上前去，把他搀起来，扶到一张沙发上去坐下。他不再害臊，失声痛哭，倾吐他心里的痛苦。我一句话也说不出来——只是无意识地用手抚摩他那像孩子的头发一样柔软的金发。他抓住我的手……非常温柔，但有些心惊胆战……我突然发现他目不转睛地望着我……

“‘请您把实话告诉我，大夫，’他结结巴巴地说道，‘她是自杀的吗？’

“‘不是。’我说道。

“‘这么说是人家……我的意思是……是别人害得她死去的？’

“‘不是，’我又说道，虽然我喉咙里堵得厉害，真想冲着他大叫：‘害死她的是我！是我！是我！……还有你……是我们两个！再就是她的倔强，她那不幸的倔强！’可是我忍住了。我又重复一遍：‘不是……谁也没有过错……这是厄运！’

“‘我没法相信，’他呻吟道，‘我没法相信这件事情。前天她还参加舞会，笑容满面，跟我打招呼。这怎么可能，怎么会发生这样的事情？’

“我给他编了很长的一篇谎话。即使在他面前，我也没有泄露那个秘密。以后这几天，我们在一起谈心，就像两个兄弟，仿佛被那种把我们联结起来的感情笼罩着，我们彼此之间并不互相披露这种感情；但是我们彼此都感觉到，我们整个生命都联系在这个女人身上……有时候话都已经涌到我的嘴边，但是我又咬紧牙关忍住了——他从来也不知道，这个女人怀了他的孩子……她要我打掉这个孩子，他的孩子，最后她和这个孩子一起堕入了深渊。可是我躲在他那儿的那几天，我们只是谈她……因为——我刚才忘了跟您说了，人家在到处找我……她的丈夫回来了，那时棺材已经盖上……他不愿意相信检查结果……人们议论纷纷……她的丈夫派人找我……叫我见他，我受不了，我知道，她在这个丈夫身边受了不少罪……我藏了起来……四天四夜我足不逾户，我们两个都没离开他的寓所……她的情人给我改名换姓在船上弄到一个舱位，让我逃走……我像个贼似的半夜三更溜上甲板，免得有人认出我来……我把我所拥有的一切全都丢下……我的房子，里面有我七年来的全部科研成果……我的财产，全部家当……全都敞开地搁在那里，谁想拿都可以去拿……政府机构的先生们大概早已把我除名，因为我没有请假，擅离职守……可是我不能再生活在这房子里，在这城市里……这个世界上的一切都使我回忆起她……我像个小偷连夜出逃……只想躲开她……只想忘却一切……

"可是……等我半夜里……一上船……我的朋友陪我在一起……这时候……这时候他们恰好用起重机把什么东西拉上来……四四方方，黑黝黝的……她的棺材……您听着：是她的棺材……她一直追我到这儿，就像我以前老是跟踪追她一样……我只好站在一边，假装是个陌生人，因为她的丈夫也上了船……他护送灵柩到英国去……说不定到了英国他会叫人开棺验尸……他又把她夺了过去……现在她又属于他了……不再属于我们……我们……我们两个……可是我还在这儿……我将跟着一起去,直到最后的时刻……他永远也不会知道的,永远也不得让他知道……我会捍卫她的秘密的,我会抵御任何尝试……抵御这个恶棍,就是因为害怕这个恶棍,她走上了死路……他什么也不会知道……她的秘密属于我,就归我一人所有……

“现在您懂了吧……现在您明白了吧……为什么我不能看见船上的人……不能听见他们调情交媾时的笑声……因为在那下面,在货舱里,在一包包的茶叶和巴西胡桃当中,安放着她的棺材……那儿我去不了,底舱锁上了……但是我清清楚楚地感觉到,每时每刻都知道,她在那里……尽管人家在这儿演奏华尔兹和探戈舞曲……我这想法也是够痴的,大海汹涌澎湃,席卷了千百万死人,我们脚踩的每一尺土地底下,都有一具尸体在腐烂……可是我受不了,如果人们在这儿举行假面舞会,淫荡地嬉笑,我受不了……我感觉到这个死者,我知道,她要我干什么……我知道,我还得再尽一个义务……我的事还没有完……她的秘密还没有得救……她还没有放过我……”

从船的中部传来拖沓的脚步声和墩布击地的噼啪声,水手们开始打扫甲板。他猛地一惊,好像受到意外的袭击,他那紧张的脸上带有一股子惊慌失措的神情。他站起身来,嘴里喃喃自语:“我走了……我走了。”

看见他这副模样,真叫人难过:他那失魂落魄的眼神,一双眼皮虚肿的眼睛,不知是因为喝酒还是流泪,两眼发红。他回避我对他的关心,我从他弯腰曲背的样子看出他的羞惭,无限的羞惭,竟然把内心的隐私泄露给我,泄露给这茫茫的黑夜。我不由自主地说道：

“我也许今天下午到您的船舱去看望您，可以吗？”

他凝视着我——一股嘲讽、倔强、玩世不恭的神气在他嘴角泛起，他用一种恶毒的神气吐出每一个字：

“啊哈……您那绝妙的助人为乐的义务……啊哈……您就是用这条格言撺掇得我喋喋不休地说个没完。不过谢谢，先生，我敬谢不敏。您别以为，我把五脏六腑乃至肚肠里的屎粪都抖搂在您的面前以后，此刻我心里会轻松一点。谁也没法把我那残破不堪的一生再重新拼凑补全……我是白白给尊敬的荷兰政府服务了一场……退休金是吹了，我回到欧洲去，又是条可怜的狗，一条跟在棺材后面呜呜啜泣的狗……发马来狂的人是不可能长时间不受惩罚的，到头来总会倒地身死，我希望，我不久也到头了……不敢当，先生，您好意的拜访，我谢谢啦……我在船舱里自有我自己的伙伴……好几瓶陈年威士忌有时安慰安慰我……还有我以前的老朋友，我那诚实的勃朗宁手枪，可惜我没有及时找它帮忙……归根到底，它帮起忙来比一切空话更为有效……请您别再费心了……一个人剩下的唯一人权不就是：爱怎么死就怎么死吗？……同时不受别人帮助的骚扰。”

他又带着嘲讽的神气，甚至可以说带有挑衅的意味瞥了我一眼，但我感觉到，这不过是羞惭，无限的羞惭。然后他缩起肩膀，也没打招呼，就转过身去，奇怪地迈着斜步，拖拖沓沓地走过已经被天光照亮的甲板，向船舱走去。从此以后我再也没有见过他。当天夜里和第二天夜里我都到原来的地方去找他，可是白费力气。他消失得无影无踪，要不是在旅客当中有另外一个人引起我的注意,我简直会以为做了一场梦,或者看见了一个奇异的幻象。此人手臂上系了一块黑纱,是个荷兰大商人,人家向我证实,他的妻子刚刚死于一场热带病。我看见他神情严肃、表情痛苦地远离别人,踱来踱去,想到我竟然知道他最隐秘的忧愁,使我产生一种神秘的羞怯。每次他从旁走过,我都闪到一边,为的是别一眼泄露,我对他的命运竟比他自己知道得还多。

随后,在那不勒斯港口发生了那个奇怪的不幸事件,我认为在那个陌生人叙述的故事里,可以找到这个事件的解释。那天晚上大部分乘客都离船登岸,我自己上歌剧院听歌剧去了,后来又到罗马大街的一家露天咖啡馆去坐了一会儿。当我们坐着一只划子返回轮船的时候,我注意到,有几只小船打着火把和电石灯正围着大船找什么东西,上面黑洞洞的甲板上意大利警察和宪兵走来走去,景象神秘。我问一个水手,出了什么事,他避而不答,我立刻看出,上面有命令,叫他们保密。等到第二天,海船又安然如故,丝毫没有发生意外事故的痕迹,向着热那亚继续驶去,这时,船上打听不到任何消息。直到后来,我才在意大利的报纸上,读到那不勒斯码头上发生的那次所谓的不幸事件的报道,当然加了浪漫主义的花草。据记者报道,说是为了不惊扰旅客,荷兰殖民地的一位高贵的太太的灵柩,选在一个夜深人静的时刻,从轮船上卸到小船上去。人们当着这位丈夫的面把棺材顺着绳梯往下放,这时从高处的甲板上突然有样沉重的东西摔了下来,连同正在一起往下放棺材的杠夫和丈夫全都一起掉进海里。有家报纸说,是个疯子从梯子上跌下去,摔在绳梯上;另一家报纸掩饰道,绳梯因为负荷过重,是自行断裂的。反正看来轮船公司已经采取了各种措施，来掩盖详细的真实情况。人们颇为费劲地用小艇从水里救起杠夫和死者的丈夫，而铅棺则径直沉入海底，无法打捞。同时在另一条消息里简短地提了一笔，说是在码头上漂起了一个约莫四十岁左右的男尸，这对公众来说，似乎和那个用浪漫主义的笔触报道的不幸事件毫无关系；可我刚一读了这行仓促的报道，就仿佛觉得透过报纸，有一张像月亮一样苍白的脸、架着两块闪闪发光的镜片，突然又一次鬼气森森地凝视着我。

（1922）

# 一个陌生女人的来信*

著名小说家R到山里去进行了一次为时三天的郊游之后，这天清晨返回维也纳，在火车站买了一份报纸。他看了一眼日期，突然想起，今天是他的生日。“四十一岁了。”这个念头很快地在他脑子里一闪，他心里既不高兴也不难过。他随意翻阅了一下沙沙作响的报纸篇页，便乘坐小轿车回到他的寓所。仆人告诉他，在他离家期间有两位客人来访，有几个人打来电话，然后用一个托盘把收集起来的邮件交给他。他懒洋洋地看了一眼，有几封信的寄信人引起他的兴趣，他就拆开信封看看；有一封信字迹陌生，摸上去挺厚，他就先把它搁在一边。这时仆人端上茶来，他就舒舒服服地往靠背椅上一靠，再一次信手翻阅一下报纸和几份印刷品；然后点上一支雪茄，这才伸手把那封搁在一边的信拿过来。

这封信大约有二三十页，是个陌生女人的笔迹，写得非常潦草，与其说是一封信，毋宁说是一份手稿。他不由自主地再一次去摸摸信封，看看里面是不是有什么附件没取出来，可是信封是空的。无论信封还是信纸都没写上寄信人的地址，甚至连个签

---

* 本篇于一九二二年一月一日在维也纳《新自由报》上首次发表，同年收入小说集《马来狂人》（莱比锡海岛出版社出版）中。

名也没有。他心想："真怪，"又把信拿到手里来看。"你，从来也没有认识过我的你啊！"这句话写在顶头，算是称呼，算是标题。他不胜惊讶地停了下来；这是指的他呢，还是指的一个想象中的人呢？他的好奇心突然被激起。他开始往下念：

我的儿子昨天死了——为了这条幼小娇弱的生命，我和死神搏斗了三天三夜，我在他的床边足足坐了四十个小时，当时流感袭击着他，他发着高烧，可怜的身子烧得滚烫。我把冷毛巾放在他发烫的额头上，成天成夜地把他那双不时抽动的小手握在我的手里。到第三天晚上我自己垮了。我的眼睛再也支持不住，我自己也不知道，我的眼皮就合上了。我坐在一把硬椅子上睡了三四个钟头，就在这时候，死神把他夺走了。这个温柔的可怜的孩子此刻就躺在那儿，躺在他那窄小的儿童床上，和他死去的时候一样；他的眼睛，他那双聪明的黑眼睛，刚刚给合上了，他的双手也给合拢来，搁在他的白衬衫上面，床的四角高高地燃着四支蜡烛。我不敢往床上看，我动也不敢动，因为烛光一闪，影子就会从他脸上和他紧闭着的嘴上掠过，于是看上去，仿佛他脸上的肌肉在动，我会以为，他没有死，他还会醒来，还会用他那清脆的嗓子给我说些孩子气的温柔话儿。可是我知道，他死了，我不愿意往床上看，免得再一次心存希望，免得再一次失望。我知道，我知道，我的儿子昨天死了——现在我在这个世界上只有你，只有你一个人，而你对我一无所知，你正在寻欢作乐，什么也不知道，或者正在跟人家嬉笑调情。我只有你，你从来也没有认识过我，而我却始终爱着你。

我把第五支蜡烛取来放在这张桌子上，我就在这张桌子上写信给你。我怎能孤单单地守着我死了的孩子,而不向人倾吐我心底的衷情呢?而在这可怕的时刻,不跟你说又叫我去跟谁说呢?你过去是我的一切,现在也是我的一切啊!也许我没法跟你说得清清楚楚,也许你也不明白我的意思——我的脑袋现在完全发木,两个太阳穴在抽动,像有人用锤子在敲,我的四肢都在发疼。我想我在发烧,说不定也得了流感,此刻流感正在挨家挨户地蔓延扩散,要是得了流感倒好了,那我就可以和我的孩子一起去了,省得我自己动手来了结我的残生。有时侯我眼前一片漆黑,也许我连这封信都写不完——可是我一定要竭尽我的全力,振作起来,和你谈一次,就谈这一次。你啊,我的亲爱的,从来也没有认识过我的你啊!

我要和你单独谈谈,第一次把一切都告诉你;我要让你知道我整个的一生,我的一生一直是属于你的,而你对我的一生却始终一无所知。可是只有我死了——此刻使我四肢忽冷忽热的疾病确实意味着我的生命即将终结——你再也用不着回答我了,我才让你知道我的秘密。要是我还得再活下去,我就把这封信撕掉,我将继续保持沉默,就像我过去一直沉默一样。可是如果你手里拿着这封信,那你就知道,是个已死的女人在这里向你诉说她的身世、她的生活,从她有意识的时候起,一直到她生命的最后一刻为止,她的生命始终是属于你的。看到我这些话你不要害怕;一个死者别无企求,她既不要求别人的爱,也不要求同情和慰藉。我对你只有一个要求,那就是请你相信我那向你吐露隐衷的痛苦的心所告诉你的一切。请你相信我说的一切,这是我对你的唯一请求:一个人在自己的独生子死去的时刻是不会说谎的。

我要把我整个的一生都向你倾诉，我这一生实在说起来是从我认识你的那一天才开始的。在这以前，我的生活只是阴惨惨、乱糟糟的一团，我再也不会想起它来，它像是一个地窖，堆满了尘封霉湿的人和物，上面还结着蛛网，对于这些，我的心早已非常淡漠。你在我生活中出现的时候，我十三岁，就住在你现在住的那幢房子里，此刻你就在这幢房子里，手里拿着这封信——我生命的最后一息。我和你住在同一层楼，正好门对着门。你肯定再也想不起我们，想不起那个寒酸的会计员的寡妇(她总是穿着孝服)和她那尚未长成的瘦小女儿——我们深居简出，不声不响，仿佛沉浸在我们小资产阶级的穷酸气氛之中，你也许从来没有听说过我们的姓名，因为我们的门上没有挂牌子，没有人来看望我们，没有人来打听我们。况且事情已经过去好久了，有十五六年了，你一定什么也不知道，我亲爱的。可是我呢，啊，我热烈地回忆起每一个细节，我清清楚楚地记得我第一次听人家说起你，第一次看到你的那一天，不，那一小时，就像发生在今天，我又怎么能不记得呢？因为就是那时候世界才为我而开始啊。耐心点，亲爱的，等我把一切都从头说起，我求你，听我谈自己谈一刻钟，别厌倦，我爱了你一辈子也没有厌倦啊！

在你搬进来以前，你那屋子里住的人丑恶凶狠，吵架成性。他们自己穷得要命，却特别嫌恶邻居的贫穷，他们恨我们，因为我们不愿意染上他们那种破落的无产者的粗野。这家的丈夫是个酒鬼，老是揍老婆；我们常常睡到半夜被椅子倒地、盘子摔碎的声音惊醒，有一次那老婆给打得头破血流，披头散发地逃到楼梯上面，那个酒鬼在她身后粗声大叫，最后大家都开门出来，威胁他要去叫警察，风波才算平息。我母亲从一开始就避免和这家人有任何来往，禁止我和这家的孩子一块儿玩，他们于是一有机会就在我身上找碴出气。他们要是在大街上碰到我，就在我身后嚷些脏话，有一次他们用挺硬的雪球砸我，砸得我额头流血。全楼的人怀着一种共同的本能，都恨这家人，突然有一天出了事，我记得，那个男人偷东西给抓了起来，那个老婆只好带着她那点家当搬出去，这下我们大家都松了一口气。招租的条子在大门上贴了几天，后来又给揭下来了，从门房那里很快传开了消息，说是有个作家，一位单身的文静的先生租了这个住宅。当时我第一次听到你的姓名。

几天之后，油漆匠、粉刷匠、清洁工、裱糊匠就来打扫收拾屋子，屋子给原来的那家人住过，脏极了。于是楼里只听见一阵阵叮叮当当的敲打声、拖地声、刮墙声，可是我母亲倒很满意，她说，这一来对面讨厌的那一家子总算再也不会和我们为邻了。而你本人呢，即使在搬家的时候我也没见到你的面；搬迁的全部工作都是你的仆人照料的，这个小个子的男仆，神态严肃，头发灰白，总是轻声轻气、十分冷静地带着一种居高临下的神气指挥着全部工作。他给我们大家留下了深刻的印象，因为首先，在我们这幢坐落在郊区的房子里，上等男仆可是一件十分新颖的事物，其次因为他对所有的人都客气得要命，可是又不因此而降低身份，把自己混同于一般的仆役，和他们亲密无间地谈天说地。他从第一天起就毕恭毕敬地和我母亲打招呼，把她当作一位有身份的太太；甚至对我这个小毛丫头，他也总是态度和蔼、神情严肃。他提起你的名字，总是带着一种尊敬的神气，一种特别的敬意——别人马上就看出，他和你的关系，远远超出一般主仆之间的关系。为此我是多么喜欢他啊！这个善良的老约翰，尽管我心里暗暗地忌妒他,能够老是待在你的身边,老是可以侍候你。

我把这一切都告诉你,亲爱的,把这一切琐碎的简直可笑的事情喋喋不休地说给你听,是为了让你明白,你从一开始就对我这个生性腼腆、胆怯羞涩的女孩子具有这样巨大的力量。你自己还没有进入我的生活,你的身边就出现了一个光环,一种富有、奇特、神秘的氛围——我们住在这幢郊区房子的人一直非常好奇地、急不可待地等你搬进来住(生活在狭小天地里的人们,对门口发生的一切新鲜事儿总是非常好奇的)。有一天下午,我放学回家,看见搬运车停在楼前,这时我心里对你的好奇心大大地增长起来。大部分家具,凡是笨重的大件,搬运夫早已把它们抬上楼去了;还有一些零星小件正在往上拿。我站在门口,惊奇地望着一切,因为你所有的东西都很奇特,都是那么别致,我从来也没有见过;有印度的佛像,意大利的雕刻,色彩鲜艳刺目的巨幅油画,末了又搬来好些书,好看极了,我从来没想到过,书会这么好看。这些书都码在门口,你的仆人把它们拿起来,用掸子仔细地把每本书上的灰尘都掸掉。我好奇心切,轻手轻脚地围着那堆越码越高的书堆,边走边看,你的仆人既不把我撵走,也不鼓励我走近;所以我一本书也不敢碰,尽管我心里真想摸摸有些书的软皮封面。我只是怯生生地从旁边看看书的标题:这里有法文书、英文书,还有些书究竟是什么文写的,我也不认识。我想,我真会一连几小时傻看下去的,可是我母亲把我叫回去了。

整个晚上我都不由自主地老想着你,而我当时还不认识你呢。我自己只有十几本书,价钱都很便宜,都是用破烂的硬纸做的封面，这些书我爱若至宝，读了又读。这时我就寻思，这个人有那么多漂亮的书，这些书他都读过，他还懂那么多文字，那么有钱，同时又那么有学问，这个人该长成一副什么模样呢？一想到这么多书，我心里不由得产生一种超凡脱俗的敬畏之情。我试图想象你的模样：你是个戴眼镜的老先生，蓄着长长的白胡子，就像我们的地理老师一样，所不同的是，你更和善，更漂亮，更温雅——我不知道，为什么我在当时就确有把握地认为，你准长得漂亮，因为我当时想象中的你还是个老头呢。在那天夜里，我还不认识你，我就第一次做梦梦见了你。

第二天你搬进来住了，可是尽管我拼命侦察，还是没能见你的面——这只有使我更加好奇。最后，到第三天，我才看见你。你的模样和我的想象完全不同，跟我那孩子气的想象中的老爷爷形象毫不沾边，我感到非常意外，深受震惊。我梦见的是一位戴眼镜的和蔼可亲的老年人，可你一出现——原来你的模样跟你今天的样子完全相似，原来你这个人始终没有变化，尽管岁月在你身上缓缓地流逝！你穿着一身浅褐色的迷人的运动服，上楼的时候总是两级一步，步伐轻捷，活泼灵敏，显得十分潇洒。你把帽子拿在手里，所以我一眼就看见了你的容光焕发、表情生动的脸，长了一头漂亮光泽的头发，我的惊讶简直难以形容：的确，你是那样的年轻、漂亮，身材颀长，动作灵巧，英俊潇洒，我真的吓了一跳。你说这事不是很奇怪吗，在这最初的瞬间我就非常清晰地感觉到你所具有的独特之处，不仅是我，凡是和你认识的人都怀着一种意外的心情在你身上一再感觉到：你是一个具有双重人格的人，既是一个轻浮、贪玩、喜欢奇遇的热情少年，同时又是一个在你从事的那门艺术方面无比严肃、认真负责、极为渊博、很有学问的长者。我当时无意识地感觉到了后来每个人在你身上都得到的那种印象:你过着一种双重生活,既有对外界开放的光亮的一面,另外还有十分阴暗的一面,这一面只有你一个人知道——这种最深藏的两面性是你一生的秘密,我这个十三岁的姑娘,第一眼就感觉到了你身上的这种两重性,当时像着了魔似的被你吸引住了。

你现在明白了吧,亲爱的,你当时对我这个孩子该是一个多么不可思议的奇迹,一个多么诱人的谜啊!这是一位大家尊敬的人物,因为他写了好些书,因为他在另一个大世界里声名卓著,可是现在突然发现这个人年轻潇洒,是个性格开朗的二十五岁的青年!还要我对你说吗,从这天起,在我们这所房子里,在我整个可怜的儿童世界里,除了你再也没有什么别的东西使我感兴趣;我本着一个十三岁的女孩的全部傻劲儿,全部追根究底的执拗劲头,只对你的生活、只对你的存在感兴趣!我仔细地观察你,观察你的出入起居,观察那些来找你的人,所有这一切,非但没有削弱、反而增强了我对你这个人的好奇心,因为来看你的人形形色色,各不相同,这就表现出了你性格中的两重性。有时来了一帮年轻人,是你的同学,一批不修边幅的大学生,你跟他们一起高声大笑、发疯胡闹,有时候又有些太太们乘着小轿车来。有一次歌剧院经理来了,那个伟大的指挥家,我只有满怀敬意地从远处看见他站在乐谱架前。再就是一些还在上商业学校的姑娘们,她们很不好意思地一闪身就溜进门去,来的女人很多,多极了。我并不觉得这有什么奇怪,有一天早上我上学去的时候,看见有位太太脸上蒙着厚厚的面纱从你屋里出来,我也不觉得这有什么特别——我那时才十三岁,怀着一种热烈的好奇心，刺探你的行踪，偷看你的举动，我还是个孩子，不知道这种好奇心就已经是爱情了。可是我还清楚地记得，亲爱的，我整个地爱上你，永远迷上你的那一天，那个时刻。那天，我跟一个女同学去散了一会儿步，我们俩站在大门口闲聊。这时驰来一辆小汽车，车刚停下，你就以你那种迫不及待的、轻捷灵巧的方式从车上一跃而下，这样子至今还叫我动心。你下了车想走进门去，我情不自禁地给你把门打开，这样我就挡了你的道，我俩差点撞在一起。你看了我一眼，那眼光温暖、柔和、深情，似乎是对我的爱抚，你冲着我微微一笑，我没法形容，只好说：含情脉脉地冲我一笑，用一种非常轻柔的、简直可说是亲昵的声音对我说："多谢，小姐。"

全部经过就是这样，亲爱的；可是从我接触到你那充满柔情蜜意的眼光之时起，我就完全属于你了。后来，不久之后我就知道，你这道目光好像把对方拥抱起来，吸引到你身边，既脉脉含情，又荡人心魄，这是一个天生的诱惑者的眼光，你向每一个从你身边走过的女人都投以这样的目光，向每一个卖东西给你的女店员，向每一个给你开门的使女都投以这样的目光。这种眼光在你身上并不是有意识地表示多情和爱慕，而是你对女人怀有的柔情使你一看见她们，你的眼光便不知不觉地变得温柔起来。可是我这个十三岁的孩子对此一无所知：我心里像着了火似的。我以为，你的柔情蜜意只针对我，是给我一个人的。就在这一瞬间，我这个还没有成年的姑娘一下子就成长为一个女人，而这个女人从此永远属于你了。

"这人是谁啊？"我的女同学问道。我一下子答不上来。你的名字我怎么也说不出口：就在这一秒钟，在这唯一的一秒钟里，你的名字在我心目中变得无比神圣，成了我心里的秘密。“唉，住在我们楼里的一位先生呗！”我结结巴巴笨嘴拙舌地说道。“那他看你一眼，你干吗脸涨得通红啊！”我的女同学以一个好管闲事的女孩子的阴坏神气，连讥带讽地说道。可是因为我感到她的讥刺正好捅着了我心里的秘密，血就更往脸颊上涌。窘迫之余我生气了。我恶狠狠地说了她一句：“蠢丫头！”我当时真恨不得把她活活勒死。可是她笑得更欢，嘲讽的神气更加厉害，末了我发现，我火得没法，眼睛里都噙满了眼泪。我不理她，一口气跑上楼去了。

从这一秒钟起，我就爱上了你。我知道，女人们经常向你这个娇纵惯了的人说这句话。可是请相信我，没有一个女人像我这样死心塌地、舍身忘己地爱过你，我对你从不变心，过去是这样，一直是这样，因为世界上没有什么东西可以比得上一个孩子暗中怀有的不为人所觉察的爱情，因为这种爱情不抱希望，低声下气，曲意逢迎，委身屈从，热情奔放，这和一个成年妇女的那种欲火炽烈、不知不觉中贪求无厌的爱情完全不同。只有孤独的孩子才能把全部热情集聚起来，其他的人在社交活动中早已滥用了自己的感情，和人亲切交往中早已把感情消磨殆尽，他们经常听人谈论爱情，在小说里常常读到爱情，他们知道，爱情乃是人们共同的命运。他们玩弄爱情，就像摆弄一个玩具，他们夸耀自己恋爱的经历，就像男孩抽了第一支香烟而洋洋得意。可我身边没有别人，我没法向别人诉说我的心事，没有人指点我、提醒我，我毫无阅历，毫无思想准备：我一头栽进我的命运，就像跌进一个深渊。我心里只有一个人，那就是你，我睡梦中也只看见你，我把你视为知音：我的父亲早已去世，我的母亲成天心情压抑，郁郁寡欢，靠养老金生活，总是胆小怕事，所以和我也不贴心；那些多少有点变坏的女同学叫我反感，她们轻佻地把爱情看成儿戏，而在我的心目中，爱情却是我至高无上的激情——所以我把原来分散零乱的全部感情，把我整个紧缩起来而又一再急切向外迸涌的心灵都奉献给你。我该怎么对你说才好呢？任何比喻都嫌不足，你是我的一切，是我整个的生命。世上万物因为和你有关才存在，我生活中的一切只有和你连在一起才有意义。你使我整个生活变了样。我原来在学校里学习一直平平常常，不好不坏，现在突然一跃而成为全班第一，我如饥似渴地念了好些书，常常念到深夜，因为我知道，你喜欢书；我突然以一种近乎倔强的毅力练起钢琴来了，使我母亲不胜惊讶，因为我想，你是热爱音乐的。我把我的衣服刷了又刷，缝了又缝，就是为了在你面前显得干干净净，讨人喜欢。我那条旧校服罩裙（是我母亲穿的一件家常便服改的）的左侧打了个四四方方的补丁，我觉得讨厌极了。我怕你看见这个补丁会看不起我，所以我跑上楼梯的时候，总把书包盖着那个地方，我害怕得浑身哆嗦，唯恐你会看见那个补丁。可这是多么傻气啊！你在那次以后从来也没有、几乎从来也没有正眼看过我一眼。

而我呢，我可以说整天什么也不干，就是在等着你，在窥探你的一举一动。在我们家的房门上面有一个小小的黄铜窥视孔，透过这个圆形小孔可以一直看到你的房门。这个窥视孔就是我投向世界的眼睛——啊，亲爱的，你可别笑，我那几个月，那几年，手里拿着一本书，一下午一下午地就坐在小孔跟前，坐在冰冷的门廊里守候着你，提心吊胆地生怕母亲疑心，我的心紧张得像根琴弦，你一出现，它就颤个不停。直到今天想到这些，我都并不害臊。我的心始终为你而紧张,为你而颤动;可是你对此毫无感觉,就像你口袋里装了怀表,你对它绷紧的发条没有感觉一样。这根发条在暗中耐心地数着你的钟点,计算着你的时间,以它听不见的心跳陪着你东奔西走,而你在它那滴答不停的几百万秒当中,只有一次向它匆匆瞥了一眼。你的什么事情我都知道,我知道你的每一个生活习惯,认得你的每一根领带、每一套衣服,认得你的一个一个朋友,并且不久就能把他们加以区分,把他们分成我喜欢的和我讨厌的两类:我从十三岁到十六岁,每一小时都是在你身上度过的。啊,我干了多少傻事啊!我亲吻你的手摸过的门把,我偷了一个你进门之前扔掉的雪茄烟头,这个烟头我视若圣物,因为你的嘴唇接触过它。晚上我上百次地借故跑下楼去,到胡同里去看看你哪间屋里还亮着灯光,用这样的办法来感觉你那看不见的存在,在想象中亲近你。你出门旅行的那些礼拜里——我一看见那善良的约翰把你的黄色旅行袋提下楼,我的心便吓得停止了跳动——那些礼拜里我虽生犹死,活着没有一点意思。我心情恶劣,百无聊赖,茫茫然不知所从,我得十分小心,不让我母亲从我哭肿了的眼睛看出我绝望的心绪。

我知道,我现在告诉你的这些事都是滑稽可笑的荒唐行径,孩子气的蠢事。我应该为这些事而感到羞耻,可是我并不这样,因为我对你的爱从来没有像在这种天真的感情流露中表现得更纯洁更热烈的了。要我说,我简直可以一连几小时,一连几天几夜地跟你说,我当时是如何和你一起生活的,而你则几乎没跟我打过一个照面,因为每次我在楼梯上遇见你,躲也躲不开了,我就一低头从你身边跑上楼去,为了怕见你那火辣辣的眼光,就像一个人怕火烧着，而纵身跳水投河一样。要我讲，我可以一连几小时，一连几天几夜地跟你讲你早已忘却的那些岁月，我可以给你展开一份你整个一生的全部日历；可是我不愿使你无聊，不愿使你难受。我只想把我童年时代最美好的一个经历再告诉你，我求你别嘲笑我，因为这只不过是微不足道的小事一桩，而对我这个孩子来说，这可是了不起的一件大事。大概是个星期天；你出门旅行去了，你的仆人把他拍打干净的笨重地毯从敞开着的房门拖进屋去。这个好心人干这个活非常吃力，我不晓得从哪儿来的一股勇气，便走过去问他要不要我帮忙。他很惊讶，可还是让我帮了他一把，于是我就看见了你寓所的内部——我实在没法告诉你，我当时怀着何等敬畏甚至虔诚的心情！我看见了你的天地，你的书桌，你经常坐在这张书桌旁边，桌上供了一个蓝色的水晶花瓶，瓶里插着几朵鲜花，我看见了你的柜子，你的画，你的书。我只是匆匆忙忙向你的生活偷偷望了一眼，因为你的忠仆约翰一定不会让我仔细观看的，可是就这么一眼我已把你屋里的整个气氛都吸收进来，使我无论醒着或是睡着都有足够的营养供我沉思梦想。

这匆匆而过的一分钟是我童年时代最幸福的时刻。我要把这个时刻告诉你，是为了让你——你这个从来也没有认识过我的人啊——终于开始感到，有一个生命依恋着你，并且为你而憔悴。我要把这个最幸福的时刻告诉你，同时我要把那最可怕的时刻也告诉你，可惜这二者竟挨得如此之近！我刚才已经跟你说过了，为了你的缘故，我什么都忘了，我没有注意我的母亲，我对谁也不关心。我没有发现，有个上了年纪的男人，一位因斯布鲁克地方的商人和我母亲沾着远亲，这时经常来做客，一待就是好长时间;是啊,这只有使我高兴,因为他有时带我母亲去看戏,这样我就可以一个人待在家里,想你,守着看你回来,这可是我唯一的至高无上的幸福啊!结果有一天我母亲把我叫到她房里去,唠唠叨叨说了好些,说是要和我严肃地谈谈。我的脸唰地一下发白了,我的心突然怦怦直跳:莫非她预感到了什么,猜到了什么不成?我的第一个念头就想到你,想到我的秘密,它是我和外界发生联系的纽带。可是我妈自己倒显得非常忸怩,她温柔地吻了我一两下(平时她是从来不吻我的),把我拉到沙发上坐在她的身边,然后吞吞吐吐、羞羞答答地开始说道,她的亲戚是个死了妻子的单身汉,现在向她求婚,而她主要是为我着想,决定接受他的请求。一股热血涌到我的心里,我心里只有一个念头,我想到你。“那咱们还住在这儿吧?”我只能结结巴巴地说出这么一句话。“不,我们搬到因斯布鲁克去住,斐迪南在那儿有一座漂亮的别墅。”她说的其他话语我都没有听见。我突然眼前一黑。后来我听说,我当时晕过去了。我听见我母亲对我那位等在门背后的继父低声说,我突然伸开双手向后一仰,就像铅块似的跌到地上。以后几天发生过什么事情,我这么一个无权自主的孩子又怎能顶得住他们压倒一切的意志,这些我都没法向你形容:直到现在,我一想到当时,我这握笔的手就抖了起来。我真正的秘密又不能泄露,结果我的反对在他们看来就纯粹是脾气倔强、固执己见、心眼狠毒的表现。谁也不再搭理我,一切都背着我进行。他们利用我上学的时间搬运东西:等我放学回家,总有一件家具搬走了或者卖掉了。我眼睁睁地看着我的家搬空了,我的生活也随之毁掉了。有一次我回家吃午饭,搬运工人正在包装家具,把所有的东西都搬走。在空荡荡的房间里放着收拾停当的箱子以及给我母亲和我准备的两张行军床：我们还得在这儿过一夜，最后一夜，明天就乘车到因斯布鲁克去。

在这最后一天我突然果断地感觉到，不在你的身边，我就没法活下去。除了你我不知道还有什么别的救星。我一辈子也说不清楚，我当时是怎么想的，在这绝望的时刻，我是否真正能够头脑清醒地进行思考，可是突然——我妈不在家——我站起身来，身上穿着校服，走到对面去找你。不，我不是走过去的：一种内在的力量像磁铁，把我僵手僵脚地、四肢哆嗦地吸到你的门前。我已经跟你说过了，我自己也不明白，我到底打算怎么样：我想跪倒在你的脚下，求你收留我做你的丫头，做你的奴隶。我怕你会取笑一个十五岁的女孩子的这种纯洁无邪的狂热之情，可是亲爱的，要是你知道，我当时如何站在门外寒气彻骨的走廊里，吓得浑身僵直，可是又被一股难以捉摸的力量所驱使，移步向前，我如何使了大劲儿，挪动抖个不住的胳臂，伸出手去——这场斗争经过了可怕的几秒钟，真像是永恒一样的漫长——用指头去按你的门铃，要是你知道了这一切，你就不会取笑了。刺耳的铃声至今还在我耳边震响，接下来是一片寂静，我的心脏停止了跳动，我周身的鲜血也凝结不动，我凝神静听，看你是否走来开门。

可是你没有来。谁也没有来。那天下午你显然不在家，约翰大概出去办事了，所以我只好摇摇晃晃地拖着脚步回到我们搬空了家具、残破不堪的寓所，门铃的响声依然在我耳际萦绕，我精疲力竭地倒在一床旅行毯上，从你的门口到我家一共四步路，走得我疲惫不堪，仿佛在深深的雪地里跋涉了几个小时似的。尽管筋疲力尽，我仍想在他们把我拖走之前看你一眼，和你说说话的决心依然没有泯灭。我向你发誓，这里面丝毫不掺杂情欲的念头，我当时还是个天真无邪的姑娘，除了你以外实在别无所想：我一心只想看见你，再见你一面，紧紧地依偎在你的身上，于是整整一夜，这可怕的漫长的一夜，亲爱的，我一直等着你。我妈刚躺下睡着，我就轻手轻脚溜到门廊里，支着耳朵倾听你什么时候回家。我整夜都等着你，这可是个严寒冰冻的一月之夜啊。我疲惫困倦，四肢酸疼，门廊里已经没有椅子可坐，我就趴在地上，从门底下透过来阵阵寒风。我穿着单薄的衣裳躺在冰冷的使人浑身作疼的硬地板上，我没拿毯子，我不想让自己暖和，唯恐一暖和就会睡着，听不见你的脚步声。躺在那里浑身都疼，我的两脚抽筋，蜷缩起来，我的两臂索索直抖：我只好一次次地站起身来，在这可怕的黑咕隆咚的门廊里实在冷得要命。可是我等着，等着，等着你，就像等待我的命运。

终于——大概是在凌晨两三点钟吧——我听见楼下有人用钥匙打开大门，然后有脚步声顺着楼梯上来。刹那间我觉得寒意顿消，浑身发热，我轻轻地打开房门，想冲到你的跟前，扑在你的脚下。……啊，我真不知道，我这个傻姑娘当时会干出什么事来。脚步声越来越近，蜡烛光晃晃悠悠地从楼梯照了上来。我握着门把，浑身哆嗦。上楼来的，真是你吗？

是的，上来的是你，亲爱的——可你不是一个人回来的。我听到一阵娇媚的轻笑，绸衣拖地的窸窣声和你低声说话的声音——你是和一个女人一起回来的。

我不知道，我这一夜是怎么熬过来的。第二天早上八点钟他们把我拖到因斯布鲁克去了；我已经一点反抗的力气也没有了。

我的儿子昨天夜里死了——如果现在我果真还得继续活下去的话,我又要孤零零地一个人生活了。明天他们要来,那些黝黑、粗笨的陌生男人,带口棺材来,我将把我可怜的唯一的孩子装到棺材里去。也许朋友们也会来,带来些花圈,可是鲜花放在棺材上又有什么用?他们会来安慰我,给我说些什么话;可是他们能帮我什么忙呢?我知道,事后我又得独自一人生活。世界上再也没有比置身于人群之中却又孤独生活更可怕的了。我当时,在因斯布鲁克度过的漫无止境的两年时间里,体会到了这一点。从我十六岁到十八岁的那两年,我简直像个囚犯,像个遭到摒弃的人似的,生活在我的家人中间。我的继父是个性情平和、沉默寡言的男子,他对我很好,我母亲似乎为了补赎一个无意中犯的过错,对我总是百依百顺;年轻人围着我,讨好我;可是我执拗地拒他们于千里之外。离开了你,我不愿意高高兴兴、心满意足地生活,我沉湎于我那阴郁的小天地里,自己折磨自己,孤独寂寥地生活。他们给我买的花花绿绿的新衣服,我穿也不穿;我拒绝去听音乐会,拒绝去看戏,拒绝跟人家一起快快活活地出去远足郊游。我几乎足不逾户,很少上街。亲爱的,你相信吗,我在这座小城市里住了两年之久,认识的街道还不到十条。我成天悲愁,一心只想悲愁;我看不见你,也就什么也不想要,只想从中得到某种陶醉。再说,我只是热切地想要在心灵深处和你单独待在一起,我不愿意使我分心。我一个人坐在家里,一坐几小时,一坐一整天,什么事也不做,就是想你,把成百件细小的往事翻来覆去想个不停,回想起每一次和你见面,每一次等候你的情形，我把这些小小的插曲想了又想，就像看戏一样。因为我把往日的每一秒钟都重复了无数次，所以我整个童年时代都记得一清二楚，过去这些年每一分钟对我都是那样的生动、具体，仿佛这是昨天发生的事情。

我当时心思完全集中在你的身上。我把你写的书都买了来；只要你的名字一登在报上，这天就成了我的节日。你相信吗，你的书我念了又念，不知念了多少遍，你书中每一行我都背得出来。要是有人半夜里把我从睡梦中唤醒，从你的书里孤零零地给我念上一行，我今天，时隔十三年，我今天还能接着往下背，就像在做梦一样：你写的每一句话，对我来说都是福音书和祷告词啊。整个世界只是因为和你有关才存在：我在维也纳的报纸上查看音乐会和戏剧首次公演的广告，心里只有一个念头，那就是什么演出会使你感兴趣，一到晚上，我就在远方陪伴着你：此刻他走进剧院大厅了，此刻他坐下了。这样的事情我梦见了不下一千次，因为我曾经有一次亲眼在音乐会上看见过你。

可是干吗说这些事情呢，干吗要把一个孤独的孩子的这种疯狂的、自己折磨自己的、如此悲惨、如此绝望的狂热之情告诉一个对此毫无所感、一无所知的人呢？我当时难道还是个孩子吗？我已经十七岁，转眼就满十八岁了——年轻人开始在大街上扭过头来看我了，可是他们只是使我生气发火。因为要我在脑子里想着和别人恋爱，而不是爱你，哪怕仅仅是闹着玩，这种念头我都觉得难以理解、难以想象的陌生，稍稍动心在我看来就已经是在犯罪了。我对你的激情依然一如既往，只不过随着我身体的发育，随着我情欲的觉醒而和过去有所不同，它变得更加炽烈、更加含有肉体的成分，更加具有女性的气息。当年潜伏在那个不懂事的女孩子的下意识里、驱使她去拉你的门铃的那个朦朦胧胧的愿望，现在却成了我唯一的思想：把我奉献给你，完全委身于你。

我周围的人认为我腼腆，说我害羞脸嫩，我咬紧牙关，不把我的秘密告诉任何人。可是在我心里却产生了一个钢铁般的意志。我一心一意只想着一件事：回到维也纳，回到你身边。经过努力，我的意志得以如愿以偿，不管它在别人看来是何等荒谬绝伦，何等难以理解。我的继父很有资财，他把我看做他自己亲生的女儿。可是我一个劲儿地顽固坚持，要自己挣钱养活自己，最后我终于达到了目的，前往维也纳去投奔一个亲戚，在一家规模很大的服装店里当了职员。难道用得着我告诉你，在一个雾气迷蒙的秋日傍晚，我终于！终于！来到了维也纳，我首先是到哪儿去吗？我把箱子存在火车站，跳上一辆电车，——我觉得这电车开得多么慢啊，它每停一站我就心里冒火——跑到那幢房子跟前。你的窗户还亮着灯光，我整个心怦怦直跳。到这时候，这座城市，这座对我说来如此陌生，如此毫无意义地在我身边喧嚣轰响的城市，才获得了生气，到这时候，我才重新复活，因为我感觉到了你的存在，你，我永恒的梦。我没有想到，我对你的心灵来说，无论是相隔无数的山川峡谷，还是在你和我那抬头仰望的目光之间只相隔你窗户的一层玻璃，其实都是同样的遥远。我抬头看啊，看啊：那儿有灯光，那儿是房子，那儿是你，那儿就是我的天地。两年来我朝思暮想的这一时刻，如今总算盼到了。这个漫长的夜晚，天气温和，夜雾弥漫，我一直站在你的窗下，直到灯光熄灭。然后我才去寻找我的住处。

以后每天晚上我都这样站在你的房前。我在店里干活一直干到六点，活很重，很累人，可是我很喜欢这个活儿，因为工作一忙，就使我不至于那么痛切地感到我自己内心的骚乱。等到铁制的卷帘式的百叶窗哗的一下在我身后落下，我就径直奔向我心爱的目的地。我心里唯一的心愿就是，只想看你一眼，只想和你见一次面，只想远远地用我的目光搂抱你的脸！大约过了一个星期，我终于遇见你了，而且恰好是在我没有料想到的一瞬间：我正抬头窥视你的窗口，你突然穿过马路走了过来。我一下子又成了那个十三岁的小姑娘，我觉得热血涌向我的面颊；我违背了我内心强烈的、渴望看见你眼睛的欲望，不由自主地一低头，像身后有追兵似的，飞快地从你旁边跑了过去。事后我为这种女学生似的羞怯畏缩的逃跑行为感到害臊，因为现在我不是已经打定主意了吗：我一心只想遇见你，我在找你，经过这些好不容易熬过来的岁月，我希望你认出我是谁，希望你注意我，希望为你所爱。

可是你好长一段时间都没有注意到我，尽管我每天晚上都站在你的胡同里，即使风雪交加，维也纳凛冽刺骨的寒风吹个不停，也不例外。有时候我白白等了几个小时，有时候我等了半天，你终于和朋友一起从家里走了出来，有两次我还看见你和女人在一起——我看见一个陌生女人和你手挽着手紧紧依偎着往外走，我的心猛地一下抽缩起来，把我的灵魂撕裂，这时我突然感到我已长大成人，感到心里有种新的异样的感觉。我并不觉得意外，我从童年时代起就知道老有女人来访问你，可是现在我突然感到一阵肉体上的痛苦，我心里感情起伏，恨你和另外一个女人这样明显地表示出肉体上的亲昵，可同时自己也渴望着能得到这种亲昵。出于一种幼稚的自尊心，我一整天没到你房子前面去，我以往就有这种幼稚的自尊心，说不定我今天还依然是这样。可是这个倔强赌气的夜晚变得非常空虚，这一晚多么可怕啊！第二天晚上我又忍气吞声地站在你的房前，等啊等啊，命运注定，我一生就这样站在你紧闭着的生活前面等着。

有一天晚上，你终于注意到我了。我早已看见你远远地走来，我赶忙振作精神，别到时候又躲开你。事情也真凑巧，恰好有辆卡车停在街上卸货，把马路弄得很窄，你只好擦着我的身边走过去。你那漫不经心的目光不由自主地向我身上一扫而过，它刚和我专注的目光一接触，立刻又变成了那种专门对付女人的目光——勾起往事，我大吃一惊！——又成了那种充满柔情蜜意的目光，既脉脉含情，又荡人心魄，又成了那种把对方紧紧拥抱起来的勾魂摄魄的目光，这种目光从前第一次把我唤醒，使我一下子从孩子变成了女人，变成了恋人。你的目光和我的目光就这样接触了一秒钟、两秒钟，我的目光没法和你的目光分开，也不愿意和它分开——接着你就从我身边过去了。我的心跳个不停：我身不由已地不得不放慢脚步，一种难以克服的好奇心驱使我扭过头去，看见你停住了脚步，正回过头来看我。你非常好奇、极感兴趣地仔细观察我，我从你的神气立刻看出，你没有认出我来。

你没有认出我来，当时没有认出我，也从来没有认出过我。亲爱的，我该怎么向你形容我那一瞬间失望的心情呢。当时我是第一次遭受这种命运，这种不为你所认出的命运，我一辈子都忍受着这种命运，随着这种命运而死；没有被你认出来，一直没有被你认出来。叫我怎么向你描绘这种失望的心情呢！因为你瞧，在因斯布鲁克的这两年，我每时每刻都在想念你，我别的什么也不干，只是设想我们在维也纳的重逢该是什么情景，我随着自己情绪的好坏，想象出最幸福的和最恶劣的可能性。如果可以这么说的话，我是在梦里把这一切都过了一遍；在我心情阴郁的时刻我设想过：你会把我拒之于门外，会看不起我，因为我太低贱，太丑陋，太讨厌。你的憎恶、冷酷、淡漠所表现出来的种种形式，我在热烈活跃的想象的幻境里都经历过了——可是这点，就这一点，即使我心情再阴沉，自卑感再严重，我也不敢考虑，这是最可怕的一点：那就是你根本没有注意到有我这么一个人存在。今天我懂得了——唉，是你教我明白的！——对于一个男人来说，一个少女、一个女人的脸想必是变化多端的东西，因为它在大多数情况下只是一面镜子，时而是炽热激情之镜，时而是天真烂漫之镜，时而又是疲劳困倦之镜，正如镜中的人影一样转瞬即逝，那么一个男子也就更容易忘却一个女人的容貌，因为年龄会在她的脸上投下光线，或者布满阴影，而服装又会把它时而这样时而那样地加以衬托。只有伤心失意的女人才会真正懂得个中的奥秘。可我当时还是个少女，我还不能理解你的健忘，我自己毫无节制没完没了地想你，结果我竟产生了错觉，以为你一定也常常在想我，常常在等我；要是我确切知道，我在你心目中什么也不是，你从来也没有想过我一丝一毫，我又怎么活得下去呢！你的目光告诉我，你一点也不认识我，你一点也想不起你的生活和我的生活有细如蛛丝的联系：你的这种目光使我如梦初醒，使我第一次跌到现实之中，第一次预感到我的命运。

你当时没有认出我是谁。两天之后我们又一次邂逅，你的目光以某种亲昵的神气拥抱我，这时你又没有认出，我是那个曾经爱过你的、被你唤醒的姑娘，你只认出，我是两天之前在同一个地方和你对面相遇的那个十八岁的美丽姑娘。你亲切地看我一眼,神情不胜惊讶,嘴角泛起一丝淡淡的微笑。你又和我擦肩而过,又马上放慢脚步:我浑身战栗,我心里欢呼,我暗中祈祷,你会走来跟我打招呼。我感到,我第一次为你而活跃起来:我也放慢了脚步,我不躲着你。突然我头也没回,便感觉到你就在我的身后,我知道,这下子我就要第一次听到你用我喜欢的声音跟我说话了。我这种期待的心情,使我四肢酥麻,我正担心,我不得不停住脚步,心简直像小鹿似的狂奔猛跳——这时你走到我旁边来了。你跟我攀谈,一副高高兴兴的神气,仿佛我们是老朋友似的——唉,你对我一点预感也没有,你对我的生活从来也没有任何预感!——你跟我攀谈起来,是那样落落大方,富有魅力,甚至使我也能回答你的话。我们一起走完了整整一条胡同。然后你就问我,是否愿意和你一起去吃晚饭。我说好吧。我又怎敢拒不接受你的邀请呢?

我们一起在一家小饭馆里吃饭——你还记得吗,这饭馆在哪儿?一定记不得了,这样的晚饭对你一定有的是,你肯定分不清了,因为我对你来说,又算得了什么呢?不过是几百个女人当中的一个,只不过是连绵不断的一系列艳遇中的一桩而已。又有什么事情会使你回忆起我来呢:我话说得很少,因为在你身边,听你说话已经使我幸福到了极点。我不愿意因为提个问题,说句蠢话而浪费一秒钟的时间。你给了我这一小时,我对你非常感谢,我永远也不会忘记这个时间。你的举止使我感到,我对你怀有的那种热情的敬意完全应该,你的态度是那样温文尔雅,恰当得体,丝毫没有急迫逼人之势,丝毫不想匆匆表示温柔缠绵,从一开始就是那种稳重亲切、一见如故的神气。我是早就决定把我整个的意志和生命都奉献给你了,即使原来没有这种想法,你当时的态度也会赢得我的心的。唉,你是不知道,我痴痴地等了你五年!你没使我失望,我心里是多么喜不自胜啊!

天色已晚,我们离开饭馆。走到饭馆门口,你问我是否急于回家,是否还有一点时间。我事实上已经早有准备,这我怎么能瞒着你!我就说,我还有时间。你稍微迟疑了一会儿,然后问我,是否愿意到你家去坐一会儿,随便谈谈。我觉得这是不言而喻的事,就脱口而出说了句:"好吧!"我立刻发现,我答应得这么快,你感到难过或者感到愉快,反正你显然是深感意外的。今天我明白了,为什么你感到惊愕;现在我才知道,女人通常总要装出毫无准备的样子,假装惊吓万状,或者怒不可遏,即使她们实际上迫不及待地急于委身于人,一定要等到男人哀求再三,谎话连篇,发誓赌咒,做出种种诺言,这才转嗔为喜,半推半就。我知道,说不定只有以卖笑为职业的女人,只有妓女才会毫无保留地欣然接受这样的邀请,要不然就只有天真烂漫、还没有长大成人的女孩子才会这样。而在我的心里——这你又怎么料想得到——只不过是化为言语的意志,经过千百个日日夜夜的集聚而今迸涌开来的相思啊。反正当时的情况是这样:你吃了一惊,我开始使你对我感起兴趣来了。我发现,我们一起往前走的时候,你一面和我说话,一面略带惊讶地在旁边偷偷地打量我。你的感觉在觉察人的种种感情时总像具有魔法似的确有把握,你此刻立即感到,在这个小鸟依人似的美丽姑娘身上有些不同寻常的东西,有着一个秘密。于是你顿时好奇心大发,你绕着圈子试探性地提出许多问题,我从中觉察到,你一心想要探听这个秘密。可是我避开了:我宁可在你面前显得有些傻气,也不愿向你泄露我的秘密。我们一起上楼到你的寓所里去。原谅我，亲爱的，要是我对你说，你不能明白，这条走廊，这道楼梯对我意味着什么，我感到什么样的陶醉、什么样的迷惘、什么样的疯狂的、痛苦的、几乎是致命的幸福。直到现在，我一想起这一切，不能不潸然泪下，可是我的眼泪已经流干了。我感觉到，那里的每一件东西都渗透了我的激情，都是我童年时代的相思的象征：在这个大门口我千百次地等待过你，在这座楼梯上我总是偷听你的脚步声，在那儿我第一次看见你，透过这个窥视孔我几乎看得灵魂出窍，我曾经有一次跪在你门前的小地毯上，听到你房门的钥匙咯嘞一响，我从我躲着的地方吃惊地跳起。我整个童年，我全部激情都寓于这几米长的空间之中，我整个的一生都在这里，如今一切都如愿以偿，我和你走在一起，和你一起，在你的楼里，在我们的楼里，我过去的生活犹如一股洪流向我劈头盖脑地冲了下来。你想想吧——我这话听起来也许很俗气，可是我不知道还有什么别的说法——一直到你的房门口为止，一切都是现实的、沉闷的、平凡的世界，在你房门口，便开始了儿童的魔法世界，阿拉丁①的王国；你想想吧，我千百次望眼欲穿地盯着你的房门口，现在我如醉如痴地迈步走了进去，你想象不到——充其量只能模糊地感到，永远也不会完全知道，我的亲爱的！——这迅速流逝的一分钟从我的生活中究竟带走了什么。

那天晚上，我整夜待在你的身边。你没有想到，在这之前，还从来没有一个男人亲近过我，还没有一个男人接触过或者看见过我的身体。可是你又怎么会想到这个呢，亲爱的，因为我对

---

① 阿拉丁，《一千零一夜》中的人物。

你一点也不抗拒，我忍住了因为害羞而产生的任何迟疑不决，只是为了别让你猜出我对你的爱情的秘密，这个秘密准会叫你吓一跳的——因为你只喜欢轻松愉快、游戏人生、无牵无挂。你生怕干预别人的命运。你愿意滥用你的感情，用在大家身上，用在所有的人身上，可是不愿意做出任何牺牲。我现在对你说，我委身于你时，我是个处女，我求你，千万别误解我！我不是责怪你！你并没有勾引我，欺骗我，引诱我——是我自己挤到你的跟前，扑到你的怀里，一头栽进我的命运之中。我永远永远也不会责怪你，不会的，我只会永远感谢你，因为这一夜对我来说真是无比的欢娱、极度的幸福！我在黑夜里一睁开眼睛，感到你在我的身边，我不觉感到奇怪，怎么群星不在我的头上闪烁，因为我感到身子已经飞升上天。不，我亲爱的，我从来也没有后悔过，从来也没有因为这一时刻而后悔过。我还记得，你睡熟了，我听见你的呼吸，摸到你的身体，感到我自己这么紧挨着你，我幸福得在黑暗中哭了起来。

第二天一早我急着要走。我得到店里去上班，我也想在你的仆人进来以前离去，别让他看见我。我穿戴完毕站在你的面前，你把我搂在怀里，久久地凝视着我；莫非是一阵模糊而遥远的回忆在你心头翻滚，还是说你只不过觉得我当时容光焕发、美丽动人呢？然后你就在我的唇上吻了一下。我轻轻地挣脱身子，想要走了。这时你问我：“你不想带几朵花走吗？”我说好吧。你就从书桌上供的那只蓝色的水晶花瓶里（唉，我小时候那次偷偷地看了你房里一眼，从此就认得这个花瓶了）取出四朵白玫瑰来给了我。后来一连几天我还吻着这些花儿。

在这之前，我们约好了某个晚上见面。我去了，那天晚上又是那么销魂，那么甜蜜。你又和我一起过了第三夜。然后你就对我说，你要动身出门去了——啊，我从童年时代起就对你出门旅行恨得要死！——你答应我，一回来就通知我。我给了你一个留局待取的地址——我的姓名我不愿告诉你。我把我的秘密锁在我的心底。你又给了我几朵玫瑰作为临别纪念——作为临别纪念。

这两个月里我每天去问……别说了，何必跟你描绘这种由于期待、绝望而引起的地狱般的折磨。我不责怪你，我爱你就是爱你这个样子——感情热烈而生性健忘，一往情深却爱不专一。我就爱你是这么个人，只爱你是这么个人，你过去一直是这样，现在依然还是这样。我从你灯火通明的窗口看出，你早已出门回家，可是你没有写信给我。在我一生最后的时刻我也没有收到过你一行手迹，我把我的一生都献给你了，可是我没收到过你一封信。我等啊，等啊，像个绝望的女人似的等啊。可是你没有来叫我，你一封信也没有写给我……一个字也没有……

我的儿子昨天死了——这也是你的儿子，亲爱的，这是那三夜销魂荡魄缱绻柔情的结晶，我向你发誓，人在死神的阴影笼罩之下是不会撒谎的。他是我俩的孩子，我向你发誓，因为自从我委身于你之后，一直到孩子离开我的身体，没有一个男子碰过我的身体。被你接触之后，我自己也觉得我的身体是神圣的，我怎么能把我的身体同时分赠给你和别的男人呢？你是我的一切、而别的男人只不过是我生活中匆匆来去的过客。他是我俩的孩子，亲爱的，是我那心甘情愿的爱情和你那无忧无虑的、任意挥霍的、几乎是无意识的缱绻柔情的结晶，他是我俩的孩子，我们的儿子，我们唯一的孩子。你于是要问了——也许大吃一惊，也许只不过有些诧异——你要问了，亲爱的，这么多年漫长的岁月，我为什么一直把这孩子的事情瞒着你，直到今天才告诉你呢？此刻他躺在这里，在黑暗中沉睡，永远沉睡，准备离去，永远也不回来，永不回来！可是你叫我怎么能告诉你呢？像我这样一个女人，心甘情愿地和你过了三夜，不加反抗，可说是满心渴望地向你张开了我的怀抱，像我这样一个匆匆邂逅的无名女人，你是永远、永远也不会相信，她会对你，对你这么一个不忠实的男人坚贞不渝的，你是永远也不会坦然无疑地承认这孩子是你的亲生子的！即使我的话使你觉得似真非假，你也不可能完全消除这种隐蔽的怀疑：我见你有钱，企图把另一笔风流账转嫁在你的身上，硬说他是你的儿子。你会对我疑心，在你我之间会存在一片阴影，一片淡淡的怀疑的阴影。我不愿意这样。再说，我了解你；我对你十分了解，你自己对自己还没了解到这种地步；我知道你在恋爱之中只喜欢轻松愉快，无忧无虑，欢娱游戏，突然一下子当上了父亲，突然一下子得对另一个人的命运负责，你一定觉得不是滋味。你这个只有在无拘无束自由自在的情况下才能呼吸生活的人，一定会觉得和我有了某种牵连。你一定会因为这种牵连而恨我——我知道，你会恨我的，会违背你自己清醒的意志恨我的。也许只不过几个小时，也许只不过短短的几分钟，你会觉得我讨厌，觉得我可恨——而我是有自尊心的，我要你一辈子想到我的时候，心里没有忧愁。我宁可独自承担一切后果，也不愿变成你的一个累赘。我希望你想起我来，总是怀着爱情，怀着感激：在这点上，我愿意在你结交的所有女人当中，成为独一无二的一个。可是当然啰，你从来也没有想过我，你已经把我忘得一干二净。

我不是责怪你，我亲爱的，我不责怪你。如果有时候从我的笔端流露出一丝怨尤，那么请你原谅我吧！——我的孩子，我们的孩子死了，在摇曳不定的烛光映照下躺在那里；我冲着天主，握紧了拳头，管天主叫凶手，我心情悲愁，感觉昏乱。请原谅我的怨诉，原谅我吧！我也知道，你心地善良，打心眼里乐于助人。你帮助每一个人，即便是素不相识的人来求你，你也给予帮助。可是你的善心好意是如此的奇特，它公开亮在每个人的面前，人人可取，要取多少取多少，你的善心好意广大无边，可是，请原谅，它是不爽快的。它要人家提醒，要人家自己去拿。你只在人家向你求援，向你恳求的时候，你才帮助别人，你帮助人是出于害羞，出于软弱，而不是出于心愿。让我坦率地跟你说吧，在你眼里，困厄苦难中的人们，不见得比你快乐幸福中的兄弟更加可爱。像你这种类型的人，即使是其中心地最善良的人，求他们帮助也是很难的。有一次，我还是个孩子，我通过窥视孔看见有个乞丐拉你的门铃，你给了他一些钱。他还没开口，你就很快把钱给了他，可是你给他钱的时候，有某种害怕的神气，而且相当匆忙，巴不得他马上就走，仿佛你怕正视他的眼睛似的。你帮助人家的时候表现出来的惶惶不安、羞怯腼腆、怕人感谢的样子，我永远也忘不了。所以我从来也不去找你。不错，我知道，你当时是会帮助我的，即使不能确定这是你的孩子，你也会帮助我的。你会安慰我，给我钱，给我一大笔钱，可是总会带着那种暗暗的焦躁情绪，想把这桩麻烦事情从身边推开。是啊，我相信，你甚至会劝我及时把孩子打掉。我最害怕的莫过于此了——因为只要你要求，我什么事情不会去干呢！我怎么可能拒绝你的任何请求呢！而这孩子可是我的命根子，因为他是你的骨肉啊，他是你，又不再是你。你这个幸福的无忧无虑的人，我一直不能把你留住，我想，现在你永远交给我了，禁锢在我的身体里，和我的生命连在一起。这下子我终于把你抓住了，我可以在我的血管里感觉到你在生长，你的生命在生长，我可以哺育你，喂养你，爱抚你，亲吻你，只要我的心灵有这样的渴望。你瞧，亲爱的，正因为如此，我一知道我怀了一个你的孩子，我便感到如此的幸福，正因为如此，我才把这件事瞒着你：这下你再也不会从我身边溜走了。

当然，亲爱的，这些日子并不像我脑子里预想的那样，尽是些幸福的时光，也有几个月充满了恐怖和苦难，充满了对人们的卑劣的憎恶。我的日子很不好过。临产前几个月我不能再到店里去上班，要不然会引起亲戚们的注意，把这事告诉我家。我不想向我母亲要钱——所以我便靠变卖手头那点首饰来维持我直到临产时的那段时间的生活。产前一个礼拜，我最后的几枚金币被一个洗衣妇从柜子里偷走了，我只好到一个产科医院去生孩子，只有一贫如洗的女人，被人遗弃遭人遗忘的女人万不得已才到那儿去，就在这些穷困潦倒的社会渣滓当中，孩子，你的孩子呱呱坠地了。那儿真叫人活不下去：陌生、陌生，一切全都陌生，我们躺在那儿的那些人，互不相识，孤独苦寂，互相仇视，只是被穷困、被同样的苦痛驱赶到这间抑郁沉闷的、充满了哥罗仿和鲜血的气味、充满了喊叫和呻吟的病房里来。穷人不得不遭受的凌辱，精神上和肉体上的耻辱，我在那儿都受到了。我忍受着和娼妓之类的病人朝夕相处之苦，她们卑鄙地欺侮着命运相同的病友；我忍受着年轻医生的玩世不恭的态度，他们脸上挂着讥讽的微笑，把盖在这些没有抵抗能力的女人身上的被单掀起来，带着一种虚假的科学态度在她们身上摸来摸去；我忍受着女管理员的无餍的贪欲——啊，在那里，一个人的羞耻心被人们的目光钉在十字架上，备受他们的毒言恶语的鞭笞。只有写着病人姓名的那块牌子还算是她，因为床上躺着的只不过是一块抽搐颤动的肉，让好奇的人东摸西摸，只不过是观看和研究的一个对象而已——啊，那些在自己家里为自己温柔地等待着的丈夫生孩子的妇女不会知道，孤立无援，无力自卫，仿佛在实验桌上生孩子是怎么回事！我要是在哪本书里念到地狱这个词，直到今天我还会突然不由自主地想到那间让我吃足苦头的拥挤不堪、水气弥漫、充满了呻吟、笑语和惨叫的病房，想到这座使羞耻心备受凌辱的屠宰场。

原谅我，请原谅我说了这些事。可是也就是这一次，我才谈到这些事，以后永远也不再说了。我对此整整沉默了十一年，不久我就要默不作声直到地老天荒：总得有这么一次，让我嚷一嚷，让我说出来，我付出了多大的代价，才得到这个孩子，这个孩子是我的全部幸福，如今他躺在那里，已经停止了呼吸。我看见孩子的微笑，听见他的声音，我在幸福陶醉之中早已把那些苦难的时刻忘得一干二净；可是现在，孩子死了，这些痛苦又历历如在眼前，我这一次、就是这一次，不得不从心眼里把它们叫喊出来。可是我并不抱怨你，我只怨天主，是天主使这痛苦变得如此无谓。我不怪你，我向你发誓，我从来也没有对你生过气、发过火。即使在我的身体因为阵痛扭作一团的时刻，即使在痛苦把我的灵魂撕裂的瞬间，我也没有在天主面前控告过你；我从来没有后悔过那几夜，从来没有谴责过我对你的爱情。我始终爱你，一直赞美着你我相遇的那个时刻。要是我还得再去一次这样的地狱，并且事先知道，我将受到什么样的折磨，我也不惜再受一次，我的亲爱的，再受一次，再受千百次！

我的孩子昨天死了——你从来没有见过他。你从来也没有从这个俊美的小人儿、你的孩子身旁走过时扫他一眼，你连和他出于偶然匆匆相遇的机会也没有。我生了这个孩子之后，就隐居起来，很长时间不和你见面；我对你的相思不像原来那样痛苦了，我觉得，我对你的爱也不像原来那样热狂了，自从上天把他赐给我以后，我为我的爱情受的苦至少不像原来那样厉害了。我不愿把自己一分为二，一半给你，一半给他，所以我就全力照看孩子，不再管你这个幸运儿，你没有我也活得很自在，可是孩子需要我，我得抚养他，我可以吻他，可以把他搂在怀里。我似乎已经摆脱了对你朝思暮想的焦躁心情，摆脱了我的厄运，似乎由于你的另一个你、实际上是我的另一个你而得救了——只是在难得的、非常难得的情况下，我心里才会产生低三下四地到你房前去的念头。我只干一件事：每逢你的生日，总要给你送去一束白玫瑰，和你在我们恩爱的第一夜之后送给我的那些花一模一样。在这十年、在这十一年之间你有没有问过一次，是谁送来的花？也许你曾经回忆起你从前赠过这种玫瑰花的那个女人？我不知道，我也不会知道你的回答。我只是暗地里把花递给你，一年一次，唤醒你对那一时刻的回忆——这对我来说，已经心满意足了。

你从来没有见过他，没有见过我们可怜的孩子——今天我埋怨我自己，不该不让你见他，因为你要是见了他，你会爱他的。你从来没有见过这个可怜的男孩，没有看过他微笑，没有见他轻轻地抬起眼睑，然后用他那聪明的黑眼睛——你的眼睛！——向我、向全世界投来一道明亮而欢快的光芒。啊，他是多么开朗、多么可爱啊：你性格中全部轻佻的成分在他身上天真地重演了，你的迅速的活跃的想象力在他身上得到再现：他可以一连几小时着迷似的玩着玩具，就像你游戏人生一样，然后又扬起眉毛，一本正经地坐着看书。他变得越来越像你；在他身上，你特有的那种严肃认真和玩笑戏谑兼而有之的两重性也已经开始明显地发展起来。他越像你，我越爱他。他学习很好，说起法文来，就像小喜鹊般滔滔不绝，他的作业本是全班最整洁的，他的相貌多么漂亮，穿着他的黑丝绒的衣服或者白色的水兵服显得多么英俊。他无论走到哪儿，总是最时髦的；每次我带着他在格拉多①的海滩上散步，妇女们都站住脚步，摸摸他金色的长发，他在塞默林滑雪橇玩，人们都扭过头来欣赏他。他是这样的漂亮，这样的娇嫩，这样的可人意儿：去年他进了德莱瑟中学的寄宿学校②，穿上制服，佩了短剑，看上去活像十八世纪的宫廷侍童！——可是他现在身上除了一件小衬衫一无所有，可怜的孩子，他躺在那儿，嘴唇苍白，双手合在一起。

你说不定要问我，我怎么可能让孩子在富裕的环境里受到教育呢，怎么可能使他过一种上流社会的光明、快乐的生活呢。我最心爱的人儿，我是在黑暗中跟你说话；我没有羞耻感，我要把这件事告诉你，可是别害怕，亲爱的——我卖身了。我倒没有

---

① 格拉多，意大利格尔茨省的一个城市，位于亚德里亚海滨，是个著名的海滨浴场。

② 德莱瑟中学系维也纳的一所贵族子弟学校，附属于德莱瑟学院，该学院为奥地利女皇玛丽亚·德莱瑟于一七四六年所创建。

变成人们称之为街头野鸡的那种人，没有变成妓女，可是我卖身了。我有一些有钱的男友，阔气的情人：最初是我去找他们，后来他们就来找我，因为我——这一点你可曾注意到？——长得非常美。每一个我委身相与的男子都喜欢我，他们大家都感谢我，都依恋我，都爱我，只有你，只有你不是这样，我的亲爱的！

我告诉你，我卖身了，你会因此鄙视我吗？不会，我知道，你不会鄙视我。我知道，你一切全都明白，你也会明白，我这样做只是为了你，为了你的另一个自我，为了你的孩子。我在产科医院的那间病房里接触到贫穷的可怕，我知道，在这个世界上，穷人总是遭人践踏、受人凌辱，总是牺牲品。我不愿意、我绝不愿意我的孩子、你那聪明美丽的孩子注定了在这深深的底层，在陋巷的垃圾堆中，在霉烂、下贱的环境之中，在一间后屋的龌龊空气中长大成人。不能让他那娇嫩的嘴唇去说那些粗俚的语言，不能让他那白净的身体去穿穷人家发霉的皱巴巴的衣衫——你的孩子应该拥有一切，应该享有人间一切财富，一切轻松愉快，他应该也上升到你的高度，进入你的生活圈子。

因此，只是因为这个缘故，我的爱人，我卖身了。这对我来说也不算什么牺牲，因为人家一般称之为名誉、耻辱的东西，对我来说纯粹是空洞的概念：我的身体只属于你一个人，既然你不爱我，那么我的身体怎么着了我也觉得无所谓。我对男人们的爱抚，甚至他们最深沉的激情，全都无动于衷，尽管我对他们当中有些人不得不深表敬意，他们的爱情得不到报答，我很同情，这也使我回忆起我自己的命运，因而常常使我深受震动。我认识的这些男人，对我都很体贴，他们大家都宠我、惯我、尊重我。尤其是那位帝国伯爵，一个年岁较大的鳏夫，他为了让这个没有父亲的孩子、你的儿子能上德莱瑟中学学习，到处奔走，托人说情——他像爱女儿那样地爱我。他向我求婚，求了三四次——我要是答应了，今天可能已经当上了伯爵夫人，成为蒂罗尔地方一座美好无比的府邸的女主人，可以无忧无虑地生活，孩子将会有一个温柔可亲的父亲，把他看成掌上明珠，而我身边将会有一个性情平和、品格高贵、心地善良的丈夫——不论他如何一而再、再而三地催逼我，不论我的拒绝如何伤他的心，我始终没有答应他。也许我拒绝他是愚蠢的，否则我此刻便会在什么地方安静地生活，并且受到保护，而这招人疼爱的孩子便会和我在一起，可是——我干吗不向你承认这一点呢——我不愿意拴住自己的手脚，我要随时为你保持自由。在我内心深处，在我的潜意识里，我往日的孩子的梦还没有破灭：说不定你还会再一次把我叫到你的身边，哪怕只是叫去一个小时也好。为了这可能有的一小时相会，我拒绝了所有人的求婚，好一听到你的呼唤，就能应召而去。自我从童年觉醒过来以后，我整个的一生无非就是等待，等待着你的意志！

这个时刻的确来到了。可是你并不知道，你并没有感到，我的亲爱的！就是在这个时刻，你也没有认出我来——你永远、永远、永远也没有认出我来！在这之前我已多次遇见过你，在剧院里，在音乐会上，在普拉特尔①，在马路上——每次我的心都猛地一抽，可是你的眼光从我身上滑了过去：从外表看来，我已经完全变了模样，我从一个腼腆的小姑娘，变成了一个女人，就像他们说的，妩媚娇美，打扮得艳丽动人，为一群倾慕者簇拥着：你

---

① 维也纳的公园。

怎么能想象,我就是在你卧室的昏暗灯光照耀下的那个羞怯的少女呢?有时候,和我走在一起的先生们当中有一个向你问好。你回答了他的问候,抬眼看我:可是你的目光是客气的、陌生的,表示出赞赏的神气,却从未表示出你认出我来了,陌生,可怕的陌生啊。你老是认不出我是谁,我对此几乎习以为常,可是我还记得,有一次这简直使我痛苦不堪:我和一个朋友一起坐在歌剧院的一个包厢里,隔壁的包厢里坐着你。演奏序曲的时候灯光熄灭了,我看不见你的脸,只感到你的呼吸就在我的身边,就跟那天夜里一样的近,你的手支在我们这个包厢的铺着天鹅绒的栏杆上,你那秀气的、纤细的手。我不由得产生一阵阵强烈的欲望,想俯下身去谦卑地亲吻一下这只陌生的、我如此心爱的手,我从前曾经受到过这只手的温柔的拥抱啊。耳边乐声靡靡,撩人心弦,我的那种欲望变得越来越炽烈,我不得不使劲挣扎,拼命挺起身子,因为有股力量如此强烈地把我的嘴唇吸引到你那亲爱的手上去。第一幕演完,我求我的朋友和我一起离开剧院。在黑暗里你对我这样陌生,可又挨我这么近,我简直受不了。

可是这时刻来到了,又一次来到了,在我这浪费掉的一生中这是最后一次。差不多正好是在一年之前,在你生日的第二天。真奇怪:我每时每刻都想念着你,因为你的生日我总像一个节日一样地庆祝。一大清早我就出门去买了一些白玫瑰花,像以往每年一样,派人给你送去,以纪念你已经忘却的那个时刻。下午我和孩子一起乘车出去,我带他到戴默尔点心铺①去,晚上带他上剧院。我希望,孩子从小也能感到这个日子是个神秘的纪念

① 戴默尔点心铺,维也纳的高级点心店。

日，虽然他并不知道它的意义。第二天我就和我当时的情人待在一起，他是布律恩地方一个年轻、富有的工厂主，我和他已经同居了两年。他娇纵我，对我体贴入微，和别人一样，他也想和我结婚，而我也像对待别人一样，似乎无缘无故地拒绝了他的请求，尽管他给我和孩子送了许多礼物，而且本人也很亲切可爱。他这人心肠极好，虽说有些呆板，对我有些低三下四。我们一起去听音乐会，在那儿遇到了一些寻欢作乐的朋友，然后在环城路的一家饭馆里吃晚饭。席间，在笑语闲聊之中，我建议再到一家舞厅去玩。这种灯红酒绿花天酒地的舞厅，我一向十分厌恶，平时要是有人建议到那儿去，我一定反对，可是这一次——简直像有一股难以捉摸的魔术般的力量，在我心里驱使我突然不知不觉地做出这样一个建议。在座的人十分兴奋，立即高兴地表示赞同——可是这一次我却突然感到有一种难以解释的强烈愿望，仿佛在那儿有什么特别的东西等着我似的。他们大家都习惯于对我百依百顺，便迅速地站起身来。我们到舞厅去，喝着香槟酒，我心里突然一下子产生一种从来不曾有过的非常疯狂的、近乎痛苦的高兴劲儿。我喝了一杯又一杯，跟着他们一起唱些撩人心怀的歌曲，心里简直可说有一种按捺不住的欲望，想跳舞，想欢呼。可是突然——我仿佛觉得有一样冰凉的或者火烫的东西猛地落在我的心上——我挺起身子：你和几个朋友坐在邻桌，你用赞赏的渴慕的目光看着我，就用你那一向撩拨得我心荡神驰的目光看着我。十年来第一次，你又以你全部不自觉的激烈的威力盯着看我。我颤抖起来，举起的杯子几乎失手跌落。幸亏同桌的人没有注意到我的心慌意乱：它消失在哄笑和音乐的喧闹声中。

你的目光变得越来越火烧火燎，使我浑身发烧，坐立不安。我不知道，是你终于、终于认出我来了呢，还是你把我当作新欢，当作另外一个女人，当作一个陌生女人在追求？热血一下子涌上我的双颊，我心不在焉地回答着同桌的人跟我说的话。你想必注意到，我被你的目光搅得多么心神不安。你不让别人觉察，微微地摆动一下脑袋向我示意，要我到前厅去一会儿。接着你故意用明显的动作付账，跟你的伙伴们告别，走了出去，行前再一次向我暗示，你在外面等我。我浑身哆嗦，好像发冷，又好像发烧，我没法回答别人提出的问题，也没法控制我周身沸腾奔流的热血。恰好这时有一对黑人舞蹈家脚后跟踩得噼啪乱响，嘴里尖声大叫，跳起一种古里古怪的新式舞蹈来：大家都在注视着他们，我便利用了这一瞬间。我站起来，对我的男友说，我出去一下，马上回来，就尾随你走了出去。

你站在外面前厅里，衣帽间旁边，等着我。我一出来，你的眼睛就发亮了。你微笑着快步迎了上来；我立即看出，你没有认出我来，没有认出当年那个小姑娘，也没有认出后来那个少女，你又一次把我当作一个新相遇的女人，当作一个素不相识的女人来追求。"您可不可以也给我一小时时间呢？"你用亲切的语气问我——从你那确有把握的样子我感觉到，你把我当作一个夜间卖笑的女人。"好吧，"我说道。十多年前那个少女在幽暗的马路上就用这同一个声音抖颤，可是自然而然地表示赞同的"好吧"回答你的。"我们什么时候可以见面呢？"你问道。"您什么时候想见我都行。"我回答道——我在你面前是没有羞耻感的。你稍微有些惊讶地凝视着我，惊讶之中含有怀疑、好奇的成分，就和从前你见我很快接受你的请求时表示惊诧不已一样。

"现在行吗?"你问道,口气有些迟疑。"行,"我说,"咱们走吧。"我想到衣帽间去取我的大衣。

我突然想起,衣帽票在我的男友手里,我们的大衣是一起存放的。回去向他要票,势必要唠唠叨叨地解释一番,另一方面,和你待在一起的时候,是我多年来梦寐以求的,要我放弃,我也不愿意。所以我一秒钟也不迟疑:我只取了一块围巾披在晚礼服上,就走到夜雾弥漫、潮湿阴冷的黑夜里去,撇开我的大衣不顾,撇开那个温柔多情的好心人不顾,这些年来就是他养活我的,而我却当着他朋友的面,丢他的脸,使他变成一个可笑的傻瓜:供养了几年的情妇遇到一个陌生男子一招手就会跟着跑掉。啊,我内心深处非常清楚地意识到,我对一个诚实的朋友干了多么卑鄙恶劣、多么忘恩负义、多么下作无耻的事情,我感觉到,我的行为是可笑的,我由于疯狂,使一个善良的人永远蒙受致命的创伤,我感觉到,我已把我的生活彻底毁掉——可是我急不可耐地想再一次亲吻你的嘴唇,想再一次听你温柔地对我说话,与之相比,友谊对我又算得了什么,我的存在又算得了什么?我就是这样爱你的,如今一切都已消逝,一切都已过去,我可以把这话告诉你了。我相信只要你叫我,我就是已经躺在尸床上,也会突然涌出一股力量,使我站起身来,跟着你走。

门口停着一辆轿车,我们驱车到你的寓所。我又听见你的声音,我又感到你温存地待在我的身边,我又和从前一样如醉如痴,又和从前一样感到天真的幸福。相隔十多年,我第一次又登上你的楼梯,我的心情——不说了,不说了,我没法向你描绘,在那几秒钟里我是如何对于一切都有双重的感觉,既感到逝去的岁月,也感到眼前的时光,而在一切和一切之中,我只感觉到你。

你的房间没有多少变化，多了几张画，多了几本书，有的地方多了几件新的家具，可是一切在我看来还是那么亲切。书桌上供着花瓶，里面插着玫瑰花——我的玫瑰花，是前一天你过生日我派人给你送来的，以此纪念一个你记不得了的女人，即使此刻，她近在你的眼前，手握着手，嘴唇紧贴着嘴唇，你也认不出她来。可是，我还是很高兴，你供着这些鲜花：毕竟还有我的一点气息、我的爱情的一缕呼吸包围着你。

你把我搂在怀里。我又在你那里度过了一个销魂之夜。可是即使我脱去衣服赤身裸体，你也没有认出我是谁。我幸福地接受你那熟练的温存和爱抚，我发现，你的激情对一位情人和一个妓女是一样看待，不加区别的。你放纵你的情欲，毫不节制，不假思索地挥霍你的感情。你对我，对于一个从夜总会里带来的女人是这样的温柔，这样的高尚，这样的亲切而又充满敬意，同时在享受女人方面又是那样的充满激情；我陶醉于过去的幸福之中，又一次感觉到你本质中这独特的两重性，在肉欲的激情之中含有智慧的精神的激情，这在当年使我这个小姑娘都成了你的奴隶。我从来没有看见过一个男人在温存抚爱之际这样贪图享受片刻的欢娱，这样放纵自己的感情，把内心深处披露无遗——而事后竟然烟消云散，全都归于遗忘，简直遗忘得不近人情。可我自己也忘乎所以了：在黑暗中躺在你身边的我究竟是谁啊？是从前那个心急如火的小姑娘吗？是你孩子的母亲，还是一个陌生女人？啊，在这激情之夜，一切是如此的亲切，如此的熟悉，可一切又是如此异乎寻常的新鲜。我祷告上苍，但愿这一夜永远延续下去。

可是黎明还是来临了，我们起得很晚，你请我和你一同进早餐。有一个没有露面的用人很谨慎地在餐室里摆好了早点,我们一起喝茶,闲聊。你又用你那坦率诚挚的亲昵态度和我说话,绝不提任何不得体的问题,绝不对我这个人表示任何好奇心。你不问我叫什么名字,也不问我住在哪里:我对你来说,又不过是一次艳遇,一个无名的女人,一段热情的时光,最后在遗忘的烟雾中消失得无影无踪。你告诉我,你现在又要出远门到北非去,去两三个月;我在幸福之中又战栗起来,因为在我耳边又轰轰地响起这样的声音:完了,完了,忘了!我恨不得扑倒在你的脚下,喊道:"带我去吧,这样你终于会认出我来,过了这么多年,你终于会认出我是谁!"可是我在你的面前是如此羞怯,胆小,奴性十足,性格软弱。我只能说一句:"多遗憾啊!"你微笑着望着我说:"你真的觉得遗憾吗?"

这时候一股突发的野劲儿抓住了我。我站起来,长时间目不转睛地盯着你看。然后我说道:"我爱的那个男人也老是出门到外地去。"我凝视着你,直视着你眼睛里的瞳仁。"现在,现在他要认出我来了!"我身上每一根神经都颤抖起来。可是你冲着我微笑,安慰我:"他会回来的。"——"是的,"我回答道,"会回来的,可是回来就什么都忘了。"

我说这话的腔调里一定有一种特殊的激烈的东西。因为你也站起来,注视着我,态度不胜惊讶,非常亲切。你抓住我的双肩,说道:"美好的东西是忘不了的,我是不会忘记你的。"你说着,你的目光一直射进我的心灵深处,仿佛想把我的形象牢牢记住似的。我感到你的目光一直进入我的身体,在里面探索、感觉、吮吸着我整个的生命,这时我相信,盲人终于重见光明。他要认出我来了,他要认出我来了!这个念头使我整个灵魂都颤抖起来。

可是你没有认出我来。没有,你没有认出我是谁,我对你来说,从来也没有像这一瞬间那样陌生,否则——你绝不会干出几分钟之后干的事情。你吻我,又一次狂热地吻我。头发给弄乱了,我只好再梳理一下。我正好站在镜子前面,从镜子里我看到——我简直又羞又惊,几乎跌倒在地——我看到你非常谨慎地把几张大钞票塞进我的暖手筒。我在这一瞬间怎么会没有叫出声来,没有扇你一个嘴巴呢!——我从小就爱你,并且是你儿子的母亲,可你却为了这一夜付钱给我!我对你来说不是别的,只不过是夜总会的一个妓女而已。你竟然付钱给我!被你遗忘还不够,我还得受到这样的侮辱。

我急忙收拾我的东西。我要走,赶快离开。我心里太痛苦了。我抓起我的帽子,帽子就搁在书桌上,靠近那只插着白玫瑰、我的玫瑰的那只花瓶。我心里又产生一个强烈的愿望,不可抗拒的愿望:我想再尝试一次来提醒你:"你愿意给我一朵你的白玫瑰吗?"——"当然乐意。"你说着马上就取了一朵。"可是这些花也许是一个女人、一个爱你的女人送给你的吧?"我说道。"也许是,"你说,"我不知道,是人家送给我的,我不知道是谁送的;所以我才这么喜欢它们。"我盯着看你,"也许是一个被你遗忘的女人送的!"你脸上露出一副惊愕的神气。我目不转睛地注视着你:"认出我来,认出我来吧!"我的目光叫道。可是你的眼睛微笑着,亲切然而一无所知。你又吻了我一下。可是你没有认出我来。

我快步向门口走去,因为我感觉到,我的眼泪就要夺眶而出,可不能叫你看见我落泪。在前屋我几乎和你的仆人约翰撞个满怀，我出去时走得太急了。他胆怯地赶快跳到一边，一把拉开通向走廊的门，让我出去，就在这一秒钟，你听见了吗？——就在我正面看他、噙着眼泪看这形容苍老的老人的这一刹那，他的眼睛突然一亮。就在这一秒钟，你听见了吗？就在这一瞬间老人认出我来了，可他从我童年时代起就没有看见过我呢。为了他认出我，我恨不得跪倒在他面前，吻他的双手。我只是把你用来鞭笞我的钞票匆忙地从暖手筒里掏出来，塞在他的手里。他哆嗦着，惊慌失措地抬眼看我——他在这一秒钟里对我的了解比你一辈子对我的了解还多。所有的人都娇纵我，宠爱我，大家对我都好——只有你，只有你把我忘得干干净净，只有你，只有你从来也没认出我！

我的孩子昨天死了，我们的孩子——现在我在这世界上再也没有别的人可以爱，只除了你。可你是我的什么人呢，你从来也没有认出我是谁，你从我身边走过，犹如从一道河边走过，你碰到我的身上犹如碰在一块石头身上，你总是走啊，走啊，不断向前走啊，可是叫我永远等着。曾经有一度我以为把你抓住了，在孩子身上抓住了你，你这飘忽不定的人儿。可是有其父必有其子：一夜之间他就残忍地撇开我走了，一去永不复回。我又是孤零零的一个人，比过去任何时候都更加孤苦伶仃。我一无所有，你身上的东西我一无所有——再也没有孩子了，没有一句话，没有一行字，没有一丝回忆，要是有人在你面前提到我的名字，你也会像陌生人似的充耳不闻。既然我对你来说虽生犹死，我又何必不乐于死去，既然你已离我而去，我又何必不远远走开？不，亲爱的，我不是埋怨你，我不想把我的悲苦抛进你欢乐的生活。不要担心我会继续逼着你——请原谅我，此时此刻，我的孩子死了，躺在那里，没人理睬，总得让我一吐心中的积郁。就这一次我得和你说说，然后我再默默地回到我的黑暗中去，就像这些年来我一直默默地待在你的身边一样。可是只要我活着，你永远也听不到我这呼喊——只有等我死去，你才会收到我的这份遗嘱，收到一个女人的遗嘱，她爱你胜过所有的人，而你从来也没认出她来，她始终在等着你，而你从来也不去叫她。也许说不定你在这以后会来叫我，而我将第一次对你不忠，我已经死了，再也不会听见你的呼唤：我没有给你留下一张照片，没有给你留下一个印记，就像你也什么都没给我留下一样；今后你将永远也认不出我，永远也认不出我。我活着命运如此，我死后命运也将依然如此。我不想叫你在我最后的时刻来看我，我走了，你不知道我的姓名，也不知道我的相貌。我死得很轻松，因为你在远处并不感到我死。要是我的死会使你痛苦，那我就咽不下最后一口气。

我再也写不下去了……我的头晕得厉害……我的四肢疼痛，我在发烧……我想我得马上躺下去。也许一会儿这劲头就会过去，也许命运对我开一次恩，我用不着亲眼看着他们如何把孩子抬走……我实在写不下去了，别了，亲爱的，别了，我感谢你……过去那样，就很好，不管怎么着，很好……我要为此感谢你，直到生命的最后一息。我心里很舒服：要说的我都跟你说了，你现在知道了，不，你只是感觉到，我是多么爱你，而这爱情不会让你受到任何牵累。我不会使你若有所失——这使我感到安慰。你那美好光明的生活不会有一丝一毫的改变……我的死并不给你增添痛苦……这使我感到安慰，你啊，我亲爱的。

可是谁……谁还会在你的生日给你送白玫瑰呢？啊，花瓶将要空空地供在那里，一年一度在你四周吹拂的微弱的气息，我的轻微的呼吸，也将就此消散！亲爱的，听我说，我求求你……这是我对你的第一个也是最后一个请求……为了让我高兴高兴，每年你过生日的时候——过生日的那天，每个人总想到他自己——去买些玫瑰花，插在花瓶里。照我说的去做吧，亲爱的，就像别人一年一度为一个亲爱的死者做一台弥撒一样。可我已经不相信天主，不要人家给我做弥撒，我只相信你，我只爱你，只愿在你身上继续活下去……唉，一年就只活那么一天，只是默默地，完全是不声不响地活那么一天，就像我从前活在你的身边一样……我求你，照我说的去做，亲爱的……这是我对你的第一个请求，也是最后一个请求……我感谢你……我爱你，我爱你……永别了……

他两手哆嗦，把信放下。然后他长时间地凝神沉思。他模模糊糊地回忆起一个邻家的小姑娘，一个少女，一个夜总会的女人，可是这些回忆，朦胧不清，混乱不堪，就像哗哗流淌的河水底下的一块石头，闪烁不定，变幻莫测。阴影不时涌来，又倏忽散去，终于构不成一个图形。他感觉到一些感情上的蛛丝马迹，可是怎么也回想不起来。他仿佛觉得，所有这些形象他都梦见过，常常在深沉的梦里见到过，然而也只是梦见过而已。

他的目光忽然落到他面前书桌上的那只蓝花瓶上。瓶里是空的，这些年来第一次在他生日这一天花瓶是空的，没有插花。他悚然一惊：仿佛觉得有一扇看不见的门突然被打开了，阴冷的穿堂风从另外一个世界吹进了他寂静的房间。他感觉到死亡，感觉到不朽的爱情：百感千愁一时涌上他的心头，他隐约想起了那个看不见的女人，她飘浮不定，然而热烈奔放，犹如远方传来的一阵乐声。

（1922）

# 看不见的珍藏*

（德国通货膨胀时期①的一个插曲）

列车开出德累斯顿，过了两站，一位上了年纪的先生登上我们的车厢，彬彬有礼地跟大家打招呼，然后抬起眼睛，像跟老朋友问好似的再一次向我点头致意。我一下子想不起，他究竟是谁；可是等他微微含笑地道了他的姓名，我立刻回忆起来：他是柏林最有声望的艺术古玩商之一，战前②和平时期我常常到他店里去参观并且购买旧书和作家手迹。我们起先东拉西扯，随便聊聊。接着他话锋一转，突然说道：

“我得跟您说说，我刚从哪儿来。因为这个插曲可以说是我这个老古玩商三十七年来从来没有遇见过的奇事。您大概自己也知道，自从钞票的价值像逸出的煤气似的，转眼化为乌有，现在古玩市场上是个什么情况：暴发户们突然对哥特式的圣母像和古版书，古老的蚀刻画和画像大感兴趣；你怎么也满足不了他们的要求，甚至得拼命抵抗，不让他们把你店里的东西一抢而光。他们简直恨不得把你衬衫袖口上的纽扣和桌子上的台灯都抢购了去。所以越来越需要源源不断地收进新货——请原谅，

---

* 本篇第一次发表于一九二四年。

① 指二十世纪二十年代至三十年代初。

② 指第一次世界大战前。

我竟突然把这些我们一向带有敬畏之心提起的东西叫作货物——但是这帮家伙已经叫人习惯于把一部绝妙的威尼斯古版书看作是多少多少美金，把古埃齐诺①的素描看作是几张一百法郎钞票的化身。对于这些突然间抢购成癖的家伙无孔不入的钻劲儿，你怎么抵挡也是无济于事的。所以我一夜之间又给刮得一干二净。我们这家老店是我父亲从我祖父手里接过来的，现在店里只有一些极其寒伧的破烂货，从前连北方的街头小贩也不会把它们放到他们的手推小车上去。我羞愧已极，恨不得关上店门，停业不干。

“正在这种狼狈的境地，我忽然想到，不妨把我们过去的旧账本拿来查一查，找出几个往日的老主顾，说不定我又能从他们那儿捞回几个复本。这种老主顾的花名册像一片坟地，特别在现在这个时候，实际上提供不了多少线索。我们大部分老主顾早就被迫把他们的收藏拍卖掉了，或者早已去世，对于硕果仅存的少数几个，也不能抱多大希望。这时我突然翻到一捆书信，大概是我们最早的一位老主顾写来的。他从一九一四年大战爆发以来从来没有向我们订购或者打听过什么东西，所以我压根儿把他给忘了。他和我们的通信，几乎可以追溯到六十年以前，这可一点也不夸张。他在我父亲和我祖父手里就已经买过东西了，可是我记不得在我自己经手的三十七年里他曾经踏进过我们的店铺。所有的一切都表示出，他大概是个古怪的、旧式的滑

① 古埃齐诺（1591—1666），原名乔万尼·弗朗切斯柯·巴尔比哀利，意大利折中画派画家。

稽人物，是门策尔或者斯比茨维克①笔下那种早已销声匿迹的德国人。这种人极少活到我们这个时代，作为罕见稀有的怪人，有时散居在一些外省的小城市里。他的手书是书法的珍品，写得工工整整，钱数下面用尺子画上红线，而且每次总把数目字写上两遍，以免出错；除此以外，他还用从来信裁下来的没写字的白纸和翻转过来的旧信封写信，凡此种种，表明一个不可救药的外省人生性小气和节约成癖。这些稀奇古怪的文件上面，除了他的签名之外，还签署着他全部复杂的头衔：'退休林务官兼经济顾问官，退休中尉，一级铁十字勋章获得者'。这位一八七〇年战争的老兵，现在如果还活着的话，想必至少已有八十岁了。可是这位滑稽可笑、节约成癖的老人作为古代蚀刻画的收藏家却表现出极不寻常的聪明才智，异常丰富的专门知识和高雅不凡的艺术趣味。我把他将近六十年的订单慢慢地加以整理，其中第一张订单还是用银币计价的呢，我发现，这个不显眼的外省人在花一个塔勒②可以买一大堆最精美的德国木刻的时代，一定已经不声不响地收集了一批铜版画，这些藏画可以和那些暴发户的名气很大的收藏相比而毫不逊色。因为，单单半个世纪里他在我们店里每次用几个马克、几个芬尼买下的东西加在一起，到今天也已价值连城了。除此之外，还可以料想，他在拍卖行里和其他商人手里一定也捞了不少便宜货。当然，他从一九一四年以来，没有再寄来过订单。可是我对古玩市场上的各种行情是十分熟悉的，这样一批版画如果公开拍卖或者私下出售，

---

① 阿道尔夫·门策尔(1815—1905)，德国现实主义画家；卡尔·斯比茨维克(1808—1885)，德国画家，其作品多取材于德国小城市的生活。

② 塔勒，德国旧制银币，十六世纪以来流行于大部分德意志国家。

一定瞒不过我。所以说，这位奇人想必现在还依然健在，或者这批收藏现在就在他的继承人手里。

“这件事情引起了我的兴趣，所以第二天，也就是昨天晚上，我立刻跳上火车，径直前往一个在萨克森①比比皆是的寒伧不堪的外省小城去。我走出小火车站，沿着这座小城的主要大街信步走着。我简直觉得难以置信，在这么一些外观平淡无奇、情调低级庸俗、按照小市民的口味修饰起来的房子当中，在某一个房间里面，居然会住着一个拥有伦勃朗②的无比精美的画幅以及全套丢勒③和曼台涅④的铜版画的人。我到邮局去打听，有没有一个叫这个名字的林务官或者经济顾问官住在这里。使我惊讶的是，人们告诉我，这位老先生确实还活着。于是我在午饭之前便动身前去拜访——老实说，我心里多少有些紧张。

“我毫不费劲地找到了他的寓所，就在那种简陋的外省楼房的三层楼上。这种楼房大概是上世纪六十年代一位善于投机的蹩脚建筑师匆匆忙忙盖起来的。二层楼住着一位诚实的裁缝师傅。三楼左侧挂着一块闪闪发亮的铜牌，刻着邮政局长的名字，在右侧终于看到了写着这位林务官兼经济顾问官姓名的瓷牌。我犹犹豫豫地拉了一下门铃，一位年纪相当大的白发老太太，头上戴着一顶干干净净的黑色小帽，马上把门打开。我把名片递给她，并且问她林务官先生是否见客。她先是不胜惊讶、有

---

① 萨克森，德国东部原德意志境内一个王国，帝国统一后，为一个行省。

② 伦勃朗(1606—1669)，荷兰著名画家。

③ 丢勒(1471—1528)，德国著名画家。

④ 曼台涅(1431—1506)，意大利北部影响最大的画家，文艺复兴早期的代表人物。

些怀疑地看了我一眼,然后看看我的名片。在这座与世隔绝的小城市里,在这么一幢旧式房子里,从外地有客来访似乎是件大事。可是她和蔼地叫我稍等,便拿着名片,进屋去了。我听见她在屋里轻声耳语,接着突然听见一个洪亮的、大声喊叫的男人声音:‘啊……柏林来的R先生,从那家大古玩店来的……请他进来,请他进来……我非常高兴看见他!’这时老太太已经踩着碎步很快地走了回来,请我进起居室。

“我脱下衣帽,走了进去,在这间陈设简单的起居室当中,我看见一个年事很高但是身体还很强健的老人直挺挺地站着,他蓄着浓密的口髭,穿一身镶边的、半似军装的家常便服,十分亲切地向我伸出双手。这个手势显然表示出喜悦的、发自内心的欢迎,可是他直挺僵硬地站在那里的神气似乎和这种欢迎有些矛盾。他一步也不向我迎过来,我只好凑上前去,握他的手。我心里有点不大自在。可是等我想去握他手的时候,我发现这两只手一动不动地保持着水平的位置,不来握我的手,而是等我去握它们。一下子我全明白了:这人是个瞎子。

“我从小看见瞎子心里就觉得很不舒服。想到这种人好端端的是个活人,可同时又知道,他对我的感觉,不像我对他的感觉那样,心里总不免有些羞惭和不大自在。就是现在,我在这对向上翘起的浓密的白眉毛下面,看见了这双凝望着前方,却一无所见的死眼睛时,我也得克服我心里最初的惊恐。可是这位盲人不让我有时间去感到不是滋味,我的手一碰到他的手,他就使劲儿地握起来,并且用一种热烈的、高高兴兴的大声嚷嚷的方式重新向我问好:‘真是稀客!’他笑容满面地向我说道,‘的确是个奇迹,柏林的大老板居然会来光临寒舍……不过,要是这样一位商人先生坐上火车的话,咱们可得多加小心啊! ……咱们家乡有句俗话:吉卜赛人来了,快把房门和口袋关好……是啊,我可以想象,您干吗要来找我。在我们可怜的、日益衰败的德国,现在生意可是很不景气,没有买主了,于是大老板们又想起了旧日的老主顾,又来寻找他们的羊群了。不过我怕您在我这儿交不到什么好运,我们这些可怜的老退休人员要是有口面包吃就该心满意足了。你们现在的价格像发疯似的往上涨,我们可是没法奉陪啊……我们这号人是永远退出了。'

"我赶快向他解释,说他误会了我的来意。我到他这儿来,并不是想要卖给他些什么东西,我只不过是恰好路过这里,不愿错过这一机会来拜访他一下,他是我们这个字号多年的老主顾,并且是德国最大的收藏家之一。我刚把'德国最大的收藏家'这几个字说出口,这位老人的脸上便发生了奇怪的变化。他依然僵硬地直立在屋子当中,可是他的脸上突然发亮,表现出最内在的得意。他把脸转向他估计是他妻子站着的那个方向,仿佛想说:'你听见了吗!'接着转过脸来对我说话,声音里充满了快乐,丝毫没有刚才讲话时那种老军人的粗暴语气,而是温柔地,简直可以说是含情脉脉地说道:

"'您的确太好了……不过您也不至于白跑一趟。我要让您看点东西,这可不是您每天都看得见的东西,即使在您那富丽豪华的柏林城里也不是每天都能看到的。……给您看几幅画,就是在阿尔柏尔提那①和那该诅咒的巴黎也找不到比它们更为

① 阿尔柏尔提那,闻名世界的维也纳艺术陈列馆,收藏丰富,为萨克森-切申的阿尔柏特·卡西米尔公爵于一七七六年所创建,因而得名。

精美的东西……可不是，收集了六十年，就会收集到各式各样的东西，这些东西平时是不会随便放在马路上的。路易丝，把柜子的钥匙给我！’

“这时，却发生了一件出乎意料的事情。原来站在他旁边的老太太，一面客气地微笑着，一面亲切地静听我们谈话，这时她突然向我哀求似的举起她的双手，同时用她的脑袋做了一个激烈反对的动作。我起先还不明白，她这是什么意思。接着她就走到她丈夫跟前，把两只手轻轻地放在他的肩上，提醒他道：‘可是赫尔瓦特，您也不问问这位先生有没有工夫看你的藏画，现在是吃午饭的时候了。吃完饭你又得休息一小时，这是大夫再三嘱咐的。等吃完饭再把你那些东西给这位先生看，我们再一起喝咖啡，不是更好吗？再说阿纳玛丽那时候也在家，这些东西她比我懂得多，可以帮帮你的忙！’

“她刚说了这些话，又一次越过这个丝毫未起疑心的人的脑袋，向我重复她那急切的央求手势。这下我明白她的意思了。她希望我拒绝马上参观他的画，所以我立即编出一个借口，说有人请我吃饭。当然能看看他的收藏，对我来说是件乐事，并且也是莫大的荣幸，不过得到下午三点以后，那时候我将乐于前来。

“老人像个被人把最心爱的玩具拿走了的孩子似的生起气来。他转过身去，嘟囔着说道：‘当然啰，这些柏林的大人先生们总是忙得没有工夫的。可是这一次您可得腾出时间来，因为我给您看的不是三五幅画，而是二十七本，每本专门收藏一位大师的作品，而且差不多每一本都是夹得挺满的。那好吧，下午三点；可是请准时，要不然我们就看不完了。’

“他又一次向空中把手伸出来等我握，‘您等着瞧吧，您会高兴——或者恼火的。而您越恼火，我就越高兴。我们这些收藏家就是这样：一切都为我们自己，什么也不留给别人！'他再一次和我使劲儿地握握手。

"老太太一直送我到门口。在整个这段时间里，我注意到她一直忐忑不安，显出一副又尴尬又提心吊胆的神气。可是现在刚走到门口，她就压低了嗓子，结结巴巴地说道："可以让……可以让……我的女儿阿纳玛丽在您到我家来之前，去接您吗？……由于种种原因……这样比较妥当……您大概是在旅馆里用饭吧？'

"'是的。令嫒来接我，我非常高兴，我将感到非常荣幸。'我说。

"果然，一小时以后，我在市集广场边上的那家旅馆的小餐厅里刚吃完午饭，一个不太年轻的姑娘走了进来。她的衣着十分朴素，一进来就举目四下里找人。我向她走去，进行自我介绍，并且告诉她，我已准备就绪，可以马上跟她一起去看藏画。可是她的脸刷的一下子涨得通红，像她母亲一样，表现出慌乱和尴尬的神气。她问能不能先跟我说几句话。我立刻发现，她有为难之处。每当她鼓起勇气，想要说话的时候，这片局促不安、飘忽不定的红晕便一直升到她的额角，她的手指摆弄着衣服。末了，她终于断断续续地说了起来，说的时候又一再重新陷入迷惘：

"'我母亲打发我来找您……她什么都跟我说了……我们有一件事要求您……我们是想趁您还没去见我父亲，先告诉您一下……我父亲当然要把他的收藏拿给您看，可是这些藏画已经不全了……缺了好几幅……可惜甚至要说，缺了相

当多……’

“说到这里，她又不得不喘口气，然后她突然凝视着我，急急忙忙地往下说道：

“‘我必须非常坦率地跟您说……您知道现在这时势，您什么都会明白的……大战爆发以后，我父亲的双目完全失明，在这以前，他的视力就常常出毛病。一激动干脆使他的视力全都丧失了——最初，尽管他已是七十六岁高龄，还一个劲儿地要参军去和法国作战，后来军队没能像一八七〇年那样长驱直入，他就生气得不得了，于是视力很快地一天不如一天。不过除了眼睛以外，他身子骨儿还十分硬朗，不久以前他还能一连几小时地出去散步，甚至出去打猎，这是他喜爱的消遣。现在可是没法出去散步了，他剩下的唯一乐趣就是他的藏画。他每天都看……这就是说，他看是看不了啦，他现在什么也看不见，可是他每天下午把所有的画夹都拿出来，至少可以把这些画摸一摸，一张一张地摸，总是按照同样的顺序，几十年下来，他都背熟了……现在别的东西再也引不起他的兴趣了，我老得把报上各种拍卖的消息念给他听。他听见价钱涨得越高，他就越高兴……因为……可怕的就是这个：父亲对于物价和时势一点也不懂……他不知道，我们已经坐吃山空，靠他一个月的养老金，还维持不了我们两天的生活……加上我妹夫又阵亡了，留下我妹妹拖着四个孩子——可是我父亲对于我们这些物质上的困难一无所知。我们起先省了又省，比从前更节省，可是无济于事。后来我们开始变卖东西——我们当然不碰他心爱的藏画……我们变卖了仅有的那点首饰，可是，我的天，这又值得了多少！六十年来，我父亲可是把能够省下来的每一个铜板全都用来买画了啊。有一天家里什么也没有了……我们真不知道这日子该怎么过下去。这时候……这时候，我母亲和我就卖了一幅画。父亲当然绝对不会答应我们卖画，他根本不知道，日子多么难过，他根本想象不到，要想在黑市市场上去弄点粮食回来有多么不容易。他也不知道，我们已经打了败仗，阿尔萨斯和洛林已经割让出去，我们念报的时候，再也不把这些消息念给他听，免得他生气激动。

“‘我们卖掉的是很珍贵的一幅画，是幅伦勃朗的蚀刻画。商人给我们出价好几千马克，我们指望用这笔钱维持几年生活，可是您也知道，货币贬值得多么厉害……我们把剩下的钱存进了银行，可是两个月以后，这笔钱就一文不值了。我们只好再卖一张，又卖一张，商人总是迟迟不付钱，等钱寄来，已经值不了多少。后来我们就到拍卖行去试试，可就是在拍卖行里，尽管人家出价几百万，我们也还是受骗上当……等到这几百万到我们手里，早已变成了一堆毫无价值的废纸。就这样，我父亲收藏中最好的珍品，包括几幅名画在内，全都慢慢地散失了，仅仅为了维持我们最可怜的生活。我父亲对此一点也不知道。

“‘所以今天您一来，我母亲就吓坏了……因为要是我父亲把那些画夹子打开给您看，那么一切都败露了……这些旧的厚纸框子，我父亲一摸就知道，里头夹的是什么。我们把一些仿制品或者类似的画页塞在里面，代替那些卖掉的画页。这样他摸的时候，就不会有所觉察。只要他能摸能数这些画页（这些画的顺序他清清楚楚地记在脑海里），那他就跟从前看得见这些画的时候同样的高兴。而平时在这种小城市里，我父亲也认为没有什么人有资格看他的宝贝……他把每一张画都爱若至宝，我相信，如果他知道，他手里摸着的这些画都已经四下散失了，他一定会心碎的。自从德累斯顿蚀刻画馆的前任馆长逝世以后，您是这些年来他的第一个知音，他愿意把画夹子打开来给您看。所以我请求您……'

"这个不复年轻的姑娘突然举起双手，眼里闪着泪花。

"'……我们请求您……别让他伤心……别让我们难过……请您别把他这最后一个幻想给毁掉，请您帮助我们，让他相信，他将向您描绘的所有画幅，还依然存在……要是他猜到了真情，他准保活不下去。也许我们是做了一件对不起他的事，但我们也是没有别的法子：人总得活啊……人的性命，我妹妹的四个孤儿，总比印了画的纸重要一些吧……到今天为止，我们一直没有剥夺过他的这个乐趣；他很高兴，每天下午能把他的画夹子翻上三个钟头，跟每幅画都像跟个人似的说上一阵。今天……今天说不定会是他最幸福的日子。他盼了好些年，只盼着有朝一日能让一位识货的人看看他心爱的宝贝；我请您……我举起双手恳请您，别破坏了他的这个快乐。'

"她这番话说得这样动人心弦，我现在复述起来，根本不可能把这种感情表达出来。我的天，作为一个商人我曾经看见过许多人被人卑鄙地洗劫一空，被通货膨胀整得倾家荡产，他们上百年祖传的财宝被人用一个黄油面包的代价给骗走……但是命运在这儿创造了一个特别的例子，使我心里特别激动。不言而喻，我答应她守口如瓶，并且尽力帮忙。

"我们于是一起到她家去——路上我十分愤怒地听说，人们用便宜得吓人的价钱欺骗了这些可怜的无知的女人，但是这更坚定了我竭尽全力帮助她们的决心。我们登上楼梯，刚推开门，就听见起居室里传来老人高兴的大嗓门：‘进来！进来！’凭着盲人敏锐的听觉，他一定在我们上楼的时候就听见我们的脚步声了。

“‘赫尔瓦特急于把他的宝贝给您看，今天中午都睡不着了，’老太太含笑对我说。她女儿的一个眼色已经使她明白，我完全同意帮忙，老太太放心了。桌上摊了一大堆画夹子，像是在等人去看。盲人一摸到我的手，也不多打招呼，就一把抓住我的手臂，把我按在软椅上。

“‘好，现在我们马上就开始看吧！——要看的东西很多，而柏林来的先生们又老是没有工夫！第一个夹子里全是大师丢勒的作品，您自己马上就可以看出来，收集得相当齐全——而且一幅比一幅精美。喏，您自己可以判断，您瞧瞧！’——说着他打开画夹的第一幅，‘这是《大马图》①。’

“于是他轻轻地、小心翼翼地，就像人家平时拿一样容易打碎的东西似的，用指尖从画夹子里取出一个硬纸框，里面嵌着一张发黄的空白的纸。他热情洋溢地把这张一文不值的废纸举到面前，细细地看了几分钟之久，可是实际上什么也没看见。他叉开手指兴高采烈地把这张白纸举到眼前，整个脸上十分迷人地表现出一个看得见的人的那种凝神注视的神情。他那瞳仁僵死、目光发直的眼睛，不知道是由于纸上的反光，还是来自内心的喜悦——突然发亮，闪烁着一种智慧的光芒。

“‘怎么样，’他颇为得意地说道，‘您看见过比这幅更加精美的复印画吗？每个细部的线条印得多么清晰，轮廓多么分

① 丢勒的名画，作于一五〇五年，画面是一匹骏马，旁边站着一个骑士。

明——我把这张画和德累斯顿复印版的画比较过，德累斯顿版那张显得平板多了。再看看它的来历！瞧这儿——’他把画页翻了过来，用指甲极为精确地指着这张白纸的某些地方，使我不由自主地望了一眼，看那儿是不是真的还盖着图章——‘您看，这儿是那格勒藏画的图章，这儿是收藏家雷米和艾斯代勒的图章。这些在我之前拥有这幅画的著名收藏家大概一辈子也料想不到，这幅画居然有一天会跑到这间斗室里来。’

“听到这位丝毫没起疑心的老人这样热情奔放地夸耀一张空空如也的白纸，我背上起了一阵寒噤。看见他用指甲毫厘不差地指着只在他的想象中还存在的看不见的收藏家的图章，真叫人毛骨悚然。由于恐怖，我的嗓子眼堵得厉害，我不知道该怎么回答才好。我慌乱中抬起眼睛看了看那两个女人，又看见老太太浑身哆嗦，十分激动地举起双手，向我恳求。于是我振作一下，开始扮演我的角色：

“‘简直叫人拍案叫绝！’我终于结结巴巴地说道，‘真是一张印得精美绝伦的画！’老人的脸上马上显出得意的神气，‘不过，这还算不了什么，’他洋洋得意地说，‘您还得先看看《忧愁》①图，或者《基督受难》②图，这可是一幅精工印制的画。这种质量的画，还从来没有印过第二回呢。您瞧瞧，’说着他的手指又十分轻柔地抚摸着一幅他想象中的画——‘瞧瞧这颜色多么新鲜，笔力多么遒劲，色调多么温暖。柏林的老板们和博物馆

① 《忧愁》是丢勒的名画，作于一五一四年，画面是一天使托腮沉思。

② 《基督受难》是丢勒以基督被钉在十字架上这一故事为题材的绘画。共两套，大《基督受难》图作于一四九八至一五一〇年，小《基督受难》图作于一五〇七至一五一二年。

的专家们见了，都要为之神魂颠倒呢。’

“他就这样滔滔不绝、洋洋得意地边说边让我看画夹，足足忙了两个小时。我和他共同欣赏这一百张或者两百张空白的废纸或者蹩脚的仿制品，而这些东西在这个可悲的丝毫没起疑心的盲人的记忆里还是真实存在的，以至于他可以毫无差错、按照准确无误的顺序、精确入微地夸奖并且描写每一幅画。啊，我没法向您描述，这是多么使人毛骨悚然！这个看不见的珍藏，早已随风四散、荡然无存，可是对于这个盲人，对于这个令人感动的受骗者来说，还完整无缺地存在着。他从幻觉产生的激情是如此强烈，以至于我差一点也开始相信它们还依然存在。只有一次，他似乎觉察到什么，险些可怕地打破了他那梦游病患者的稳健，使他不能热情洋溢地说下去。他拿起一张伦勃朗的《安提俄珀》①（这是一幅试印的复制品，原来的确非常值钱），又在夸奖印刷的清晰，说着，他那感觉敏锐的神经质的指头，十分钟爱地顺着印刷的线条，重描这幅图画。可是他那已经训练得十分敏感的触觉神经在这张陌生的纸上没有摸到那些凹纹，于是他突然皱起眉头，他的声音也慌乱了：‘这不是……这不是《安提俄珀》吧？’他喃喃自语，神情有些狼狈。我马上采取行动，急忙从他手里把这幅夹在框子里的画取过来，热情洋溢地大肆描绘我也熟悉的这幅蚀刻画的一切可能有的细节。盲人的那张已经变得颇为尴尬的脸便松弛了下来。我越赞扬，这个饱经沧桑、老态龙钟的老人身上便越发显出快活的样子，显出一股发自内心

① 安提俄珀，希腊神话中英勇善战的阿玛宗族的女王之妹，为忒修斯之妻，希波吕托斯之母。

的深情。‘总算找到了一个识货的行家！’他洋洋得意地掉转脸去冲着他的妻女欢呼起来，‘总算找到一个懂行的，你们也听听，我的这些画多么值钱。他们总是疑虑重重地怪我把所有的钱都拿来买了画。这话倒也不假，六十年来，我既不喝酒，也不抽烟，不旅行，不看戏，也不买书，总是省了又省，省下钱来买这些画。有朝一日，等我不在人间了，你们会看见……你们将成为富翁，比我们城里谁都有钱，就跟德累斯顿最大的阔佬一样有钱。那时候，你们就会对我干的这件傻事感到高兴了。可是只要我活一天，这些画就一幅也不许拿出我的房子……你们先得把我抬出去埋了，再把我的收藏拿走。’

“他说着，用手指温柔地抚摸一下那些早已空空如也的画夹，就像抚摸一些有生命的东西似的。这是一副既可怕又动人的场面，因为在进行大战的这些年里，我还从来没有在一个德国人的脸上看到过这样纯净的幸福的表情。他身边站着他的妻子和女儿，她们跟那位德国大师①的蚀刻画上的妇女形象十分神秘地相像。画上这些妇女前来瞻仰救世主的坟墓，在这已经打开的空无一物的墓穴前面，她们脸上既显出恐怖害怕的表情，同时又显出一种虔诚、高兴看见奇迹的狂喜。那些女门徒的脸上被救世主的神力感染得光芒四射，这两个日益衰老、饱经风霜、愁苦可怜的小资产阶级妇女的脸上则洋溢着老人的这种天真烂漫、幸福无比的喜悦，她们一面含笑，一面流泪，这样激动人心的景象，我还从来没有见过。可是这老人听我的夸奖，真是听个没够。所以他一个劲儿地翻着画页，如饥似渴地听我说的每一句

① 指丢勒。这里说的蚀刻画就是丢勒的名画《基督受难》图。

话。等到最后,人们终于把这些骗人的画夹推到一边,老人很不乐意地腾出地方来放咖啡的时候,我才松了一口气。可是和这位似乎年轻了三十岁的老人热烈、高涨的欢快情绪,和他疯疯癫癫的高兴劲头相比,我这种含有内疚感的轻松又算得了什么!他滔滔不绝地讲了成百上千个买画觅宝的小故事,一再站起身来,不要人家帮一点忙,自己去抽出一幅又一幅画来:他像喝了酒似的带有醉意,情绪高昂。等我末了说,我得告辞了,他简直吓了一大跳,像个使气任性的孩子般显出一脸不高兴的样子,赌气地跺着脚说:这不行,您还没有看完一半呢。两个女人好说歹说,才让这个倔强的生气的老人明白,他不能多耽搁我,要不然我会误了火车的。

"经过绝望的挣扎,他终于顺从了。我们握别的时候,他的声音变得非常柔和,他握住我的两只手,他的手指带着一个盲人的全部表达力,爱抚似的沿着我的手一直抚摸到我的手腕,似乎想多了解我一点,并且向我表达言语所不能表达的爱情。'您光临寒舍,给我带来了极大极大的快乐,'他开口说道,带着一种发自内心的激动情绪,这我永远也不会忘记。'我终于又能和一个行家一起看一遍我心爱的藏画,这对我来说真是个幸福。可是您会看到,您不是白白到我这个瞎老头子这儿来了一趟。我让我太太作证,我在这儿答应您,在我的遗嘱里加上一条,委托您那久享盛誉的字号来拍卖我的收藏。您应该得到管理这批不为人所知的宝藏的荣誉,'说到这里,他把手亲热地放在这些早已洗劫一空的画夹上面,'一直管理到它四散到世界各地之日为止。请您答应我一件事:请您印个漂亮的藏画目录,这将成为我的墓碑,我也不需要更好的墓碑了。'

“我望了一眼他的妻子和女儿，她们两个紧紧挨在一起，有时候一阵战栗从一个人的身上传到另一个人身上，仿佛两个人是一个身体，在那儿同受震动，一齐发颤。我自己这时的心情是十分庄严肃穆的，因为这位动人的毫无疑心的老人把他那看不见的、早已荡然无存的收藏像个宝贝似的托我保管。我深受感动地答应他去办这件实际上我永远无法照办的事。老人的死沉沉的瞳仁又为之一亮，我感到，他从内心渴望真正感觉到我的存在：我从他对我的温柔情意，从他的手指带着感激和许愿的意思使劲握着我的手指时的亲热样子，感觉到了他的这种愿望。

“两个女人送我到门口。她们不敢说话，因为老人耳朵尖，每句话都会听见，但是她们一面望着我，一面流泪，她们的眼光是多么温暖，多么富有感激之情。我恍恍惚惚地摸索着走下楼梯，心里其实十分羞愧：我像童话里的天使似的降临到一个穷人的家里，使一个瞎子在一小时内重见光明，我用的办法是帮人进行了一次虔诚的欺骗，极为放肆地大撒其谎，而我自己实际上是作为一个卑鄙的商人跑来，想狡猾地从别人手里骗走几件珍贵的东西的。可是我得到的，远远不止这些：在这阴暗迟钝、郁郁寡欢的时代，我又一次生动地感觉到纯粹的热情，一种纯粹是对艺术而发的精神上的快感，这种感情我们这些人似乎早已忘怀了。我心里充满——我不能用别的方法表达——一种敬畏的感情，虽然我不知为什么，又一直感到羞惭。

“我已经走在大街上了，上面咣当一响打开了一扇窗户，我听见有人在叫我的名字：确实不错，老人不听劝阻，一定要用他失明的双眼，朝着他以为我走的那个方向目送我。他把身子猛伸到窗外，他的妻女只好小心地扶着他。他挥动手绢，叫道：

‘一路平安!’他的嗓音高高兴兴,像个少年人一样清新爽朗。这是一个令人难忘的情景:楼上的窗口露出一张白发老人的高高兴兴的笑脸,凌驾于大街上愁眉苦脸、熙熙攘攘、忙忙碌碌的人群之上,由一片善意幻觉的白云托着,远远脱离了我们这个严酷的现实世界。我不觉又想起了那句含有深意的老话——我记得好像是歌德说的——‘收藏家是幸福的人!’”

(1924)

# 一个女人一生中的二十四小时

大战①爆发前十年，我当时下榻在里维埃拉②的一家小旅馆里。那天我们餐桌上进行了一场热烈的讨论，这场讨论不知不觉地变成了激烈的争论，甚至快到了反目成仇恶言相向的地步。世人大多想象力贫乏，只要事情和他们没有直接关联，不像尖锥似的猛刺进他们的肌肤，他们绝对无动于衷；可是若在他们眼前出了点事，哪怕只是小事一桩，直接触动他们的感觉，他们便情绪激动，激烈得异乎寻常。平时漠不关心，此时一反常态，感情暴烈，冲动得不合时宜，又相当过火。

我们餐桌旁的这批人这次也是如此。大家几乎全都来自有产阶级，平时和和气气地"闲聊"③一会儿，彼此开些无伤大雅、无关痛痒的玩笑，用餐之后大多立即各奔东西：那对德国夫妇，出门远足，览胜摄影；心宽体胖的丹麦人去忙他那无聊的钓鱼勾当；高贵的英国太太回去看书；那对意大利夫妇到蒙特卡洛④去碰运气；而我则在花园的椅子上坐一会儿，无所事事，或者去写点东西。可这一次，肝火极旺的讨论把我们大家全拴在了一起。

---

① 指第一次世界大战。

② 里维埃拉在地中海之滨，为意大利和法国接壤处。

③ 原文为英文。

④ 世界闻名的赌城，在摩纳哥境内。

倘若有人一跃而起，那并不是像平时那样，彬彬有礼地起身告退，而是勃然大怒，火冒三丈。我前面说过，怒气已达狂暴的程度。

使得我们这一桌人情绪如此激动的事情说来也确实离奇。我们七个人借住的这家小旅馆，外表虽说像座独门独户的别墅，——唉，从窗口眺望巉岩嶙峋的海岸，景色多么奇妙！——实际上它只是宏大的皇宫饭店的侧翼，收费比较低廉；中间连着一座花园，这样，我们这些侧楼里的住客和大饭店的客人始终保持联系。前一天，大饭店里发生了一件不折不扣的绯闻。一个年轻的法国人乘坐午间列车，于中午十二点二十分来到这里（我不由自主地这样精确记下时间，因为无论对于这个插曲还是作为我们激烈讨论的主题，时间都至关紧要），租下了靠近海边朝大海的房间，这本身就说明此人的景况颇为优裕。但是，使他引人注目、讨人喜欢的不只是他那隐而不露的帅气，主要在于他那异乎寻常、令人欣悦的俊美：他长了一张少女般的容长脸儿，性感热情的唇上长着柔丝般金黄色的口髭，白皙的额上飘动着柔软的波浪形棕色鬈发，柔和的眼睛好像用目光给人以爱抚。全身上下显得气度俊逸，温婉动人，但是毫不惺惺作态矫揉造作。远远一看，他会使人联想到大时装公司橱窗里那些玫瑰色的蜡人，握着精致的手杖斜着身子骄矜作态，代表着理想的男性美，走近一看，却毫无卖弄姿色的印象。因为他身上（真是极为罕见！）那种美丽可爱乃是天性，与生俱在，仿佛发自肌肤。他从旁走过，向大家逐个问好，态度谦和而又亲切；他时刻保持着优雅的风度，一有机会就表露出来，毫不勉强，看着真叫人舒服。倘若有位太太向衣帽间走去，他就赶过去代她取出大衣；他向每个孩子都投过去一道亲切的目光,或者说句开玩笑的话,显得既和蔼可亲又满有分寸——简而言之,他似乎是那种上帝的宠儿,他们仗着漂亮的脸庞和青春的魅力取悦于人,从屡试不爽的感觉生出自信,而自信心又进而转为优雅风度。对于饭店里绝大多数年纪较大、体弱有病的客人来说,他的存在不啻功德无量的善举。青春如此美妙地把优雅风度赋予他,他便迈着青春的胜利步伐,挟着灵动轻捷和生命活力的劲风,不可阻挡地进入众人的心田,赢得大家的好感。他来了不过两小时,就和里昂来的那位身躯肥大、大腹便便的工厂主的两个女儿——十二岁的阿奈特和十三岁的布朗施——打起网球来了,她俩的母亲,秀丽娇柔、态度收敛的昂里哀特太太则文静地微笑着,观看她的小女儿像两个羽毛未丰的小鸟无意识地卖弄风情,和这个年轻的陌生人调情。傍晚,他在我们棋桌旁观局一个小时,一面看棋,一面悠闲自在地讲些精彩的轶事趣闻,然后陪着昂里哀特太太在露台上来回踱了很久,而她的丈夫则和往常一样正同生意场上的朋友一起玩多米诺[①];晚上,我发现他和饭店的女秘书一起在办公室的阴影里交谈,亲密得令人生疑。第二天早上,他陪着我的丹麦伙伴出去钓鱼,垂钓知识之丰富令人惊讶,然后和里昂的工厂主谈了半天政治,证明他也是一个极佳的谈话对手,因为不时可以听见那位胖先生洪亮的笑声压倒了屋外传来的阵阵涛声。午餐后,——我这样按照时间顺序逐段进行报道,对于了解事情的实际情况,非常必要——他再一次单独和昂里哀特太太一起坐在花园里喝黑咖啡达一小时之久,接着又和她的两个小女儿

① 一种骨牌。

打了一场网球,还和那对德国夫妇在大厅里闲聊一阵。六点钟,我出去寄信,在火车站碰见他。他急匆匆地向我走来,似乎非道歉不可似的告诉我,有人突然叫他回去,不过过两天他就回来。晚上,在餐厅里的确没有看见他,不过只是不见他的身影而已,因为所有的餐桌上,人们异口同声都在谈论他,交口称赞他那愉快开朗的生活态度。

夜里,大约十一点钟左右,我坐在房里,想把一本书读完,突然通过敞开的窗子,听见花园里人声嘈杂,喊声不绝,那边饭店里显然骚动不宁。我与其说是出于好奇,倒不如说是感到不安,立即快步走完两楼之间的五十步路,赶到饭店里去,发现那里客人和职工情绪激动,乱成一团。原来,昂里哀特太太每晚在她丈夫按照习惯准时和来自纳穆尔的朋友玩多米诺时,总到海边的露台上去散步,可她这时还没有回来,大家担心她遭到不测。平时气定神闲、动作迟缓的丈夫,此时活像一头公牛似的一次次冲到海滩上,向夜空中呼喊:"昂里哀特! 昂里哀特!"由于激动,嗓音都变了,听上去活像一头受到致命一击的硕大无朋的野兽发出的可怕而原始的声音。侍役们和小厮们激动地在楼梯上跑上跑下,所有的客人都被惊醒,给警察局也打了电话。在这一片慌乱中,那位肥肥胖胖的丈夫,敞着背心,跌跌绊绊地跑来跑去,连哭带号地向夜空中高喊:"昂里哀特! 昂里哀特!"这时,楼上的两个孩子也被惊醒,她们穿着睡衣,从窗口往下呼唤她们的母亲。父亲又冲上楼去,安慰她们。

接着发生的事情惊心动魄,简直难以重述,因为受打击过于沉重,情绪猛然紧张,神情往往具有强烈的悲剧色彩,以致无论图画抑或话语,均无法以同样雷霆般的强力予以再现。突然,那位肥硕沉重的丈夫踩着咯吱直响的楼梯走下楼来，神色大变，倦容满面，可是怒形于色。他手里拿着一封信，“请您叫大家回来吧！”他对饭店的大班说道，声音几乎听不明白：“请您把所有的人都叫回来吧，用不着找了。我的太太已经抛弃我了。”

这个受到致命打击的人，天性里有着超人般的自持力，面对周围这么多人，依然竭力控制住自己。大家好奇地挤过来看他，此刻突然都大吃一惊，一个个羞愧地转过脸去，惘然不知所措。他身上剩下的力量仅够他摇摇晃晃目不旁视地从我们身旁走过，在阅览室里把灯关掉，然后听见他那笨重肥胖的身躯倒在圈手椅里，发出一声闷响，接着便听见一阵狂烈的、野兽狂嗥般的哭泣声，只有从未哭泣过的男人才会这样失声痛哭。这样深切的悲痛，对于我们每一个人，也包括最低下的仆役在内，都有一种使人麻痹的力量。没有一个侍者，没有一个出于好奇悄悄走来的客人敢露出一丝微笑或说出一句表示惋惜的话。大家默默无语，面对这场摧毁一切的感情发泄，我们似乎也感到羞愧无比，一个接一个地溜回各自的房间，只有这个被击倒在地的人在那间黑暗的房间里抽搐，啜泣，独自一人，形影相吊；全楼的灯光慢慢熄灭，人们悄声耳语，低声诉说，喃喃细语。

这样一个晴天霹雳似的事件，就发生在我们眼前，直接触动我们的感觉，不言而喻，它正好适合于使平素只惯于懒散、悠闲地消磨时光的那些人大受刺激。但是，在我们餐桌上后来猛然爆发、激烈得几乎挥拳动武的热烈争论，虽说起因是这令人惊愕的事件，但实质上却更是一次关于原则问题的论战，是水火不容的人生观之间的激烈冲突。——那个内心完全崩溃的丈夫满脸怒火，却又无可奈何，他一时冲动，把那封信搓成一团，扔到地板上，一个侍女看了那封信，口无遮拦，泄露了内情——立刻便尽人皆知，昂里哀特太太并非独自一人出走，而是如约去追随那个年轻的法国人。（于是大多数人对这个法国人的好感顿时烟消云散。）其实，乍一看，事情完全可以理解，这位娇小玲珑的包法利夫人，用一位态度潇洒、年轻英俊的漂亮小伙子替换了她那大腹便便、土里土气的丈夫。但是使屋里所有人如此愤慨的乃是：无论是那位工厂主，还是他的两个女儿，甚至包括昂里哀特太太自己，在这之前都从未见过这位情圣。这就是说，露台上那次历时两小时的夜谈和花园里历时一小时的同喝咖啡，就足以挑动一个大约三十三岁，品行无懈可击的女人，使她一夜之间抛弃丈夫和两个孩子，不顾风险去追随那个素不相识的年轻帅哥。我们餐桌旁的这批人异口同声地把这个显然一目了然的事实视为这对情侣狡黠异常的迷魂阵，诡计多端的障眼法：昂里哀特太太不言而喻和这个青年男子暗中早有交往，这个勾魂摄魄的能手只不过是来确定一下情奔的最后细节而已，因为——他们这样推论——一个正经女人，和人家认识了只有两个小时，人家一声呼哨她就立刻弃家私奔，这是绝不可能的事。于是，我觉得表示一下异议倒也十分有趣，便竭力进行辩护：一个女人，多年来对无聊的婚后生活深感失望，内心早已有所准备，碰到强劲攻势就会委身相从，这不仅完全可能，甚至极为可信。

我这出人意表的反对意见，很快引起普遍争论，尤其是两对夫妇的观点更使争论激化。无论是德国夫妇还是意大利夫妇都把“一见钟情”①斥为蠢话，是庸俗小说中的胡思乱想，她们对此

---

① 原文为法文。

表示鄙夷，一副侮辱人的样子。

这场争吵从喝汤时开始到吃布丁时结束，它那狂风暴雨般的过程，现在毫无必要再详详细细地重述一遍：那些“旅馆餐桌”①的常客惯于发表宏论才思敏捷，而一般人偶尔席间发生争执火气很旺，所持的论据，通常却是老生常谈，大多是匆忙之中随手抓来的陈词滥调。我们的争论何以急转直下，竟变成恶言相向的局面，这点也难以解释。我想，火气是始于两位先生情不自禁地表白，自己的太太绝不可能做出这样肤浅放任的事来。可惜他们又找不到更有力的证明，除了对我说：只有凭着单身汉碰巧轻易得手骗取芳心的事例来判断女性心理的人才会说出这种话来。这已经多少有些使我生气，那位德国太太接着以教训人的口气有声有色地说出下面这番道理：世上有两种女人，一种是正经的女人，另一种是“天生的婊子”，而她认为，昂里哀特太太想必就属于后者。这时我可失去了耐心，我的口气也厉害起来，我说：一个女人一生中有些时刻会不受意志的管束，自己也不明白，就屈服于神秘的力量，这是明显的事实，硬不承认只不过是害怕自己的本能，害怕我们天性中的妖魔成分，想要掩饰这种内心的恐惧而已。有些人觉得自己比那些“易受勾引的人”更加坚强，更有道德，更为纯洁，似乎便感到欣慰。而我个人认为，一个女人倘若自由自在地、激情满怀地顺从自己的本能，要比通常所见的那样，依偎在自己丈夫的怀抱里闭着眼睛欺骗丈夫，要诚实得多。我大致上这样说了一通。谈话中火气越来越大，别人对可怜的昂里哀特太太攻击得越是凶猛，我对她的辩护

① 原文为法文。

也就越发热烈（其实远远超过我内在的真实感情）。对这两对夫妇，我的这种热情，用大学生的行话说，可是公开挑战。他们这组不甚和谐的四重唱，如今同仇敌忾，向我发起凶猛的进攻。那位丹麦老人，脸上乐呵呵的，手里拿着一只跑表，仿佛在看足球比赛，坐在一边活像裁判，不得不用指关节不时敲敲桌子，发出警告："请注意风度！"①但是每次只缓和了片刻。有位先生已经涨红了脸从桌旁跳起来三次，他太太费了很大劲才使他平静下来——简而言之，要是C太太不突然插话，再过十几分钟，我们的争论就可能以大打出手告终，而现在一场口舌之争终于像怒涛浇上油脂，渐趋平息。

C太太是位年迈的英国太太，她一头白发，举止高雅，是我们这桌人未经选举的名誉主席。她端端正正地坐在自己的座位上，默不作声，对每个人都同样和蔼可亲，饶有兴趣地侧耳倾听别人说话，那模样使人心情舒畅，单看她的仪表神态就叫人心旷神怡，她那身上的贵族气派，散发出一种神安气定心神收敛的奇妙风采。她对每个人都保持一定的距离，同时又善于对每个人都极有分寸地表示特别的亲切；她通常总是坐在花园里看书，有时弹弹钢琴，很少看见她和人交往或者跟人长谈。大家几乎都不注意她，可她却对我们大家有一种特殊的威力。譬如现在，她第一次介入我们的谈话，我们大家便立即不约而同地感到难堪，觉得嗓门太高，举止失控。正好那位德国先生霍地跳起身来，又给轻轻地带到桌旁重新坐下，从而出现了一个令人难受的间歇。C太太趁此机会，出乎意料地抬起她那双清澈的灰色眼睛，游移

---

① 原文为英文。

不决地看了我一会儿，然后以她的方式重提这个话题，态度鲜明客观，口气冷静明确："要是我理解正确的话，您认为昂里哀特太太，认为一个女人，会无辜地卷入一场突如其来的冒险之中，您认为有些行动，这样一个女人一小时前自己也认为绝对不可能发生，根本无法让她对这些行动负责，是吗？"

"我对此坚信不疑，夫人。"

"这样一来，任何道德评判全都毫无意义，道德上的任何越轨也都得到了辩护。倘若您的确认为，法国人称之为'出于激情之罪'①不算犯罪，那么国家的司法机关还有什么必要存在？在这种事情上好意善心并不多见，而您却好心多得惊人。"她笑吟吟地又补充了一句，"才在每桩犯罪行为里找到激情，并用这种激情来为之开脱。"她说这番话，语调清朗，几乎欢快，使我感到非常舒服，我不由自主地模仿她那就事论事的态度，同样半开玩笑半认真地回答道："国家的司法制度对这种事情的判决肯定比我严峻很多；它有责任，毫不徇情地维护普遍的风化习俗：职责所在，它只能判刑而不是宽恕，而我作为一介平民不明白，为什么非得自愿承担检察官的角色不可：我宁可做一个职业辩护律师。对我个人来说，理解别人远比审判别人更为快乐。"

C 太太用她那清澈的灰色眼睛直愣愣地看了我好一阵，一直迟疑着。我已经担心，她可能没有完全听明白我的意思，准备用英文把刚才的话重复一遍。可是她又继续提问，神气分外严肃，仿佛在进行口试："一个女人抛弃了自己的丈夫和两个孩子，随便跟人私奔，自己也不知道那人是否值得她爱，您难道不

① 原文为法文。

觉得这事可鄙或者丑恶吗？一个根本不算年轻的女人，为自己的孩子着想，也该教育自己自尊自爱，却举止如此轻浮，行为如此不知检点，您难道真的能够宽恕这样一个女人？”

“我向您重复一遍，夫人。”我坚持己见，“在这桩案例里我拒绝进行审问或者做出判决。我完全可以向您承认，我方才有些言过其实——这个可怜的昂里哀特太太肯定不是英雄人物，甚至并不具有冒险家的性格，绝对不是‘恋爱能手’①。据我所知，她只是一个平平常常性格软弱的女人，我对她怀有一些敬意，因为她敢于顺从自己的意志，但是我更感到遗憾，因为她肯定明天，说不定今天就会异常不幸。她的行动也许很蠢，肯定操之过急，但绝不下流，绝不卑鄙，我始终坚决认为，任何人都没有权利去轻视这个可怜的不幸的女人。”

“您自己，您到现在还对她怀有同样的敬意和尊重吗？一个是前天还和您在一起的值得敬重的女人，另外一个是昨天跟素昧平生的男人离家出走的女人，对这两个女人，您会完全不加区别吗？”

“没有区别。毫无区别，一点区别也没有。”

“真是这样吗？”②她情不自禁地说起英语来了，整个谈话似乎非常奇怪地使她动心。她沉思了片刻，她那清澈的目光又一次投向我，带着询问的神气。

“倘若您明天遇见昂里哀特太太，假如说在尼斯遇见她挎着那个年轻人的胳臂，您还会向她问好吗？”

“那还用说。”

---

①② 原文为法文。

“还会跟她说话吗?”

“那是当然。”

“您会——如果您……如果您已经结了婚,您会把这样一个女人介绍给您的太太吗?就仿佛什么事也没发生似的?”

“那是当然。”

“您真会这样做吗?”①她又说起英语来了,语气充满了怀疑和惊奇。

“我肯定会这样做的。”②我也下意识地同样用英语回答。

C太太不作声了,她似乎还一直在拼命思索。突然她凝视着我说道,似乎对自己的勇气感到惊讶,“我不知道,我会不会那样做。没准我也可能那样做的。”③说着她以那种难以形容的稳重沉着神气站起身来,亲切地伸手给我,只有英国人才善于以这种方式最后结束一次谈话,而不显得唐突失礼。由于她的影响,我们桌上又风平浪静,大家都打心眼里感激她。我们刚才还怒目相向,现在又相当客气地互相致意,已经颇为危险的紧张气氛凭几句轻松的玩笑话又缓和下来。

尽管我们的争论最后似乎是以骑士风度告终,但是那次激烈爆发的恼怒不免使我的对立面和我之间彼此有些疏远。那对德国夫妇态度收敛,而那对意大利夫妇在以后几天则兴冲冲地一再以嘲弄的口吻问我,是否听到什么关于“昂里哀特太太”④的消息。虽然我们谈吐举止温文尔雅,但是我们餐桌上原来那种互相信任、不拘形式的亲切关系却不可挽回地受到了一定程

①②③ 原文为英文。

④ 原文为意大利文。

度的破坏。

那次争论之后，C太太对我特别亲切。相比之下，我当时的几个对头对待我的那种连嘲带讽的冷淡态度便显得分外突出。她平素一向矜持，除了用餐时几乎从不和人交谈，现在却多次找机会在花园里和我打招呼，我甚至要说，是找机会表示对我格外垂爱，因为她平时神情高贵态度矜持，进行一次私人交谈，便像给人以特别恩宠似的。不错，说实话，我真要说，她简直是在存心找我，是在利用一切机会和我攀谈，而且做得这样明显，她若不是一个白发苍苍的老太太，我简直会想入非非了。等我们一聊，话题就不可避免地会引到那个出发点，回到昂里哀特太太身上。C太太指责这个不守本分的女人心志不坚，水性杨花，似乎从中获得一种神秘的快感。可与此同时，看见我坚决表示同情那个娇柔纤弱的女人，世上任何事物都无法使我改变初衷，她对我不可动摇的坚决态度似乎又深感欣慰。她把我们的谈话一再引向这个方向，最后我自己也弄不清楚，这种奇特的、近乎古怪的执拗，我究竟该怎么去想它才好。

这样过了几天，大约五六天，她一句话也没有泄露，这种谈话对她如何至关紧要，但是事情确实如此，这点我已看得清清楚楚。一次散步时，我稍带提了一句，我待在这儿的时间已经不多，我打算后天动身。这时，她平素宁静安详的脸上突然显出特别紧张的表情，宛如一片乌云掠过了她那海水一样灰碧色的眼睛："多么可惜啊！我本来还有好多话要和您说呢。"从这一瞬间起，她显得心慌意乱忐忑不安，让人看出她在讲话时正想着别的什么事情，她为之念念不忘分散心神。最后，这种魂不守舍的状况使她自己也很不自在，她突然沉默片刻，冷不丁地伸手给我:“我发现,没法说清楚到底想跟您谈些什么。我宁可写信给您。”接着她就快步向旅馆走去,步履急促,完全不像我平时常见的那样。

果然这天晚上,正好在晚餐之前,我在房间里发现一封信,是她那遒劲奔放的笔迹。可惜我处理青年时代的书信文件过于轻率,无法在此引用该信的原文,只能以大概的内容提示一下她实际上问我,是否可以把她生活中的一些事情说给我听。她写道,那段插曲已是遥远的往事,实际上和她现在的生活已无牵连,既然我后天就要动身,这就使她更容易启齿,把二十多年来一直埋在心底折磨着她、使她难忘的事情向我倾诉。倘若这样一次谈话我不感到有些唐突,她将请求我给她这一小时会晤。

我在这里只是记下了此信的内容——这封信当时引起了我极大的兴趣:这是封英文信,单凭这点就使此信具有高度的明晰和果决。可是叫我回信,我却难以下笔。我撕掉了三个草稿,才写好回信:

“您对我如此信任,我深感荣幸。倘若您要求我,诚实地回答,那我答应您,一定照办。请告诉我,您心里想要相告的一切,我当然不能向您强求更多。但是,请叙述时对您自己和对我都能以实相告。请您相信我:我把您的信任视为一种殊荣。”

这张纸条晚上传到她的房间里,第二天早上我就发现了回信:

“您说得一点不错:只说一半实话,毫无价值,只有说出全部实情才有意义。我将竭尽全力,无论对您还是对我自己都无所隐瞒。请您晚餐后到我房里来——我已六十七岁,对流言蜚语已无所畏惧。因为在花园里或是身边有人,我都无法开口。

请您相信我，下这决心很不容易。”

白天，我们在用餐时还见过面，客客气气地谈些无关紧要的事情。可是饭后在花园里，她一见我，就马上躲开，神色显然有些慌乱，看到这位白发苍苍的老太太在前面像个害羞的少女似的逃进一条两旁种了五针松的林荫道，我既感到难堪，同时也深受感动。

晚上在约定的时间，我去敲门，房门应声打开：房里灯光幽暗，只有桌上的一盏小台灯把一道黄色的灯光投向那原来朦胧昏黑的房间。C 太太大大方方地向我走来，请我在一把圈手椅里坐下，自己坐在我的对面：这些动作，我觉得都是精心安排的，可还是出现了冷场的局面，显然有违她的意志。冷场是由于她难下决心。冷场的时间越拖越长，我不敢冒失地说句什么话，打破这一沉默，因为我感到，这里有一个坚强的意志正在使劲挣扎，力图克服一股强大的阻力。从楼下休憩室里不时隐隐约约地传来断断续续的华尔兹舞曲的乐声，我屏息凝神，侧耳倾听，仿佛想要减轻寂静无声造成的沉重压力。她似乎也痛苦地感受到沉默造成的不自然的紧张状态，因为突然她振作起来，像要纵身起跳，立刻开口说话：

“只有第一句话难说出口。两天来我一直准备着把话说得清清楚楚，而且实话实说：但愿我能办到。我竟然把这件事情原原本本地告诉您，告诉一个陌生人，对此也许您现在还不理解。但是没有一天，甚至没有一小时，我不在想这一特定事情。您不妨相信我这老年人说的话：一个人一辈子只死死地盯着看一生中唯一的一点，只盯着看其中唯一的一天，实在无法忍受。因为我要告诉您的事情,只发生在我这六十七年生命中的二十四小时之内而已。我经常自我宽慰,甚至达到发疯的地步,我对自己说:要是一生中有那么一个瞬间干了点荒唐的事情,那也算不了什么,但是你摆脱不了我们用把握不定的概念称之为良心的东西。上次听您这样冷静客观地谈论昂里哀特事件,那时候,我心里就想:倘若我下定决心,向什么人无拘无束地谈谈我一生中的那一天,也许这毫无意义的追忆回想和没完没了的自我谴责就可到此结束。我若不是信奉英国国教,而是个天主教徒,我早已利用忏悔的机会说出这件隐瞒已久的事情,使之得到赦免——但是我们得不到这种安慰,所以我今天做出这一奇特的尝试,向您叙述一切,以求自我解脱。我知道,这一切非常古怪,可是您毫不迟疑地接受了我的建议,为此我向您表示感谢。

“好了,我已经说过,我只想向您叙述我生活中绝无仅有的一天——其余一切我都觉得毫无意义,对于别人也极端乏味。直到我四十二岁时,我的生活一步也没越出习俗的常轨。我的父母亲是苏格兰富有的乡绅,我们拥有几家大工厂和许多田产,过着乡间贵族式的生活,一年里大部分时间住在我们的庄园里,冬天社交季节则住在伦敦。十八岁上,我在社交场合认识了我的丈夫,他是名门望族R家的次子,在印度的军中服役了十年。我们很快就结了婚,在我们社交圈子里过着无忧无虑的生活,一年中三个月住在伦敦,三个月待在我们的花园里,其余时间在意大利、西班牙和法国游览。我们的婚姻生活从未蒙上轻微的云翳。我们的两个儿子,今天已经长大成人。在我四十岁那年,我的丈夫突然去世。他在热带度过的岁月里染上了肝病;他这次犯病,真是可怕,前后不到两个礼拜,我就失去了他。我的长子当时已经参加工作，小儿子在上大学——于是一夜之间我就落得个孤身一人，像我这样的人习惯于家人团聚、生活温馨，一旦孑然一身形影相吊，实在苦不堪言。在这空荡荡的房子里，每样东西都使我想起痛失心爱丈夫的悲惨事实，我觉得哪怕在那儿再多待一天，也不可能。于是我决定，以后几年，只要儿子们还未成家，我就游山玩水。

“从此时此刻起，我基本上认为我的生活已毫无意义，毫无用处。二十三年来和我朝夕相处情投意合的男人已经死去，孩子们并不需要我，我担心我的抑郁和忧伤会破坏他们的青春，我自己已无所祈求，也无所渴慕。我起先移居巴黎，由于百无聊赖，便去逛逛商店，参观参观博物馆；可是身边的这座城市和各种事物，我觉得异常陌生。我避开人们，我受不了他们见我身穿丧服，便彬彬有礼地向我投来表示惋惜的那种目光。我这几个月到处游荡，心情沉重，目不旁骛，这种吉卜赛人似的流浪生涯究竟是如何度过的，我已无从再叙：我只知道，我常有只求速死了此残生的愿望，只是自己无力加速这渴望已久的事情。

“在我居孀的第二年，也就是在我四十二岁那年，我在三月末跑到蒙特卡洛，自己并不承认这是逃跑，而是为了打发那已经变得毫无价值且无法消磨的时光。老实说：这是由于百无聊赖，由于心里感到空空洞洞，仿佛泛起一阵恶心，使人深受折磨，这种空洞的感觉至少要用小小的外界刺激来予以填补。我越是心如止水，就越发感到有股强烈的力量把我推到那生活的陀螺转得最快的地方去：对于毫无生活经历的人来说，别人激烈的感情波动，依然是自己神经的经历，犹如看戏或听音乐。

“因此我也常去赌场，看到别人脸上欢天喜地或者惊愕万分的神色，像潮水似的涌来涌去，而我的内心则一直处于可怕的退潮状态，这倒对我是个刺激。再说我丈夫生前偶尔也喜欢到赌场去玩玩，虽然并不轻率任性。我是怀着某种并非故意的虔敬心情忠实地继续保持着他往日的种种习惯，就在那里开始了那二十四小时，它比任何赌博都更为激动人心，我的命运多年来一直为之困扰。

“那天中午，我还和我们家的一个亲戚封·M公爵夫人共进午餐。晚饭后我觉得还不够疲劳，没法立即上床睡觉，于是就走进赌场；我自己并不下注，只在各个赌台之间溜溜达达地走来走去，以特殊方式观看那些混杂的赌客。我说：以特殊方式是指先夫教我的那种方式，有一次我看人赌博看得厌烦了，向他抱怨：老看同样的那么几张脸，实在无聊，在软椅上坐上几个钟头才敢下注的干瘪老太婆，老奸巨猾的职业赌棍和玩纸牌的娼妓，全都是些令人生疑的家伙，乌七八糟地凑在一起，您也知道这帮人根本不像蹩脚小说里描绘的那样花里胡哨、罗曼蒂克，仿佛是些‘时髦的花朵’①和欧洲贵族。其实二十年前的赌场，远比现在更吸引人，桌上滚来滚去的还是看得见的现金，发出脆声的钞票，金光闪闪的拿破仑金币和厚厚实实的五法郎银币，而在现代新建的富丽堂皇的赌城里则是一批市民化的赌客，假充旅游者在那儿毫无情趣地把特色全无的筹码输个精光，便算了事。可是就在当年我已经觉得这些脸无动于衷，神情相似，没有多少吸引力。我丈夫的个人嗜好是手相术，一种阐释手相的学问。他后来教给我一种特殊的观赏方法，远比无精打采地站在一边要

① 原文为法文：时髦的花朵，即高雅人士。

有趣得多,刺激得多,紧张得多,也就是:永远不去看脸,只看桌子这个四方形,而在这四方形里,也只看人的双手,只看手的特殊动作。我不知道,您自己是否碰巧有机会眼睛只看绿色的桌子,只看那绿色的方块,方块当中一颗弹子像个醉汉似的摇摇晃晃地从一个数字蹦到另一个数字,在一个个画成四方形的格子里,一张张钞票飞旋,一块块银币金币跌落,犹如播种,然后管台子的用耙竿像锋利的镰刀似的一下子把它们悉数割去,或者把它们当作麦穗推到赢家面前。从这样的角度进行观察,唯一发生变化的只有一双双手——在绿色的桌子四周有许多神志清醒、骚动不宁、静心等待的手,从各自不同的袖管里探出头来。每只手都是一头猛兽,准备一跃而起,它们形状各异,颜色不同,有的光溜溜毫无修饰,有的戴着指环和丁零作响的手链,有的长满茸毛活像野兽,有的汗湿弯曲活像鳗鱼,但由于极度焦躁不耐全都紧张得微微颤抖。

"我情不自禁地老想到赛马场,开始比赛时,得使劲把亢奋的马匹勒住,免得它们抢先奔出:这些马匹也同样浑身战栗,昂起头颅,扬起前蹄。从这些手如何等待,如何伸出,如何停住,就可看出其主人是何许人:手若紧抓不放,他必然个性贪婪;手若松弛无力,他必然挥霍成性;手若安详平静,他必然工于算计;手腕颤动不已,他必然绝望已极;抓钱的手势可以闪电般暴露出成百种性格,有人把钱揉成一团,有人神经质地把钱几乎搓碎,有人筋疲力尽,手掌懒得动弹,下注时竟让钱放在那儿不去动它。我知道,有句俗话说,赌博见人品,可我要说:赌博时的手显示人品更为清晰。因为所有赌徒,或者说,差不多所有的赌徒都很快就学会控制自己的面部表情——他们在上面,在衣领上面,都带着不动感情的冷漠面具——他们迫使嘴角的皱纹向下牵动，咬紧牙关控制内心的激动，不让眼睛流露出明显的焦灼情绪。他们使青筋直暴的面部肌肉平复下来，装出一副故作高贵、无动于衷的神情。可是正因为他们拼命集中注意力来控制面部，控制他们品质最明显的部分，就忘记了双手，忘记了有人只观察他们的手，从双手猜出脸上漾着笑意的嘴唇和故作坦然的目光所想隐瞒的一切。而这时，手已把它埋得最深的秘密毫无顾忌地泄露无遗。因为必然会出现这一瞬间，所有这些费了九牛二虎之力才控制住的手指似乎沉睡未醒会从他们高雅的慵懒状态中一跃而起：这就是转盘里的弹子掉进码池，哄然报出中彩数字的那一秒钟，这一秒钟里成百只手，或者五百只手不由自主地凭着原始的本能，各自做出自己的动作，因人而异，各不相同。谁若像我一样，特别熟悉我丈夫的那种嗜好，惯于观察这个手的竞技场，定会感到千差万别的性格总以各不相同出人意料的方式暴露出来，远比戏剧或是音乐更为激动人心：我没法向您描述，这个手究竟有几千种表演方法，有的活像野兽长着毛茸茸弯曲的手指，像蜘蛛似的把钱牢牢抓住；有的神经质地颤抖不已，长着血色全无的指甲，几乎不敢去拿钱；有的高贵，有的低下，有的残暴，有的羞怯，有的足智多谋，有的似乎讷讷不吐——但是它们各自都显得与众不同，因为每双手都表现出一个独特的人生，只有那些管台子人的四五双手除外，这些人的手纯属机器，运作起来冷静精确，纯粹处理业务，完全置身事外，和那些越发活跃的手相比，就像一架数钞机上噼啪作响的钢铁开关。但是，即便是这几双冷静的手由于和它们激情如炽求战心切的兄弟形成对比，因而也令人惊讶不已：我想说，它们与众不同，身穿制服，犹如警察站在人潮汹涌群情激愤的民众暴乱之中。另外再加上对我个人的刺激：一连看了几天我已经熟悉了某些手的许多习惯和爱好；几天之后，我已经在它们当中找到了熟人，把它们像人似的分成讨人喜欢的和令人讨厌的两类；有的手没有风度，贪得无厌，令我十分反感，我总把目光移开，就像看见不堪入目的污秽。可是桌上出现的每一只新手对我都是一番经历，引起我的好奇：我往往忘了去看上面的那张脸，这高高在上的脸，连着衣服领子，只不过是一张冷冷的社交场上的面具，一动不动地置于常礼服衬衫或明艳的胸脯之上。

“那天晚上我走进赌场，从两张挤得水泄不通的赌台旁走过，走向第三张台子，已经准备好几枚金币，突然听见一个声音，我大吃一惊——在那无人讲话，空气紧张，仿佛因为寂静而隆隆有声的间歇时间——每当弹子跑得筋疲力尽生气全无，只在两个数字当中趺趺撞撞时，就会出现这种间歇时间——这时，我听见正对面有一种奇特的声响，一种喀啦啪嚓的声响，就像手指的关节折断。我不由自主地向对面投去惊讶的目光。我看见——的确，我大吃一惊！——两只我还从未见过的手，一只右手和一只左手，像两头凶狠的野兽互相纠缠在一起，十分紧张地弓起身子，互相揪斗，互相推拒，结果指关节咔嚓作响，发出核桃开裂的那种脆声。这是两只罕见的美丽的手，细长纤巧，不同寻常，可是肌肉绷紧——色泽白皙，指甲没有血色，修成秀气的弧形，泛出珍珠的光泽。整个晚上我一直看着这双手——是的，凝视着这异乎寻常、简直可说绝无仅有的一双手——可是首先使我如此深感意外的乃是它们表现出来的激情，它们的激情如炽的表情，这种痉挛似的互相纠结，互相推拒。我顿时意识到，这里有个精力充沛的人，正把他全部激情都挤到指尖上去，免得自己被这激情炸得粉碎。而现在……在弹子以轻轻的脆声掉进码池，管台子的人报了数字的这一秒钟……这两只手突然分开倒下，活像两头野兽同时被一粒子弹打个对穿。它们倒了下来，双双倒下，的确死掉了，而不仅仅是筋疲力尽，它们倒下了，这样活灵活现地表现出无力，失望，如遭雷殛，一命呜呼，我简直无法用言语形容。因为我过去从未见过，此后也再未见过这样能说话的手，每一块肌肉都是一张嘴，激情几乎从所有的毛孔涌出，让人感觉得到。它们在这绿呢的桌面上躺了片刻，就像被抛出水面的海蜇平躺在水边，毫无生气。然后有一只手，右手从指尖开始又费劲地爬了起来，颤抖着缩回去，转着圈，摇摇晃晃地旋转不已，突然又神经质地抓起一个筹码，犹豫不决地把它像个小轮子似的放在拇指和食指的指尖上转动。突然，这只手像头豹子一样敏捷灵巧地弓起身子，把一枚一百法郎的筹码扔到，简直该说吐到黑格子的中央。那只一动不动睡在一边的左手也像听到一声号令，立刻骚动起来；它直起身子，轻轻地溜到，甚至可说是偷偷地爬到那只索索直抖的右手旁边，这只兄弟般的右手似乎由于方才一掷已疲惫不堪。两只手现在躺在一起，微微战栗，却用指关节悄无声地敲着桌子，犹如生了寒热病，上牙直打下牙。——不，我没有，还从来没有见过一双手有这样传神的表达能力，从来没有见过激动和紧张会表现得这样震撼人心。在这穹顶的房间里的其他一切，各个大厅传出纷乱的嗡嗡声响，管台人发出街头小贩似的喊声，人们熙来攘往，弹子来回窜动，它从高处抛下，此刻在光滑的圆形木笼子里发疯似的跳动不已——五光十色的景象，闹闹嗡嗡的杂音，汇成炫目刺耳的众多印象，飞快地掠过我的神经。可是突然间,我觉得一切全都显得死气沉沉,僵木呆滞,就因为旁边有这两只颤抖不已、连连喘息、焦急等待、冻得发抖的手,有这双闻所未闻见所罕见的手,我像中了邪似的直盯着它们。

“可是我终于按捺不住,我非得看看这双魔力无穷的手究竟属于谁,看看此人的脸究竟长得如何,我提心吊胆地——不错,的确提心吊胆地,因为我害怕这双手!把我的目光慢慢地沿着袖子,沿着瘦削的肩膀向上移动。我又大吃一惊,因为这张脸和那双手一样,说的是同样漫无节制荒诞激越的语言,具有同样娇柔,近乎女性的美丽,表达的是同样可怕的狠劲。我从未见过这样一张脸,一张这样暴露内心、放纵自己的脸,我有充分的机会从容不迫地观赏它,犹如观赏一张面具,观赏一尊没有眼睛的雕像:这只着了魔的眼睛一秒钟也不左顾右盼,在睁开的眼皮底下,眼珠凝固不动,黑黝黝地宛如一粒没有生气的玻璃珠子,映照出另一个呈桃花心木色的弹子傻气十足疯疯癫癫地在圆形的轮盘小匣子里骨碌、跳动。我必须再说一遍:我从未见过一张这样紧张、这样迷人的脸。它是一张二十四岁左右的年轻人的脸,清秀娇嫩,稍嫌狭长,然而表情丰富。这张脸正巧和那双手一样,也显得缺乏男子气概,更像是一个纵情玩耍的男孩的脸——但是所有这一切我是后来才注意到的,因为当时这张脸布满了强烈的贪婪和疯狂的表情。双唇薄薄的嘴微微张开,带着渴求的神情,露出一半牙齿,十步以外就可以看见,牙齿像发寒热似的上下打个不住,与此同时,嘴唇张开,凝固不动。一绺发亮的金色头发湿漉漉地贴在额上,就像跌了一跤,头发向前耷拉。鼻翼不断翕动,仿佛那儿有看不见的细小波浪在皮肤下面涌动。

这完全向前倾斜的脑袋，无意识地越来越往前凑，使人感到，他已完全被吸引到那小弹子的旋转之中；这时我才明白这两只手为什么痉挛似的握在一起：只有互相对握，只有这样抽搐，这个失去重心的身体才能保持平衡。我从未——我必须再重述一遍——见过一张脸，如此公开，如此兽性勃发，毫不害羞地把激情赤裸裸地爆发出来。我凝视着它，凝视着这张脸……为它如痴如狂的神情所深深吸引，弄得心往神驰，正如他的目光着魔似的直盯着那旋转的弹子的跳跃和颤动。从这一秒钟起，我再也看不见大厅里其他任何东西，和这张脸上喷射出来的火焰相比，我觉得一切都显得苍白、迟钝、模糊、暗淡。也许有一小时之久，我越过众人，只观察这一个人，只注意他的每个手势：管台子的人正好把二十枚金币向那两只贪婪的手推了过去，他的眼睛便顿时闪出耀眼的光芒，死命纠结的两只手，似乎被炸药炸开，手指震得四下分散，索索直抖。一刹那间，这张脸突然变得容光焕发，异常年轻，皱纹舒展开来，眼睛开始闪闪发光，直往前倾的身体轻快矫健地向上挺直——突然之间他像个骑士，全身放松地坐在那里，一脸洋洋得意的神气，手指头摆弄着圆圆的金币，又是炫耀又是抚爱，让它们互相撞击、跳舞，弄得叮当乱响。然后，他又心神不定地转过头去，扫视了一下绿呢桌面，像只小猎犬，翕动鼻翼到处乱嗅，寻找真正猎物的踪迹，然后倏然间迅速地一抖手，将一把金币全都倒进一个小方格里。接着，他又立即开始那种急切窥伺，那种紧张期待，他的嘴唇又像触电似的颤动不已，两只手又痉挛似的纠结在一起，男孩般的脸上又布满了欲念炽烈的期待。最后，这一触即发的紧张情绪骤然间化为极度失望：这张方才还像孩子一样兴奋的脸，顿时憔悴不堪，变得灰败而又苍老，目光呆滞，黯然失色，而这一切变化仅仅发生在一秒钟之内，就在弹子落进他猜错的一个号码里去的那一秒钟。他输了：他直愣愣地呆看了好几秒钟，目光近乎痴呆，就仿佛他什么也不明白似的；可是等管台子的人高声一喊，像鞭子猛抽一下，他又伸出手指抓来一把金币。但是信心已经丧失，他先把那几枚金币放在一个格子里，然后，改变主意，又把它们挪到第二个格子里；弹子已经滚动起来，他突然灵机一动，用直打哆嗦的手，又把两张揉得皱巴巴的钞票迅速地扔进方格里去。

“这抽风似的忽赢忽输，忽上忽下，一刻不停地大约持续了一个小时。在这一小时里，我片刻也没有把我着迷神往的目光从这张时刻变幻的脸上移开，各种激情像潮水似的涌上这张脸，又倏而退去；我的眼睛紧盯着这双富有魔力的手，它们用每块肌肉把喷泉似的时升时落的感情的不同尺度都非常形象生动地表现出来。我在剧院里也从来没有这样紧张地看过一个演员的脸像看这张脸，种种色彩和感觉一刻不停地在这张脸上变换，宛如光和阴在一片风景上交替出现，不停转换。我看戏时从未这样全身心地关注过剧情，像关心这陌生人激动情绪的反映。倘若当时有人观察我，必然会把我这目不转睛的凝视看成是受到催眠，而我当时不知怎的也的确像是目迷神眩。——我简直没法把目光从这表情时刻变化的面部移开，屋里其他一切，灯光啦，笑声啦，人影啦，目光啦，混成一片，只是模模糊糊地在我身边浮动，犹如一阵黄色的烟雾，而在烟雾之中突出一张脸，宛如火焰之中的火焰。我什么也听不见，什么也感觉不到，我觉察不到人群在我身边直往前挤，别人的手触角似的突然伸出，扔钱出去，或者捞钱回来；我看不见弹子，也听不见管台子人的声音，我看到发生的一切都像是在梦中，反映在这双手上，由于情绪兴奋和感情冲动像透过凹镜大为扩张。因为要知道弹子究竟掉进红格还是黑格，是在滚动还是已经停顿，我用不着去看轮盘：这张激情汹涌的脸神经敏锐、表情丰富。每个阶段的输和赢、期待和失望，都像火烧的裂痕印在这张脸上。

“可是接着就出现了一个惊心动魄的瞬间——整个晚上，我心里一直隐隐害怕会有这一瞬间，它像一场即将来临的暴风雨悬在我紧张的神经之上，现在突然把我的神经撕成两半。弹子又一次以那轻轻的噼噼啪啪的脆声转了一圈，那一秒钟又猛地出现，两百张嘴唇屏住呼吸，直到管台子的人报出——这次是：○——同时他迅急伸出耙竿从四面八方把叮当乱响的钱币和发出脆声的钞票耙了过去。在这一瞬间这两只痉挛似的纠结在一起的手做出了一个触目惊心的动作：它们似乎一跃而起，想抓住什么并不存在的东西，然后不靠外力，只凭本身的惯性，又跌落到桌上，仿佛筋疲力尽气息奄奄；可是突然它们又一次活跃起来，急急忙忙地从桌上一跃而到自己身上，像野猫似的沿着身体忽上忽下，忽左忽右，乱爬一气，神经慌乱地伸进所有的口袋，看是否还有一张被遗忘的钞票塞在什么地方。可是它们每次都是一无所获地退了回来，然后又继续开始这毫无意义毫无用处的搜寻，一次又一次。与此同时轮盘又重新旋转起来，别人继续下注，钱币叮当乱响，椅子挪来挪去，上百种细小的杂音混在一起，嗡嗡直响，充满整座大厅。我心惊胆战，浑身哆嗦，我清清楚楚地当场亲身感受了这一切，就仿佛是我自己的手指，在揉皱的上衣里乱掏各个口袋，乱摸每道衣褶，拼命寻找那张或许还在的钞票。突然间，我对面的这个人霍地站起身来——就像有人忽然感到不适站起来，直直身子，以免窒息似的；在他身后，椅子啪的一声倒在地上。可他根本没有觉察，也不注意那些邻座，径自脚步沉重地从桌旁走开。大家畏畏缩缩地纷纷避开这摇摇晃晃的人，惊讶不已。

“看到这番景象我吓呆了。因为我顿时明白，此人要向何处走去：他是走向死亡。谁若这样站起身来，绝不会回到旅馆，走进酒店，去找女人，去乘火车，绝不会回到任何形式的生活中去，而是直接投进那无底深渊。即便是在这座魔窟里泡得感情极端冷漠的常客也会看出，此人不论是在家里、银行里或是亲友那里都不会再得到任何支持，他是坐在这里把最后一笔钱，把他的性命孤注一掷，现在脚步踉跄地不知走向哪里，但肯定是往绝处走去。我一直在担心，从最初的一瞬起我就着魔似的感到，这次赌的绝非一般的输赢，而是更高的什么东西。这时我看到生命突然从他眼里消逝，死亡把这张方才还生气盎然的脸涂上一抹灰败，我心里一震，一道黑黝黝的闪电击入我的体内。此人猛地离开座位，摇摇晃晃地走开时——他那形象生动的手势我还历历在目——我也不由自主地拼命用手撑住我自己，因为他摇摇晃晃的样子现在也从他身上传到我的体内，犹如先前他的紧张侵入我的血管和神经。可是接着我也被他吸引，身不由己地跟着他：我自己并不愿意这样做，可我的脚却向前移动。这一切完全是在无意识的情况下进行的，根本不是我自己在这样做，而是自然而然地发生了这样的事情：我谁也不予注意，对我自己也毫无感觉，就跑进通向门口的走廊。

“他站在衣帽间，仆人把大衣拿给他。但是他的手臂已经不听使唤：于是那个恭顺的仆人费了好大劲才帮他穿进袖子，就像帮助一个瘫痪病人一样。我看见他机械地把手伸进背心的口袋，想给仆人一点小费，可是手指又空空地缩了回来。这时他似乎又突然回忆起了一切，神情窘迫，结结巴巴地向仆人说了句什么，又和先前一样，猛不丁地向前一冲，接着完全像个醉汉似的跌跌绊绊地走下赌场的台阶。那个仆人站在台阶上，目送了他一阵，脸上先是一副轻蔑的神气，然后才露出会心的微笑。

"这个场面是如此的震撼人心，我简直羞于在一旁观看。我不由自主地把脸转开，很不好意思，像在剧院的舞台上那样观看别人的绝望——然后那莫名其妙的恐惧又突然推我向前。我迅速地让仆役把大衣递给我，脑子里也没有什么明确的想法，完全机械地，像是凭着一股冲动，我急急忙忙地跟着这个陌生人走进黑暗中去。"

C 太太讲到这里，停顿了片刻。她一动不动地坐在我的对面，以她特有的平心静气、就事论事的神气几乎毫不间断地叙述着，只有内心早有准备，对发生的事情仔细整理过的人才会这样。现在她第一次住口，犹豫了一会儿，突然中止叙述，直接对我说道：

"我答应过您和我自己，"她有些不安地开始说道，"绝对真实地讲出所有的事情来，不过现在我必须要求您对我的真挚也给予充分的信任，不要认为我当时的行为别有动机。即使真的另有所图，我今天也不会羞于承认，但是在这件事上，这样估计却是完全错误的。所以我必须强调，我当时到大街上去追赶这个彻底崩溃的赌徒，丝毫不是由于对这个年轻人产生了爱恋之情——我根本没有想过他是个男人，我当时已是一个四十开外的女人，事实上，在我丈夫去世以后，我从来没有正眼看过任何一个男人。我的心已是止水槁木，我向您明确指出这一点，而且非把这事告诉您不可，因为否则您就无法了解以后发生的种种事情有多么可怕。当然，另一方面，也讲不清楚究竟是一份什么感情当时如此强烈地驱使我去追随那个不幸的人：这里面有好奇的成分，但主要是一种可怕的恐惧心理，或者说得更确切些，是唯恐什么可怕的事情将会发生的恐惧心理，我从第一刻起就隐隐约约地感到有什么可怕的事情像阴云似的笼罩在这个年轻人身上。但是这些感觉无法分解无法剖析，尤其因为它们过于强劲突兀，过于迅猛急遽地交织在一起——也许我当时的所作所为只是一种助人的举动，完全出于本能，就像看见大街上有个孩子冲着汽车奔去，你去把他一把拉住；或许也可以这样解释，有些自己不会游泳的人看到有人即将淹死便跟着从桥上纵身跳下？干脆就有一种魔力在吸引他们，有个意志在推着他们往下跳，他们自己都还来不及思考，去做这件大胆的行动究竟有没有意义。恰好就是这样，我当时想也不想，也没有清醒的考虑就跟着那个不幸的人走出大厅，来到门口，又从门口走向路边的露台。

“我确信，无论是您还是任何一个目光清晰感觉灵敏的人都无法摆脱这种充满恐惧的好奇心，因为看到那个最多不过二十四岁的年轻人，步履艰难，犹如白发老人，脚步踉跄，犹如一个醉汉，全身骨头像被打断，整个人像散了架似的晃晃悠悠地从台阶蹭到马路边的露台上，还有什么比这更令人不寒而栗的景象呢。他在那儿像个麻包似的扑通一下倒在一张长凳上，这个动作又使我浑身哆嗦地感到：这个人算完了，只有死人，或者一个全身肌肉都已丧失活力的人才会这样倒下。他的脑袋斜歪着，倒在长凳的靠背上，两只胳臂松软无力地垂在地上，在灯光摇曳的街灯射出的半明半暗的光线里，每个从旁路过的行人都会把他当作一个开枪自杀的人。我无法解释，为什么我心里会突然涌出这样一个念头，但是它突然出现，生动具体得伸手可以摸到，真实得令人战栗，真实得使人害怕。——就这样，在这一秒钟里，我看见他在我面前，作为一个开枪自杀的人，我不由得确信他口袋里揣着一把手枪，明天人们会发现他直挺挺地躺在这张长椅或别的长椅上，气息全无，鲜血淋漓，因为他倒下的样子，完全像块石头掉进深渊，若不掉到地底，绝对不会停住；我从来没有看见过人的身体会这样表现疲惫和绝望。

“现在请您设想一下我当时的处境：我就站在那个一动不动、彻底崩溃的人坐的椅子后面，相距不过二三十步，惘然不知所措，强烈的愿望驱使我向前伸出援手，而代代相传的羞怯又使我裹足不前，不敢在大街上和陌生男人谈话。天空阴云密布，街上的煤气灯发出摇曳不定的昏黄灯光，偶尔才有人影匆匆闪过，因为已近午夜时分。我是几乎独自一人和这自杀者一起待在这花园里。我有五次、十次之多鼓起勇气，向他走去，可是每次羞怯又把我猛地拽了回来，或者说不定是出于本能，我打内心深处预感到，失足跌倒的人会拉着前来相救的人一起摔倒。这样左思右想，举棋不定，我自己也清楚地感到这处境实在毫无意义，非常可笑。尽管如此，我还是开不了口，也迈不动腿，既不能有所行动，也不能把他撂下不管。差不多有一小时之久，我犹豫不决地在露台上踱来踱去，我对您这样说，希望您能相信我。这简直是无穷无尽的一小时，在这一小时里，一片看不见的大海里的千重细浪把时间撕得粉碎。这个彻底垮掉的人的这副模样深深地震撼了我，使我不忍离去。

“可是我还是没有勇气说一句话，做一件事。这整个后半夜我都会这样站着傻等，或者说不定最后会聪明起来，为了不给自己惹事，于是转身回家。我甚至相信，已经下定决心，让这可怜虫就这样无可奈何地躺在那里，但是一股极为强劲的外力做出了决定，使我无法再犹豫不决。原来，这时下起雨来了。整个晚上海风吹个不停，把雨意浓重的厚厚春云聚在一起，人们心肺憋闷，都感到天快压下来了，压得极低——突然雨点噼噼啪啪地打了下来，接着大雨滂沱。雨水被风驱赶，汇成沉重的雨柱，我不由自主地逃到一个售货亭的檐下避雨。尽管我打开了伞，那阵阵狂风依然把雨水吹到我的衣服上面。噼啪乱响的雨点沉重地打在地上，我的脸上、手上依然感到被雨点溅起的冷飕飕的尘土。

“然而——在这天上决口似的倾盆大雨的浇灌之下，那个可怜的家伙依然静静地坐在凳上，一动不动。事隔二十五年，回忆起这番可怕的景象我至今还感到嗓子眼堵得厉害。雨水从屋檐滴落、流淌，城里传来汽车的轰鸣，左右两边都有翻起大衣领子的人在急急奔逃，凡是有生命的东西，都在慌慌张张地奔跑逃窜，寻找躲雨的地方，无论是人还是野兽都对这狂风骤雨显得非常害怕——只有那边椅子上的这个人，这黑乎乎的一团动也不动。我方才已经跟您说过，这个人天生有一种魔力，可以通过他的动作和姿态把他的每一种感情形象生动地表现出来。他就这样静坐不动，这样一动不动毫无感觉地坐在急风暴雨之中，似乎过度疲劳，都无法站起身来走动几步，去寻找一个避雨的屋顶，对于自己的生命完全采取无动于衷的态度。但是世界上没有任何东西,可以把绝望、把彻头彻尾的自暴自弃、把真正的虽生犹死的状况表现得这样震撼人心。任何雕塑家,任何诗人,无论是米开朗琪罗还是但丁,都从来没有像这个活生生的人那样让我如此动情、如此揪心地感觉到这极端绝望的姿势,这人世间最深沉的苦难。此人听凭雨水浇淋,全身松软无力,过于疲惫,再也动弹不得,无法自我保护。“这使我动心,我不能坐视不理。我猛地一下子冒着鞭笞一样使人肌肤生痛的暴雨跑了过去,摇晃椅子上淋得透湿的那个人。‘跟我来,’我拉住他的手臂。他那失神的眼睛艰难地向上直瞪。他似乎渐渐恢复了一点意识,可是并没听懂我说的话。‘跟我来,’我再一次拉拉他那湿漉漉的袖子,我简直要生气了。他慢慢地站了起来,摇摇晃晃地完全听人摆布。‘您要干吗?’他问道,我无言以对。因为我自己也不知道,把他带到哪儿去:只是别让他再被这冷雨浇淋,别让他由于极端绝望想要自杀似的毫无意义地坐在这里。我拽住他的胳臂不放,拉着这个完全丧失意志的人一直往前,走向售货亭。那里有条向前伸出的狭窄的屋檐,至少可以使他多少受到一些保护,免遭狂风暴雨的袭击。下一步怎么办,我不知道,我也不想知道,只想把这人拉到干燥的地方去,拉到一角屋檐底下:以后的事情我当时想也没有想过。

“我们两个就这样并排站在窄窄的一条干燥的地方,背后是锁着门的售货亭的墙壁,头上只有小小的一条屋檐,急雨下个不停,突然刮来的阵阵狂风不时狡猾地从屋檐下把凉飕飕的雨水吹到我们的衣服上和脸上。这种情况实在难以忍受。我总不能在这个浑身湿透的陌生男人身边老待下去。可是另一方面,既然把他拉到这里,总不能一句话也不说就干脆把他撂在那儿,怎么也得做点什么吧;我逐渐迫使自己头脑清晰地进行思索。我想最好叫辆马车送他回家,然后自己回家:到了明天他总会自己想办法的。于是我就问身边一动不动地站着的这个人,他直愣愣地凝视着风狂雨骤的黑夜:‘您住在哪儿?’

“‘我没有住处……我是今天傍晚才从尼斯来的……我那儿是没法去的。’

“最后一句话,我没有马上听懂。后来我才悟过来,此人把我当作……当作一个神女,这种女人夜里成群结队地在这赌场周围转来转去,希望从那些手气好的赌徒或者醉汉身上捞到几个钱。话说回来,你叫他能有什么别的想法呢。因为现在,在我向您追诉这件事的时候,我才体会到我当时的处境实在令人难以置信,简直可说荒诞绝伦——你叫他对我还能有什么别的想法呢,我把他从凳子上拉起来,不由分说地拽着他跟我一起走,这也的确不是淑女的行为。但是我并不是立即意识到这一点。直到后来,我才渐渐悟到他对我这个人所产生的这个可怕的误会。然而已经为时太晚,否则我绝不会说出下面这几句话。我当时说道:‘那就到旅馆去要个房间好了。这儿您可不能再待下去了,您现在得找个地方安顿下来。’

“此刻我可是马上就感觉到他那可怕的误会了。因为他根本没有转过脸来,而是以某种嘲讽的神气表示拒绝:‘不,我不要房间,我什么也不需要了。你不必费劲想从我这儿得到什么。你可找错人了,我一个子儿也没有。’

“这番话又是说得那么可怕,那无动于衷的神气令人心悸;这个身上滴水衣服湿透的人站在那里,心力交瘁,浑身无力地靠在墙上，使我深受震撼，我根本没有时间去顾及自己受到的一次小小的愚蠢的侮辱。我只感到，从我看见他踉踉跄跄地走出大厅的第一个瞬间起便开始感到，以及在这不可思议的一小时里又不断感到的事情：这里有个人，年纪轻轻，充满活力，正濒临死亡的边缘，我非救他不可。我向他走近几步。

“‘别担心钱，您跟我来！您不能老待在这儿，我会给您安排住处的。什么也不用操心，跟我来吧！’

“他转过头来，这时雨在我们身边沉闷地下个不停，檐口的积水哗哗地浇在我们脚边，我感到他在黑暗中第一次努力想要看清我的面孔。他的身体也似乎慢慢地从麻木不仁的状态中苏醒过来。

“‘那就随你的便吧。’他说道，表示让步，‘我什么都无所谓……说到底，干吗不去呢？咱们走吧。’我撑开伞，他走到我的身边，挽住我的胳臂。这种突如其来的亲昵状态我觉得很不舒服，我简直吃了一惊，吓得心脏也开始发颤。但是我没有勇气禁止他这样做；因为如果我现在把他推开，他就会掉进无底深渊，那我到现在为止所做的一切尝试全都白费了。我们又退回几步，向赌场走去。这时我才意识到，我不知道该拿他怎么办。我迅速地思考一下，最好给他找家饭店，塞点钱给他，让他在那儿过夜，明天可以回家；我没再想到其他什么。一辆辆马车急匆匆地驶到赌场门前，我叫住一辆，我们坐进车里。马车夫问我到哪儿去——起先我不知道怎么回答。可我突然想起我身旁的这个浑身湿透、衣服滴水的人，高级饭店是一家也住不进去的——另一方面，我也的确涉世不深，根本没有想到会引起胡乱猜疑，就冲着马车夫叫道：‘哪家普通旅馆都行！’

“马车夫漠不关心，他自己也被大雨淋得湿透，就驱马向前。我身旁这个陌生人一言不发。车轮隆隆直响，雨水强劲地猛击车窗的玻璃：在这黑洞洞的、没有灯光、像棺材一样的方形车厢里，我仿佛觉得是在运送一具尸体。我竭力思索，想找出一句什么话来冲淡这默默相处的奇怪而恐怖的气氛，可我什么话也想不出来。几分钟以后马车停住，我先下车，付钱给车夫，同时那个人仿佛瞌睡懵懂地下车把车门关上。我们就这样站在一家陌生小旅馆的门前，上面伸出一个穹形玻璃屋檐，使一小块地方免遭雨水袭击。四周不停地下雨，单调得使人心烦，把密不透风的黑夜切成丝丝缕缕。

“这个陌生人站立不住，身不由己地靠在墙上。他那湿透的帽子和揉皱的衣服一个劲地滴水。他站在那儿，活像一个刚从河里捞上来的几乎淹死的人，神志还很昏迷。他靠着的那一小块墙上，有一小股水往下流淌。可是他一点也不使劲抖一抖身上的衣服，脱下帽子来甩一甩，水滴从他的帽子上一个劲地顺着额头和脸往下淌。他完全无动于衷地站着。我没法跟您说，这种万念皆灰的样子是多么强烈地震撼了我的心。

“现在得有所行动。我从口袋里掏出钱来：‘这儿有一百法郎，’我说道，‘您在这儿要间房间，明天乘车回尼斯去。’

“他不胜惊讶地抬起头来。‘我在赌场里观察了您半天’，我发现他有些迟疑，便催促他，‘我知道您把钱都输光了。我担心，您正想去干什么傻事。接受人家的帮助并不丢脸……诺，您拿去吧！’

“可是他把我的手推开，我没想到，他会断然拒绝。‘你是个好人，’他说道，‘可是别糟蹋你的钱了。我已经无可救药。

这一夜我睡不睡，完全无关紧要，反正明天一切都要完蛋。我是无药可救的了。'

"'不，您一定得拿去。'我逼着他，'明天您的想法就会改变。现在您先进去，好好睡一觉，忘记一切。大白天事情就会是另外的样子。'

"我又一次把钱塞给他，他几乎是态度激烈地把我的手推开，'别这样，'他闷声闷气地重复道，'这毫无意义。我宁可在外面了结，免得在这儿把人家的房间沾上血污。一百个法郎救不了我，一千个法郎也没用。明天我又会拿着这最后几个法郎走进赌场，不把一切输个精光，我是不会罢手的。何必重头再来一次呢，我已经受够了。'

"您没法估量这阴沉的语气如何深深地刺进我的灵魂，可是请您设想一下：离开您不过两英寸远站着一个头脑清醒的年轻人，他活着，在呼吸，你很清楚，如果不竭尽全力，不出两小时，这个有思想、会说话、能呼吸的人，就会变成一具死尸。我心里说不出的生气、冒火，一心只想战胜他这毫无意义的抗拒。我一把抓住他的胳臂：'别再说这些傻话了！现在您给我进去，租个房间，明天一早我来送您上火车。您必须离开这里，明天必须乘车回家。我要不亲自看见您拿着车票乘上火车，我决不罢休。年纪轻轻，不该因为输了几百法郎或者上千法郎就不想活了。这是怯懦，是一时愤怒懊恼造成的，是愚蠢的歇斯底里发作，明天您自己会觉得我是有道理的！'

"'明天！'他着重地重复了一遍，口气阴郁得出奇，而且带有嘲讽的神气，'明天！但愿您知道我明天会在哪儿！倘若我自己能知道就好了，我自己还真的有点想知道这事呢。不，你回

家去吧,我的宝贝,别瞎操心,别白扔钱了!'

"可是我不再让步。我似乎中了邪着了魔,我使劲抓住他的手,把钞票塞进他的手里。'拿着这钱,马上进去!'说着毅然决然地走过去拉响门铃,'好了,现在我已经拉过门铃了。门房马上就来,您进去躺下睡觉。明早九点我在这儿门口等您,立即送您上火车。其他的事情您不用担心,我会把必要的事情全都办好的,让您一直回到家里。现在您立刻上床美美地睡上一觉,什么也不要去想!'

"这一瞬间门里钥匙咯嘣一响,门房打开大门。

"'来吧!'他突然说道,声音生硬坚定,含有怒气。我感到我的手腕被他用手指紧紧握住。我吓了一跳……吓得灵魂出窍,浑身瘫软,仿佛遭到电击,我的脑子都吓糊涂了……我想挣扎,想挣脱他的手指,可是我的意志已经麻木……我……您能理解……我……门房站在那里等着,表情极不耐烦,在这门房面前,我羞于和一个陌生人拉拉扯扯,争来争去。这样……就这样一下子我也站在旅馆里面了;我想说,想说点什么,可是嗓子堵住了……他的手沉重地压在我的胳臂上,不容我违抗……我模模糊糊地感到我不知不觉地被这只手拉上了楼梯……钥匙咯嘣一响……突然我和这个陌生人就单独待在一个陌生的房间里,不知是哪家旅馆,我到今天还不知道这家旅馆的名字。"

C 太太这时又停止讲述,突然站了起来,嗓子似乎有些不太听她使唤。她走到窗前,默默地向窗外看了几分钟,或许只是把额头靠在冰冷的窗玻璃上。我没有勇气去仔细地看她,因为观察一位情绪激动的老太太,我会感到非常难堪。所以我静静地坐着，不提问题，也不作声，只是等她以不疾不徐的脚步走回来，在我对面坐下。

“好啦——现在最难叙述的部分已经说出口了。我再一次向您保证，我可以凭着对我来说神圣的一切，凭着我的名誉和我的孩子们，向您发誓，直到那一秒钟，我根本还没有想过和这个陌生人会有什么……什么关系，我的的确确没有任何清醒的意愿，是啊，完全是无意识地，从我平坦的人生道路上突然失足掉进深坑，陷入这样的境地。我希望您相信我。我已向我自己发过誓，对您和对我自己都说实话，所以我再向您重复一次，我只是助人心切热心过头，而不是由于任何别的感情，不是由于个人的感情，也就是说丝毫没有任何个人愿望，也没有任何预感，而卷入这一悲剧性的冒险经历之中。那天夜里，在那间房间里发生的事，请您别让我叙述了。那一夜的每一秒钟，我自己都没有忘记，也永远不愿忘记。因为那天夜里我在和一个人搏斗，为了挽救他的生命，因为，我再重复一遍：这是一场生死攸关的搏斗。我的每一根神经都明白无误地感觉到，这个陌生人，这个已经毁了一半的人，受到致命的威胁，正以全部渴望和激情，在抓住最后一线希望。他抓着我，就仿佛已经感觉到深渊就在脚下，而我则奋不顾身，尽我所有来救他。这样的时刻一个人也许一生只能经历一次，而且千百万人当中也只有一个人能够经历——即便是我，倘若没有这个可怕的偶然事件，我也决不会料到，一个自暴自弃、无可挽救的人，会这样心急火燎地拼命挣扎，以狂暴难驯的贪欲来再一次吮吸生命，吮吸每一滴鲜血。我远离人生的一切妖魔般的力量已有二十年之久，倘若没有这个可怕的偶然事件，我也永远不会理解，大自然神通广大奇妙无比，有时候会把热和冷，生和死，欢欣和绝望，压缩在短短的几秒之中。那一夜充满了搏斗和对话，激情、愤怒和仇恨，哀求的眼泪和醉意的泪水，使我感到竟像有一千年之久，而我们两个人，紧紧相拥，摇摇晃晃地跌进深渊，一个求死心切，另一个则浑然不觉，一旦脱出这阵致命的混乱状态，我们全都和先前判若两人，彻头彻尾发生了变化，具有不同的感官和不同的感觉。

“但是我不愿谈论这事。我描绘不出也不愿描绘。只有在第二天早上我醒来时的那极端可怕的一刻，我得说给您听。我从未曾经历过的铅块一样的沉睡中醒来，从无比深沉的黑夜醒来，待了很久，才勉强睁开眼睛。我第一眼看见的便是头上的一片陌生的天花板，环顾四周，只见一间从未见过的陌生房间，非常难看，我都不知道自己是怎么跑到这房里来的。我起先安慰自己，说这还是个梦，我刚从阴郁黯淡、混乱不堪的昏睡中进入这个显得较为明亮、较为透明的梦境。——但是窗前已是晨曦，明亮刺目，是明白无误的真正阳光。楼下传来街上马车的轰鸣声，电车的铃声和嘈杂的人声——于是我明白，我不是在做梦，已经清醒。我不由自主地坐起身子，想把一切弄弄清楚，好好思考一番，这时……我的目光往旁边一移……我看见……我永远也没法向您形容我当时的惊恐。我看见有个素不相识的人睡在我的旁边，同在这张宽阔的床上……可是我不认识他，不认识他，根本不认识，这个半裸的陌生人……不，这种惊恐，我知道，无法描绘：这种惊恐如此可怕地落在我的身上，我浑身无力直往后倒。然而这不是真正的晕厥，不是全然不省人事，相反：我以闪电般的速度意识到这一切可又同样无法解释这一切。我突然发现自己与一个素不相识的人躺在一张陌生的床上，而且是在一个非常可疑的下等旅馆里，我感到恶心、羞愧，只求一死。我还记得清清楚楚，我的心脏停止了跳动，我屏住呼吸，仿佛这样一来我的生命，尤其是我的意识可以就此熄灭。这清晰的，清晰得可怕的意识，它什么都理解，却又什么都不明白。

“我永远也无法知道，我这样四肢冰冷地躺了多久：死人大概也这样僵硬地躺在棺材里吧。我知道，我闭上了眼睛，祈求天上的什么神力，但愿这一切不是真的，但愿这一切纯属虚幻。然而我敏锐的感觉不允许我再自我欺骗，我听见隔壁房间有人说话，水管的水哗哗地流，门外走廊里有脚步声，所有这些迹象都无情地证明我的感觉清醒无误。这令人憎恶的状况究竟持续了多久，我记不清楚：这种时刻和生活中正常时间的长度不尽相同，但是陡然间，另一种恐惧向我袭来，一种急促的令人心悸的恐惧：这个陌生人，我连他的姓名也不知道，现在可能醒来和我说话。我立刻意识到，只有一条出路，趁他没醒，穿好衣服赶快逃走。不要再让他看见我，不要再和他说话。及时撤退，赶快撤退，退到我自己的生活中去，怎么都行，退到我的饭店里，立即乘下一班火车，离开这个该死的地方，离开这个国家，永远不要再遇见他，永远不要再看见他，谁也不能为此作证，既无从指责，也毫不知情。这个思想驱散了我心里无能为力的情绪：我小心翼翼，像小偷似的轻手轻脚，一寸一寸地（免得弄出响声）挪下床来，摸到我的衣服，小心谨慎地穿起来，每秒钟我都胆战心惊，唯恐他会醒来。眼看着我已穿着完毕，我已经成功了，只有我的帽子撂在那一边的床脚下，我蹑手蹑脚地摸过去，把它捡起：——在这一瞬间我忍不住：我必须向这个陌生人的脸再瞥上一眼，他像一块陨石从天而降掉进我的生活，可是……说也奇怪，因为躺在那里熟睡的这个陌生的年轻人——对我来说的确陌生：乍一看我根本认不出昨天的那张脸。因为那个受到致命打击、情绪异常激动的人的脸上原有的那种为激情所驱使，极端激愤无比紧张的神情已荡然无存——这里的这位，容貌截然不同，是张孩子气的脸，活像一个男孩，显得纯洁宁静，开朗欢快。他的嘴唇，昨天还恶狠狠地紧咬在牙齿里，此刻在睡梦中柔和地咧开，半弯着漾出一丝微笑；金黄色的鬈发披在毫无皱纹的额前，均匀的呼吸像一道道柔和的波浪从胸部静静地掠过他正在休憩中的全身。

“您也许还记得，我先前跟您说过，我从来没有在任何人身上看到过贪婪和激情会像这个陌生人在赌台旁表现得如此强烈，如此肆无忌惮。而现在我跟您说，我从来没有看见过这样纯洁欢快、真正幸福的酣睡，即使在孩子们身上也从未见过，沉睡中的婴儿有时会发出一种开朗欢快天使般的光辉。在这张脸上，各种感情表现得生动鲜明，淋漓尽致，一派置身乐园、无牵无挂、内心负担全都摆脱、无拘无束、获得拯救的样子。看到这副令人深感意外的景象，一切恐怖，一切惊惶犹如一袭沉重的黑色大氅从我身上脱落——我不再感到羞愧，不，我几乎感到快乐。这可怕的，难以理解的事情，突然之间对我来说，有了意义。想到这个娇嫩、俊美的年轻人如今欢快而恬静地躺在这里，宛如一朵鲜花，倘若没有我的献身，定会摔成碎片，鲜血淋漓，面目全非，气息全无，眼珠迸裂，不知在哪块山岩上被人发现。是我拯救了他，他已经获救，我感到高兴，我为此感到自豪。于是我以——我没法换种说法，只能说——母亲般的眼光看着这个沉睡中的人。我又一次生下他来，让他重获生命——这比生我自己的孩子更为痛苦。在这间陈旧、污秽的房间里，在这家令人恶心、龌龊不堪的临时旅馆里，我心头涌起一种感觉，——也许您听了会觉得可笑——就像在教堂里，奇迹发生超凡成圣而深感幸福。我一生中最为可怕的一秒钟如今派生出第二个一秒钟，最令人惊惶、最动人心弦的一秒钟。

"也许我的动作声音太响？也许我不由自主地说了什么？我不知道。可是突然间，那个沉睡的人睁开眼睛，我大吃一惊，直往后退。他惊讶地环顾四周——就像方才我自己那样——他也似乎从没有尽头的深渊和令人迷惘的混乱中艰难地爬了出来。他的目光非常费劲地扫视一下这间从未见过的陌生房间，然后不胜惊讶地落在我的身上。可是他还没来得及开口说话或者开始回忆，我已经稳住心神。我不容他说话，不让他提问或表示亲昵，昨天、昨夜的事不得再重新发生，对此不作任何解释，也不进行任何讨论。

"'我现在得走了，'我很快地对他说，'您待在这儿，穿上衣服。十二点钟我在赌场门口和您碰头：我将在那儿安排好其他一切。'

"他还来不及回答，我就一溜烟地逃了出去，就为了别再看到那个房间，我头也不回地跑出旅馆，我既不知道这旅馆的名字，也同样不知道和我共度一夜的那个陌生人的姓名。"

C 太太停止她的叙述片刻。她声音里的一切紧张、痛苦均已消失：宛如一辆马车费尽艰辛爬上山去，然后从已经攀登的高峰轻松迅速地驰向山谷，现在她就以轻快的语气飞速地继续叙说下去：

“于是，我急匆匆地穿过大街，赶回我住的饭店。街上晨光明媚，一场风暴刮走了街上的郁闷，天宇清澄，我心头痛苦的感觉也一扫而空。您别忘记，我方才跟您说过：先夫去世以后，我已完全抛弃了我个人的生活。我的孩子们不需要我，我自己也不知如何安排余生。活着并无明确的目标，生活乃是谬误。现在我出乎意料地获得了一个任务：我挽救了一个人，我竭尽全力把他从毁灭之中拉了出来。只剩下一点小小的困难还须克服，然后这个任务也就彻底完成。于是我跑回我的饭店。门房看见我在早上九点才回来，向我投来惊愕的目光。昨天发生的事情，不再使我心里受到羞耻和懊恼的重压，而是感到生的意愿又突然恢复。于是精神振奋，我又出乎意外地重新感到不虚此生，一股暖流穿过我生机充盈的血管。我回到房里，迅速更衣，不自觉地（后来我才发现）脱下丧服，换上一件色彩更加鲜艳的衣裳，然后上银行取款，赶到火车站，打听列车开出的时间；我以自己都感到惊讶的果决态度，又另外办了几件事，赴了几次约会，现在一切就绪，只等着命运抛给我的那个人上车出发，便最后完成对他的拯救。

“当然，现在亲自去和他见面，这还需要勇气，因为昨天的一切都发生在黑暗之中，发生在一阵旋风之中，就仿佛两块石头为山洪冲下，突然碰在一起；我们两人面对面几乎并不相识，我甚至都没把握，那个陌生人是否还认得出我。昨天——事属偶然，是两个人一时昏头纵情陶醉恣意疯狂，今天却有必要，比昨天更公开地向他显出我的真相，因为我现在不得不作为一个活生生的人向他迎面走去，把我这个人，这张脸展现在他眼前。

“但是后来发生的事情却比我想象的容易得多。到了约定时间，我刚走近赌场，一个年轻人就从长凳上一跃而起，向我奔了过来。他那大吃一惊的神气和他每一个传神的动作都显得淳朴自然，富有稚气，毫无城府，满腔幸福：他飞奔过来，眼里充满了喜悦，同时放射出感激和崇敬的光芒，一看到我的眼睛在他面前显得慌乱局促，他便立刻谦卑地低下眼睛。在一般人身上很少看到感激之情。恰好是感激涕零的人找不到表达感激的方式，他们神情慌乱，沉默不语，感到羞愧，有时故作别扭，以掩饰自己的感情。可是在这个人身上，上帝似乎像一个神秘莫测的雕刻家，把一切感情以生动优美的姿势表现出来，活像雕塑，那种表达感激的姿势也光彩照人，像有一股激情从身体内部迸发出来。他弯下腰来吻我的手，恭顺地低下他那男孩似的轮廓清秀的脑袋，有一分钟之久，恭恭敬敬地垂着头，只是轻轻触及一下我的指头，然后才后退一步，向我问好，动人地凝视着我。他的每句话都说得庄重规矩，几分钟以后，我最后的一丝忧惧也烟消云散。身边的景物都像着了魔法，显得分外光艳，宛如明镜，映照出我开朗欢快的心境：昨天大海还怒涛汹涌，此刻一平如镜，波光粼粼，轻漾的微波下面，卵石泛着白光。魔窟似的赌场衬着万里无云、蓝缎似的天宇显得光洁明亮。我们昨天为瓢泼大雨所逼曾在一座售货亭的檐下避雨，今天这座亭子开门营业，原来是爿花店：一簇簇白的、红的、绿的、五色斑斓的大小花卉摆得花团锦簇，一个年轻姑娘身穿花色刺目的上衣向人兜售鲜花。

“我邀请他在一家小餐馆里共进午餐；这个陌生的年轻人在那里向我讲述了他的悲剧性的冒险故事。我在绿呢赌台上看见他神经质地瑟瑟发抖的手，当时曾对他的身世有过最初的预感，他的故事证实了我的猜测。他出生在奥属波兰的一个贵族之家，家里为他安排的是外交官的前程，他在维也纳上了大学，一个月前以优异成绩通过了他的初级考试。为了庆祝这个喜庆日子，他的一位在参谋总部当高级军官的叔父——他就寄居在叔父家里——便用一辆马车把他带到普拉特尔①去玩，作为褒奖。他们一同前往赛马场。叔叔财运亨通，连赢三次：他们用赢来的厚厚一叠钞票在一家豪华餐厅共进晚餐。第二天，这位未来的外交官收到他父亲寄来的一笔钱，奖励他考试成功。这笔钱相当于他一个月的生活费；若在两天前，他还会觉得这笔钱数目可观，可是由于赢钱容易，他已经觉得这笔钱无足轻重，微不足道。于是饭后他又驱车前往赛马场，大笔下注，狂赌一气。他吉星高照，或者不如说，他晦气临头，赌完最后一次赛马，离开普拉特尔，他手里的钱增加了三倍。于是赌博的疯狂向他袭来，他时而在赛马场，时而在咖啡馆或者俱乐部，耗尽了他的时间、学业、神经，尤其是他的金钱。他再也不能思维，再也不能安眠，尤其不能控制自己。有一次夜里他在俱乐部输得精光，回到家里脱衣上床时，在背心口袋里又找到一张忘记的钞票，皱巴巴的，塞在那儿。他忍不住，又穿上衣服，到处乱跑，最后不知在哪家咖啡馆里找到几个赌多米诺的人，就坐下来和他们一直赌到天亮。他已经出嫁的姐姐有一次帮他摆脱困境，向高利贷者偿付了他的债款，这些人见他是贵族世家的继承人，都非常乐意借钱给他。有一阵子，他手气很好，可是往后运气越来越坏。他输得越多，他那尚未偿还的贷款和限定日期的名誉担保就使他越发渴望大赢一场，反败为胜。他早已把他的怀表，他的衣服拿去当

① 维也纳的一个公园。

掉，最后可怕的事情终于发生：他从柜子里偷窃了老婶娘平时不常戴的两只大耳环。他当掉一个，得了一大笔钱，当天晚上他就赢了四倍。可是他非但没把耳环赎回，反而孤注一掷，把钱全部输光。在他离家出走时，他的偷窃行为还未被人发现。于是他当掉了第二只耳环，灵机一动，乘火车来到蒙特卡洛，妄想在轮盘赌上得到他梦寐以求的财富。他在这里已经把箱子、衣服和雨伞全都卖掉，只剩下一把手枪、四粒子弹和一枚镶了宝石的小十字架，这是他教母，X 侯爵夫人送给他的，他舍不得把它变卖。可是昨天下午他把这枚小十字架也卖掉了，得了五十法郎，就为了晚上能最后一搏，在诱人至极的赌博上试试运气，拼个死活。他向我诉说这一切时，显得性格活泼开朗，灵气十足，神态优雅动人。我仔细听着，深受震撼，又感动又激动；但是丝毫也不生气，一刻也不介意这个和我同桌进餐的人竟是小偷。我是个一生清白的、无懈可击的女人，和人交往要求严格遵守传统，符合身份。倘若昨天有人对我稍加暗示，说我会和一个素不相识、和我儿子年纪相仿，而且偷过珍珠耳环的年轻人亲密无间地坐在一起——我一定会认为那人准是精神失常。可是在他叙述时，我没有一霎感到恐怖，因为他把这一切说得这样自然，这样充满激情，结果他的行动竟成为某种寒热，某种疾病的描述，并非令人憎恶的事情。谁若亲自像我这样在昨夜经历了这些急风暴雨般的意外事件，‘不可能’这三个字就会对他一下子失去意义。在那十个小时里，对现实获得的知识远比以往以资产阶级方式度过的四十年里的经历要丰富得多。

“但是在他的那番忏悔中有另外一点使我大吃一惊，那就是他眼睛里的那股热病似的光芒。当他谈到他赌博的激情时，这光芒使他脸上的神经像触电似的抽动。单单这么复述一遍，他就兴奋起来，他那表情生动的脸，把每一种紧张情绪都再现出来，清晰得令人害怕，时而充满欢乐，时而痛苦万状。他的手，这双奇妙的手，骨骼纤细，神经过敏，又变得和猛兽一样，活像在赌台上，时而追捕，时而逃窜。我看见他叙述时，这双手从手腕起突然颤抖不已，手指使劲弯曲，握成拳头，然后猛地松开，又重新绞成一团。讲到他偷耳环时，这双手（我不由自主地浑身一哆嗦）闪电似的往前一蹿，做了一个迅速偷窃的动作：我简直好像看见他的手指疯狂扑向那件首饰，急忙把它紧握在手掌里。我怀着一种无名的惊恐，清楚看到，此人中毒太深，他那嗜赌的激情已把他周身血液直到最后一滴全都毒害。

“只有这一点是他叙述过程中使我心惊胆战无比震惊的：一个头脑清晰、天性无忧无虑的年轻人竟然这样可怜地受制于一种荒唐的激情。于是，我认为我的首要责任乃是亲切地说服我的这个萍水相逢的被保护人，他必须立即离开蒙特卡洛，这里的诱惑实在危险，他必须今天就回到家里，趁耳环遗失尚未被人觉察，他的前程尚未永远断送。我答应给他路费，给他赎取首饰的钱，但条件是：他今天就得动身，他得凭自己的名誉向我起誓，再也不碰一张纸牌，或者进行任何赌博。

“我永远也不会忘记当我答应帮助他时，这个业已毁掉的陌生人，如何怀着感激的热情听我说话。起先神情谦卑，渐渐情绪高昂，他简直像在吞饮我说的一字一句，突然他伸出双手，越过桌子，以一种在我记忆中难以磨灭的姿势，抓住我的双手，仿佛是在膜拜神明，发誓许愿。他那双明亮的、平时有些慌乱的眼睛里噙着泪水，由于幸福激动，全身神经质地颤抖。我已经多少次试图向您描述过他的姿势神情具有独一无二的表达能力，但是这一个神态我却无法向您形容。因为这是一种如此喜极而狂、超凡脱俗的幸福感，平时一般人的脸是无法向我们表现出这种幸福之感的，只有当你从睡梦中醒来，自以为见到了一个天使的脸庞悄然消逝时留下的白影可以和它相比。

为什么要对此讳莫如深：我经受不住他这眼光的逼视。感激之情使人幸福，因为这种感情极难清清楚楚地亲身经历，温存的柔情使人舒服，我这人四平八稳、生性冷淡，他的这种强烈的感情流露对我来说确是使人心情舒畅、使人无比幸福的新鲜感觉。再说：随着这个受到震撼、遭到践踏的人，这四外的景色经过昨夜这场大雨，也像着了魔似的苏醒过来。我们走出餐馆时，宁静无波的大海万里澄碧，晶莹光亮，直伸天际，水天交融，只有在那高天之上，衬着另一派蔚蓝，时而有海鸥翱翔，掠过一道白光。您熟悉里维埃拉一带的景色。它总是那么秀丽宜人，但是它也总是像张明信片似的把它饱满的色彩极为舒展地在人们眼前平坦延伸，恰似一位慵懒的睡美人，漫不经心地听凭众人的目光欣赏，它那永远柔顺的姿态几乎含有东方色彩。但有时候，虽然非常罕见，也会有那么几天，这位美人站起身来，一展身姿，披着绚丽浓艳的色彩，仿佛强劲有力地向你呼唤，发出奇幻怪异的光芒，洋洋得意地向你抛洒鲜花般的缤纷五彩。这位美人热情似火，情欲如炽。经历了雨急风狂，天昏地黑的一夜风暴，那天正好也是这样一个热情奔放的日子，大街冲洗得洁白发亮，天上一片澄蓝，遍地灌木丛生，缀满杂花，色彩斑斓，如火如炬，四外簇叶浓密，青翠欲滴，暑气顿消，阳光灿烂，周围的群山骤然逼近，轮廓更为鲜明：它们似乎好奇心切，渴望挨近这座洗涤一净，光彩熠熠的小城。纵目四望，处处都能感到大自然的激动和鼓舞，不由得使人心旷神怡：‘我们去雇辆马车，’我说道，‘沿着科尔尼契①去兜风吧。’

“他兴高采烈地点点头：这个年轻人来到这里，似乎现在才发现大自然，开始欣赏它的景色。在此之前，只看见空气污浊的赌场大厅弥漫着蒸气和汗臭，挤满了丑陋、变形的人群，和一个粗暴灰暗喧闹不已的大海。可是现在，阳光普照的海滩宛如一把硕大无朋的扇子张开在我们面前，纵目远眺，从一端移到另一端，一望无际，令人备感欣喜。我们乘坐马车徐徐前进（那时还没有汽车），沿着那条风光绮丽的道路，途经许多别墅，遇见不少游客，一幢幢别墅掩映在翠绿的五针松树丛中，驰过这样的别墅，就会上百次的涌现这样一个隐秘的愿望：但愿能住在这里，宁静无扰，心满意足，远离尘嚣！

“我这一生中可曾有过比那一小时更幸福的时光？我不知道。这个年轻人在我身旁坐在车上，昨天他还陷入死亡和灾难之中，现在正惊愕地望着太阳泻下的白光，若干年的岁月似乎从他身上消逝，他仿佛又变成一个孩子，一个醉心于嬉戏的俊美男孩，睁着一双喜极而狂，可又充满敬畏的眼睛。在他身上最使我心醉的乃是他那体贴入微的柔情：马车爬上陡坡，马儿拉车费劲，他便灵巧地跳下车去，到后面帮着推车。我要是提到一朵花的名字，或指一指路边的一朵花，他就奔过去把它摘来。被昨天的雨水引出来的一只小乌龟正艰难地在路上爬行，他就把它捡

① 是里维埃拉的海滨大道，在尼斯和斯派齐亚之间，全长三十公里，景色变幻，极为优美。一八〇五年依古罗马人建的大道改建。

起来,小心翼翼地放回绿草丛中,不让后面驰来的马车把它碾碎。与此同时,他兴高采烈地讲述最逗乐最优美的事情:我相信,这种笑声,对他是一种拯救,因为他心里突然充满喜悦,心情无比陶醉,若不开怀大笑,非得引吭高歌,纵身雀跃或者大干疯事不可。

“后来,我们爬上高坡,慢慢地驰过一个极小的村庄,这时,他突然彬彬有礼地举帽致意。我为之愕然:这个身在客地的陌生人,他在向谁致意?我这一问,他脸上微微一红,几乎是道歉似的向我解释:我们刚刚经过一座教堂,在他们波兰,也像在一切笃信天主教的国家里一样,人们从小就养成习惯,每过一座教堂或礼拜堂,都要脱帽。对于宗教的这种美好的敬畏之情深深地打动了我,我立刻也想到他说起过的那枚小十字架。我问他,是否虔信宗教。他多少有些羞涩,神情谦逊地承认,他希望能享有这种恩宠,我便突然闪过一个念头:‘停车!’我对马车夫叫道,急急忙忙地下了马车。他不胜惊讶地跟着我:‘我们上哪儿去?’我只是答道:‘跟我来!’他陪着我返回去走向教堂。这是一座砖砌的乡下教堂。里面的墙上刷了石灰,灰暗阴森,空荡荡的,门敞开着,一团黄色的光柱射进教堂内部的阴暗,蓝幽幽的阴影里显出一座小小的祭坛,两支蜡烛,像两只视线模糊的眼睛,从香烟缭绕温暖幽暗的微光中向外张望。我们走进教堂,他脱下帽子,把手在圣水缸里蘸了蘸,然后画个十字,单膝下跪。他刚站起来,我就拉住他:‘您到祭坛去,’我催促他,‘或者到您崇敬的哪座圣像跟前去,照我说的话发个誓。’他瞪着我看,一脸惊愕,简直像是大吃一惊。但是他很快就明白了我的意思,便走到一座神龛前,画个十字,驯从地跪下。‘照我说的,重复一遍,’我说道,自己也激动得浑身哆嗦,‘照我的话说:我发誓,’——‘我发誓,’他重复道,我接着说:‘我永远不再赌钱,任何赌博都不参加,永远不再让我的生命和荣誉受这种激情的威胁。’

“他浑身颤抖着重复了这些话,这些话清晰响亮地在这空荡荡的教堂里回响。然后宁静了片刻,静得可以听见外面微风吹过树梢,树叶飒飒作响。突然,他像一个赎罪者匍匐在地,怀着狂热的激情,用我从未听见过的波兰语快速、混乱、连珠炮似的说出了一串话,我听不懂它的意思,但这想必是一段激情满怀的祈祷,一段表示感激和悔恨的祈祷,因为这篇感情激越的忏悔不时使他谦卑地向跪凳低下头去,这些陌生的声音越来越奔放地一再重复,以难以言传的热诚吐出来的同一个字变得越来越激烈。我在此之前和自此之后,都从来没有在世上任何教堂里听人这样祷告过。他的双手痉挛似的紧紧抓着木头的跪凳,内心刮起的飓风使他全身震颤,时而把它抬起,时而又把它掀倒。他什么也看不见,什么也感觉不到:似乎已身在另一个世界,置身于使人脱胎换骨的炼狱之火里,或者飞升到更为神圣的天体之中。最后,他缓缓站起身来,画个十字,艰难地转过身来。他的双膝索索直抖,脸色苍白,像是精疲力竭。他一看见我,眼睛立即闪闪发光,脸上泛起一阵纯洁的真正虔诚的微笑,他那神驰心迷的脸庞顿时容光焕发。他走到我跟前,按照俄罗斯的方式深深地低下头,握住我的双手,十分崇敬地用嘴唇轻轻碰了一碰我的手:‘是上帝把您派到我这儿来的。我为此向他致谢。’我不知道该说什么才好。但是我真的希望,在这些低矮的跪凳之上管风琴会突然开始轰鸣,因为我感到,我的目的已经达到:我已经把这个人永远挽救过来了。

“我们走出教堂，回到这五月艳阳天晶莹明亮灿烂辉煌的阳光中去：我觉得世界变得比任何时候都更美好。我们又继续乘车缓缓地沿着山坡上的道路驶行两小时，美妙景色尽收眼底，峰回路转，展现新的景色。可是我们不再说话。在这样奔放地表达过感情之后，每句话都只会冲淡情绪。偶然和他的目光相遇，我都不得不害臊地把我的目光移开：看见我自己创造的奇迹，我心里受到的震撼实在过于强烈。

“下午五点左右我们回到蒙特卡洛。一次亲友的约会，我已来不及推辞，我还得前去赴约。其实我内心深处也渴望休息一下，感情极度紧张之后需要松弛一阵。因为我得到的幸福实在太多。我觉得经历了我一生中从未体验过的这种过分炽热的狂喜状态，我必须休整一下。因此，我请我的被保护人到我下榻的饭店里来待一会儿；在我的房间里，我把他的旅费和赎取首饰的钱交给他。我们约定，我去赴约时，他去买车票，晚上七点我们在火车站的入站大厅碰头，在途经热那亚送他回家的那次列车离站前半小时。我正要把五张钞票递给他，他的嘴唇突然变得异样的苍白：‘别……别……给钱……我求您，别给我钱！’这几句话从牙缝里挤出来，而他的手指神经质地惊慌失措地一边颤抖，一边直往后缩，‘别给钱……别给我钱……我看见钱受不了。’他又重复一遍，仿佛他满心厌恶或者极度惊恐。但是我排除了他的羞愧，安慰他道，这笔钱只是借给他的，他要是觉得别扭，可以给我立张借据。‘好的，好的……立张借据。’他喃喃地说道，移开目光，捏着钞票胡乱一折，就仿佛是什么黏糊糊的脏东西沾在手指上，看也不看就塞进口袋，然后在一张纸上龙飞凤舞地匆匆写下几句话。等他抬起头来，额上已沁出了汗水：在他身体里面似乎有什么东西一阵阵地直往上涌。他把那张纸塞给我的时候，全身一阵哆嗦。突然间——我吓得不由自主地直往后退——他跪倒在地，亲吻我的衣边。这个姿势真无法形容：它那无比强劲的力量，使我不禁浑身战栗。一阵奇怪的寒噤穿过我的全身，我茫然不知所措，只能结结巴巴地说：'您这样懂得感激，我谢谢您。不过现在请您走吧！晚上七点我们在火车站的入口大厅再道别吧。'

"他凝视着我，眼睛湿润，闪着感动的光芒，有一瞬我以为，他想说什么，有一瞬我觉得，他想挨近我。可是接着，他突然又一次深深地深深地鞠了一躬，然后离开了房间。"

C 太太说到这里，停止叙述。她站起身来，走到窗前，眺望窗外，长时间一动不动地站着：我看着她轮廓清晰的背影，发现她在轻轻地颤抖。她突然果断地转过身来，她那双一直保持平静显得无动于衷的双手，猛然向两边使劲分开，像要撕碎什么。然后她坚强地，简直可以说勇敢地凝视着我，又重新开始叙述：

"我答应过您，绝对坦率真诚。我现在发现，发这个誓是多么必要。因为此刻我强迫自己第一次有条不紊地把那一小时的整个过程描述一番，寻找明确的语言来形容当时还绞成一团乱麻似的感情时，我当时并不明白，或者只是不愿明白的很多事情，到现在我才懂得清清楚楚，因此我要冷酷而坚决地把真相说给我自己听，也说给您听：当时，在那个年轻人离开房间，我独自一人在屋里留下那一秒钟，我——仿佛感到一阵晕眩——胸口似乎挨了人家重重的一击：不晓得什么东西给了我致命的痛楚，但是我那被保护人的充满敬意的态度如此动人，怎么会使我这样痛苦这样伤心，我当时并不知道，或者我也并不想知道。

“可是现在，我强迫自己冷酷地，有条不紊地把一切往事像与我无关的事情一样从我心里倾吐出来，有您作证，容不得我隐瞒，容不得令人羞愧的感情胆怯地东躲西藏，今天，我才清楚地知道：当时使我如此痛苦的，乃是失望……我失望的是……那个年轻人这样听话地走了……他丝毫也不曾设法留住我，跟我待在一起……我刚刚试图让他动身回家，他就谦卑地、非常尊敬地表示顺从……而不是想法把我搂在怀里……他仅仅把我当作一个在他生活道路上出现的圣女来表示尊敬……而没有感觉到我是一个女人。

“这就是我当时感到的那个失望……一种我自己也不曾向自己承认的失望，当时没有承认，以后也没有承认。但是一个女人的感觉无所不知，用不着话语和意识。因为……现在我不再自我欺骗——倘若此人当时搂住我，恳求我，我会跟着他走，直到天涯海角，我会不惜玷污我自己的和我孩子们的姓氏……我会不顾别人的流言蜚语和我内心的理性，和他一同私奔，就像那位昂里哀特太太和前一天还不相识的那个法国人一同出走……我不会问，跑到哪儿去，要待多久，不会回顾一下我以往的生活……我会为这个人把我的金钱、我的姓氏、我的财产、我的名誉全都牺牲……我会心甘情愿地去沿街乞讨，只要他愿意，这世界上可能没有什么低三下四的事情，我不会去做，只要他说一句话，向我走近一步，只要他试图抓住我，人们称之为羞耻和顾虑的东西，我都会全部抛弃。在这一秒钟里，我是完完全全操纵在他手里。但是……我方才已经说过——这个人神情古怪晕晕乎乎，竟然不再看我，不再看我这个女人一眼……而我当时完完全全地倾心于他，心中的烈火为他熊熊燃烧。当孤零零地只剩下我一个人时，我才感觉到这些。刚才他那容光焕发简直像天使一样的脸庞把我的激情掀起，这股激情如今又跌落我郁闷的胸中，在被人遗忘、空虚落寞的胸怀中翻腾不已。我振作起来，打点精神，那次约会使我备感憎恶。我仿佛觉得额上套了一个沉重的铁盔，压得我摇摇晃晃：当我最后到另一家饭店去见我的亲戚时，我的思想和我的步履一样散乱。大家聊得起劲，我却沉闷地坐着，偶尔抬起头来，看到的是一张张死板的脸孔，不由得一次次暗暗吃惊，这些脸和那张被云彩的光影变幻弄得生气勃勃的脸相比，我觉得就像面具一样，或者业已冻僵。这次社交聚会令人不寒而栗，死气沉沉，我就像坐在一批死人当中。我把糖块放进杯子，心不在焉地跟着闲聊，在我心里就像被血液的阵阵跳动所驱使，总是涌现出那张脸，观看这张脸，已经成为我的极大快乐，可再过一两个小时我就要最后一次见到它了——想想真是可怕！我想必不由自主地轻轻叹了口气，或者发出了呻吟，因为突然间，我丈夫的表姐弯下腰来问我怎么了，是不是有点不舒服，说我看上去脸色这样苍白，这样难看。于是这意料之外的问题帮我很快毫不费力地找到一个借口，我说我的确有点偏头痛，因此我请她允许我不引人注目地悄悄离去。

“就这样我摆脱了应酬，立即赶回我的饭店。一到那里，孑然一身，我又感到空虚寂寥，被人遗忘，灼人的落寞之感难以排遣，于是我强烈地渴望见到那个年轻人，今天我将和他永别。我在房间里踱来踱去，毫无必要地打开百叶窗，换了衣服和缎带，立刻去照镜子，仔细打量，看我这样打扮是不是能吸引他的目光。我倏然间明白我自己的心意了:做出一切努力,只要不失去他!在感情冲动的一秒钟内,这个意愿变成了决心。我跑下楼去找到门房,告诉他,我要乘当晚的列车动身。那么现在就必须赶快行动:我打铃叫来使女,请她帮我收拾行李——时间紧迫。我们两个争先恐后,急急忙忙地把衣服和小件用品塞进皮箱,梦想着这整个的意外惊喜:我将如何送他到列车跟前,正当他在最后的真正是最后时刻伸手和我告别时,突然我也登上了列车,和这惊愕不已的人待在一起,和他一同度过这一夜——只要他要我,就和他一同度过今后无数个夜晚……一股陶醉的兴奋的醉意在我的血液里飞旋。有时候我把衣服扔进箱子里,平白无故地大笑起来,弄得使女瞠目结舌:这时我自己也感到,我的脑子已经乱套。侍者来拎箱子时,我先莫名其妙地瞪着他看:我的情绪如此激动,感情强烈翻腾,实在难以思考一些具体的事情。

"时间紧迫,估计快七点了,充其量离开车还有二十分钟——当然,我自己安慰自己,现在我到车站去已经不再是去送别。我已决定一路上陪着他,他愿意要多久,走多远都行。侍者已先把箱子拎出去,我急急忙忙跑到饭店账房去结账。经理已经把钱找还给我,我正要离去,这时有只手温柔地拍了一下我的肩膀。我吓了一跳。这是我的表姐,我刚才说身体不适,她很不放心,便来探望。我只觉眼前一黑,现在我可不需要她,耽搁每一分钟都意味着后果严重的损失,可是为了不致失礼,我至少要和她寒暄一阵。'你必须上床睡觉。'她催促道,'你肯定在发烧。'可能我也的确发烧,因为我太阳穴上脉搏像敲鼓似的怦怦直跳,有时候我感到眼前升起一片蓝影,很快就会晕倒。但是我挣扎着,努力装出感激的样子,其实每句话都叫我着急,我恨不得把她这不合时宜的关怀一脚踢开。可是这位不速之客偏偏待着不走,待着,待着,把科伦香水递给我,并且不容分说,亲自给我把香水抹在太阳穴上,而我则数着分分秒秒,同时想着他,想着如何才能找个借口摆脱这使人痛苦的关怀。我越是焦躁不安,她越觉得我情况可疑:最后,她几乎硬要逼我回房上床躺下。就在她逼我回房时,我冷不丁的看见大厅中央的墙上时钟指着:七点半差两分,而七点三十五分火车就要开走。我像一个彻底绝望的人,听天由命,什么都不管不顾,猛地把手伸给我的表姐:'再见吧,我得走了!'也不管她那惊愕的目光,我头也不回就从满面惊奇的饭店仆役们身边跑过,冲出门去,奔上大街,直奔车站。我远远地看见那个拿着行李等着我的侍者正激动地向我招手,我知道这已是紧要关头,我拼命冲向检票口,可是检票员又拦着我,我忘了买票,我竭力想说服检票员,让我先上站台再说,可这时列车已经开动:我直愣愣地望着,浑身颤抖不已,只想从哪一个车厢的窗口至少还能看到他的一道目光,他在招手,在致意。可是列车飞快地向前滑行,我已无法看到他的面孔。火车越来越快地从旁开过,一分钟后,除了烟雾缭绕的一片乌云之外,在我发黑的眼前已空无一物。

"我大概像尊泥塑木雕似的在那儿站着,天知道,站了多久,那个侍者大概叫了我几次我都不理,才壮起胆子碰了碰我的手臂。这时我才猛然惊醒。他问我,是否把行李再运回饭店。我花了几分钟时间终于定下神来思索;不,这是不可能的。我离开饭店时,举止那样可笑,动作手忙脚乱,我不能再回去,也不愿再回去,永远也不再回去;于是我便吩咐他把行李寄存在库房里,迫不及待地想一个人待一会儿。在这之后,我站在大厅里,身边不断地人来人往，人声嘈杂，人们时而密集，时而分散。这时，我才试图思考，想想清楚，如何摆脱这愤怒、悔恨和绝望交织而成的痛苦心情。因为——为什么不承认呢？——由于我自己的过错，错过了见他最后一面的机会，这个念头像炽热的利刃在我心里无情地来回乱绞。这把灼热火红的利刃往我心里戳得越来越狠，使我不胜痛苦，我简直要大声喊叫起来。只有完全没有激情的人才会在他们一生中绝无仅有的动情时刻也许有这种突发的势如雪崩猛如飓风的激情发作。多年未曾使用过的力量郁积成愤懑怨恨，从我胸中直冲下来，奔流湍急。无论在此之前或自此以后，我都从未经历过此刻所经历的相似的惊讶愤怒和无可奈何，我原准备去做最放肆大胆的事情，原准备把我洁身自好、注意操守、检点收敛的一生一举抛弃，突然发现面前是堵墙，我的激情用额头无力地撞在墙上，显得毫无意义。我接下来所做的事，怎么可能不是毫无意义的呢，说出来真是傻气，甚至是愚蠢，我简直羞于启齿——可是我答应过我自己，也答应过您，毫无隐瞒：于是那时我……我又去寻找他……这就是说，我寻找和他共同度过的每一秒钟……一股强烈的力量吸引我重访我们昨天共同待过的所有的地方，去看花园里的那条长凳，我在那里把他拉走，去看赌场大厅，我在那里第一次看见他，是的，甚至想上那个下流旅馆，只是为了再一次、再一次重温旧事。明天我要乘着马车沿着科尔尼契再一次旧地重游，以便每句话、每个手势都能在我脑海里重现——是的，我心烦意乱，竟变得这样无谓，这样稚气十足。可是请您想一想，那么多事情向我涌来，疾如闪电——我简直别无其他感受，只感觉到那沉重的一击，使人晕眩。可是现在，我从迷乱中惊醒，醒得过于突兀，想要把逝去的种种一步一步地再加领略重新品味，借助于那种我们称之为回忆的自我欺骗的魔力。当然，这些事情人们或许理解或许并不理解。也许真要理解它们，需要有颗熊熊燃烧的心。

“这样我就先到赌场大厅去，寻找他在那儿坐过的那把椅子，在许多只手当中想象出他的一双手来。我走了进去：我知道，我第一次看见他的地方，是第二间屋左边的那张赌台，他的每一个姿势我还历历在目：我就是像个梦游者似的闭上眼睛，伸出双手，也会找到他的座位。于是我走了进去，径直穿过大厅。我刚从门口把目光转向那纷乱的人群……我觉得发生了一件稀奇的事情，就在我梦想中他所在的那个位子上，那里坐着——这是热病造成的幻觉吧！……他，的确是他……是他……是的……正像我方才在梦想中看到的那样……正像昨天那样，他眼睛直愣愣地望着弹子，脸色像幽灵一样苍白……但这是他……他……他，不会看错……

“我这一惊，非同小可，简直要大声喊叫起来。但是我控制住了因为无谓的幻觉而产生的惊恐，紧紧闭上双眼，‘你疯了……你在做梦……你在发烧。’我对我自己说，‘这是不可能的，你产生了幻觉……他在半小时前已经离开这里坐车走了。’然后我才把眼睛又重新睁开。但是可怕极了：他依然坐在那里，恰好和先前一样。真的是他，不会看错……即使在一百万只手当中，我也能认出这双手来……不，我没有做梦，这的的确确是他。他没有遵守向我发的誓言，没有乘车离去。这个疯子坐在那里，把我给他当路费的钱，带到这绿呢桌旁，沉湎于激情之中，完全忘记自我地在这里赌博，而我却无比绝望地为他而心摧肠断。

“一股无形的力量驱使我向前:怒气使我视线模糊,我气得两眼发红,这个背叛誓言的人如此可耻地欺骗了我,无视我的信任、我的感情、我的献身,我恨不得跳上去,卡住他的脖子把他捏死。但是我还是控制住自己。我故意慢吞吞地(我费了多大的劲啊!)走到桌边,正好站在他对面。一位先生彬彬有礼地给我让座。在我和他之间只隔着两米宽的绿呢桌面,我可以清清楚楚地看他的脸,就像坐在包厢里看戏一样。就是这张脸,两小时前我还看见它光彩照人,满是感激之情,灵辉映照,获得神的恩典,而现在又完全消融在激情的地狱之火中,抽搐不已。他的这双手,就是这双手,今天下午在他发着最神圣的誓言时,我还看见它们紧紧地抓住教堂里跪凳的木头,现在它们又弯曲着手指,在钱堆里乱抓一气,活像贪欲无度的吸血鬼,因为他赢了,他想必赢了许多钱,赢了非常多的钱:在他面前乱糟糟的一大堆筹码,金路易和钞票闪闪发光,随随便便地胡乱堆在那里。他的指头,他的索索直抖的神经质的手指,无比惬意地在钱堆里伸展搓揉。我看见它们轻轻抚摸着这些钱,把一张张钞票抓来摊开,把一个个硬币拿来旋转,轻轻摩挲,然后突然一下子满满的抓起一把钱扔到一个方格的中央。他的鼻翼立即开始飞快地抽搐,管台子的人的喊声使他眼睛大张,他那贪婪地闪闪发光的眼睛从钱堆移到蹦蹦直跳的弹子上。他的灵魂似乎已从身上涌流出去,而他的双肘却似乎用钉子牢牢地钉在绿呢桌上。他那完全着迷发疯的神态比前一天晚上表现得更加可怕,更加令人不寒而栗,因为他现在的一举一动,都在扼杀我心中的另一幅肖像,那是幅衬在金色背景上闪闪发光的肖像,我一时轻信,把它存在我的心里。

“我们两个就这样相隔两米各自呼吸着，我凝视着他，而他却丝毫也没有注意到我。他不看我，他谁也不看，他的目光只是滑向钱，只是随着滚回来的弹子惶惑不安地闪动着，他所有的感官全都囚禁在这个疯狂的绿色圈子里，在那里窜来窜去。对于这个赌瘾大发的人来说，整个世界，整个人类都溶解在这块绷紧了绿呢的四方形中。我知道，尽管我在这里一连站上几个小时，他也绝不会意识到我的存在。

“但是我已无法再忍受下去，我突然下定决心，绕着赌台走到他背后，用手抓住他的肩膀。他抬起头来，目光闪烁不定，有一秒钟之久，他那玻璃一样的眼珠，陌生地望着我，活像一个被人费力地从梦中摇醒的醉汉，目光依然昏昏沉沉地蒸腾着发自内心的烟雾。然后，他似乎认出了我，他的嘴角颤抖着往上一咧，他喜形于色地仰望着我，用一种慌乱神秘的亲热劲结结巴巴地低声说道：‘手气很好……我一进来，看见他在这儿，马上就知道……我马上就知道了……’我不明白他是什么意思，我只发现，他赌得都陶醉了。这个疯子已经忘记了一切，忘了他的誓言，忘了他的约会，忘记了我，忘记了整个世界。但是即使在他着迷发疯的时候，他那狂喜的神情依然使我那样着迷，我不由自主地顺着他说的话，不胜惊讶地问道，到底是谁在这儿。

“‘那儿，那个独臂的俄国老将军。’他悄声说道，完全凑到我的身边，不让别人偷听到这个具有魔力的秘密，‘那儿，就是那个长着白色连鬓胡子的人，他背后还站着一个用人。他老是赢钱，我昨天就注意到他了。他准有一套诀窍，我现在老跟着他下注。……他昨天也老赢……只不过我犯了个错误，昨天在他走了以后，还接着赌……这是我的错……他昨天大概赢了两万

法郎……他今天也是每次必赢……我现在老跟着他下注……现在……'

"他说了一半,突然住口,因为管台子的人大叫一声:'请各位下注!'①他已经把目光移开,死盯着那个座位。那个白胡子的俄国人神气十足、非常潇洒地坐在那里,先从容不迫地拿起一枚金币,然后犹豫不决地又拿起第二枚金币一齐放在第四格里。我面前的这双迫不及待的手立即伸进那堆钱,抓起一大把金币,扔到同一个格子里。一分钟后,管台子的人叫道:'〇,'用耙竿一抡,把桌上的钱全部扫光。他望着那些奔流而去的钱,像是在看一个奇迹。您以为,他这时会回过头来看我一眼?不,他早已把我忘得干干净净,我已经完全从他的生活中沉没、消失、彻底退出。他无比紧张的目光只死盯着那位俄国将军,那人漫不经心地又把两枚金币捏在手里,犹豫不决,看押在哪个数目字上。

"我无法向您形容我当时的气恼和绝望。但是请您设想一下我的感情:我为他抛弃了全部生活,可我对他来说,只相当于一只苍蝇,懒洋洋地把手轻轻一挥就能赶走。我又感到一阵愤怒。我使劲地一把抓住他的胳臂,他吓了一跳。

"'马上站起来!'我向他轻声耳语,但口气却是在下命令,'想一想,您今天在教堂里发的什么誓言,您真是个背弃誓言卑鄙无耻的家伙!'

"他凝视着我,一脸惶恐,脸色苍白,眼里突然流露出可怜的神气,活像一只挨了打的狗。他的嘴唇不住地颤抖。他似乎一下子记起了一切业已忘怀的事情,仿佛对自己也感到一种

---

① 原文为法文。

恐惧。

“‘好……好……’他结结巴巴地说道，‘啊，我的上帝，我的上帝……好……我就来，请您原谅……’

“这时他的手已把所有的钱全都揽在一起，起初动作快捷迅猛，猛的一振，似乎在振作精神，接着，渐渐地变得越来越有气无力，仿佛遇到一股逆流又冲了回来。他的目光重新落在刚刚下注的俄国将军身上。

“‘请再等一等……’他飞快地把五枚金币扔在俄国人下注的那一格里……‘只赌这一把……我向您发誓，我马上就来……只赌这一把……只还……’

“他的声音又消失了。弹子开始滚动，吸引了他的注意力。这个着了魔的人，摆脱了我，也摆脱了他自己，轮盘旋转不已，小弹子在木槽里滚动跳跃，他也跟着滚进了光滑的木槽。管台子的人又叫了起来，耙子又把他的五枚金币扒走，他又输了。可是他没有转过头来，他忘了我，忘了誓言，也忘了他在一分钟前跟我说的话。他那双贪婪的手已经又痉挛地伸向那越来越小的钱堆，他那双如醉如狂的眼睛闪闪发光，只是死盯着那块吸引他意志的磁铁，死盯着对面那个会给他带来好运的赌客。

“我的耐心已到极限。我再一次摇撼他，但这次摇得非常使劲，‘马上站起来！马上！……您说过只赌一把……’

“可是这时发生了意想不到的事。他突然猛地转过身来看着我，不过那张脸已不再有谦卑恭顺惶恐慌乱的神情，而是一个疯子的脸，他怒容满面，眼睛冒火，嘴唇气得不住地颤抖，‘您别烦我！’他冲着我大吼，‘滚开！您给我带来晦气，每次您在这儿，我就输！昨天您让我输了钱，今天又是这样，您给我走开！’

“我霎时愣住了，可是他一发疯，我也怒不可遏。

“‘我给你带来晦气？’我对他喊道，‘你这个骗子，你这个小偷，你向我发誓……’可是我说不下去了，因为这个中了邪的家伙从座位上跳起来，猛地把我推开，根本不顾身边引起的混乱，‘您别打扰我！’他不顾一切地大声嚷道。

“‘您不是我的监护人……去，去……把您的钱拿去。’他把好几张一百法郎的钞票向我扔过来，‘现在您别再烦我了！’

“他像个着了魔的人，非常大声地把这些话吼了出来，丝毫不顾身旁有上百个人围着，大家瞪眼望着，窃窃私语，指指点点，讪笑不已。从隔壁大厅里也有些好奇的人挤了过来。我仿佛觉得身上的衣服被人剥光，一丝不挂地站在这些好奇的人群面前。……‘夫人，请安静！’①管台子的人粗暴地大声叫道，一面用耙竿敲着桌子。这句话，冲着我，这个下贱东西的这句话是冲着我说的。我受到凌辱，满面羞惭，站在这些交头接耳窃窃私语的好奇之徒面前，活像一个妓女，人家把钱向她劈头盖脑地扔了过去。两三百只放肆无礼的眼睛盯着我的脸。我低着头直往后躲，想把目光移向旁边，避开这盆装满侮辱、羞耻的脏水。这时，我的目光忽然正对着两只惊恐万状的眼睛，它们像利刃一样锋利，这是我的表姐。她失魂落魄地看着我，大张着嘴，像是大吃一惊，把一只手高高举起。

“这番景象深深印在我的心里：趁她还一动不动地站在那里，还没有从惊愕中缓过神来，我立即冲出大厅：我的力气只够让我冲到那张长凳上，就是那个着了魔的人昨天晚上倒在上面

---

① 原文为法文。

的那张长凳。我也同样毫无力气，精疲力竭，彻底崩溃地倒在那张坚硬、无情的木头凳子上。——

“这事已经过去了二十四年，可是我一回想起那一瞬间，回想起我在千百个陌生人面前为他嘲弄的皮鞭抽得跌倒在地，我血管里的鲜血立刻冷凝成冰。我又吃惊地感觉到，我们一直大言不惭地称之为灵魂、精神、感情的东西，我们称之为痛苦的东西，是多么软弱、可怜、微不足道啊。这些东西即使大到难以估量的程度，也完全无力把我们受苦受难的肉体，我们受尽折磨的身体炸得粉碎——因为我们会熬过这些时刻，血液继续奔流，而不是像一棵大树遭到雷劈电殛，立即连根拔起，倒地死去。这种痛苦只有一下子，一瞬间，折断了我的关节，我跌倒在那张长凳上，呼吸停顿，感觉迟钝，预感到非死不可的极度快乐。可是我刚才说过，痛苦是胆小鬼，碰到强劲有力的求生的欲望，它就缩了回去，扎在我们肉体里的这种恋生之心远比我们精神里一切求死之欲都更加强烈。我的感情遭到这样的摧残，我自己也无法解释，我又怎么站了起来，可事实上我是站起来了，当然心里并不明白，该做什么。我突然想到，我的箱子还存放在火车站，我立即迫切希望到那儿去：走吧，走吧，走吧，快从这儿走开，离开这座该死的地狱魔窟。我谁也不理，径直赶到火车站，打听下一班去巴黎的火车什么时候开出。守门人对我说，十点钟。我立即办好托运行李的手续。十点——那么离开那次可怕的邂逅正好是二十四小时，这二十四小时，充满了各式各样荒谬绝伦的感情，犹如疾风暴雨交替出现疯狂施虐，我的内心世界从此永被摧毁。可我起先什么感觉也没有，脑子里只有一个字永远像在敲打在抽动：走，走，走……我额上的脉搏猛跳，像一个楔子一个劲地敲进我的太阳穴:走!走!走!离开这座城市,离开我自己,回到家里去,回到我的亲人身边,回到从前的、我自己的生活中去!我连夜乘车前往巴黎,在那里换车,直接前往布洛涅,从布洛涅到多佛,从多佛到伦敦,从伦敦到我儿子那儿——一路疾驰,快捷如飞,我既不思索,也不思想,足足四十八小时不睡、不吃、不说一句话,在这四十八小时里,咔哒咔哒的车轮只是重复着:走吧!走吧!走吧!最后,我突然在我儿子的乡间别墅出现,人人感到意外,全都大吃一惊:我的举止,我的眼神,想必有些异样,泄露了我的秘密。我的儿子想和我拥抱接吻,我躲开了:我觉得我的嘴唇已经受到玷污,想到他的嘴唇将触及我的嘴唇,我就无法忍受。我任何问题也不回答,只要求洗一个澡。因为我迫切需要连同旅途的尘埃一起把我身上所有的污垢全都洗净,这些污垢似乎还是来自这个着了魔的人,这个一文不值的人身上的激情。然后我脚步沉重地上楼到我房间里去,一连睡了十二个,十四个小时,睡得死沉死沉,活像一块石头,在此之前和从此以后我都从来没有这样睡过,这样睡了一觉之后我就知道,躺在棺材里寿终正寝是怎么回事。我的亲人对我关怀备至,仿佛照顾一个病人,但是他们的柔情只能使我痛苦。我羞于接受他们的敬畏,他们的尊敬,我不得不时时留意别突然地大声喊叫起来:为了疯狂的荒唐的激情,我背叛他们,忘记他们,抛弃他们到何等地步。

“后来我漫无目的地又前往一座法国小城。那里我无人认识,因为一种幻想纠缠着我,我总觉得每个人看我一眼,就可以看出我的耻辱、我的变化。我深深地感到被人出卖、被人玷污,直到灵魂深处。有时候我清晨醒来躺在床上,心里会惊恐万状,害怕睁开眼睛，对那天夜里的回忆又会向我袭来：我突然在一个半裸的陌生人身旁醒来，于是我会和当时一样，一心只想立即死去。

“但是最后，时间对于一切感情有深沉的力量，年龄对此有奇怪的削弱作用。我们感到死亡渐渐临近，它浓黑的阴影已横在路上，这时一切事情也就不显得那么刺目，不再浸入我们内在的感官，大大失去其危险的威力，我渐渐地摆脱了惊恐。多年之后，我在一次社交场合遇到奥地利公使馆的一位参赞，一位年轻的波兰人，我问起那个家族，他告诉我，这是他堂兄的家族，这位堂兄的一个儿子十年前在蒙特卡洛开枪自杀了。我听了这话都没有一点颤抖。这事几乎已不再使我痛苦：也许——何必否认这点自私之心呢？——这甚至还使我感到舒服呢，因为我一直担心说不定什么时候会碰见他——可这一来，最后的恐惧也消失了，我现在除了自己的记忆，再也没有别的证人来反对我自己了，从此以后我平静了许多。人变老其实并不意味别的，只意味着不再对往事感到害怕。

“现在您大概可以懂得，为什么我会突然和您谈起我自己的命运来。您为昂里哀特太太辩护，热情洋溢地宣称，二十四小时完全可能决定一个女人的命运，我当时觉得这指的是我：我感谢您，因为我第一次感到我的行动为别人所认同。这时我心想：能够爽爽快快地把心里话倾吐出来，也许会消除压抑人的那道最后的魔障和永远不能释怀的这块心病，这样我明天也许又可以前往蒙特卡洛，踏进曾和我命运相遇的同一座赌场大厅，而不再对他，也不再对我自己怀有任何怨恨。那时，压迫我灵魂的一块石头就会滚落，沉重地压在往事之上，使之不再复活。我能把一切说给您听，对我真有好处。我现在轻松多了，几乎感到心里快活……我为此感谢您。”

说完这几句话，她突然站起身来，我感到，她已叙述完毕。我有些尴尬，想找一句合适的话说，可是她想必感觉到我的为难，连忙把手一挥：

“不，您什么也别说……我不想要您给我什么回答或者对我说什么……我感谢您认真地听我说话，祝您一路平安。”

她站在我对面，伸手和我握别。我不由自主地抬头看她的脸。这位老妇人这样慈祥，同时又稍带羞怯地站在我的面前。我觉得她的脸奇妙感人。突然间，她的两颊泛起一阵红晕，直升到她的白发，不知这是往日激情的反射，还是心情慌乱的结果。

她站在那里活像一个少女，往事的回忆使她像新娘一样慌乱，自己的坦白使她羞怯。我不由自主地深受感动。我迫切想要用一句话向她表示我对她的崇敬之情，可是我的咽喉梗塞，说不出话。于是我低下头，恭恭敬敬地吻了吻她那枯萎得像秋叶似的微微颤抖的手。

（1927）

# 旧书贩门德尔*

又是在维也纳，也是从城外访客归来，我意外地遇上了一场倾盆大雨。这场雨像用湿的皮鞭轻巧地把人们赶进了屋门和地下室。我也赶忙寻找一个能避雨的处所。幸好如今的维也纳，每一个角落都有一家咖啡馆在等候顾客上门。我两肩湿透、帽子滴水，于是逃进了马路正对面的那一家。从内部看，这是一家因袭旧式样、格局几乎千篇一律的那种市郊咖啡馆，没有内城那些模仿德国的音乐茶座里的时髦赝品装饰，完全是旧维也纳的市民风，坐满了下层百姓，他们买报纸花的钱要比买点心花的钱多。现在正值晚饭前后，本来已经浑浊的空气，加上缭绕的烟雾，仿佛一块厚厚的蓝条纹大理石。然而，崭新的天鹅绒沙发，以及铿亮的铝制柜台，却使这家咖啡馆显得很整洁。匆忙之中，我根本没有留意去看店外的招牌。再说，这又有何必要呢？——我现在暖暖和和地坐在此地，不耐烦地透过灰蓝的淌水的玻璃向外望去，这场恼人的大雨什么时候能高抬贵手，容我继续赶那几公里的路程呢？

因此，我无所事事地坐在此地，开始沉浸到那种闲散怠惰的气氛中去。每一家真正的维也纳咖啡馆，都弥漫着这种气氛，无形的，

---

* 本篇于一九二九年在海岛出版社出版的小说集《小编年史》中首次发表。

像麻醉剂一样。出于这种空虚感，我开始一个挨一个地打量那些顾客，这间烟雾腾腾的房间里的人工光线①使他们的眼睛周围蒙上了一层不健康的灰色；我望着柜台后面的那位小姐，看她如何机械地给侍者手里的每一杯咖啡分放糖块和小匙；我半清醒但无意识地读着墙上极其无聊的招贴与广告。这样的昏昏沉沉几乎令人感到舒适。但是，猝然之间，我莫名其妙地被拽出我的半昏睡状态，内心萌生了一种感触，模模糊糊的，像是轻微的牙疼刚开始，但不知是从哪里疼起来的，不知是左边还是右边，是上腭还是下腭。我感觉到的只是一种暗暗的紧张，一种心神不宁。因为突然间——我说不出是由于什么缘故——我意识到多年以前我一定来过此地，对于某件往事的记忆把我同这几面墙壁，同这些椅子和桌子，同这间陌生的、烟雾弥漫的房间联系在一起。

但是，我越是有意要把握住这一记忆，它越是又奸又猾地缩回去，好像一个水母，在意识的最深处隐隐约约地闪烁着，可是够不着也抓不住它。我徒劳地用目光钳住每一件家具陈设；有些东西我不熟悉，这是肯定无疑的，比如柜台和丁当作响的自动售货机，又比如墙上用假的黑黄檀木制的棕色贴面，这些必定是后来添置的。不过没错，没错，我曾经到过此地，在二十年或者更长的时间以前。我要捉住同很久以前的自我有关的往事，它像嵌在木头里的钉子，藏在看不见的地方。我拼命使所有的感觉器官延伸进这个房间，同时又延伸到我的自身里面去，可是，真该死！我够不着它，够不着这个已经消失得无影无踪、淹没在我心中的记忆。

---

① 指蜡烛、煤气灯、电灯、霓虹灯等发出的光。

我生自己的气，就像一个人办不成某件事情，从而发觉心智力量的欠缺和不完善时，总会这样对自己恼火。但是，我没有放弃抓住这个记忆的希望。我知道，只要手里有一个小钩子就行，因为我的记忆力是特殊类型的，说好也好，说坏也坏，一方面它固执得很，不听使唤，另一方面却又十分可靠，简直难以用笔墨来形容。无论是事件或者人的相貌，阅读所得或者亲身经历，我的记忆力都能将它们吞进它的冥府似的黑暗深处，如果不加强迫，单靠意志的召唤，它是什么也不肯吐出来的。我只需抓住瞬间的滞留物，一张风景明信片，一个信封上的几行字，一份烟熏的报纸，遗忘了的往事就会像钓钩上的鱼颤动着被拉出浑浊湍急的水面，完全是感性的、真实的。我于是回忆起了一个人的所有细节，他的嘴巴，他发笑时嘴里左边没牙的窟窿，这笑声的支离破碎，小胡子的颤动，以及在笑声中露出来的另一副新的面容——我立即在想象中看到了他的完整形象，并且记起了这个人几年前对我讲的每一句话。为了感性地看到和感觉到以往的人和事，我始终需要来自现实的某种感性的刺激，某种小小的帮助。我于是闭上眼睛，用心回想，以便形成那种神秘的钓钩去捉住它。但是什么也没有！我又一次一无所得！已被遗忘了，被掩埋了！我恨死了两个太阳穴之间这个糟糕的、不听使唤的记忆器官，真想用拳头打自己的脑门，一如摇晃一台坏了的自动售货机似的，因为你要的东西它偏不输送出来。不行，我怎么也坐不住了，记忆器官失灵竟使我如此激动，我真的恼火了，便站起身来，想消消气。但是，真稀奇——我在店里刚走了几步，最初的、发出磷火的、朦朦胧胧的印象开始在我脑海里闪闪烁烁地出现了。我记起来，从柜台往右走去，那里准有一间没有窗户的、单靠人工光线照明的房间。对了，果真如此。是这间屋，墙壁裱糊得同当年不一样了，但大小没变，是这间轮廓渐趋模糊的长方形后屋，是这间活动室。我本能地扫了一眼四周的每一件实物，我的神经在欢快地颤动，我感觉到自己马上就能把一切都弄明白了。屋里闲搁着两张台球桌，像两个无声的绿色烂泥塘，屋角是几张牌桌，其中一张桌旁，坐着两位枢密顾问或者教授在对弈。在紧挨着铁炉子的角落里——由那里可以通往电话间，立着一张小方桌。这时，突然一道闪电，使我豁亮了，我心里一热，高兴得全身一颤，我立即想起来了：天哪！这是门德尔的座位，雅科布·门德尔，旧书贩门德尔，事隔二十年，我又来到他的总店，上阿尔泽街的格鲁克咖啡馆。雅科布·门德尔，我怎么把他给忘了呢，这等不可理解地忘却了他这么长久，这个稀奇古怪的人，这个传奇式的人物，这个罕有的世界奇迹，在大学里和一个崇敬他的小圈子里他是颇有名望的；这个书籍魔术师，这个旧书贩，他每天从早到晚一动不动地坐在这里，知识的象征，格鲁克咖啡馆的荣誉，我怎么让他从记忆里消失了呢！

我把目光收到眼皮后面转向自己的内心，只有一秒钟的时间，如同从雕刻家透亮的心中，已经升起了他的不会错认的立体形象。我立即看到了他如何栩栩如生地始终坐在那边，坐在那张肮脏的灰色大理石面的小方桌旁，桌上无论什么时候都堆放着书籍和杂志。我看到他如何一动不动地坚毅地坐在那里，他的目光透过眼镜片像施催眠术似的死盯着某一本书。我看到他如何坐在那里哼哼唧唧地诵读，他的身子和不经心梳理的、头发脱了好几处的脑袋前后摇晃着，这是在东方犹太人小学里养成的习惯。他在此地这张桌子旁，也只在这张桌子旁，阅读他的目录和书籍，并且按照在塔木德①学校里人家教给他的读书方式，低声吟诵，身子前后摇晃，活像一个黑色的摇篮。根据虔诚的教徒的看法，正如一个孩子，通过这种施催眠术般的有节奏的上下摇晃，便能沉入梦乡，那么，由于闲着无事的身躯的摇晃和摆动，人的精神也易于集中，好去接受智慧的恩典。事实上，这个雅科布·门德尔确实看不见也听不到周围的一切。在他旁边打台球的人喧哗吵闹，电话铃阵阵作响，侍者来去奔忙、刷地板、给火炉添煤，他一概察觉不到。有一次，一块燃烧着的煤从火炉里掉出来，在离他两步远的地方烧焦了镶木地板，冒起烟来。一个客人闻到了臭味，这才发现了危险，奔过去，赶紧扑灭。可他呢，这个雅科布·门德尔，仅仅离开两步远，而且已经被烟熏着了，却一点也没有察觉。因为他在读书，他读起书来就像信徒在祈祷，赌徒在赌博，醉酒的人麻木地望着空荡荡处发愣。这样全神贯注真是令人感动，自那以后，我见到其他人各式各样的读书的情形，都觉得不过尔尔了。当时还很年轻的我，在这个加利曾②旧书贩雅科布·门德尔身上，第一次看到了全神贯注的伟大奥秘；它造就了艺术家和学者，使人变成真正的智者，也使人变成十足的呆子，酿成了这种对书本着魔的悲剧性的福与祸。

当年是由大学里一位年长的同学带我去见他的。我那时正在研究甚至今天还很少有人知道的帕拉切尔苏斯③派医生和磁

---

① “塔木德”是希伯来词语的音译，意为“犹太教法典”。此处指犹太教会学校。

② 加利曾，波兰地区名。一七七二年至一七九五年俄、奥、普三国瓜分波兰时，该地区划归奥地利。一部分划归俄国。

③ 帕拉切尔苏斯（1493—1541），瑞士医生、自然科学家及哲学家，曾发明多种新药，并将小剂量毒剂用于医疗。

力治疗医生梅斯梅尔①,可是并不顺利,因为有关的著作难以获得。我这个老实的新生去向图书馆管理员打听,他不客气地对我说,找参考文献是我的事情,他管不着。那位同学第一次向我说起他的名字。“我带你去找门德尔,”他对我说,“他什么都知道,什么都能弄到手,他能从很少有人知道的德国旧书店里把最难找的书给你弄来。他是维也纳最能干的人,此外还是一个怪人,一头绝种的史前食书巨兽。”

就这样,我们两人踏进了格鲁克咖啡馆。我看见他,旧书贩门德尔坐在那里,戴着眼镜,满脸胡子,全身着黑,摇晃着身子在读书,活像风中的一丛幽暗的灌木。我们走上前去,他没有察觉。他仍旧坐着读书,上身像宝塔似的在桌子上方前后摆动,他后面的钩子上,挂着他那件破旧的黑大衣,口袋里塞满了杂志和书单。我的那位朋友使劲咳嗽,好让他知道我们来找他了。但是,厚眼镜几乎贴在书上的门德尔还是没有察觉。末了,我的朋友像敲门似的用力敲桌面。门德尔终于呆呆地抬起头来,机械地迅速把笨重的钢丝边眼镜推到前额上,直竖的灰白眉毛下一双奇特的眼睛正盯着我们,机警的黑色小眼睛,像蟒蛇的舌头一般又尖又灵巧,闪闪发亮。我的朋友把我介绍给他,接着,我说明了来意。我按照我朋友出的鬼主意,一上来就假装生气地抱怨那个图书馆管理员,说他对我询问的事根本不愿意回答。门德尔听了,将身子往后一靠,小心翼翼地啐了一口唾沫,随后哈哈一笑,带着很重的东方口音说:“他不愿答复?不——他答复

① 梅斯梅尔(1734—1815),奥地利医生,当代催眠术的先驱。他认为有一种动物磁力存在,能治疗人体疾病。

不了！他是个讨厌家伙，一头该挨揍的灰毛驴子。我认识他，天晓得，已经干了整整二十年了，到现在还什么都没有学会。拿薪金，这是他们惟一会干的事！他们还不如去搬运砖头呢，这些博士先生们，省得白白坐在书堆里。”

随着这一通发泄，坚冰打破了，一个亲切的手势邀我第一次坐到这张涂满了字的大理石面四方桌旁，坐到这个我还不熟悉的向嗜书者启示奥秘的祭坛旁。我赶紧说明自己想找动物磁性说产生之时的有关著作，以及后人赞成和反对梅斯梅尔的专著和论文。我刚谈完，门德尔就把左眼闭上了一秒钟，活像一个在瞄准射击的射手。但是，这种凝神思索的表情确确实实只延续了一秒钟之久，接着，他像在念一份无形的书籍目录似的，一口气说出二三十打①书来，而且每一本都说明了出版地点、年份和大致的价格。我惊呆了。我尽管有精神准备，却没料到他有这等能耐。我惊愕的神态看来使他感到高兴，他紧接着又在自己记忆的键盘上继续弹奏我的主题的奇妙变奏曲。他问我，是否想了解一点有关梦游者的情况，了解催眠术的最初尝试，了解加斯纳②、驱魔术、基督教科学派③和布拉瓦茨基夫人④？于是，他又倒背如流地列举出若干人名、书名，并做了种种说明。这时我才明白，我遇到的这个雅科布·门德尔是个记忆力非凡的奇才，

---

① 欧美人习惯用“打”这个量词，一打为十二件。

② 约翰·加斯纳(1727—1779)，奥地利催眠术家。

③ 基督教科学派，主张信仰疗法的基督教教派，由玛丽·贝克—埃迪女士(1821—1910)在美国创建，十九世纪末传入德国。

④ 布拉瓦茨基夫人，原名叶·贝·布拉瓦茨卡娅(1831—1891)，俄国女作家，曾游历北美、印度，受佛教影响，创建“通神学协会”，主张修身养性以达到与彼岸世界直接交往的境界。

是一本有两条腿的百科词典或者包罗万象的图书目录。我迷惘地呆望着这位图书界的怪杰,完全被这个不修边幅、衣着邋遢,甚至有点讨厌的加利曾旧书贩吸引住了。他一口气给我列举了大约八十个人名,对自己打出了这张王牌,表面上满不在乎,内心里却颇为得意,并掏出了一块本来大概是白色的手帕擦了擦眼镜。为了稍稍掩饰一下我惊讶的心情,我吞吞吐吐地问他,这些书籍他最多能搞到多少。"试试看能搞多少吧,"他咕哝着说,"您明天早晨再来,我门德尔会给您搞到一些的,没找到的再到别处去找。一个人只要有头脑,就会走运的。"我客气地道了谢,也纯粹由于客套,我接着就干了一件大蠢事:我竟建议他把我想要的书记在一张纸条上。就在这同一瞬间,我感觉到我的那位朋友用胳膊肘捅了我一下,他想告诫我。但是太晚了!门德尔已经向我掷来一道目光。怎样的目光啊!既是洋洋得意又是受了侮辱,既是嘲讽又是高傲,简直是国王的目光,是莎士比亚戏剧中麦克白的目光,当麦克达夫要求这位不可战胜的英雄不战而降时他射出的目光。随后,门德尔又哈哈一笑,喉咙上的大喉结引人注目地上下滚动,他显然吃力地把一句粗话咽了下去。他本来有理由讲任何可能想得出来的粗话,他,善良、正直的旧书贩门德尔,因为只有陌生人,只有一无所知的人才会向他,向雅科布·门德尔提出这样一个侮辱性的要求,要他像一个书店学徒或者图书馆服务员那样把书名记下来,似乎这个无与伦比的,这个金刚钻似的旧书贩的大脑竟然需要这样糟糕的辅助手段。我后来才懂得自己客气地提出这样一个要求,是怎样地伤了这个怪人的心,因为这个矮小、落魄、满脸胡子,又是驼背的犹太人雅科布·门德尔,在记忆力方面却是个顶天立地的巨人。在这个石灰色的、肮脏的、像布满灰色苔藓的前额后面，是一册无形的天书，原来印在每一本书的封面上的人名和书名，都像用钢水浇铸似的铸在了上面。不论是昨天出版的书，还是两百年前出版的书，他都能一下子确切地说出出版地点、作者、新旧价格，并以正确无误的想象力记起每一本书的装帧、插图以及摹写本。不论是曾经到过他手里的书，还是他仅仅在别处的书店或者图书馆里见到过的书，都如同在他的眼前，一清二楚，如同正在创作的艺术家能清晰地看到他胸中的、外人还看不见的形象那样。当他看到雷根斯堡①某家旧书店的目录上某一本书要价六马克时，他便能记起，两年前维也纳一次拍卖时，另一本同样的书卖四克朗，同时还记起买主是谁。是的，雅科布·门德尔从不忘记一个书名，一个数字，他熟悉图书界这个永远运行、经常变化的宇宙里的每一棵植物，每一条纤毛虫，每一颗星星。他比专门家更了解每一门专业，比图书馆管理员更掌握图书馆，比书店老板更熟悉大多数书店的库存，尽管他们有书单和索引卡片，而他却没有，但他有记忆的魔法，有这种无与伦比的记忆力，这种只有通过成百个不同的例子才能真正说明其非凡的记忆力。当然，要训练和形成这种正确无误到神奇地步的记忆力，只有通过一个对于达到任何完善的造诣都适用的秘诀，那就是全神贯注。事实上，这个怪人除去书籍以外对世事一无所知；对他来说，世上的一切现象，只有到了改铸成为铅字，集中在一本书里，甚至可说到了被封存的地步时，才开始变成真实的。但是就在他读这些书的时候，他也不注意它们的内容，无论是故事情

---

① 雷根斯堡，德国地名。

节或者精神实质，惟有人名、价格、装帧、封面能引起他的热情。总而言之，他读书不是为了生产和创造，而仅仅是把数以十万计的人名和书名的索引印在一头哺乳类动物的大脑皮层上，而通常这种索引都是写在图书目录上的。雅科布·门德尔这种对旧书的特殊记忆力是独一无二、完美无缺的，作为一种特异现象，它绝不亚于拿破仑对人的相貌、梅佐芳蒂斯①对语言、拉斯克尔②对象棋的开局、布索尼③对音乐的记忆力，如果请他去开讲座，授他以公职，那么，这个头脑将会使成千上万，甚至几十万大学生和学者受益匪浅，使他们惊叹不已。这还将有益于各门科学。至于我们称之为图书馆的那些公共宝库，也将得到一份无可比拟的财富。但是，对于他，对于这个微不足道的、没有教养的、最多只上过塔木德学校的加利曾旧书贩，这个上层社会是永远紧锁着大门的。因此，他这种奇妙的才能只能作为一种神秘科学，在格鲁克咖啡馆那张大理石面小方桌旁发挥它的作用。可是，如果有朝一日来了一位大心理学家（在我们的思想界，还始终没有人做这种工作），也像布丰④在对动物的变种进行整理分类时那样坚持不懈地对我们称之为记忆力的这种神奇的力量进行研究，逐一描述其所有的活动方式、种类、原始形式，阐明它的各种变体，那么，这位心理学家必将永远怀念雅科布·门德尔，怀念这个记忆价格和书名的天才，怀念这位古旧书籍科学的无名大师。

---

① 梅佐芳蒂斯（1774—1849），意大利语言学家。

② 拉斯克尔，德国象棋名手，一八九四年的世界象棋冠军。

③ 布索尼（1866—1924），意大利钢琴演奏家、作曲家。

④ 布丰（1707—1788），法国博物学家，著有《博物学史》。

就职业而论，对于不知底细的人来说，雅科布·门德尔自然只是一个小小的旧书贩。每逢星期日，在《新自由报》和《新维也纳日报》上总要刊登这样一份固定不变的广告："收购旧书，出价最优，从速前来，门德尔，上阿尔泽街"，下面是电话号码，实际上是格鲁克咖啡馆的电话。他到书库里去翻寻，每星期总要同一个年老的、蓄着帝王须的脚夫搬几口袋书到他的总店去，尔后又从那里搬走，因为他没有进行正常图书交易的执照。因此，这始终是一种小买卖，一种进项有限的活动。大学生从他那里买教科书，一学年完了，又经他的手转售给下一届大学生。此外，他还居间介绍和替人购买任何所需的书籍。只加极少的手续费。在他那里，好的建议是廉价的。但是，金钱在他的世界内部是没有地盘的；因为人家从未见他变过样，他总是那一身破旧的衣服，早晨、下午和晚上，他喝牛奶，啃两个面包，中午吃一点人家替他从饭馆取来的食物。他不抽烟，不玩也不赌，甚至可以说，他没有活着，活着的只是眼镜后面的一双眼睛，这双眼睛从不懈怠地用文字、书名和人名去喂那谜一般的生物——大脑。这一堆软软的、可怕的物质贪婪地将这无数的符号吮吸进去，好似一片草场在吮吸千万滴雨水。他对人不感兴趣，在人的一切情感中，他也许只知道一种，自然是最属人之常情的虚荣。如果有人走访了上百个地方遍寻未获，才来找他指教，而他能一下子就回答来人的询问，惟有这个才能使他得意，给他乐趣。或许还有一点，那就是在维也纳和维也纳以外的地方，有数十人尊重和需要他的知识。在任何一个我们称之为大都市的这种庞杂的数百万人的密集体里，始终只能在少数几个点上，炸出若干小小的平面，由它们来反映这同一个宇宙，但大多数人是看不见的，惟有对行家,对意气相投的人来说,是极其珍贵的。这些书籍行家全都知道雅科布·门德尔。正如谁要询问某种音乐书报,就会到音乐之友社去找欧塞比乌斯·曼迪车夫斯基。他头戴灰色便帽,和善地坐在那里,周围是卷宗和乐谱,只要他一抬头,便能笑眯眯地解决最困难的问题。又如直到今天,谁要从旧维也纳的戏剧和文化中得到启示,谁就肯定会去找人所共知的格洛西神甫,同样,维也纳若干嗜好书籍的人,一遇到某个特别硬的坚果要咬开时,就会自然而然、坚信不疑地到格鲁克咖啡馆去找雅科布·门德尔。如果在这些人来求教时,谁能从旁观察门德尔,就会使像我这样好奇心重的年轻人产生一种特殊的快感。如果有谁拿来一本次书搁在他面前,他便轻蔑地敲敲封皮,只咕哝一声"两个克朗"了事。相反,如果是某种珍本或孤本,他会毕恭毕敬地把身子往后挪动,在书的下面垫上一张纸,仿佛他突然对自己那肮脏的、沾满墨水的、指甲缝里全是黑垢的手指感到害羞了。随后,他怀着莫大的敬意,小心翼翼地一页接一页地轻轻翻阅这本罕见的书。在这样的时刻,谁也无法使他分心,正如一个真心诚意的教徒在祈祷时,是谁也扰乱不了的。事实上,这样的仔细观看、抚摩、嗅探、掂量,这样的每个动作,都像是仪式上的,是前后次序有定规的宗教礼拜仪式上的。他的驼背前挪后移,一边咕哝着、哼哼着、搔头发,发出一些引人注意的元音。一个延长的、几乎是深感惊讶地吐出的"Ah"和"Oh",表示醉心的欣赏;如果发现缺页,或者有一页被虫蛀了时,便是一声急促的、仿佛被吓了一跳似的"Oi"或"Oiweh"。末了,他恭敬地把这本厚书放在手上掂量,半闭着眼睛,把这个笨重的长方形又闻又嗅,宛如一位多愁善感的少女在闻一朵晚香玉时那么动情。在进行这一套有点麻烦的程序的时候，书的所有者当然得耐着性子。但是，在检查结束之后，门德尔便会热心地，甚至是热情地提供情况，而且少不了要添上种种涉及面很广的有关轶事，以及关于同类版本价格的富于戏剧效果的报道。在这样的时刻，他仿佛变得开朗了，年轻了，有生气了。只有一件事会使他感到极度愤慨，那就是某个初到此地来的人，要为他做了这番估价而付钱给他。这时，他会气愤地断然拒绝，就像一位画廊顾问气愤地断然拒绝某个到处旅游的美国人为了他的讲解而要往他手里塞小费。因为能允许门德尔把一本珍贵的书拿在手上，就等于能允许别人同自己心上的女人相会。这些个瞬间便是他的柏拉图式的爱情之夜。能左右他的惟有书，从来不是钱。因此，一些大收藏家，其中有普林斯顿大学的创建人，都想请他当他们的图书馆的顾问和采购员，但是枉费心机，雅科布·门德尔一概拒绝。他只想待在格鲁克咖啡馆。三十三年前，他，一个驼背小青年，胡子还是黑色的，又细又软，前额上是涡形鬈发，从东方到维也纳来学习，想得到犹太法学博士学位。但过不多久，他离弃了严峻的惟一的神耶和华，投身到光彩夺目、变化万千的书籍的多神世界中去。当时他首先找到了这家格鲁克咖啡馆，它渐渐变成了他的书坊，他的总店，他的邮局，他的世界。如同一位天文学家，孤寂地站在天文台上，通过望远镜的圆孔，天天夜里观察无数的星星，观察它们神秘的运行，它们变化莫测的混乱无序，它们的熄灭和复燃，雅科布·门德尔则在这张四方桌旁，通过他的眼镜，观察另一个同样永恒地运行着、变化着的书籍的宇宙，观察我们的世界之上的这个世界。

不言而喻，他在格鲁克咖啡馆是被视若上宾的。在我们的眼里，这家咖啡馆的名声与其说靠音乐家、《阿尔赛斯特》和《伊菲革涅亚》的作曲者克里斯托夫·威利巴尔德·格鲁克①的庇佑，倒不如说是同门德尔的无形讲坛联系在一起的。同古旧的樱桃木柜台、两张绿呢打满补丁的台球桌和铜咖啡壶一样，门德尔也是这家咖啡馆财物清单上的一件动产，他的桌子如同一处圣地似的受到保护。因为他有无数的主顾和询问者，他们一来，店里的职工就很有礼貌地硬要他们吃点、喝点什么，所以，他的科学所赚来的钱，较大部分实际上流进了领班②道伊布勒挂在屁股后面的那只大皮夹里。反过来，旧书贩门德尔也享有多种特权。打电话免费，他的信人家给收，还替他办各种事情；年老、正直的厕所清洁女工替他刷大衣，钉纽扣，每周替他洗一小包衣服。人家替他到邻近的饭店去取午餐，只有他一人能得到这种待遇。另外，每天早晨，老板施坦德哈特纳先生亲自来到他的桌子旁向他问好，埋头在书堆里的雅科布·门德尔自然多半没有察觉。早晨八点整他进店，直到人家熄灯时他才离开。他从来不同别的顾客说话，也不看任何报纸，有了什么变化他都不会发现。有一次，施坦德哈特纳先生彬彬有礼地问他，在电灯下读书是不是比以前在煤气灯黯淡、抖动的光线下读书要好一些，他这才惊讶地抬起头来呆望着电灯泡。尽管安装电灯花了好几天时间，又敲又凿，又吵又闹，这样的变化他竟全然不知。只有数以十亿计的黑色纤毛虫般的铅印文字，通过眼镜框的两个圆孔，通过两个闪光的、吸收着的镜片，过滤到他的大脑中去，其余的一

① 克里斯托夫·威利巴尔德·格鲁克（1714—1787），德国歌剧作曲家。暮年定居维也纳。

② 领班，即店里管算账收款的侍者头儿。

切事件，均似无谓的喧哗，从他身边一掠而过。他确实就在这一个地方，在这张四方桌旁，阅读、比较、计算，度过了三十多年，度过了他一生中全部清醒的光阴，像做着一场持续的、惟独被睡眠中断的梦。

因此，当我恍恍惚惚看到雅科布·门德尔宣示神谕的大理石桌子空空的，仿佛立在这间屋里的一块墓碑时，我突然产生了一种恐怖感。现在，人到中年时，我才懂得，有多少东西随同每一个这样的人一起消失了，首先因为在我们这个无可挽救地变得愈益单调的世界上，一切独一无二的东西日复一日地变得稀罕珍贵了。接着，我想到，年轻而无经验的我，当时出于一次深刻的预感，曾经非常喜爱这个雅科布·门德尔。可是，我竟然忘却过，尽管是在战争的年代里①，是我在一种像他那样专心致志于自己工作的情况下，但也不应该啊！现在，面对这张空桌子，我感到羞愧，对不住他，同时又产生了一种新的好奇心。

他到哪里去了呢？他的情况又怎样呢？我招呼侍者过来，向他打听。一位姓门德尔的先生，对不起，我不认识他，我们店里不见有姓门德尔的先生来过。不过，领班也许会知道的。领班腆着尖肚皮笨重地移动身子慢慢蹭过来，他犹豫着，思索着：不知道，连他也不知道一位姓门德尔的先生。不过，我要打听的是不是曼德尔先生，弗洛里安尼巷的缝纫用品店的曼德尔呢？我觉得嘴唇上有一种苦味，万物无常的滋味：如果风已经把我们脚后留下的最后的痕迹都吹掉的话，那么人活着是为什么呢？一个人，在这间若干平方米的房间里阅读、思想、谈话、呼吸了三

① 指第一次世界大战。

十年，或许四十年，可是，仅仅离去三四年光景，来了一个新法老，便无人再知晓约瑟了，在格鲁克咖啡馆里也无人再知晓雅科布·门德尔，旧书贩门德尔了！我几乎有些恼火地问领班，我能不能同施坦德哈特纳先生交谈呢？旧职工里还有没有谁在呢？哦，施坦德哈特纳先生，我的上帝，他早就把这家咖啡馆卖掉了，他已经故世了，原来的领班，他现在在克雷姆斯附近靠自己的产业过活。没有了，再没有人在这儿了……对，有了！有了！施波席尔太太还在此地，厕所清洁女工（俗话叫作巧克力太太）。不过，她肯定记不得一个个的顾客了。我随即想到：雅科布·门德尔这个人人家是忘不了的，于是，便让领班请她来见我。

她来了，施波席尔太太白发蓬乱，有点水肿的腿一步一步从厕所间走来，一边还在匆匆地用布擦她通红的手，显然是刚打扫完她那阴暗的小间，或者刚擦完窗户。我立刻由她的慌张神态察觉，这样突如其来地把她叫到前面来，叫到这家咖啡馆里高雅房间的大电灯下来，使她不高兴。因此，她先是猜疑地瞧我，用一种目光由下往上地瞧我，一种十分小心地压低了的目光。我找她，有何贵干呀？但是，我刚开口打听雅科布·门德尔，她就睁大了眼睛盯着我，眼珠仿佛要夺眶而出，她抖动着耸起肩膀。“我的上帝，这个可怜的门德尔先生，竟然还有人想着他！是啊，可怜的门德尔先生。”——她几乎在哭泣了，她感动极了。老年人逢到别人使他们回忆起他们的青春岁月，回忆起某一段已被遗忘的、美好共处的光阴时，总会这样的。我问到他是不是还活着。“哦，我的上帝，这个可怜的门德尔先生，五六年，不，七年，他去世已经有七年了。这么一位可爱、善良的先生，想想看，我认识他有多久了，二十五年都不止了，我进店时，他已经在这儿了。说起他们是怎么弄得他死去的,这真是件可耻的事情啊!”她越来越激动了,并问我是不是他的亲戚。她说,从来没有人关心过他,从来没有人打听过他——他遭遇的事情,我是不是一点都不知道呀?

不知道,一点都不知道,我说;给我讲一讲吧,原原本本地讲一讲吧!这个善良的老妇人显出了胆怯和拘束的神态,不断地擦她的那双湿手。我懂了,一个厕所清洁女工,系着肮脏的围裙,白发蓬乱,站在这咖啡馆的大厅里,这使她感到难堪;另外,她一直怯生生地左顾右盼,看是不是有哪个侍者在一旁听着。我于是向她提议,我们到活动室里去吧,坐到门德尔的老座位上去,请她在那儿把事情的始末讲给我听。她感激地向我点点头表示同意,感激我懂得她的心思。她,这个已经有点摇摇晃晃的老妇人走在前面,我在后面跟着。两名侍者惊讶地望着我们的背影,他们觉察到了此中必有缘故,若干顾客也对我们这差别悬殊的一对感到惊异。接着,在活动室里那张四方桌旁,她向我讲述了雅科布·门德尔,旧书贩门德尔的沉沦(后来,其他人的叙述,又给我增补了某些细节)。

就是啊,他后来,她这样讲述道,在战争开始以后,也还一直来的,天天一早,七点半钟就到这里坐着,整天研究着,同以往一模一样,是啊,他们大家都有这种感觉,而且还常常谈到,他可能根本就不知道已经在打仗了。我可是了解的,他从来不看报纸,也从来不同别人交谈;尽管卖报的大声叫喊“号外,号外”,所有其他的人都跑步围上去时,他也从不站起身来,从不在一旁听着。他同样一点也没有注意到,弗兰茨,那个侍者不在了(他在戈尔利采①附近阵亡了)，也不知道施坦德哈特纳先生的儿子在普热梅希尔被俘虏了。面包越来越不像样，人家给他喝的已经不是牛奶而是代用咖啡了，可是他却从来没有说过一句话。只有一次，他觉得有点奇怪，怎么现在来这儿的大学生这么少呢?如此而已。——“我的上帝，这个可怜人哪，除了他的书以外，再没有别的事使他高兴和担忧过。”

可是，后来有一天，灾祸临头了。上午十一点，一个晴天，一名警官领着一名秘密警察到这里来了，那个秘密警察指了指纽扣眼里的蔷薇花饰徽章②，开口问道，有没有一个名叫雅科布·门德尔的人常到这里来。接着，他们马上走到这张桌子边上来找门德尔，他还糊里糊涂地以为是来卖旧书的，或者是来请教他的呢。但他们立即要他跟着走一趟，就把他带走了。这对这家咖啡馆是个真正的耻辱，所有的人都围到了可怜的门德尔先生周围。他呢?站在那两个人中间，眼镜移在前额上头发下面，望望这个，瞧瞧那个，不知道他们到底找他干什么。大家当即对那个警官说，这一定是搞错了，像门德尔先生这样的人，是连只苍蝇都不会伤害的。可是，那个秘密警察马上对大家吼叫起来，说他们不得干涉公务行动。于是，他们把他带走了。在这以后，他很长一段时间没有再来，有两年之久。我今天还不清楚，当时他们干吗要把他带走。“不过我可以发誓，”她，这个老妇人激动地说，“门德尔先生是不会干不法事情的。他们一定搞错了，我

① 戈尔利采，波兰地名。一九一五年奥军和俄军在这一带交战，三月，俄军攻陷后文提到的普热梅希尔要塞。

② 奥国秘密警察的特别标记。

敢担保。这是对这个可怜的、无辜的人的犯罪行为，犯罪行为！”

她的话一点不假，这个令人感动的、善良的施波席尔太太。我们的朋友雅科布·门德尔确实没有做过任何不法的事情，他只是干了一件糊涂的、一件动人的、一件甚至在那个疯狂的时期里也完全难以令人相信的蠢事，这只能用这个怪人的专心致志，用他像生活在月球上似的远离现实来解释。事情是这样的：一天，负责监视与外国往来邮件的军事检查局截获一张明信片，是某一个名叫雅科布·门德尔的人所写，按规定贴足了寄国外的邮票，但是——简直令人难以相信——是寄到敌对国家去的，收件人是让·拉波戴尔书商，地址是巴黎格雷涅尔沿河街，一个名叫雅科布·门德尔的人在明信片上抱怨说，最近的八期《法国图书通报》月刊他都没有收到，可是他已经预付了全年的订费。那个被征调来的下级检查官，原来是位文科中学教授，个人爱好罗曼语言文学，现在被换上一套蓝色的国民军服装，当这张明信片落到他手里时，他吃了一惊。一个愚蠢的玩笑，他想道。他每星期要检查两千封信，从中搜寻和发现有问题的内容和有间谍嫌疑的用语，但还从未有过一件如此荒唐的东西落到他手指底下来。一个人从奥地利寄信到法国，还毫无顾忌地写上自己的姓名和地址，漫不经心地把一张寄往交战国的明信片就这么简单地往信箱里一扔，仿佛自从一九一四年以来这些边界上并没有架上铁丝网，仿佛在上帝创造的白昼里，法国、德国、奥国和俄国并没有使对方男性居民的数目逐日减少几千人。因此，起先他把这张明信片当作一件稀奇东西塞进了自己的抽屉，没有向上级报告这件荒唐事。但是，几星期以后，又来了一张明信片，又是这个雅科布·门德尔写的,寄给一个叫约翰·阿尔德里奇的书商,地址是伦敦霍尔本广场,问他能否给自己买最近的几期《文物》杂志,落款又是这个怪人雅科布·门德尔,而且天真透顶地写上了他的详细地址。这时,这位被人套上一身制服的文科中学教授觉得这件上装有点紧了。难道这种笨拙的玩笑竟是某种暗语,自有谜一般的含义吗?总而言之,他站起身来,后跟橐的一声并拢,把两张明信片都放到了少校的桌上。这位少校高高地耸起了肩膀:怪事!他先通知警察局,要他们调查究竟有无雅科布·门德尔此人。一小时以后,雅科布·门德尔已被逮捕,这个意外的遭遇把他搞得晕头转向,他根本没有弄清是怎么回事时,已被带到了少校那里。少校把神秘的明信片放到他的面前,问他承认不承认自己就是寄信人。这种严厉的问话口气激怒了门德尔,而首先是由于他在阅读一本重要图书目录时被他们打断了,他几乎是粗声粗气地说,这两张明信片自然是他写的。订阅的刊物,钱都付清了,自然有权去索取。坐在圈手椅里的少校向邻桌旁的少尉转过身去。两人会心地互相瞥了一眼:一个十足的白痴!接着,少校考虑,是把这个糊涂蛋厉声训斥一通,随后撵走呢,还是把事情认真地查问一番。在任何一个这类机关里,遇到这类拿不定主意的尴尬情况时,总会决定先搞一份问话记录再说。搞一份记录总是好的嘛!即使没有什么用处,但也没有什么害处,只不过填满一张毫无意义的纸,增添到成百万张这样的纸张里面去。

这一回,却使一个可怜的、稀里糊涂的人遭了殃,因为刚问到第三个问题,就出现了非常倒霉的情况。人家先问他的姓名:雅科布,正名是贾因克夫·门德尔。职业:小贩(他没有书商执照，只有一张小贩许可证）。第三个问题却成了灾祸：出生地点。雅科布·门德尔回答说是佩特里考①附近的一个小地方。少校皱起了眉头。佩特里考，不是在俄属波兰地区内，在边境附近吗？可疑！十分可疑！他于是更加严厉地盘问门德尔，什么时候获得奥地利公民权的。门德尔眼镜后面的一双眼睛模模糊糊地、惊异地呆望着少校：他说不清楚。见鬼！他到底有没有证件。说明他身份的证件除了小贩许可证以外，别的什么也没有。少校的眉头皱得更紧了。好吧，他的国籍究竟是怎么回事，得让他讲清楚才行。他父亲是什么国籍，是奥地利人还是俄国人？雅科布·门德尔镇静地回答说：自然是俄国人。那么，他本人呢？他呀，三十三年前就偷越了俄国边境，从那时起就一直住在维也纳。少校越来越不安了。他什么时候入奥地利国籍的？为什么要入？门德尔反问道。他从来不关心这类事情。这么说，他还是个俄国公民，对吗？这样无聊的盘问早就使门德尔心烦了，他无所谓地回答说："本来就是。"

这样干脆的答复把少校吓了一跳，他身子往后倒去，弄得圈手椅嘎吱作响。竟然有这等事情！在战争期间，在一九一五年底，在塔尔努夫②和大规模攻势之后，一个身份不明的俄国人在维也纳，在奥地利的首都随心所欲地到处乱闯，还寄信到法国和英国去，而警察局居然撒手不管。难怪新闻界的傻瓜们对康拉德·封·赫岑道夫③不能立即挺进华沙感到奇怪，总参谋部的

---

① 佩特里考，今波兰彼得库夫。

② 塔尔努夫，波兰地名，一九一五年九月，奥军在此突破俄军阵地，并协同德军在东线发动了大规模攻势。

③ 康拉德·封·赫岑道夫，奥地利陆军元帅。

傻瓜们对军队的每一次调动都被间谍把情报送给了俄国感到惊讶。这时，那个少尉也站了起来，问话变成了严厉的审讯。他，一个外国人，为什么不立即向当局报告？门德尔，始终没往坏处想，用他的唱歌似的犹太腔答道："为什么要立即报告呢？"少校认为，这种反问是一种挑衅，便气势汹汹地问他，看到了布告没有？没有！难道他连报纸都不看？不看！

这两个军官盯着由于闹不清是怎么回事而急出汗来的雅科布·门德尔发愣，仿佛月亮掉到他们的办公室里来了。接着，响起了拨电话的声音，打字机的声音，传令兵跑上跑下，雅科布·门德尔被交给卫戍部队监狱负责看管，准备下一步把他送进集中营。人家叫他跟两名士兵走时，他还莫名其妙地瞪着眼睛发傻。他不知道人家要拿他干什么，但他本来也没有任何担忧的事。这个戴着金色领章、说话粗暴的人能对他有什么坏打算呢？在他的超脱现实的书籍世界里，没有战争，没有不谅解，而只有关于数字和文字、书名和人名的知识，以及不倦的求知欲。因此，他随和地夹在两名士兵中间下了楼梯。到了警察局，人家拿走了他大衣口袋里所有的书，并要他交出藏有几百张重要的书单和主顾地址的皮夹，这时，他才勃然大怒，动手打人。人家只好把他绑起来。这中间，他的眼镜掉到了地上，他的这架观察精神世界的魔术望远镜跌个粉碎。两天以后，人家让他穿上单薄的夏服，押送他进了科马诺姆①附近的俄国平民俘虏的集中营。

在集中营的这两年里，没有书，没有他所心爱的书，没有钱，处在这所大监狱里冷漠的、粗鲁的、多半是文盲的难友中

① 科马诺姆，匈牙利地名。

间，雅科布·门德尔经受了怎样的心灵上的恐惧；他像一只被折断翅膀的鹰离开了天空似的，离开了超脱人世的、对他来说是惟一的书籍世界后，在那里又饱尝了怎样的苦楚——关于这些，却找不到任何目击者来提供情况。但是，从疯狂中清醒过来的世界，已经渐渐认识到，在这场战争的一切暴行和犯罪的侵犯中，没有一件比下面的行为更无意义、更多余、因而在道义上更不可饶恕的了，那就是把一无所知的、早已超过工作年龄的侨民抓起来，集中在一处，用铁丝网圈起来，而这些人都是侨居多年，并把异国当作故乡，由于真诚相信客居权利——这种权利甚至在通古斯人和阿劳加尼亚人①那里也被视为神圣的——因而没有及时逃亡。这是破坏文明的罪行。在法国、德国和英国，在我们这个发了狂的欧洲的任何一处，都同样丧失理智地犯下了这一罪行。雅科布·门德尔或许也会像数以百计的其他无辜者一样，在这种围场里变成神经错乱，或者因患痢疾、因体力衰竭、因心灵受到严重损害而可怜地死去。幸亏一个偶然情况，一个惟独在奥地利才会发生的偶然情况，恰好及时地把他再一次拉回他的世界中来。在他失踪以后，一些身份高贵的主顾仍然按照他原来的地址多次给他去信。前施蒂里亚总督、纹章学著作的狂热收藏者勋伯格伯爵，前神学系主任、为奥古斯丁②著作撰写评注的齐根菲尔德，八十岁高龄，还在不断修改自己的回忆录的退休海军元帅埃德勒·封·皮塞克，所有这些门德尔的保护人，都不断有

① 通古斯人是西突尼斯一带的居民；阿劳加尼亚人是智利与阿根廷一带的印第安人。

② 奥古斯丁（345—430），中世纪北非主教，著有《忏悔录》。

信给他。这些投寄到格鲁克咖啡馆的信件中，有一些转到集中营给这个下落不明的人，这些信碰巧落到那里一位好心的上尉手里。门德尔自从眼镜被人打碎以后，由于没钱配一副新的，便一直像一只鼹鼠，灰色，失明，沉默地蹲在角落里。这么一个矮小、半瞎、肮脏的犹太人，竟然结识如此高贵的人物，这使那位上尉颇觉惊讶。有这样的朋友的，本人必定不同寻常。因此，他允许门德尔答复这些来信，并请求他的保护人替他说情。结果并非石沉大海，显贵们以及那位系主任，本着一切收藏家团结一致的精神，频繁联系，并且递上了他们的联名担保书，这样，旧书贩门德尔在监禁了两年多之后，于一九一七年获释返回维也纳，当然附有条件，那就是每天到警察局汇报一次。不过，他毕竟返回到自由的天地，返回到他的又破旧又窄小的阁楼里来了，他又能去逛他心爱的书店，而首先是回到格鲁克咖啡馆。

出了黑暗地狱的门德尔如何返回格鲁克咖啡馆，可以由正直的施波席尔太太根据自己的亲身见闻来向我描述了。"——天——耶稣，马利亚，约瑟，保佑我呀！我不相信，我信不过自己的眼睛了——门被推开了，您也知道，他平日进门时就是这样，歪着身子，把门推开一道缝，这时，他趺趺撞撞地走进了咖啡馆，他，门德尔先生。他穿着破烂的、满是补丁的军大衣，头上戴着什么，也许原来是顶帽子，一顶人家扔掉的破帽子。他没围围巾，那副模样真像个死人，灰白的脸色，灰白的头发，干瘦得叫人可怜。但是，他进来了，仿佛什么事情也没有发生过，他什么也不问，什么也不说，往这张桌子走去，脱掉大衣，不过不像以前那么灵巧了，而是边脱边吁吁地喘息。他同以前不一样，什么书也没有带，只是坐下来，一句话不说，只是用完全没神的、鼓出的眼睛瞪着前面发愣。后来，我们把过去从德国寄来的整捆书籍杂志给他搬来了，他这才渐渐地开始阅读。不过，他已不再是以前的那个门德尔了。”

是的，他已判若两人，不再是世界奇迹，不再是一切图书的神奇的索引柜了。当年见到过他的人，都痛心地向我谈到了这一事实。他的原来是宁静的、仅仅像在睡梦中阅读的目光，看来已被扰乱，无法挽救；又有什么被撞毁了：流血的恐怖像一颗彗星，疯狂乱飞，撞在了他的书籍宇宙中这颗怪僻而平和的，这颗昴宿星团中最亮的星球上。几十年来，他的眼睛看惯了书刊上无声的、纤细的、昆虫脚似的铅印文字，可是，在那个四周架着铁丝网的关押人的围场里，这双眼睛必定看到过可怕的事情，因为那对原先是滴溜转动的、嘲讽地闪闪发亮的眼球，已被沉重的眼皮遮住了，在修过的、好不容易用细线扎在一起的眼镜后面，原先是那么活泼的眼睛，现在是半睡不醒，两圈红晕，蒙蒙眬眬。更加糟糕的是：他的记忆器官，这座奇异的艺术建筑，必定有一根圆柱倾倒了，整个结构已陷于紊乱。因为我们的大脑构造精细，它是用最精细的材料制造的控制台，是我们的心智的精密仪器，只要一根微血管被堵塞，一根神经受震动，一个细胞疲劳过度，只要一个这样的分子错了位置，就足以使这个绝妙地聚集着千变万化的天体和声的心灵顿时沉寂。在门德尔的记忆器官里，在这独一无二的心智的键盘上，琴键的装置失灵了。偶或有人来请教他时，他便才枯智竭地呆望着来人，人家对他说的话，他听不太懂，他听错了，或者一听即忘。门德尔已不再是门德尔了，正如这个世界已不再是这个世界。他不再身子前后摇晃着全神贯注地读书了,他多半坐着发呆,眼镜只是机械地冲着书本,旁人弄不清他是在阅读,还是在瞌睡。有好几次,施波席尔太太这样讲述道,他的脑袋沉重地撞到书上,大白天里就昏昏入睡了。有些时候,他又一连几个钟头望着电石气灯——这是在那些煤炭紧张的年头里,人家放在他桌上的——陌生的、有臭味的亮光出神。是啊,门德尔已不再是门德尔了,不再是世界奇迹了,而是疲倦地喘息着的、不中用的一堆胡子和衣裳,毫无意义地堆在原来的彼提阿①的座椅上;他不再被看作格鲁克咖啡馆的荣誉,而是被看作一个带来耻辱的人,一个散发臭气、叫人恶心的脏鬼,一个讨人厌的、毫无用处的寄食者。

新老板就是这么看待他的。此人名叫弗洛里安·古特纳,雷茨人,在一九一九年这个饥荒的年头里,做面粉和黄油的黑市买卖发了横财,他花言巧语,用迅速贬值的八万克朗纸币从老实的施坦德哈特纳手里买下了格鲁克咖啡馆。这个农夫出身的老板,手腕精明,抓住时机,迅速把这家古朴的咖啡馆修饰一新,及时用贬值的钞票添置安乐椅,修筑大理石门洞,并已在谈判,要买下隔壁的饭店,加建一个音乐茶座。在这样迫不及待地翻新装饰的过程中,这个加利曾寄食者自然十分碍他的手脚。这个家伙从清晨直到夜晚独占一张桌子,但一天总共只喝两杯咖啡,吃五个面包,虽说施坦德哈特纳特别叮嘱他千万关照这位老顾客,并且向他说明这个雅科布·门德尔是怎样的一位重要人物,在移交财产清单时,施坦德哈

① 彼提阿,希腊神话中特尔斐阿波罗神殿里宣示神谕的女先知。

特纳甚至把门德尔作为这笔交易的一项附带义务托付给古特纳。但是,弗洛里安·古特纳在添置新家具和锃亮的铝制柜台时,也换上了一副这个牟利时期的铁石心肠,他只等着找到一个借口,把这个市郊破烂堆里剩下的最后一件讨厌东西,从他那已是气派高雅的店堂里清扫出去。看来良机快来了,因为雅科布·门德尔境况很糟。他积蓄下来的最后的钞票,在通货膨胀这台碎纸机中被磨成了粉末,他的主顾们也星散了。再去当旧书贩,爬楼梯,挨门逐户地收旧书,这个疲乏的人已经没有力气了。他穷极潦倒了。别人由成百种小小的迹象察觉到了这一点。他已经很少让人去饭店给他取食物,连数目有限的咖啡和面包钱他也老是拖欠,有一回甚至拖欠了三个星期。那时候,领班就要把他撵到大街上去。幸亏这位正直的施波席尔太太,这个厕所清洁女工可怜他,替他担保。

过了一个月,不幸的事情发生了。那个新领班早已在结账时多次发现面包的数目不对。除掉拿走的和付了钱的以外,总还短少。他自然立即怀疑上了门德尔,因为那个年迈的、走道都不稳的脚夫已经多次向他抱怨,说门德尔欠了他半年的账,他一分钱也还不出来。领班于是格外注意,两天以后,他躲在围火炉的挡板后面,眼看雅科布·门德尔偷偷从桌旁站起身来,走进前室,飞快地从面包篮里拿出两个小面包,饿慌了似的一下子塞进嘴里,于是,当场把他逮住。有了真凭实据,现在那些缺少的面包可有下落了。领班马上向古特纳先生报告了此事。古特纳早在寻找借口,如今喜出望外。他当众训斥门德尔,说他犯了偷窃罪,甚至假装宽宏大量地说,他不想马上报警,但命令他立即滚蛋,永远见鬼去。雅科布·门德尔只是发抖,什么话都不说,摇摇晃晃地从他的座位上站起来，走了。

“多么悲惨啊！”施波席尔太太是这样形容他的离去的。“我永远忘不了他是怎样站起身来的，眼镜推到前额上，脸色煞白，像一条毛巾。他来不及把大衣穿上，虽说是在一月里，您是知道的，那一年可冷哪！他吓坏了，连书都忘在桌上了，我是过后才发现的，还想追上去给他呢。可是他已经跌跌撞撞地出了门。我不敢到街上去，因为古特纳先生站在门口，冲着他的背影破口大骂，过路的人都站住了，围拢来。是啊，真是可耻，我羞愧得要命！这种事情老施坦德哈特纳先生是做不出来的，他不会因为几个小面包把人撵走的，他在的话，门德尔白吃一辈子都行。可是今天的人哪，都是没心肝的。把一个三十多年天天坐在这儿的人撵走——真是可耻，见了上帝，我可不对这件事情负责任——我不负。”

她，这个善良的妇人，变得十分激动，并以老年人冲动时的唠叨劲，翻来覆去地讲这件丑事，讲施坦德哈特纳先生是不会这样的。我不得不问她，我们的门德尔后来怎样了，她是否再见到过他。这时，她失去了常态，愈加激动了。

“每天我从他的桌旁走过时，每一回，您可以相信我的话，我心里就一震。我总是想，他现在会在哪里，可怜的门德尔先生，如果我知道他住在哪里，我会给他带些暖和的东西去的，因为他能从哪儿去挣生火和吃饭的钱呢？就我所知，他在世上没有亲戚。我始终听不到一点点消息，末了，我已经以为他不在人世了，我再也见不到他了。我已经在考虑，是不是让人替他念一段弥撒祭词。因为他是个好人，我们相识二十五年都不止了。

“可是，一天清晨，七点半，对，在二月间，我正在擦黄铜窗栏杆，突然（我是说，我心里一震），突然，门开了，门德尔进来了。您知道，他总是迷迷糊糊、歪着身子挤进来的，可是，这一回不同了。我马上发觉，他东倒西歪，一双眼睛忽闪忽闪，我的上帝，瞧他那副模样，只剩下骨头和胡子了！我看到他这副模样，立刻就明白了。我立刻就想到，他什么都不知道，他在睡觉，大白天出来梦游，他什么都忘了，小面包，古特纳先生，以及他们可耻地把他撵走，他连自己都不知道了。感谢上帝！古特纳先生还没来，领班也正在喝咖啡。我赶紧跑过去，好告诉他，别待在这儿，别让那个野蛮家伙再撵一回。”说到这里，她担心地回头看看，马上改口说，“我是说古特纳先生。接着，我喊他：‘门德尔先生！’他抬起头来，两眼发直。这一眨眼的工夫，我的上帝，真可怕呀！这一眨眼的工夫，他准是什么都记起来了，因为他马上打了一个哆嗦，开始发抖，不只是手指抖，不，全身都抖，从肩膀都可以看出他在发抖，他又急急忙忙朝门口跌撞过去。到了门口，他摔倒了。我们赶紧打电话给急救站，随后，他们把他弄走了，他在发烧。晚上，他就死了，肺炎，高烧，这是医生讲的。他还讲，门德尔来我们这里时，已经失去了知觉。只能是睡着觉的人才会这样进来的。我的上帝，一个人三十六年天天这样坐在这儿，这张桌子可不就是他的家了。”

关于他，我们还谈了很久。我们是认识这位怪人的最后两个，我，当时还年轻，是他使我第一次感受到一种包罗万象的精神生活，尽管他的存在像微生物似的微不足道；她，这个穷困、劳累的厕所清洁女工，从未读过书，她同自己贫困的下层社会里的这个同伴有联系,仅仅是由于二十五年来她一直替他刷大衣、钉纽扣。可是,在他的这张已成陈迹的桌子旁,共同召来他的亡灵时,我们却能相互理解,而且理解得那么深。因为回忆总能把人们联系在一起,怀着爱的回忆更其如此。谈着谈着,她突然想起一件事:“耶稣,我怎么会忘了呢?那本书还在我那儿,就是他当时留在桌上的那本。我上哪儿找他,归还他呢?后来,也没别人告失,我想,就留下它作个纪念吧。这也不是什么犯法的事,对吗?”她匆匆回到后面她的小房间里把书拿了来。我好不费力地强压住了一丝微笑,因为始终以捉弄为乐、有时又爱挖苦的命运,喜欢恶作剧地给震撼人心的事添上滑稽可笑的成分。这是海恩编的《日耳曼恋爱与新奇文学书目》第二卷,它是任何藏书者都熟知的言情文学书目。恰恰是这本言情书目录——书籍各有其命运——作为这位已故魔术师最后的遗物,落到了无知者这双磨破的、裂口的手里,并被当作祈祷书保存下来。我费力地抿着嘴唇,强压住本能地由心中流出的微笑,而这些微的犹豫却使这位正直的妇人感到莫名其妙。我的意思是什么呢?这是本珍贵的书,或是什么呢?

我亲切地同她握手告别。“您只管放心保存吧,我们的老朋友门德尔只会高兴的,至少在几千个为一本书而感激他的人中,有一个人还想着他。”我说完告辞而去。在这位正直的老妇人面前,我感到羞愧,她单纯地却又最富人情味地忠于这位死者。因为她,这个未受过教育的女人,至少保存了一本书,为了更好地纪念他;但是我,我却多少年来一直把旧书贩门德尔忘在了脑后,而恰恰是我,应该知道,人们写书只为越过自己的生存去同众人建立联系，并维护自身来抵御一切生命的严酷的对立面：无常和被遗忘。

(1929)

**胡其鼎 译①**

① 除本篇外，本书其他作品译者为张玉书。

# 象棋的故事*

一艘定于午夜时分从纽约开往布宜诺斯艾利斯去的远洋客轮上，正呈现着解缆起航前惯有的繁忙景象。岸上来送客的人挤来挤去给远航的朋友送行；电报局的投递员歪戴制帽，在各个休息室里大声呼喊着旅客的姓名；有人拿着行李和鲜花匆匆而过；孩子们好奇地沿着梯子上下奔忙，在甲板上演出的船上乐队一直不停地在演奏着。我和我的朋友避开这吵吵嚷嚷拥挤不堪的人群，站在供散步用的甲板上聊天。忽然，在我们近旁，镁光灯闪了两三下：大概在旅客中有什么名人，记者在起航前最后一刻还赶来采访，给他拍照。我的朋友向那边看了一眼，微笑着说：

"您这船上可有个罕见的怪物——琴多维奇。"

我听了他这句话，脸上显然露出一副相当莫名其妙的神情。他就接着解释了几句：

"米尔柯·琴多维奇，象棋世界冠军。他刚在一连串的比赛中从东到西征服了整个美国，现在乘船到阿根廷去夺取新的胜利。"

他一说，我果然想到了这位年轻的世界冠军，以及他平步青

---

* 本篇于一九四一年首次发表。

云、一举成名的一些细节。我的朋友读报纸比我仔细,他说了好些关于此人的轶事趣闻,作为补充。

大约一年以前,琴多维奇一下子就成功地进入了棋坛名手阿廖辛、卡帕布兰卡、塔尔塔柯威尔、拉斯克、波哥留勃夫①的行列。自从一九二二年纽约循环赛上七岁神童雷舍夫斯基②初露头角以来,一个默默无闻的新手闯入棋坛群星的光荣队伍,还从来没有引起过这么大的轰动。因为琴多维奇的智力根本没有预示他会有如此灿烂的前程。不久,透露出一个秘密:这位世界冠军无论用哪一种文字书写,哪怕只写一句话,也不能不出错,而且,像他恼怒的对手之一所刻薄地指出的,"他在任何领域都惊人的无知"。

他父亲是多瑙河上一名极其贫苦的南斯拉夫族的船夫,他的小船一天夜里被一艘运粮食的货船撞沉了。父亲死后,他们那个偏僻小村的神父出于恻隐之心,收养了这个十二岁的孤儿。这位好心的神父千方百计地在家里给这个前额宽阔、不爱说话、有点迟钝的孩子补课,想教给他那些他在乡村学校里没能学会的知识。

但是神父的一切努力全都白费。米尔柯直愣愣地瞪着字

---

① 阿廖辛,俄国象棋名手齐格林派的代表,一九二七至一九三五年和一九三七至一九四六年的世界冠军。卡帕布兰卡,古巴象棋名手,一九二一至一九二七年的世界冠军,一九二七年输给阿廖辛。拉斯克,德国象棋名手,一八九四年起为世界冠军,一九二一年输给卡帕布兰卡,著有关于象棋、数学和哲学的理论作品。塔尔塔柯威尔,象棋一级选手,著有许多象棋理论方面的作品。波哥留勃夫,俄国象棋名手。

② 雷舍夫斯基,美国著名的象棋手,象棋一级选手,不止一次获得美国的个人冠军,在世界冠军赛中获得第三名和第四名。

母，虽说都已经给他解释了上百次，他还是觉得非常陌生；课堂上讲解的最简单的东西，他那迟钝的脑子也记不住。十四岁上，他还扳着指头算数。都已经是个半大不小的男孩了，读书看报还特别费劲。但是，不能说米尔柯脾气乖僻或者犟头倔脑。吩咐他干啥他就乖乖地干啥：担水、劈柴、下地干活、收拾厨房。他办事可靠，托付他的事情，他一定完成，尽管慢得叫人生气。但是最让好心的神父恼火的，却是这个冥顽不灵的少年对世上的一切全都漠不关心。要是没有人特意要他干啥，他就整天什么也不干。他从来不提问题，从来不和别的孩子一块儿玩耍，只要不明确告诉他该做什么活，他是从来不给自己找活儿干的。做完家务事以后，米尔柯就坐在屋里发呆，两只眼睛茫然无神，活像在草地上吃草的绵羊，对周围发生的一切事情完全无动于衷。每天晚上，神父吸着乡下长烟袋，总要和警察局的巡官下三盘象棋，这个淡黄头发的小伙子老是一声不吭地蹲在旁边，低垂着沉重的眼皮，似睡非睡地、漫不经心地看着画有格子的棋盘。

一个冬天的晚上，两个朋友正沉湎于他们日常的棋戏中，这时从街上传来了雪橇的铃声。一辆雪橇沿着村街飞快地驶近，越来越快。一个农民戴着满是雪花的帽子急急忙忙地跑进屋来，恳求神父尽快地去给他垂危的母亲举行临终涂油礼。神父毫不迟疑，立即跟他走了。这时，巡官还没喝完他杯里的啤酒。他又点燃了一袋烟，准备回家。他正在穿高统毛皮靴的时候，忽然发现，米尔柯目不转睛地盯着棋盘上那副未下完的残局。

“怎么，你想下完这盘棋吗？”巡官开玩笑地问道。他完全相信,这个瞌睡懵懂的孩子甚至连棋子怎么走法也不知道。孩子怯生生地抬头看了看他,然后点点头,坐到神父的位子上。走了十四步棋,巡官被杀败了,而且不得不承认,他的失败绝不是什么偶然失误的结果。第二盘的结局也是这样。

"巴兰的驴子说话了!"①神父回家以后惊奇得叫了起来。他向不大熟悉《圣经》的巡官解释,早在两千年前也发生过一次类似的奇迹,一个不会说话的动物突然说起话来,话里充满了智慧。神父不顾时间已晚,抵挡不住心里的诱惑,硬要同他半文盲的学生杀上一盘。米尔柯同样轻而易举地赢了他。米尔柯下得缓慢、顽强、坚定不移,他那前额宽阔的脑袋始终不从棋盘上抬起来。但他下棋下得很稳,毫无破绽。以后接连几天,无论神父还是巡官都没能胜过他一盘。神父比谁都了解他这个弟子在其他方面的智力是何等低下,现在他可真想知道:这种单方面的古怪天才能不能经受得起更加严峻的考验。他让乡村理发师把米尔柯浅黄色的蓬乱头发修剪一番,把他打扮得稍微像样一点,然后用雪橇把他带到邻近的小城。神父知道,该城主要广场的咖啡馆里经常聚集着当地的象棋迷,他根据自己的经验确信,这些人要比他高明得多。神父把这个黄头发、红脸膛的十五岁少年推进咖啡馆,使那里的常客们大为惊讶。这个少年身穿毛皮向里翻的羊皮大衣,脚踏一双沉重的高统皮靴。进了咖啡馆以后,他怯生生地低垂双眼盯着地面,一直呆呆地站在一个角落里,后

---

① 典出《旧约全书·民数记》第二十二章。智者巴兰骑驴赶路,途遇耶和华的使者执刀等在路上。驴子为了避开执刀的使者,三次离开大路。巴兰发怒用杖打驴。耶和华使驴开口对巴兰说:"我向你行了什么,你竟打我这三次呢?"后来耶和华使巴兰看见执刀的使者,巴兰便低头俯伏在地。

来人家叫他到一张棋桌跟前去。第一盘米尔柯给打败了,因为他和好心的神父下棋时,从来没有领教过所谓的西西里开棋法。下一盘他便和城里最好的棋手下成和局。从第三盘、第四盘起米尔柯挨个儿打败了所有的棋手。

在南斯拉夫的外省小城市里,激动人心的事件是很少发生的。因此,乡村冠军的初露锋芒对于聚集在咖啡馆里的那些可敬的公民来说立即成了耸人听闻的事件。当下一致决定,必须让神童在城里待到明天,以便召集象棋俱乐部其余的成员,尤其要到附近城堡里去通知老伯爵西姆奇茨,此人是个狂热的棋迷。神父这时瞧着自己的养子,心里产生一种新的得意之感。发现了一个天才,他固然满心欢喜,可是责任感提醒他,得回到村里去做主日弥撒①。最后他表示同意把米尔柯留在城里接受进一步的考验。棋手们出钱把年轻的琴多维奇安置在旅馆里,这天晚上他生平第一次看见抽水马桶。第二天是星期天,午饭后棋室里挤满了人。一连四个小时,米尔柯一动不动地坐在棋盘边,一言不发,也不抬头看看,就这样一个接一个地击败了他所有的敌手。最后,有人建议跟他来一次车轮战。人们花了不少工夫才使这个反应迟缓的小伙子弄明白:所谓车轮战就是他将同时跟几个敌手对弈。但是他刚一弄清楚这种下法的惯例,他就立即照人说的去办,他慢慢地拖着沉重的咯吱咯吱直响的皮靴,从一张桌子走向另一张桌子。结果八盘中他赢了七盘。

在这以后,象棋俱乐部立即开会认真讨论。虽然严格说来,这位新冠军并非本城人士,可是本乡本土的民族自豪感已经激

① 主日即天主教的星期天。主日弥撒是天主教在星期天早上做的礼拜。

起。没准这个在地图上都未必能够查到的小城竟能破天荒第一次获得被称为名人故乡的荣誉。一个名叫柯勒尔的经纪人平时专给军营的歌舞场介绍演唱小曲的歌女和女歌唱家,这时表示,只要有人提供一年的津贴,他准备安排这个少年到维也纳去,跟他熟悉的一个象棋名手去接受象棋棋艺方面的专门训练。老伯爵西姆奇茨六十年来天天下棋,还从来没有遇到过一个这样奇特的敌手,当下立即签发了这笔款项。从这一天起,这个船夫之子惊人的飞黄腾达就开始了。

半年之后米尔柯就洞悉了象棋技术的全部奥秘,当然,他还有一个稀奇的弱点——这一点往后被行家们多次注意到,并且不断遭到他们的讪笑。因为琴多维奇从来也不会单凭脑子记忆来下棋,哪怕下一盘也不行,用行家的话来说,他不会杀盲棋。他完全缺乏在自己想象力的无限空间中再现棋盘的能力。他眼前必须老有一张画了六十四个黑白方格的真正棋盘和三十二个具体的棋子。即使成了世界名人之后,他还老是随身带着一副可以折叠的袖珍象棋,这样,他要是想复制他所需要的典型棋局,或者解决他感兴趣的问题,就随时随地都能以直观的方式在眼前看到棋子的具体位置。虽然这点瑕疵本身无足轻重,然而它显示了想象力的贫乏,并且在象棋爱好者的圈子里引起了纷纷议论。就像在音乐界,卓越的演奏家或指挥如果被人发现光凭记忆不用乐谱就不能演奏或指挥,定要引起人们的闲话一样。不过这一缺点并没有妨碍米尔柯取得惊人的成绩。他十七岁就已获得十多次各种各样的锦标,十八岁成为匈牙利全国冠军,到二十岁终于荣获世界冠军的称号。许多厉害的棋手在智力、想象力和气魄上毫无疑问是大大超过他的,但是碰到他那坚韧冷酷的逻辑，都一一败下阵来，正如拿破仑[①]败在笨重迟钝的库图佐夫[②]手里，汉尼拔[③]敌不过费边·孔克塔托尔[④]一样，根据李维[⑤]的记载，孔克塔托尔在童年时代就表现出淡漠和呆笨的特点。象棋手本来集各种截然不同的智力特性于一身，兼有哲学家、数学家的精于计算、富于想象等创造性的特质。这样一来，在象棋名手卓越的行列里破天荒第一次混进来一个十足地道的异己分子——一个行动滞重、沉默寡言的乡村青年。即使最机灵的记者也无法从他嘴里勾出一句能够公开登报发表的话来。琴多维奇没有向报纸提供警句妙语，但这一点却为许多关于他个人的趣事轶闻所补偿：琴多维奇在棋桌旁是个无与伦比的大师，可是一站起来，就无可挽救地变成一个怪里怪气、近乎滑稽可笑的人物。尽管他身穿黑礼服，系着华丽的领带，上面还别了一枚嵌着珍珠的有些刺眼的别针，指甲修剪得十分细致，但是举止仪表显示出他依然是从前那个头脑简单的乡下少年，不久前还在村子里给神父打扫厨房。他利用自己的天才和荣誉，尽可能地多赚钱，表现得十分小气，贪得无厌。他捞起钱来笨手笨脚，简直愚蠢到无耻的地步，这激起了同行的愤慨和嘲笑。他从

---

① 拿破仑，一七九九至一八〇四年法兰西共和国的第一执政，一八〇四至一八一五年的法国皇帝。

② 库图佐夫，俄国的著名统帅。一八一二年拿破仑入侵俄国，俄军在库图佐夫指挥下粉碎了拿破仑的军队。

③ 汉尼拔，第二次布匿战争时的迦太基名将。公元前二一八年，他曾经绕道西班牙，越过阿尔卑斯山，进入亚平宁半岛，屡败罗马军队。

④ 费边，罗马统帅，历任执政官。在第二次布匿战争（公元前218—201）时与汉尼拔作战，他采取以逸待劳的延宕战术，消灭敌人有生力量，因而获得“孔克塔托尔”（意为拖延者）的绰号。

⑤ 李维，古罗马历史学家，著有《罗马史》。

一个城市旅行到另一个城市，总是住最便宜的旅馆，只要给他报酬，他就为任何一个寒伧的象棋俱乐部下棋；他让人在肥皂广告上印制他的肖像，甚至同意人家出钱买他的名字去出版一本叫《象棋哲学》的书，丝毫也不理会他的竞争者对他的嘲笑，这些人清楚地知道，他根本连三个句子也写不下来。这本书实际上是加里西尼亚一个穷大学生为一位精明的出版商撰写的。就像一切性格坚韧的人一样，琴多维奇也不懂什么叫可笑。他当了世界冠军以后，就自以为是世界上最重要的人物了。他认为他也击败了所有这些聪明绝顶、才智出众的演说家和作者，这种意识，尤其是他挣的钱比他们还多这个具体的事实使他从过去的手足无措一变而为冷漠的、往往表现为极其笨拙的目空一切。

“话说回来，这样快地取得荣誉，怎么能不冲昏这个空虚的头脑呢？”我的朋友举了几个典型例子说明琴多维奇带着一种纯粹是孩子气的虚荣心来炫耀自己的权势显赫，然后说道，“一个来自巴拿特①的二十一岁的农家青年只要在棋盘上动动棋子，就可以在一星期内赚到一大笔钱，比他全村的人一年内砍伐木材艰苦劳动所得的还多，你说他怎么会不染上虚荣的毛病呢？再说，你的脑子如果根本不知道世界上曾经有过伦勃朗、贝多芬、但丁和拿破仑，那你不是很容易认为自己是一个伟大的人物吗？这小伙子智力有限的脑子里只有一个思想，那就是一连好几个月他没有输过一盘棋，而且因为他根本没有想到世界上除了象棋和金钱以外，还有其他有价值的东西，所以他有一切理由去自我陶醉。”

① 巴拿特，位于罗马尼亚、南斯拉夫和匈牙利之间的一个肥沃的地区。

我朋友的这番话自然激发了我的好奇心。我素来感兴趣的就是各种有偏执狂的人，即囿于某种单一的思想不能自拔的人，因为一个人用来局限自己的范围愈狭小，他在一定意义上就愈接近于无限。正是这种表面上看来对世界上的一切都漠不关心的人，像白蚂蚁一样顽强地用他们特殊的材料建筑着自己稀奇古怪的、然而对他们来说却是独一无二的宇宙缩影似的小天地。因此我直言不讳地表示了我的意图——要在去里约热内卢的十二天旅程中仔细观察这个智力片面发展的古怪样品。

可是我的朋友提醒我说："您未必能做到这一点，据我所知，还没有一个人能从琴多维奇的嘴里掏到过一丁点有助于心理分析的材料。这个狡猾的农民，看来智力低下得令人难以置信，暗地里却是绝顶聪明，他从不暴露自己的弱点。他的办法很简单：除了在便宜旅馆里碰到的一些和他出身相仿的同乡之外，琴多维奇避免跟任何人交谈。他一感到他面前是一个有文化的人，就马上像蜗牛一样缩进自己的背壳；因此，谁也不能夸口说，曾经听到他说了什么蠢话，或者估量到了他那惊人的无知。"

看来我朋友说的话是有道理的。在我旅行的最初几天，如果不是死乞白赖地凑上去，是根本不可能接近琴多维奇的。我当然不会那么厚脸皮。有时他到上层甲板上来散步，反背着双手，神情高傲、专心致志地沉思着，活像一幅名画上的拿破仑。另外，他散步时总是那么匆匆忙忙地冲来冲去，因此，如果我想跟他搭讪，就不得不跟在他屁股后头跑。而他又从来不在休息室、酒吧间和吸烟室露面。我悄悄地向侍者打听消息，据说，他白天的大部分时间都坐在自己舱里一个大棋盘前，研究棋局或重演下过的棋。

三天以后，我可真的生起气来了，琴多维奇的防御策略看来比我想要设法接近他的愿望更为巧妙。我这辈子还从来没有机会去亲自结识一位象棋名手。我现在愈是想了解这一类型的人，我就愈觉得让人的脑子一辈子完全围着一个划成六十四个黑白方格的小块空间转来转去，是不可思议的。根据个人经验，我是深知被称为“国王的游戏”①的象棋所具有的神秘诱惑力的，在人们发明的各种游戏中只有这一种游戏，它的胜负不取决于任何刁钻的偶然性，它只给智慧戴上桂冠，或者确切些说，它只给智力天赋的一种特殊形式戴上桂冠。但是把下象棋说成是一种“游戏”，这难道不是对它进行了一种侮辱性的限制吗？它不也是一种科学，一种艺术吗？一种介乎这二者之间飘浮不定的东西，就像穆罕默德②的棺材介乎天地之间一样。一种包含着各种矛盾的独一无二的混合物：这种游戏既是古老的，又永远是新颖的；其基础是机械的，但只有靠想象力才能使之发挥作用；它被呆板的几何空间所限制，而同时它的组合方式又是无限的；它是不断发展的，可又完全是没有成果的；它是没有结果的思想，没有答案的数学，没有作品的艺术，没有物质的建筑。但是，尽管如此，业已证明，这种游戏比人们的一切书本和作品更好地经受了时间的考验，它是唯一属于一切民族和一切时代的游戏，而且谁也不知道是哪一位神明把它带到世上来消愁解闷、砥砺心智、振奋人心的。它从哪儿开始？又到哪儿结束？它那

---

① 德文“象棋”（Schachspiel）一词由Schach（象棋）和Spiel（游戏）组成。Schach来自波斯文的sah，意为“国王”。所以象棋意译为“国王的游戏”。

② 穆罕默德，阿拉伯人，生于麦加城，是伊斯兰教的创始人。

简单的规则任何一个孩子也能学会，每一个生手都可以尝试，与此同时，在它那永不改变的狭窄的方格里，产生出一种非常特殊的、无与伦比的能手——只具有一种非凡的象棋才能的人。这是一种独特的天才，在他们身上，想象力、耐心和技巧就像在数学家、诗人和作曲家身上一样地发生作用，只不过方式不同、组合相异罢了。过去颅相学研究盛行的时代，有个姓加尔①的德国医生也许会把这种象棋大师的头部解剖一下，以便确定这种象棋天才脑子里的灰色物质是否有一种特殊脑纹，是否和常人不同，有某种特别的象棋肌或象棋瘤。琴多维奇这个人会使这样一个颅相学家多么感兴趣啊！在他身上，于智力绝对停滞之中，迸涌出一股特殊的才能，就像一大块矿石之中隐藏着一缕金矿脉一样。我原则上从来就懂得，这种独特的天才游戏必然会产生值得尊敬的斗士，但我总还是感到很难想象，甚至几乎不能想象，一个头脑活跃的人会把自己的天地局限于一小块一小块黑白空间之上，而且能够在前后左右移动三十二颗棋子的活动中找到毕生的事业。我不能想象这样一个人，他认为开棋的时候先走马而不是先走卒对他来说是英勇的壮举，而在象棋指南的某个犄角里占上一席可怜见的位置就意味着声名不朽；我不能想象，一个聪明人竟然能够在十年、二十年、三十年、四十年之中一而再、再而三地把他全部的思维能力都献给一种荒诞的事情——想尽一切办法把木头棋子王赶到木板棋盘的角落里，而自己却没有发狂成为疯子。

① 加尔，德国医生，颅相学的创始者，宣称根据人的颅骨外形及隆起情况可以判断一个人的才能和性格。

如今,我生平第一次遇到了这样一个人物——一个这样古怪的天才,或者这样神秘的笨蛋,他离我非常之近,在同一条船上,仅仅相隔六个船舱,而我这个不幸的人居然想不出办法来和他接近。我素来对于智力方面的各种事情都十分好奇,这种好奇最后往往变成一种强烈的激情。我于是想出种种荒谬绝伦的计策:一会儿打算刺激他的虚荣心,想假装代表一家有影响的报纸对他进行采访,一会儿又指望唤起他的贪心,建议他到苏格兰各地去作一次颇有收益的旅行比赛。最后,我终于想起了猎人屡试不爽的策略:模仿山鸡发情的叫声来引诱山鸡。要想吸引象棋大师的注意力,还有什么比自己装作下象棋更有效的办法呢?

我这辈子从来没有认真研究过棋艺,理由很简单,我下象棋只是下着玩,纯粹为了消遣。如果说我有时候也下个把小时象棋,那完全不是为了使脑子紧张,相反,是为了在紧张的脑力劳动之后舒展神经。我完全是本着"游戏"①这个词的本义来下象棋的,而真正的棋手下棋却是在"当真",如果我可以这么说的话,下象棋也像谈恋爱一样,必须要有一个对手,可我当时还不知道船上除了我们以外,是否还有别的象棋爱好者。为了把他们引出洞来,我在吸烟室里设了一个极为简单的陷阱。我同我的妻子一起坐在棋桌旁边来引诱猎物,尽管我妻子比我下得更差。果然,我们走了不到六步棋,我们旁边就有一位旅客停下来,接着第二位请求我们允许他在旁边观局,最后我们如愿以

---

① 象棋(Schachspiel)一词的第二部分 spiel 为"游戏",所以作者说本着"游戏"一词的本义,而不是"当真"。

偿，找到了一个对手，他向我挑战，要我同他下一盘。此人名叫麦克柯诺尔，是一位苏格兰采矿工程师，听说他在加利福尼亚钻探石油，攒了一大笔钱。麦克柯诺尔身材不高，粗壮结实，颌骨方方正正，牙齿坚固有力。他脸上血色很好，红得发紫，大概是由于他威士忌喝得太多的缘故，至少这是部分的原因。此人肩膀宽得出奇，简直像竞技者那样孔武有力，可惜在下棋的时候也表现出一副逼人之势。因为麦克柯诺尔先生属于这样一种自以为是、志得意满的人，这种人即使在最无足轻重的比赛中，也把失败看作是降低自己的身份。这位大块头习惯于凭着自己的本事，在生活中死拼硬闯取得成功，他心里充满了特殊的优越感，以致把任何阻力都看成是对自己的极不应该的反抗，几乎就是对自己的侮辱。他输了第一盘，就满脸不高兴，并且开始唠唠叨叨，用一种不容辩驳的口气解释说，只是因为他一时疏忽，才输了这盘棋。输了第三盘，他就怪隔壁客厅里太闹。每输一盘他没有不说再来一盘的。起初，他那种好胜劲儿我倒也觉得怪好玩，可是后来我也就只好硬着头皮忍受下来，既然我想达到预定的目的，把世界冠军引到我们的桌边来，也就不得不忍受这位先生。

第三天我的计划成功了，可是只成功了一半。也许琴多维奇通过上层甲板的舷窗看见我们在下棋，也许只是一般地想到吸烟室来转一转，总之，当世界冠军发现居然有人胆敢擅自玩他的那行技艺，就情不自禁地走近一步，保持适当的距离，向棋盘投来一瞥考察的眼光。这时正好该麦克柯诺尔走。仅看他走这么一步棋，琴多维奇马上就明白了，我们这种外行的比赛对于他这么一位大师来说，根本不值得再多看一眼。就像我们在书店里看到人家推销的一本蹩脚的侦探小说，连翻都不屑于翻开，就随手撂下一样，这位世界冠军也就离开我们的棋桌，走出了吸烟室。“他掂了一下分量，觉得没啥意思。”我想。他那种冷淡、鄙夷的目光多少有点使我生气。为了发泄一下我的怒气，我对麦克柯诺尔说：

“看来，您这一步棋冠军似乎并不十分欣赏。”

“什么冠军？”

我向他解释说，刚才从我们身边走过并且不以为然地看着我们下棋的那位先生，就是世界象棋冠军琴多维奇。我补充说，咱们不会因为他看不起而伤心的，咬咬牙也就挺过去了：对穷人来说，只好清茶淡饭将就着过穷日子嘛！使我感到意外的是，我随口说出的这些话居然对麦克柯诺尔产生了完全意料不到的作用。他立即激动起来，把我们下的这盘棋忘得干干净净。沽名钓誉的念头马上开始在他脑子里活动起来。他说，他压根儿没有想到，琴多维奇就在船上，那么冠军无论如何得跟他下盘棋。他这一辈子还从来没有跟一位世界冠军下过棋，除了有一次同另外四十个人在一起，跟他下过一盘车轮战，就是这次车轮战也是下得够紧张的，他本人差点儿还赢了呢。他问我，是否认识这位冠军，我说不认识。他又问我，愿不愿意跟冠军打打招呼，请他来同我们下盘棋呢？我拒绝了，我的理由是，据我所知，琴多维奇是不大喜欢结识新交的。再说，跟我们这些第三流棋手下棋，对世界冠军来说，又有什么意思呢？

看来对麦克柯诺尔这种自尊心强的人，我是不应该说什么三流棋手之类的话的。他听了以后生气地往椅子背上一靠，粗暴地说，他简直不能相信，琴多维奇会拒绝一位绅士的客气的邀请。他会想办法去邀请的。我应他的请求，给他简单描述了一下冠军的为人。于是麦克柯诺尔便扔下这盘未下完的棋不管，急不可耐地跑到上层甲板上去追琴多维奇。这时，我又一次感到，长着这么宽肩膀的人要是想干什么事，是怎么拦也拦不住的。

我相当紧张地等待着。十分钟以后，麦克柯诺尔回来了，看来他的心情不怎么愉快。

“怎么样?”我问。

“您说得对，”麦克柯诺尔有些气恼地回答，“不是一位很讨人喜欢的先生。我向他作了自我介绍，告诉他我是谁，可他连手都不伸给我。我试着向他说明，我们船上所有的旅客都将感到自豪和荣幸，如果他乐于跟我们进行一盘车轮战的话。可是他的态度生硬得不近人情。他回答说，很遗憾，他同他的经纪人订有合同，规定他在旅行期间只能进行有报酬的表演赛，而且每盘酬金最低金额为二百五十美元。”

我笑起来了。

“我从来也没有想到过，从白方格到黑方格这样动动棋子，竟是如此发财的买卖。我想您也就客客气气地向他告别了吧。”

然而，麦克柯诺尔的样子仍然一本正经。

“比赛定于明天下午三点举行，就在这吸烟室里。我希望我们不至于那么轻易地被他打败。”

“什么？您答应给他二百五十美元啦?!”我十分惊异地叫了起来。

“为什么不呢？C´est son métier①。如果我牙疼，而船上碰巧又有一位牙科医生，那我也不能要求他白白地给我拔牙呀。这人做得很对，应该大敲竹杠。哪一行真正的专家也都是最精明的生意人。至于我，我是主张买卖做得越光明磊落越好。我宁可把现钱付给您的琴多维奇，也不愿向他乞求恩典而末了还得向他千恩万谢。再说我在我们俱乐部里一个晚上输过不止二百五十美元，而那还不是同世界冠军下棋呢。‘三流’棋手输给琴多维奇没有什么可丢人的。”

我真觉得好玩，我说的“三流棋手”这个毫无恶意的说法，竟然如此厉害地刺伤了麦克柯诺尔的自尊心。但是，既然他打算为这种昂贵的娱乐付钱，我对他的这种不大合适的虚荣心也就不加非议了。再说，多亏他的虚荣心，我还有机会认识一下我感兴趣的人物。我们赶紧把这件事告诉了四五个到现在为止自称是象棋爱好者的先生们，并要求他们为这即将举行的比赛不仅预先订下我们的桌子，而且订下所有的邻桌，以便尽可能避免其他过往旅客的干扰。

第二天在指定的时间，我们这伙人都准时到场，一个不落。冠军正对面的桌子当然让给麦克柯诺尔。他心情激动，一支接一支地猛抽烈性雪茄，而且一再焦灼不安地看着手表。然而，世界冠军叫大家足足等了十分钟（想到我朋友讲的那些故事，我早已料到他会来这么一招），这样一来，他的出场就显得分外的隆重。他泰然自若、从容不迫地走到桌旁。他也不向大家作自我介绍——看来，他的无礼似乎是说：“我是谁，你们全都知道，

---

① 法文：这是他的职业。

而你们是谁，我却丝毫不感兴趣。”——就马上用一种干巴巴的、例行公事的语气开始做出具体安排。因为船上没有那么多棋盘，没法进行车轮战，所以他建议，我们大家可以一齐同他对弈。他走一着，然后就退到房间另一端的一张桌子旁边，以免影响我们商量。我们下过一着以后，就用茶勺敲敲茶杯，因为遗憾的是手头没有摇的铃。如果没有人反对，那他建议每走一步最多考虑十分钟。我们当然像怯生生的小学生一样，接受了他的全部建议。琴多维奇要了黑子；他站着回了一步棋，就立即转过身去，退到他方才建议的等候地点。他懒洋洋地躺在安乐椅里，信手翻阅一份画报。

报道这盘棋没有多大意思。不言而喻，它像预料的那样，以我们的彻底失败而告终，而且一共只走了二十四步棋。世界冠军轻而易举地击溃了半打平平常常或者十分差劲的棋手，这件事本身并不足为奇；但是使我们大家十分反感的是琴多维奇的倨傲态度，他明显地让我们感到，他对付我们，不费吹灰之力。他每一次走到桌边，都是故意用一种似乎漫不经心的目光向棋盘扫上一眼，而对我们则根本不予理睬，好像我们也是没有生命的木头棋子似的。他的态度就像人们把一块骨头扔给一只癞皮狗，连看也懒得去看它一眼。我觉得他要是稍微周到一点，知道一点儿分寸，他完全可以指出我们的错误，或者说些友好的话来鼓励鼓励我们。可是，即使下完了这盘棋，这个没有人性的象棋机器人也没有吭一声。他说了一声“将死了”，就一动不动地站在桌旁，显然是想知道我们还要不要再下一盘。碰到这种迟钝粗鲁的人，你是毫无办法的，我已经从位子上站了起来，准备用手势示意，至少对我来说这笔美金交易一了结，我们愉快的相识便就此终结。可是，使我恼火的是，就在这一刹那，坐在我旁边的麦克柯诺尔用十分沙哑的声音说道："再来一盘！"

使我吃惊的是麦克柯诺尔的挑衅口吻，他在这一瞬间的确很像一个准备挥拳出击的拳击家，而不大像一位彬彬有礼的绅士。也许是琴多维奇对待我们的那种侮辱人的态度使他感到愤怒，也可能是他病态的自尊心容易受到刺激，但是不管原因如何，反正麦克柯诺尔完全变了样子。他满脸通红，一直红到发根，鼻翼由于内心激动张得大大的，额上冒出豆大的汗珠，一条深深的皱纹从紧咬着的嘴唇向气势汹汹地往前突出的下巴伸展过去。我不安地注意到，他眼里闪烁着一股无法遏制的怒火，这种怒火通常只有赌台旁边的赌徒才有，如果他所需要的牌在成倍成番地加注以后接连六七次都不出现的话。这时我已经明白，这个好胜心强的狂热分子将要一个劲地同琴多维奇下棋，下普通的注或者下成倍的注，一直下到至少赢他一盘为止，即使这样会花去他的全部财产，他也在所不惜。如果琴多维奇坚持干下去，那么麦克柯诺尔就会变成他的真正的金窖，在他到达布宜诺斯艾利斯之前，他完全可以从这个金窖里挖出几千美元。

第二盘和第一盘没有什么不同，只不过我们这伙人略有增加，因为又来了好几个好奇的观众，而且显得更加活跃。麦克柯诺尔两眼盯着棋盘，好像要以他必胜的意志去感化棋子似的。我感到，为了能向我们冷酷无情的敌手愉快地大喊一声"将死了"，他是非常乐于牺牲一千美元的。奇怪的是，他那种阴郁的激动不知不觉地感染了我们大家。现在每走一着都比先前讨论得更加激烈，我们一直争论到最后一秒钟，才一致同意给琴多维奇发出信号叫到我们桌边来。我们渐渐走到第十七步，使我们惊讶的是,这时出现了一个极为有利的局面,因为我们已经成功地把c线上的卒子推进到倒数第二格$c_2$的位置上,现在我们只消把它推进到$c_1$的位置上,我们就要赢第二个后了。这个取胜的良机过于明显,我们当然觉得很不放心,大家都有点怀疑,这个似乎已经被我们夺得的优势,没准是琴多维奇给我们设下的陷阱,他不是比我们能多看好几着棋吗。但是尽管我们大家一起使劲地研究和讨论,我们仍然看不出他设的圈套是什么。最后,允许的思考时间快要完了,我们决心冒险走一步棋。麦克柯诺尔已经拿起卒子,想把它放在最后一个方格里,忽然,他觉得有人猛地抓住他的胳臂,有个人轻轻地,但是激烈地悄声说道:"千万别那么走!"

我们大家都情不自禁地转过头去。我们身后站着一个约莫四十五岁的男人,他那尖削的瘦脸在我先前散步时就因为它简直像石灰一样奇怪的苍白而引起过我的注意。他大概是几分钟前我们全神贯注地讨论我们下一步棋该怎么走的时候参加到我们这一伙里来的。他看见我们望着他,便匆匆忙忙地补充了几句:

"您现在如果把卒子变成后,那他就立即用$c_1$位置上的象来把它吃掉,而您再用马把他的象吃掉。在这期间,他就会把他那不受牵制的卒子进到$d_7$的位置上,从而威胁您的车。您即使用马将军,这一盘您还是要输的——再走九、十着您就会被将死的。一九二二年阿廖辛在彼斯吉仁循环赛上同波哥尔留勃夫对弈时几乎完全是同样的阵势。"

麦克柯诺尔大为惊讶,他放下手里的棋子,像我们大家一样,不胜惊奇地两眼直盯着这个似乎是从天而降的守护天使。

一个在十来着棋子之前就能算出一副棋的结局的人,想必是个第一流的高明棋手,甚至于说不定是个和琴多维奇旗鼓相当的冠军争夺者,此刻正前去参加同一个比赛。他在这样关键的时刻突然出现,突然参战,对我们来说,简直是一件超乎自然、异乎寻常的事。首先清醒过来的是麦克柯诺尔。

“您建议怎么走呢?”他激动地小声问道。

“先别进卒,暂且避开。先把王从危险区撤出来——从 $g_8$ 走到 $h_7$。这样,您的对手大概会转而进攻另一翼。不过您可以把车从 $c_8$ 走到 $c_4$ 去抵挡。这一来,他就要多走两步棋,并且失去一个卒子,从而也就失去了整个优势。于是你们双方都有卒子互相对垒。只要您防守得当,这一盘您还能走成和局。别的您也不能再奢望了。”

我们又一次惊讶得目瞪口呆。他计算的准确和迅速都使我们大吃一惊。他那样子就像是在照着棋谱一步步地念似的。由于他的参与,我们这盘棋居然能和世界冠军下成和局,这种出人意表的良机毕竟是很诱人的。我们不约而同地全都退到旁边,以免妨碍他看棋。麦克柯诺尔又问了一遍:

“这么说,把王从 $g_8$ 走到 $h_7$?”

“当然,现在最要紧的是避开。”

麦克柯诺尔听从了他的意见,我们敲了敲玻璃杯。

琴多维奇迈着他惯常的随随便便的步伐走到我们桌旁,对我们走的棋只瞥了一眼。然后,他把王翼的卒子从 $h_2$ 移到 $h_4$ 的位置上,就跟我们这位素不相识的帮手所预言的完全一样。而这个人又在激动地低声说话了:

“进车,进车,把它从 $c_8$ 走到 $c_4$,那他就不能不去保卒子了。

不过这对他也无济于事！不要管他的底线卒子，你出击，把马从$c_3$走到 $d_5$，这样均势就恢复了。全力冲过去，不要守了！”

我们不明白，他说的是什么意思。对于我们来说，他讲的话全是中国话①。不过，既然已经着了迷，麦克柯诺尔就不加思考地照他说的走。我们又敲了敲玻璃杯，把琴多维奇叫过来。这时，他第一次不迅速做出决定，而是紧张地看着棋盘。然后他走了一着棋，恰恰就是这位陌生人向我们预告的。琴多维奇都已经转身要走了，可这时发生了一件新奇的、意想不到的事：琴多维奇抬起眼来环顾一下我们这些人。显然他是想弄清楚，在我们中间究竟是谁忽然对他进行这么顽强有力的抵抗。

从这一瞬间开始，我们的激动增长到难以估量的程度。在这之前，我们跟琴多维奇下棋，并没有真抱什么取胜的希望，但是现在，我们能够挫伤琴多维奇冷漠的傲慢这一想法，使我们大家顿时热血沸腾、情绪高涨。我们的新朋友又已指出下一步棋该怎么走，我们可以把琴多维奇请过来了。我便用茶勺敲了敲玻璃杯，手指都有点微微发抖。现在我们初步的胜利已经取得了：琴多维奇在这之前一直是站着下棋的，现在他犹豫再三，终于坐到了棋桌旁。他慢慢地、沉重地坐到椅子上，光这一点就使得我们和他之间原来他对我们那种“居高临下”之势给打破了。我们迫使他和我们处于平等地位，至少在外表上是如此。他考虑了老半天，眼睛一动不动地凝视着棋盘；他那沉重的眼皮耷拉下来，我们几乎都看不见他的眼珠。由于紧张地思考，他的嘴渐

---

① 欧洲人认为中国话极为难懂。这句话比喻这人说话的意思艰深难懂，犹如中国话。

渐地张开,这使他的圆脸显出一副蠢相。琴多维奇考虑了几分钟,然后走了一着,就站起身来。我们的朋友立刻低声说道:

"这步棋是拖延时间!想得好!不过不要去理它!逼他拼个子儿。一定要拼!拼过以后就是和局了,谁也帮不了他的忙了!"

麦克柯诺尔照他说的走了一步棋。双方棋手(我们大家早已沦为可有可无的配角)下面的走法,对我们来说乃是莫名其妙的棋子的移动。走过七八着以后,琴多维奇思考了好一会儿,然后抬起头来对我们说:"和了。"

霎时间,四下里一片寂静。忽然听见海浪的翻滚声,隔壁客厅里的收音机传来的爵士乐曲声,上层甲板上散步者的每一个脚步声,以及从窗框里透进来的轻微的风声。我们大家都屏住呼吸,事情发生得这么突然,我们大家简直被这难以置信的事情给吓住了:这位素不相识的陌生人竟能迫使世界冠军屈从于他的意志,而且是下的一盘已经输了一半的棋。麦克柯诺尔大声地吁了一口气,往后一靠,嘴里冲出一声得意的"啊"。我又仔细地观察了一下琴多维奇。在走最后几步棋的时候,我就觉得,他的脸色似乎变得苍白了一些。但是世界冠军善于控制自己。他仍然保持一种似乎无所谓的呆木神气,用一只平稳的手把棋盘上的棋子扒拉到一边,问道:

"想不想下第三盘,先生们?"

他是用一种毫无感情、就事论事的语气提出这个问题的,但奇怪的是,冠军似乎完全没有注意麦克柯诺尔,而是死死地盯住我们的救星的眼睛。就像一匹马从一个骑者比较坚定的骑姿中认出这是个更为高明的新骑士一样,琴多维奇想必也从最后几步棋里看出，实际上他真正的对手是谁。我们也情不自禁地跟着琴多维奇的眼光，好奇地凝视着这位陌生人。但是这个人还没来得及思考或者答复，那虚荣心强、十分激动的麦克柯诺尔已经洋洋得意地冲着他喊了起来：

“那还用说！不过这一盘您得单独跟他下。您一个人同琴多维奇对弈！”

可是这时发生了一件完全没有预料到的事情。这位陌生人非常奇怪地一直十分紧张地凝视着空棋盘，他发现所有的目光都盯着他，并且听到麦克柯诺尔这样热情洋溢地跟他说话，身上不觉一哆嗦。他脸上的表情显得十分慌乱。

“绝对不行，先生们，”他结结巴巴地说，显得非常惊慌失措，“这是完全不可能的……我绝对不行……我已经二十年，不，二十五年没下棋了。我现在才发现，未经诸位允许就参与您们的比赛，是多么不恰当的行为。请原谅我的鲁莽。我不愿再继续打扰诸位了。”我们惊异得还没有缓过劲来，他已经转身走出了吸烟室。

“不过，这是完全不可能的事啊！”容易激动的麦克柯诺尔用拳头猛敲一下桌子，大声嚷道，“这人说他二十五年没下过棋，这是绝对不可能的！他不是在五六着棋之前就已经算出每一步棋和每一个对策了吗！这种事情可不是谁都能轻易做到的啊。这简直是完全不可能的，是不是？”

麦克柯诺尔不由自主地向琴多维奇发出上面的问题。但是世界冠军的神情十分冷淡。

“这件事情我无法判断。不过不管怎么说，这位先生下棋下得不很平常，怪有意思；所以我故意给他一个略占上风的机会。”

说着他懒洋洋地站起来，用他惯有的就事论事的语气补充了一句：

“要是这位先生或者诸位先生明天还想再下一盘，那我从三点钟起听候诸位吩咐。”

我们忍不住都微笑起来。我们每个人都非常清楚，琴多维奇绝不是因为慷慨成性而给了我们不知名的帮手一个机会的，他的这种说法无非是企图掩盖自己失败的一个愚蠢的遁词。因此我们更加强烈地想要看到这个傲慢者受到屈辱。一下子我们这些生性平和、懒懒散散的旅客突然产生了一种强烈的、雄心勃勃的战斗欲望。在我们船上，在一望无垠的大海上，世界冠军将在我们手下败北，而这一记录将由各通讯社向全世界播发，这个想法刺激着我们，使我们陶醉。此外，我们的救星恰好在关键时刻出乎意料地前来参战，这事更发出一种神秘的魔力，他那近乎羞怯的谦逊同职业棋手不可动摇的自负又形成了鲜明的对照。这个陌生人究竟是谁呢？莫非偶然的机遇使我们眼前又出现了一名至今尚未发现的象棋天才？还是说，由于某种尚未查明的原因，一位大名鼎鼎的象棋大师向我们隐瞒了他的姓名？我们十分激动地讨论着所有这些可能性，甚至最不可思议的假设对我们说来也还不够大胆，他那神秘莫测的胆怯和他出人意料的自白，这一切怎么也不可能和他显而易见的卓越棋艺协调起来。但是，有一点我们大家意见完全一致：绝对不能放弃重新鏖战一场的机会。我们决定想尽一切办法使我们的帮手在第二天同琴多维奇对弈。麦克柯诺尔答应承担这次比赛物质方面的风险，而我作为陌生人的同胞——我们这时已从侍者那里打听到陌生人是奥地利人——被全权委托向他转达我们的请求。

我没花多少时间就在上层甲板上找到了这个匆匆溜走的陌生人。他躺在躺椅上看书。在我走过去之前,我先利用这个机会,仔细地看了看他。他躺着,把他尖削的脑袋仰卧在枕头上,看上去有些疲劳。我又一次惊异地发现,他那还算年轻的脸,苍白得异乎寻常,两鬓全都白了。我也不知道为什么,但却有这样的印象,觉得他一定是突然变老的。我刚刚走近他,他就客气地站起来,进行自我介绍。他所说的姓氏,我一听就很熟悉,这是奥地利一家古老的名门望族。我记得这家的一个成员是舒伯特①的至交,另一位是老皇帝的御医。当我向这位B博士表示我们请他接受琴多维奇的挑战时,他显然大为震惊。原来他根本没有想到他刚才是在同世界冠军下棋,而且下得相当成功。不知道为什么这个消息给予了他强烈的印象。他一再反复问我,我是否确信他的敌手真是大名鼎鼎的国际锦标获得者。我很快懂得了,这一情况大大减轻了我的使命的艰巨性。但是,我感到我是在同一位非常周到、极有教养的人打交道,所以如果他输了将由麦克柯诺尔承担物质损失一事,我决定还是不提为好。B博士犹豫了好一会儿,最后同意参加比赛,但他请我向我的朋友们事先说清楚,大家对他的才能不要寄予太大的期望。

"因为,"他带着一种梦幻似的微笑补充说,"我确实不知道能不能按照全部规则下棋。请您相信我,我上次说从中学时代起,也就是二十多年来我没有动过棋子,我这样说并不是虚伪的

---

① 舒伯特(1797—1828),奥地利著名作曲家。

谦逊。而且即使在那时候，我也只不过是个平平庸庸的棋手而已。”

他说得那么自然，以致我丝毫也不怀疑他的真诚。可是各个大师下过的棋局他都记得清清楚楚，准确无误，我不由得对此表示了我的惊讶。我说，不管怎么说，想必他至少在理论上对棋艺进行过大量的研究吧。

B博士的脸上又掠过了一个奇怪的梦幻似的微笑。

“大量研究？天晓得！这话大概可以这么说吧。我对象棋是进行了大量的研究。不过那是在一种非常特殊的、可以说是绝无仅有的情况下发生的。这是一个相当错综复杂的故事，它可以作为一个小小的插曲，用来说明我们这个美妙的伟大时代，要是您能忍耐半个小时的话。”

说着，他指了指旁边的一把躺椅。我欣然接受了他的邀请。周围一个人也没有。B博士摘下他看书时戴的花镜，搁在一边，开始说道：

“您客气地提到，您作为一个维也纳人记得我们家的姓氏。但是我估计，您未必听说过起初由我父亲和我、后来由我自己主持的律师事务所。因为我们根本不受理报纸上公开议论的案件，并且原则上避免接受新的当事人的委托。事实上，我们后来根本就不再从事一般的律师业务，而只限于充当法律顾问和管理一些大修道院的财产。我父亲过去是天主教政党的议员，和这些修道院过从甚密。此外，在帝制已成历史陈迹的今天，下面这件事情我们也不妨公开谈论——我们还受托管理皇室某些成员的资产。我们家同皇帝以及教会的联系（我的一个叔叔是皇帝的御医，另一个是寨滕希特顿修道院的院长)，可以追溯到前两代，我们只要保持这些联系就行了。委托人对我们的信任是从老一辈那里传下来的，而随着他们的信任，那静悄悄的可以说是无声无息的工作也就落到我们身上。这些工作向我们提出的要求不过是严加保密和忠诚可靠，先父充分具有这两种品质。只是由于老练周到，他才成功地在通货膨胀年代和改朝换代以后为我们的委托人保存了可观的财产。后来，希特勒在德国上台执政，开始侵吞教会和修道院的财产，于是由我们经手和国外进行一些谈判和交易，为的是至少还能挽救一些动产，使之免遭没收。关于皇室和教廷①所进行的某些秘密的政治交易，我们两人所知道的远比外界知道得多。可是正因为我们的事务所很不惹人注目，我们门上连个牌子也没挂，再加上我们小心谨慎，我父亲和我特意避免和保皇派来往，这使我们免于遭受那些好管闲事之辈的多方询问。事实上，奥地利当局在这些年代里从来没有料到，皇室的秘密信使一直在我们这个坐落在五层楼上的不显眼的事务所里投递或者领取特别重要的信件。

"大家知道，还在国社党②党徒武装他们的军队去进攻全世界以前很久，他们就在与德国毗邻的所有国家里开始建立一支由被损害、被轻视和被侮辱的人组成的队伍，一支和他们的军队同样训练有素和极为危险的大军。每一个办公室，每一个企业都有他们所谓的基层组织，他们的间谍和奸细到处都是，包括陶

---

① 指梵蒂冈的罗马天主教教廷。

② 国社党，希特勒的政党，原名全称为"国家社会主义德国工人党"，简称"国社党"，贬称"纳粹"。

尔斐斯[1]和舒什尼格[2]的私人府邸在内。就是在我们简陋的事务所里，也坐着他们的暗探，可惜我知道得太晚了。此人当然只是一个可怜而无能的办事员，是一位神父介绍来的，我们雇用他只是为了使我们的事务所对外像一个正常的办事机构；事实上我们给他干的事，无非是些无关紧要的外差、接接电话、整理整理文件，那些文件当然都是无足轻重、没有问题的。邮件是从来不许他拆的。所有重要的信件都由我亲自在打字机上打出来，而且只打一份，不留副件。每一份重要的文件我都亲自带回家去，而秘密谈判只在修道院的院长或者我叔叔的御医办公室里进行。由于采取了这些预防措施，派到我们这里来的那个坐探看不到任何实质性的东西。但是，一件不幸的偶然事件使这个野心勃勃、虚荣心盛的家伙睁开了眼睛，他注意到我们不信任他，背着他在做一些很有趣的事情。可能，当我不在的时候，一位信使不小心说了'陛下'，而没有按照我们的约定说'贝恩男爵'，要不就是这个流氓非法拆看了我们的信件——反正在我怀疑他之前，他就已经从慕尼黑或者柏林得到了监视我们的命令。一直到很久以后，我都已经被捕入狱，我才想起他开头干活如何懒散，后来，在最后几个月里突然变得很卖力气，好几次他巴结得过火，硬要把我的信件送到邮局去。我不能说我没有一点疏忽大意的地方，不过，话说回来，我们时代那些最为杰出的外交家和军人不也是被这帮希特勒匪徒卑鄙地暗算了吗？盖世

---

① 陶尔斐斯，一九三二年五月起任奥地利总理兼外交部部长，一九三四年为德国纳粹分子所刺杀。

② 舒什尼格，一九三四至一九三八年任奥地利政府总理，后被纳粹推翻，被关进集中营。

太保早已虎视眈眈地把注意力集中到我身上，这可以从下述事实得到极为具体的证实。在舒什尼格宣布辞职的当天晚上，也就是希特勒进入维也纳的前一天，我就已经被党卫军逮捕了。幸亏，我刚从收音机里听到舒什尼格的辞职演说，还能及时地把所有最重要的文件全都烧毁，而其余的文件，包括一些修道院和两位大公爵存放在国外的财产的不可缺少的凭据，我都藏在一个装脏衣服的提篮里，由我年老忠实的女管家带到我叔父家里。所有这一切都真正是在希特勒分子闯进我家前的最后一分钟完成的。”

B博士停了一下，点燃了一支雪茄。火柴一亮，我看见他的右嘴角神经质地抽动了几下。这点我先前早已注意到了。我发现，这种痉挛，隔几分钟就要重复一次。只是轻微地抽动一下，转瞬即逝，几乎难以觉察，可是使他的脸显得特别不安。

“您大概以为我现在要讲那些忠于我们古老的奥地利的人都关在那里的集中营，以及我在那里所受的屈辱、拷打和折磨吧。这样的事情并没有发生。我被算作另外一种囚犯。我没有同那些不幸的人囚禁在一起，希特勒分子用尽一切办法折磨他们的心灵和肉体，把积聚起来的愤懑都发泄在他们身上。我则被列入另外一类人之中，这种人数目很少，国社党徒指望从他们身上敲诈金钱或者勒索重要情报。盖世太保对我这么一个微不足道的小人物本身当然毫无兴趣，不过他们大概听说，我们是他们最大的敌人的财产委托人、监护人和心腹。他们想从我这儿榨取的，是一些罪证材料，可以用来向修道院提出公诉，证明它们隐瞒财产；他们可以用这些罪证材料来反对皇室和一切在奥地利为皇室奋斗牺牲的人们。他们估计，而且也并非没有根据，我们经手的大部分基金还隐藏得好好的，他们要想侵占还很难办到。正因为如此，他们在第一天就把我抓了去，他们指望用他们屡试不爽的方法从我这里获得这些秘密。由于他们想从我这一类人身上敲诈金钱或者勒索重要材料，所以我们没有被送到集中营去，而是受到一种特殊的待遇。您大概记得，我们的首相①以及罗特希尔德②男爵（纳粹分子希望从他的亲戚那里诈取几百万元）都没有被投入围着铁丝网的集中营，却似乎是备受优待，被安置在‘大都会饭店’里，——盖世太保的总部也设在那里——每人住一个单间。连我这个毫不起眼的小人物也获得了这种优厚待遇。

“在大旅馆里独自住单间——这话听起来极为人道，不是吗？不过，请您相信我，他们没有把我们这些‘要人’塞到二十个人挤在一起的寒冷的木棚里，而是让我们住在大旅馆还算暖和的单间里，这并不是什么更加人道的待遇，而是更为阴险的手段。他们想从我们这里获得需要的‘材料’，不是采用粗暴的拷打或者肉体的折磨，而是采用更加精致、更加险恶的酷刑，这是想得出来的最恶毒的酷刑——把一个人完全孤立起来。他们并没有把我们怎么样——他们只是把我们安置在完完全全的虚无之中，因为大家都知道，世界上没有什么东西能像虚无那样对人的心灵产生这样一种压力。他们把我们每一个人分别关进一个完完全全的真空之中，关进一间和外界严密隔绝的空房间里，不是通过鞭笞和严寒从外部对我们施加压力，而是从内部产生压

① 指舒什尼格。

② 罗特希尔德，德国大银行家。

力,最后迫使我们开口。乍一看来,分给我的房间似乎并没有什么使人不舒服的地方:房里有门,有床,有张小沙发,有个洗脸盆和一个带栅格的窗户。不过房门日夜都是锁着的;桌上不得有书报,不得有铅笔和纸张;窗外是一堵隔火的砖墙;我周围和我身上全都空空如也。我所有的东西都被拿走了:表给拿走了,免得我知道时间;铅笔拿走了,使我不能写字;小刀拿走了,怕我切断动脉;甚至像香烟这样极小的慰藉也拒绝给我。除了看守,我从来没有看见过任何一张人的脸,就是看守也不许同我说话,不许回答我的问题。我从来没有听见过任何人的声音。从早晨到夜晚,从夜晚到黎明,我的眼睛、耳朵以及其他感官都得不到丝毫滋养。我真是形影相吊,成天孤零零地、一筹莫展地守着我自己的身体以及四五件不会说话的东西,如桌子、床、窗户、洗脸盆;我就像潜水球里的潜水员一样,置身于寂静无声的漆黑大海里,甚至模糊地意识到,通向外界的救生缆索已经扯断,再也不会被人从这无声的深处拉回水面了。我没有什么事情可做,没有什么可听,没有什么可看。我身边是一片虚无,一个没有时间、没有空间的虚无之境,处处如此,一直如此。你在房里踱来踱去,你的思想也跟着你走过来走过去,走过来走过去,一直不停。然而,即使看上去无实无形的思想,也需要一个支撑点,不然它们就开始毫无意义地围着自己转圈子,便是思想也忍受不了这空无一物的虚无之境。从早到晚你老是在期待着什么,可是什么事情也没有发生。就这样等着等着,什么也没有发生。等啊等啊,想啊想啊,一直想到脑袋发痛。什么也没有发生。你仍然是独自一人。独自一人。独自一人。

“这样继续了两个星期,这两个星期我是置身于时间之外,置身于世界之外活过来的。要是当时爆发了一场战争,我也不会知道;我的世界仅限于桌子、门、床、洗脸盆、小沙发、窗户和墙壁之间。我老是一个劲地望着同一面墙上的同一张糊墙纸,我盯着它看的时间如此之长,以致糊墙纸上那种锯齿形图案的每一根线条都像用雕刻刀深深地刻在我大脑最深的褶纹里。最后审讯终于开始了。我被突如其来地叫了出去,都搞不清楚那是白天还是黑夜。被叫之后,就给带着穿过几条走廊,也不知道要到哪儿去;然后,在一个什么地方等着,也不知道是个什么地方;突然,又站到了一张桌子前面,桌旁坐着几个穿军装的人。桌上放着一叠纸——那是档案,不知道里面是些什么;接着开始提问:问题真真假假,有的明确,有的刁钻,有的打掩护,有的设圈套;你回答问题时,别人恶毒的手指在翻动着文件,而你不知道那里面写的是什么,别人恶毒的手在做着记录,而你不知道它在写些什么。不过,对我来说,在这些审讯中,最可怕的是,我永远也猜不出,而且也无法料到,关于我的事务所办理的业务,盖世太保究竟已经知道了什么,他们到底还想从我口里掏些什么出来?我已经给您说过,我在最后时刻,已经把一些可以构成罪证的文件通过我的女管家带去交给了我的叔父。可是他收到了这些文件呢,还是没有收到?我们的那个雇员究竟泄露了多少秘密?他们到底截住了我们多少信件?这期间他们从我们代理事务的那些德国修道院里,说不定已经从哪一个笨拙的神父那里诈出了多少线索?他们盘问再三。我为某某修道院买过哪些有价证券?我同哪些银行有业务往来?我认识不认识一个名叫某某的先生?我从瑞士以及天晓得还从什么地方收到过信没有?因为我无法揣测他们究竟已经查明了多少情况,我的每一个回答便承担了极其严重的责任。如果我承认了他们还不知道的某件事,我就可能毫无必要地使别人遭殃;而如果我否认的事情过多,结果我就害了自己。

“然而审讯还不是最糟的。最糟的是审讯之后回到我的虚无中去——回到那同一个房间去。那里还是同一张桌子,同一张床,同一个洗脸盆,同样的糊墙纸。因为我一旦只身独处,我就设法逐一回想审讯时的情景,思考着我该怎么回答才最聪明,盘算着下一次我得说些什么,才能打消我说不定一言不慎而引起的怀疑。我来回考虑、反复思考、仔细检查我向审判官说的口供中的每一句话,我重新想起他们提出的每一个问题,我做出的每一个回答。我试图掂量一下,我说的哪些话可能被他们记录了下来,可我心里明白,这种事情我是永远也不可能猜出来,永远也不可能知道的。但是,这种思想,一旦在空房间里开始运转,就不停地在我脑子里盘旋,一再周而复始,引起各式各样别的联想,连睡梦中也不得安宁。每次盖世太保审讯之后,我自己的思想就同样无情地折磨我,脑子里一再重复盘问、追究、虐待的苦刑。这说不定比审讯之苦还更加残忍,因为在审判官那儿的审讯经过一个小时总是要结束的,但是由于这种孤独的阴险折磨,我脑子里的审讯却永无休止。在我的身边总是只有桌子、柜子、床、糊墙纸、窗户。没有任何使人分心的东西,没有书,没有报纸,没有新来的人的脸,没有可以写点什么的铅笔,没有一根可以拿来玩的火柴棒,什么也没有,什么也没有,一无所有。现在我才发现,把人单独囚禁在大旅馆的房间里,这种办法是多么恶毒,对人的心理打击是多么致命。在集中营里,你大概得用手推车去推石头,直到双手鲜血淋漓,鞋里的双脚冻坏为止。你大概得跟二十多个人挤在一起，住在又臭又冷的斗室里。然而在那儿看得见好多人的脸，那儿有田野，有手推车，有树木，有星星，那儿总有点什么可以瞧瞧。而这儿呢，你身边的东西从来也不改变，绝对不变，那可怕的一成不变。这儿没有任何东西可以分散我的注意力，使我摆脱我的思想、我的疯狂的想象和我的病态的重复。而这个恰好就是他们想要达到的目的：他们企图用我自己的思想来窒息我，直到我喘不过气来，那时我只好把我的思想倾吐出来，招出口供，招出他们想要知道的一切，供出别人和材料，此外别无出路。

“我渐渐感到，在这一片虚无的可怕压力下，我的神经开始松弛。意识到这个危险，我就竭尽全力绷紧我的神经，紧到快要绷断的地步，我拼命去找些事情，或者去想些事情来散散心。为了使自己有事可做，我就试着在脑子里重现过去背熟的东西，把它们朗诵出来，民歌啊，儿歌啊，中学里学的荷马史诗啊，以及民法法典的条文啊。后来我就试着演算算术题，我在脑子里任意加着和除着数字，但是我的记忆力在一片空虚之中什么也抓不住。我没法把思想集中在什么事情上。想着想着就会冒出同一个思想，而且老是出现：他们知道什么？昨天我说了什么？下一次我该说些什么？

“这种实在难以描绘的状况持续了四个月之久。四个月——写起来容易，不过才三个字！说起来也容易：四个月，一共才几个音节。用四分之一秒的时间，嘴唇就迅速地发出这些音：四个月！但是谁也没法描绘、衡量，并且说清楚，在没有空间、没有时间的情况下，一段时间究竟拉得有多么长，这事你向任何人也讲不清楚，就是向你自己也讲不清楚。你周围空虚一片，一片空虚，成天看见的老是桌子、床、脸盆、糊墙纸，身边老是一片沉默，看见的老是那个看守，他把饭塞进来，连看也不看你一眼，同样的一些思想在虚无之中老是在你脑海里盘旋，直到你发疯为止。你向谁也没法解释，这一切是如何使我崩溃和毁灭的。我从某些细微的征兆中极为不安地意识到，我的头脑已经陷入混乱状态。起初，我被提审时，头脑还是很清楚的，我回答问题泰然自若，深思熟虑，那种双重的思路还在起着作用，想到哪些话该说，哪些话不该说。而现在，就是最简单的句子，我也只能结结巴巴地说出来，因为我在招口供的时候，我像着了魔似的，眼睛死盯着在纸上滑来滑去记录口供的那支笔，仿佛我想紧紧跟上我自己说的话似的。我感觉到，我的力量渐渐支持不住，我感到这一时刻渐渐逼近：我为了救我自己，我将把我所知道的一切，说不定还有更多的东西都说出来，为了逃脱这使人窒息的虚无，我将出卖十二个人，供出他们的秘密，而我自己除了得到片刻的休息，别无所获。一天晚上，的确已经到了这个地步：看守恰好在我快要憋死的时候给我送饭来了，于是我忽然冲着他的背影大叫起来：'带我去受审！我什么都说！我什么都交代！我要告诉他们文件和钱在哪儿！我都说，我什么都说！'幸亏他没有再听我说下去。说不定他也不想听我说。

"就在这极端严重的危急关头，发生了一件意想不到的事情拯救了我，至少在一段时间内拯救了我。这是七月底的一个昏黑阴沉的下雨天：我之所以这样清楚地记得这个细节，是因为我被带去受审的时候，路过的走廊里，雨水正打在窗玻璃上。在审讯室的前厅里我得等半天。每次提审都得等，这也是他们的手段的一部分。突然叫你受审，半夜里冷不丁地把你从囚室里带走，先让你神经紧张起来，等你做好受审的思想准备，理智和意志全都振作起来准备进行抵抗了，他们又让你无谓地等着，等了又等，一等就是一小时、两小时、三小时，使你身体疲惫，心力衰竭。这一天是星期四，七月二十七日，他们让我等的时间特别长。我在前厅里足足站着等了两个小时；我之所以连这日期也记得这么清楚，是有特别的原因的，因为在这个前厅里我站了两个小时——不言而喻，我是不许坐下的——直站得我腿脚僵直，而在这里恰好挂了一个日历，我没法向你解释，我当时如何如饥似渴地想看到一些印刷的东西，看到一些写的字，所以墙上'七月二十七日'这短短的一行字，我是目不转睛地看了又看；我简直把它们一口吞下，刻在我的脑子里。然后我又等啊等啊，我的眼睛死盯着房门，看它什么时候终于会打开来，同时我又再三考虑，这些审判官这次会问我一些什么问题，而我心里明白，他们问我的问题，将和我准备回答的问题完全不同。可是尽管如此，这种等待和站立的折磨同时也是一种幸福，一种快乐，因为这间屋子怎么说也和我住的那间屋子不一样，它比较宽敞，有两扇窗，不像我的房间只有一扇窗，而且没有床，没有脸盆，窗台上也没有那道特别的裂缝，这个裂缝我仔细观看了不下千百万次。门上漆的颜色也不一样，靠墙放着另外一张小沙发，左边是一个档案柜，还有一个装着衣钩的衣架，衣钩上挂着三四件湿漉漉的军大衣，是那些折磨我的家伙们的大衣。这一来我有一点新鲜的东西、另外一些东西可看了，我那如饥似渴的眼睛终于又可以看点别的东西了，它们贪婪地抓住每一个小地方。我仔细地观察着这些大衣上的每一个皱褶，譬如说，我注意到有个水珠，挂在一件大衣的湿领子上，这话您听起来也许觉得非常可笑，可我以一种十分荒唐的激动心情等待着，看这颗水珠最后是否会顺着皱褶流下来，抑或抵抗住了万有引力，还在衣领上多待一会儿——是啊，我一连几分钟屏住呼吸，目不转睛地凝视着这滴水珠，仿佛我的生命就靠它来决定。等到这滴水珠终于滚落下来以后，我又去数大衣上的纽扣，第一件上面是八粒，第二件也是八粒，第三件是十粒；接着，我又把几件大衣的翻领互相比较：我那饿得发慌的眼睛以一种难以形容的贪婪抚摸、玩弄、抓住所有这些可笑的、极不重要的琐碎细节。突然我的目光停留在一样东西上面。我发现有一件大衣边上的口袋有点鼓鼓囊囊。我把身子挪近一点，从那鼓鼓囊囊的东西呈现的四四方方的形状看出，这个有点膨胀的口袋里藏的是什么：是一本书！我的双膝开始哆嗦起来：一本书！足足四个多月之久，我手里没有拿过一本书，在一本书里可以看到排成一行行的字，可以看到好多行，好多页，好多张，在一本书里可以读到我所不知道的新鲜的、使人分心解闷的思想，可以追随这些思想的发展，可以把它们记在脑子里，单单设想一下这么一本书，就已经使人为之陶醉，同时又使人浑身酥麻。我的眼睛像着了魔似的死死地盯着那个小鼓包，这是那本书在口袋里构成的形状。我的眼睛望着这个极不显眼的地方，望得眼里都冒出火来了，仿佛它们想在大衣上烧个窟窿似的。最后我再也克制不住我的欲望；我不由自主地把身子挨得更近。哪怕能用手隔着呢料去摸一摸这本书也好，单单这个念头，就使我手指一直到指甲的神经都激动起来。我几乎自己也不知道，我的身体越来越挨近墙壁。幸亏看守没有注意我这肯定是非常古怪的举动；也许他也觉得，一个人直挺挺地站了两个小时之后，想往墙壁上靠一靠，是非常自然的事情。最后，我离开大衣已经非常之近，我故意把两手放在背后，以便它们能毫不引人注意地摸到大衣。我摸了摸呢料子，透过呢料子，的确感觉到有一个四四方方的东西，这东西弯得动，而且轻微地发出窸窸窣窣声——这是一本书！一本书！我脑子里像闪电似的闪过一个念头：把这本书偷来！也许能偷到手，那你就可以把它藏在囚室里，慢慢地读啊读啊，终于又能读到书了！这个念头刚进入我的头脑，便像烈性毒药似的立即发生作用：一下子，我的耳朵嗡嗡直响，我的心脏怦怦直跳，我的双手冰凉，都不听使唤了。但是在最初的一阵晕眩过去之后，我就悄悄地、巧妙地更加挨近那件大衣。我一面两眼注视着看守，一面用藏在背后的双手把那本书从下往上托，越托越高。然后，伸手一抓，轻轻地、小心翼翼地往外一抽，突然那本篇幅不是很大的小书便到了我的手里。这时候我才被我自己干的事情吓了一跳。然而我已经没有退路。可是把这书往哪儿搁呢？我把这本书在我背后塞到裤子里系腰带的地方，然后从那儿渐渐地移到腰部，这样我在走路的时候，用军人的姿态把手贴着裤缝，也就可以把书夹住。现在得看看第一次考验能否通过。我把身子从衣架那儿挪开，一步，两步，三步。行，挺顺利。我在走路的时候，可以把书夹住，只要我把手夹紧腰带就行了。

“接着就是审讯。这次审讯要求我比以往任何一次都付出更大的精力，因为在我回答问题的时候，我的全部力量，其实并没有集中在我的口供上，而是集中在如何夹住这本书而不引起别人注意这件事情上。幸亏这次审讯的时间比较短，我顺顺当当地把书带到了我的房间——我不想说全部细节，免得耽搁您时间太长，因为有一次危险极了，我们刚走到走廊的当中，这本书从裤腰上滑了下来，我只好假装猛烈咳嗽，这样我就弯下腰去，把书又平平安安地塞回到腰带底下。当我带着这本书回到我的地狱，终于独自一人，可是又再也不是孤零零地独自一人的时候，这是多么幸福的一瞬啊！

“您现在大概猜想，我一定马上抓起书来，仔细观看，读了起来。完全不是这样！我首先得充分品味一下身边有了一本书的快乐，我故意延长这种使我的神经奇妙地兴奋起来的喜悦，我心里暗自思忖，这本偷来的书最好是一本什么类型的书呢：最要紧的是印得密密麻麻，排得很挤，有很多很多字，有很多很多薄薄的书页，以便我能多读一些时间。然后我希望，这是一本使我精神上能够紧张起来的著作，不是浅薄的、轻松的作品，而是可以学习可以背诵的东西，譬如诗歌，最好是——这是何等大胆狂妄的梦想啊！——歌德或者荷马的作品。可是最后，我再也控制不住我的欲望，我的好奇心，于是我平躺在床上，这样，要是万一看守突然把门打开，他也不会看出破绽——然后哆哆嗦嗦地把书从我的腰带底下抽了出来。

“我往书上看了第一眼就大失所望，甚至使我恼怒已极。我冒了那么巨大的危险偷来的这本书，我怀着那么热切的期待留到现在才打开的这本书，不是别的，竟是一本棋谱，是一百五十盘名家棋局的集锦。要不是我的窗户关得严严的，而且还加上了铁栅栏，我一怒之下，一定把这书从打开的窗户里扔了出去，因为你叫我拿这无聊的玩意干什么？我拿它有什么用？我少年时代上中学的时候也像大多数别的学生一样，有时候由于无聊也下下棋。可是这本讲象棋理论的玩意我拿它怎么办？下象棋总不能没有对手，更不能没有棋子和棋盘。我十分恼火地把这本书从头到尾浏览了一遍,心想说不定还能找到一些可读的东西,一篇序言啊,阅读指导啊;可是除了画得方方正正的著名棋局的简图之外,我什么也没找到。简图下面是些一上来叫我莫名其妙的符号,什么 $a_2$——$a_3$, $sf_1$——$g_3$ 等等。所有这一切我觉得像是一种我找不到解答方法的代数题。后来渐渐地我才弄明白,a、b、c 这些字母代表的是竖行,从 1 到 8 的数目字代表的是横线,合在一起就决定了每一个棋子当时的位置。这样一来,这种纯粹图解式的简图反正也变成了一种语言。我心里思忖,也许我可以在我的囚室里设计出一张棋盘,然后试着,照棋谱把这些棋局下一遍。好像是上天的恩赐,我的床单碰巧是大方格的。要是好好地叠一叠,最后可以弄出六十四个方格来。于是我先把书藏在褥子底下,把书上的第一页撕下来。然后我就开始用我省下来的面包瓤来捏王啊、后啊以及其他等等棋子,不言而喻,模样是十分可笑,极不完美的。费了九牛二虎之力,最后我总算可以在方格的床单上按照棋谱上标明的位置把棋子重新摆起来。我用灰土把一半棋子弄得颜色深一些,以示和另一半棋子有所区别。可是,当我第一次试图把整个一盘棋按照棋谱下一遍时,我完全失败了。开头几天,我老是下着下着就乱套了。我不得不五次、十次、二十次地一再把同一盘棋从头下起。可是世界上有谁像我这个虚无的奴隶这样拥有那么多未加利用同时又毫无用处的时间呢?谁又拥有那么多难以估量的贪欲和耐心呢?六天之后,我已经把这盘棋一步不差地下完了。再过八天,我甚至连床单上都不用摆棋子,就能把棋谱上标的这盘棋的棋子的位置想象出来。再过八天我连床单都用不着了;书上原来的那些抽象的符号 $a_1$, $a_2$, $c_7$, $c_8$ 在我脑子里自动地转化成形象的具体位置。这种转化的过程完全成功了：我把棋盘连同棋子都反射到我的脑子里，单凭符号也能把整个棋局的变化再现在眼前，就像一个训练有素的音乐家，只要看一眼总谱，就足以使他听见各个声部的声音以及它们的和声。又过了两个礼拜，我可以毫不费劲地背出书上的每一盘棋——或者像棋手的行话说的那样：杀盲棋。现在我才开始懂得，我这大胆的偷窃行为给我带来了多么难以估量的幸福。因为我一下子有活儿可干了——您愿意的话，可以说这是一种没有意义、没有目的的活儿，但是它毕竟是一种活儿，它把我身边的一片虚无消灭干净。我有了这一百五十盘棋的棋谱，就像有了一件神奇的武器，去抵御那压得人透不过气来的空间和时间的一成不变。为了使这新鲜的活动始终不衰地保持着它的魅力，我从此把每天的时间仔细划分一下：早上下两盘，下午下两盘，晚上再很快地复习一遍。在这之前，我每天过的日子像胶皮冻一样乱七八糟，黏黏糊糊，成天在鬼混。这一来，我每天的时间都排满了。我成天忙碌，但并不感到疲劳。因为下象棋有这样一种奇妙的优点：把全部脑力集中在一个局限得很狭窄的活动范围内，即使拼命用脑思索，也不会使人脑子萎缩，相反，只会使脑子更加灵活，更有活力。起先只不过是机械地模仿名家的棋局，渐渐地我开始对棋艺产生了一种艺术的、愉快的理解。我学会了进攻和防御的微妙之处，学会了其中的计谋和绝招。我领会了在几着棋之前预见棋势发展、早作安排、突然发起反攻的技巧。不久之后，我就准确无误地认出每一个象棋大师下棋时的个人特点，就像读诗人的诗，只消读几行就能断定作者是谁一样。开头的时候，下棋不过是为了消磨时间，现在变成一种享受，阿廖辛、拉斯克、波哥留勃夫、塔尔塔柯威尔，这些伟大的棋艺战略家们，都像亲爱的朋友一样，走进我孤独的小天地里。有了这无穷无尽的调剂，我沉寂的囚室每天都变得生气盎然。恰好因为我练习下棋，极有规律，使我原来已经受到剧烈震动的思维能力，又重新恢复正常。我觉得我的脑子又重新振奋起来，通过经常不断的思维训练甚至比以前更灵活，更机敏。尤其在审讯的时候，证明我的思路更加清晰、更加集中；我无意之中在棋盘上把抵御虚假的威胁和粉碎暗藏的奸计的本领训练得炉火纯青；从这时起，我在受审的时候再也不露任何破绽，我甚至觉得，这些盖世太保渐渐开始带着某种敬意来观察我。说不定他们暗自觉得奇怪：那么多人在他们面前都一一垮了下去，而我是从什么秘密的源泉里汲取力量，来进行这样百折不挠的抵抗的？

“我日复一日地把书上的一百五十盘棋照着棋谱有系统地下了一盘又下一盘，这段幸福的时间延续了大概两个半月到三个月。然后我出乎意料地又达到了一个死点。我突然又重新面临着一片虚无。因为我每盘棋都下了二三十遍之后，这些棋局就失去了新鲜的魅力，再也不使人感到出其不意，它们先前如此使人兴奋、如此使人激动的力量枯竭了。这些棋局我每一步都早就背出来了，再一个劲地把它们下个没完，又有什么意思？我刚走出开局第一步棋，以后的进展便仿佛自动地在我脑子里面展开，再也没有什么出人意料、令人紧张、让人思考的东西。为了使我自己有事可做，为了给我找来那早已变得不可缺少的忙碌和调剂，我实在需要另外一本印着别的棋局的书。可是既然这是完全不可能的，那么我只有一条路走出这奇怪的迷津；我不得不自己发明一些新的棋局以代替旧的棋局。我不得不设法和我自己下棋，或者说得更精确些，把我自己当作对手。

“我不知道，对于进行这种‘游戏中的游戏’①的精神状况，您是否曾经设想过。但是只要粗粗一想就足以明白，下棋是一种纯粹的思维游戏，毫无偶然的因素在内，因此，自己把自己当作对手来下棋，势必是件绝顶荒谬的事情。象棋的吸引人之处，归根结底不就在于棋局的战略是在两个不同的脑子里按照不同的思路发展起来的吗。在这场智斗的过程中，黑方根本不知道白方将有什么军事动作，而是一刻不停地设法去猜测并且破坏白方的作战意图，而与此同时，白方也力图抢先一步，对黑方的秘密意图采取相应的措施。如果现在黑方和白方同是一个人，那么就出现了一种非常反常的情况，那就是说，同一个脑子同时既要知道这件事，又要不知道这件事。这个脑子作为白方在起作用的时候，要能够奉命完全忘记它在一分钟之前作为黑方所想达到的目的和所想做的事情。这样一种双重的思维事实上是以人的意识的完全分裂作为前提的，那就要求人的脑子像一部机械仪表一样，能够随心所欲地打开或者关上。所以说，想把自己当作对手来下棋，就像想跳过自己的影子一样的不近情理。

“现在我说得简短些吧，这种荒谬绝伦、不近情理的事情，我在绝望之中竟然尝试了好几个月。为了不至于完全发疯，或者陷入智力完全衰竭的境地，我除了去干这种逆情悖理的事情之外，别无其他选择。我那可怕的处境迫使我至少尝试着把我自己分裂成黑方我和白方我，免得被我身边的一片可怕的虚无所压垮。”

---

① 指上文所说的自己和自己下棋。

B 博士说到这里，朝后往躺椅上一靠，闭上眼睛达一分钟之久。他似乎想要使劲把一种使人不愉快的回忆强压下去。他的左嘴角出现了那个奇怪的抽搐，他没有能把它控制住。然后他在躺椅里又直起身子来。

“好，到现在为止，我希望我已经把一切都跟您解释得相当清楚了。可是遗憾的是，我自己也没把握，是否能把以后发生的事也同样清楚地说给您听。因为这种新的活动，要求脑子无保留地紧张起来，这就使它不能同时进行任何自我控制。我刚才已经跟您说过了，按照我的意见，自己把自己当作对手来下棋，这根本是胡闹。但是如果面前真有一个棋盘，那么干这种荒谬绝伦的事至少还有最低限度的一点机会，因为这个棋盘本身总还允许你有一定的距离，产生一种物质上互相隔离的感觉。如果坐在一张真正的棋盘前面，上面摆着真正的棋子，你至少可以安排一些时间来进行思考，你的身体可以一会儿坐在桌子的这一边，一会儿坐在桌子的那一边，以便时而从黑方的立场上，时而从白方的立场上来观察局势。但是，像我这样被迫把这些我自己反对我自己的鏖战，或者您愿意这么说的话，我自己和我自己进行的鏖战，反射到我脑子里想象的空间中去，我也就被迫在我的脑海里，把六十四个格子里的每一步棋走过之后的棋势清清楚楚地抓住，而且除此之外，不仅把暂时的棋局记住，还要算出双方各自可能要走的其他几步棋，这就是说——我自己也知道，这一切听起来是多么荒唐——我要双倍、三倍地设想，不，六倍、八倍、十二倍地设想，为了每一个我，即黑子我和白子我，都要事先想出四五步棋来。请您原谅，我竟然向您提出这样的苛求——设想一下这种疯狂的事情。在我的幻想的抽象空间里下这种象棋的时候，我作为白方的棋手必须事先算出四五步棋，同时，作为黑方的棋手，也得这样干。所以，在某种意义上说，我必须把随着棋局的发展而产生的一步步局势事先用两个脑子加以联想，用白方的脑子和黑方的脑子一起联想。但是，即便是这种自我分裂也还不是我这种莫名其妙的试验当中最危险的事情。最危险的是我这样独立无依地想出一些棋局，结果脚底下失去了实地，一下子就陷入了无底的深渊。要是单单把名家的棋局复演一遍，就像前几个礼拜我一直练习的那样，那么归根到底只不过是一种复制的过程，纯粹是把已有的物质重复一遍，这样做，并不见得比背诵诗歌、默记法律条文更吃力。这是一种有限制的、按部就班的活动，因而是绝妙的脑力练习。我在上下午各下两盘棋，变成了我的固定的作业，我毫不费劲地就完成了。它们代替了我的正常的活动，再说，万一我在下一盘棋的过程中走错了，或者不知道怎么往下走了，我总还有书可以作为依靠。仅仅因为这个缘故，这种活动对于我的已经受到震撼的神经来说才如此有益，甚至可以说起到镇静作用，因为照着棋谱下别人下过的棋局，并没有让我自己去冒风险。无论是黑方还是白方取胜，我都无所谓。在那儿争夺冠军称号的不是阿廖辛或者波哥留勃夫吗。我个人，我的理智、我的灵魂仅仅作为观局者，作为行家在那儿欣赏那些棋局的激烈转变和优美之处。可是自从我自己试图和我自己对垒之时起，我就不知不觉地开始向我自己挑起战来。两个我当中的每一个我，黑子我和白子我，都得互相争个高低，双方都野心勃勃，焦躁不安，急于取胜，急于赢棋。作为黑子我，每下一步棋，我都拼命在想，白子我将采取什么步骤。两个我当中的每一个我只要另一个我走错一步棋，就兴高采烈，而同时对于自己的失利则火冒三丈。

“这一切看上去都毫无意义，事实上，这样一种人为的精神分裂，这样一种可能引起危险的情绪激动的意识分裂，在正常的情况下，在正常的人身上是难以想象的。但是您不要忘记，我已经被人用暴力从一切正常的状态中强拉了出来，我是一个无辜遭受监禁的囚徒，几个月来被人挖空心思地用孤寂折磨着，是一个早就想把他心里积聚起来的愤怒向什么东西发泄一下的人。既然我别无所有，只有这种荒唐的自己把自己当敌手的棋戏，那么我的愤怒，我的报复心，便狂热地全都倾注到这种游戏中去了。我心里有一种东西要证明自己是对的，而我心里不是只有这另一个自我是我能够与之作战的吗，所以我在下棋的时候简直达到一种癫狂的激动的程度。起先我还心平气和、深思熟虑地进行思考，在两盘棋之间我还安排些休息时间，歇一歇，松口气；但是渐渐地，我那激动的神经不容我再等。白子我刚走一步，黑子我就已经起劲地抢着走了。一盘棋刚下完，我就向我自己挑战，下另一盘，因为每一盘棋下棋的两个我总有一个我被另一个我所战胜，于是便要求再杀一盘报仇雪恨。我永远也说不清楚，连说个大概也不行，我在囚室里的最后几个月里，由于这种疯狂的贪得无厌的情绪，我对我自己究竟下了多少盘棋——也许上千盘，说不定更多些。这是一种我自己也无法抵御的疯魔，从早到晚我什么也不想，尽想着象、卒、车、王、a、b、c、将死和移位。我整个的身心都被逼到这些小方格里去了。下棋的乐趣变成了下棋的热情，变成一种癖好，变成一种激烈的狂怒，它不仅在我醒着的时候纠缠着我，渐渐地，也侵入到我的睡梦之中。我脑子里只能想棋，只能思考棋子的运动，象棋的问题。有时我醒过来，额上汗津津的，我发现，我甚至在睡梦中大概也在下意识地下棋，要是我梦见人，那么这些人也跟车、象一样地移动，也跳着马步或进或退。甚至于把我叫去审讯的时候，我也不再能头脑清醒地想到我的责任；我觉得，在最后几次审讯中，我一定说话相当颠三倒四，语无伦次，因为审判官们不时莫名其妙地面面相觑。可是实际上，在他们盘问并且商量的时候，我简直怀着迫不及待的心情，只等着他们再把我带回到我的囚室里去，好让我继续下棋，下我那疯狂的棋，重新下一盘，再下一盘，再下一盘。每一次中断我都觉得是个干扰。甚至看守来打扫囚室的那一刻钟，他给我送饭来的两分钟，也使我那热狂的焦躁心情备受折磨。有时候一直到晚上，那盛着午饭的饭盆还搁在那儿动也没动。我下棋下得连吃饭也忘了。我肉体上唯一能够感觉到的乃是可怕的干渴；大概不停地思索、不断地下棋早已使我上火了吧；我两口就把水瓶给喝干了，逼着看守给我多打点水，可是隔了一会儿，我又觉得口干舌燥。最后，我下棋的时候——我从早到晚什么事情也不干了——我的情绪激动到这种地步，我都不能安安静静地坐上片刻；我一面考虑棋局，一面不停地走来走去，棋局越到见分晓的时候，我就走得越快。赢棋、取胜、把我自己打败的欲望渐渐变成一种狂怒。我焦躁得浑身哆嗦，因为我身上一方的我总嫌另一方的我走得太慢。一个就催另一个快下；您也许会觉得非常可笑：要是我身上的一个我觉得另一个我回手不够快，我就开始骂起我自己来了：‘快点，快点！’或者‘走啊，走啊！’——我现在自然非常清楚，我的这种状况已经完全是一种精神上过分紧张的病兆，我找不到别的名字来表示，只好给它一个迄今为止医学上还不知道的术语：象棋中毒。最后，这种偏执性的疯狂不仅开始袭击我的头脑，也开始侵袭我的身体。我日益消瘦，睡眠不安稳，常做乱梦；每次醒过来，我都得特别使劲，才能睁开我那像铅一样沉重的眼皮；有时候我觉得自己虚弱到了极点，我的手哆嗦得杯子都拿不起来，我得费好大的劲才能把杯子送到嘴边；但是，一开始下棋，我就从心里涌出一股狂野的力量：我双手紧握着，走来走去，我有时好像隔着一层红雾听到我自己的声音，只听见它沙哑地恶狠狠地冲着自己大喊：'将军！'或者'将死了！'

"这种令人毛骨悚然的难以形容的状况是如何变成危机的，我自己也说不上。我所知道的全部情况就是，有一天早上我醒来，感觉和平时不一样。我的身体似乎和我自己脱离了，我躺着，软绵绵的，很舒服。几个月来我从来没有过的一种惬意的疲劳感压在我的眼皮上，又温暖，又舒服，我一时竟下不了决心把眼睁开。我醒着又躺了几分钟，再享受一下这种沉重的麻木状态，感官愉快地毫无知觉，人懒洋洋地躺在那儿。我突然发现，好像听见身后有声音，有活人的声音在那儿说话。您没法想象我的喜悦，因为我几个月来，将近一年来除了从审判席上传来的生硬、刺耳、凶狠的话语以外，没有听见过别的话。我对我自己说：'你在做梦！千万别把眼睛睁开！让这个梦再延长一会儿，要不然你又要看见你身边的那间该死的囚室、椅子、洗脸架、桌子和那花纹永远不变的糊墙纸。你在做梦——接着做下去吧！'

"但是好奇心还是占了上风。我慢慢地小心翼翼地睁开眼睛。真是奇迹：我躺在另外一个房间里，这房间比我旅馆里的那间囚室大得多，宽敞得多。窗户上没有铁栏杆，阳光可以畅通无阻地照进屋来，窗外不再是一堵隔火的砖墙，透过窗户可以看见绿树在迎风轻摆，雪白的墙壁光滑锃亮，我头上的天花板又白又高——可不是真的，我躺在一张陌生的崭新的床上，这的确不是一场梦，在我床后有人在低声耳语。我在惊讶之中想必不由自主地猛烈动弹了一下，因为马上我就听见有脚步声走近我的床头。一个女人步履轻盈地走了过来，一顶白帽子扣在头发上，这是个看护，是个护士。一阵喜悦的痉挛透过我的全身：我整整一年没有看见过一个女人了。我目不转睛地凝视着这个清秀的身影，我的眼光一定非常狂野兴奋，因为走过来的这个护士使劲地安慰我：‘安静点！请您安静点！’可我只是竖起耳朵听她的声音——这不是一个人在那儿说话吗？难道世界上的确还有一个不审问我、不折磨我的人吗？再说——这可真是不可思议的奇迹！——这还是一个柔和的、温暖的、简直可说是温柔的女人的声音。我贪婪地望着她的嘴，因为过了一年地狱生活，我都觉得一个人跟另一个人说话还会这么和蔼可亲简直是不可能的。那个护士冲着我微笑——是的，她在微笑，世界上还有人会亲切地微笑，然后她把食指放在嘴唇上表示叫我别作声，又轻手轻脚地走开了。但是我不能听从她的命令。这个奇迹我还没有瞧够呢。我使劲地想在床上撑坐起来，看看她，看看这个和蔼可亲的具有人形的奇迹。但是，我正想要在床边支起身子，却支不起来。原来我的右手，手指和手腕那儿，现在是挺大挺胖的一个白鼓包，显而易见我的右手给绷带厚厚地包扎了起来。我起初望着我手上这个白白的肥肥的陌生东西，莫名其妙，然后慢慢地开始明白我在哪儿，并且开始苦思苦想，我可能遭遇到了什么不幸。一定是他们把我打伤了，或者我自己把手弄伤了。我现在是躺在医院里。

“中午大夫来了，是位和和气气的上了年纪的老先生。他知道我们家族的姓氏，并且满怀敬意地提到我那当御医的叔叔，所以我立刻感到，他对我是一片好心。接着在谈话的过程当中，他向我提了各式各样的问题，其中之一尤其使我惊讶：他问我是数学家还是化学家。我说都不是。

“‘奇怪，’他嘟囔着说，‘您在昏迷中老是大声喊着一些稀奇古怪的公式——什么 $c_3$，$c_4$。我们大家听了都不知所云。’

“我便向他打听，我到底出了什么事。他异样地微微一笑。

“‘不是什么严重的问题。无非是神经的急性错乱，’然后他小心翼翼地环顾一番，低声补充了几句：‘话说回来，这也是非常可以理解的。在三月十三日①之后，是不是？’

“我点了点头。

“‘用这种办法待人，不发疯才怪呢，’他喃喃地说道，‘您并不是第一个。不过您不用担心。’

“我从他向我低声耳语进行安慰的样子，再看到他那好心抚慰的目光，我知道，我在他这儿是十分安全的。

“两天以后，这位善良的大夫相当坦率地告诉了我事情的全部经过。看守听见我在囚室里大叫大嚷，他起先以为，有人闯进了我的囚室，我正在跟那人吵架。可是等他在门口一露面，我就马上向他扑了过去，冲着他狂呼乱叫，听上去就像是：‘你走一步啊，你这个恶棍，你这个胆小鬼！’嚷着嚷着我就想卡他的脖子，最后我对他的攻击如此凶猛，他不得不大叫救命。他们在

① 一九三八年三月十三日，法西斯德国并吞奥地利，德军进入奥国境内。

我狂怒的情况下拖着我去找大夫检查身体，我突然挣脱他们，扑向走廊里的窗口，一拳打破了窗玻璃，同时把手割破了——您看这儿还有深深的伤疤。开头几夜我在医院里完全是在发烧昏迷的情况下度过的，可是现在他觉得我的神志已经完全清醒了。‘当然，’大夫轻声补充了一句，‘这点我最好还是不要向这些老爷们报告为妙，要不然，他们到末了又要把您带回到那儿去。您对我放心好了，我将尽力而为。’

“这位乐于助人的大夫究竟向那些折磨我的人报告了一些关于我的什么情况，我不得而知。反正他达到了他想达到的目的：把我释放。可能他说我已经精神失常，也说不定在这期间，我对于盖世太保已经变得无关紧要，因为希特勒已经占领了波希米亚①，这一来对他而言，奥地利问题已经彻底了结了。所以我只需要签字保证，在两星期内离开我的祖国。这两个礼拜我忙着办理上千个手续，这是今天②一个从前的世界公民出国旅行所必须办理的——要弄到军事机关和警察局的证明，要缴税，要领取护照、出境签证、健康证明，结果我毫无时间去对往事多加思索。看来在我们脑子里有一些神秘的力量在起着调节作用，自动把那些对于我们的心灵来说会变得有害而危险的东西予以排除，因为每次我想回忆我在囚室中度过的那段时间，我的脑子就糊涂起来。一直到好几个星期之后，真正说起来是到这船上之后，我才重新找到了勇气去思考我到底遭遇到了什么事情。

---

① 波希米亚为捷克的旧称。

② B博士讲述这个故事是在德国侵占奥国之后不久，所以说“今天”，表示时间很近。

“现在您会理解,为什么我在您的朋友们面前举止如此不当,甚至使人莫名其妙。我只是完全碰巧信步踱进吸烟室,看见您的朋友们坐在棋盘前下棋。我不由自主地感到,由于惊讶和害怕,我的脚好像生了根似的钉在那里。因为我已经忘得一干二净,居然可以坐在一张真正的棋盘前面用真正的棋子下棋。我忘得干干净净,下棋的时候居然是两个完全不同的人活生生地面对面地坐着在下。我的的确确花了好几分钟才想起,这些棋手在那儿干的事,归根结底也就是我在一筹莫展的情况下有几个月之久,自己把自己当作对手试着进行的那种游戏。在我那艰苦卓绝的练习中使用的字母和数字,实际上只不过是些代用品,是这些骨质的棋子的符号。我很惊讶地发现,棋子在棋盘上的移动就跟我脑海里想象中的棋子移动是一回事。这种惊讶大概和天文学家的惊讶相仿佛:天文学家用极端复杂的方法在纸上计算出一颗新的行星的位置,结果抬头一看,果然在天上发现一颗晶莹明亮的具有实体的星星。我像被磁铁吸引住了似的,凝视着棋盘,看见我的图表——什么马啊,象啊,王啊,后啊,卒啊在那儿都成了真正的棋子,全是木头刻的。为了看到全局的位置,我先得把这些棋子从数目字代替的抽象棋盘转移到灵活的、有棋子在来回移动的真正棋盘上来。好奇心渐渐压倒了我,我想看一看这样一盘真正有两个棋手对垒的棋戏。于是发生了那不愉快的事情:我忘记了一切礼貌,竟干预了您们的棋局。不过您的朋友走错的那步棋像刀扎似的刺进了我的心。我拦住他,这纯粹是一种本能的行动,是一时冲动之举,就像人家看见一个小孩俯身趴在栏杆上,会不假思索地把他抓住一样。一直到后来我才清楚地意识到,我这样冒昧行事,是多么的失礼。”

我赶忙向B博士保证，我们大家经过这次偶然事件得以和他结识，心里是多么高兴，对我来说，听了他刚才向我讲的这番话，要是明天在这场临时决定举行的比赛中能看见他下棋，将是加倍有趣的事情。B博士做了一个局促不安的动作。

“别这样，请您的确不要对我指望太多。这次比赛对我来说只不过是一个试验……试试看，我是不是……我是不是确实能够下一盘正常的棋，一盘在真正的棋盘上用具体的棋子跟一个活人做对手下的棋……因为我现在越来越怀疑，我下过的那几百盘，说不定几千盘棋，是否真是合乎规矩下的棋，而不仅仅是一种梦中象棋，热病象棋，一种热昏时的游戏，在进行这种游戏时就像在梦中一样，好多中间阶段都是一跃而过的。但愿您不是当真向我提出这样的奢求，要我狂妄地认为可以向一位象棋大师，甚至是世界上第一号种子挑战。使我感兴趣的、暗暗吸引我的，只是一种事后的好奇心，我想断定一下，我当时在囚室里干的事究竟是在下象棋，还是已经在发疯，我当时是正好处在危险的暗礁前面，还是已经越过了这块危险的暗礁，仅此而已，别无其他目的。”

这时从船尾响起了锣声，招呼乘客去吃晚饭。我们大概聊了近两个小时。B博士把他的身世讲得要比我在这儿概括的详尽得多。我向他衷心表示感谢，然后向他告辞。可是我沿着甲板走了没几步，他又追了上来，显然焦躁不安地，甚至有些结结巴巴地补充了几句：

“还有一件事！请您事先向这些先生们讲清楚，免得我到时候显得失礼：我只下一盘……下这盘棋只不过是为了把旧账一笔勾销——是对往事的彻底了结，而不是重新开始。……我不愿再一次陷入这激烈的象棋热狂，我现在回想起来总要不寒而栗……再说……再说当时大夫也警告过我……十分明确地警告过我。每一个患过偏执狂的人，是永远受到伤害了。得过‘象棋中毒’的人，即使已经治好了，最好也不要靠近棋盘……所以您明白我的意思——就下这一盘为我自己做个试验，再也不多下。”

第二天下午三点，一到约定时间，我们都准时聚集在吸烟室里。我们这群人又增加了两个棋艺爱好者，这是船上的两位军官，他们特地请了假不上班，来看这次比赛。琴多维奇也没有像前一天那样姗姗来迟。按照规定挑选了棋子的颜色之后，这场无名氏①对大名鼎鼎的世界冠军的值得纪念的比赛便开始了。我感到可惜的是，这盘棋仅仅是为我们这些完全没有判断力的观众在下，棋局进展的过程对于象棋年鉴就像贝多芬的钢琴即兴曲对于音乐来说，同样是永远散失了。虽说我们在以后几个下午，大家一起设法根据回忆来恢复这盘棋，但是白费力气；也许我们在棋局进行的时候，过于热情地注意了两个棋手而没有注意棋局本身。因为这两个对手在举止仪态上那种智力上的差异，在棋局进展的过程中变得越来越明显。琴多维奇这位久经沙场的名手，在整个这段时间内一动不动，活像一块岩石，两只眼睛耷拉下来专注地、死死地盯着棋盘；在他身上，沉思似乎是一种肉体上的使劲，迫使他全部器官都高度集中起来。B博士则相反，举止轻松潇洒，落落大方。从业余爱好者（Dilettant）这

① 原文为拉丁文。

个词的最优美的含义来说，游戏的时候，是应该得到 dilett[1]，应该得到快乐的，所以 B 博士作为一位真正的业余爱好者，他的身体完全放松，在开头几步棋间歇的时候，他和我们一边聊，一边解释，轻快地点燃一支香烟，只有在轮到他走的时候才往棋盘看上一分钟。他每次都给人这种印象，仿佛对方走的棋早在他意料之中。

开局例行的几步棋走得相当快。一直走到第七步或者第八步棋的时候，才看出一点眉目，好像有一个预定的计划在展开似的。琴多维奇考虑的时间越来越长；我们由此看出，真正争夺优势的战斗现在开始了。但是说实话，局势的逐渐演变就像每次真正比赛中的棋局一样，对我们这些外行来说，是令人相当失望的事情。因为各个棋子互相交错越来越形成一个特殊的图案，那么对于我们来说，真正的局势如何，也就越来越难以参透。我们既看不出这个对手的意图是什么，也看不出那个对手的目的何在，更弄不清楚，这两个对手当中究竟是谁真正处于有利地位。我们只发现，个别的棋子像撬杠似的向前移动，想把对方的阵线打开一个缺口，但是这样走来走去的战略意图是什么，我们却无法理解，因为这些高明的棋手下棋，每走一步都要预先看出好几步棋。另外渐渐地再加上一种使人瘫痪的疲劳，这主要怪琴多维奇考虑起来没完没了，这显然也开始使我们的朋友恼火起来。我忐忑不安地注意到，这盘棋拖的时间越长，他就开始越来越坐立不安，在椅子上扭来扭去，时而神经质地一支接一支地抽着香烟，时而抓起铅笔，记点什么。然后他又要矿泉水，急急

---

① 意大利文：快乐、愉快。

忙忙地把水一杯接一杯地灌了下去，显然，他对棋局的联想比琴多维奇快一百倍。每次琴多维奇没完没了地考虑之后，下定决心，用他笨重的手把一个棋子往前一挪，我们的朋友便微微一笑，就像一个人看见期待已久的一件事情终于发生了一样，他马上就回了一步棋。他的脑子转得极快，一定早就把对方的一切可能性都预先算了出来；因此，琴多维奇考虑一步棋的时间拖得越长，B 博士也就越不耐烦。在他等的时候，他的嘴唇紧闭，显出一副生气的、几乎是敌意的神气。但是琴多维奇一点也不着急。他顽强地思索着，一声不吭，棋盘上的棋子越少，他停顿的时间就越长。走到第四十二步棋的时候，足足过了两个钟头零三刻钟，我们大家坐在棋桌旁边已经精疲力竭，简直对棋局都有点无动于衷了。船上的军官已经走了一个，另外一个拿了一本书在看，只有在双方移动棋子的时候他才抬起眼睛，瞅上一眼。可是这时候，琴多维奇走了一步棋，便突然发生了出人意料的事情。B 博士一看见，琴多维奇拿起马准备往前跳，他就像猫跳起来之前那样地缩起身子。他的全身开始哆嗦起来；琴多维奇一跳马，他就猛地把后往前一推，得意扬扬地大声说道："好！这下完了！"说着把身子往后一靠，两臂在胸前一抱，用挑衅的眼光直视着琴多维奇。突然在他的瞳孔里燃烧着炽热的光芒。

我们大家都情不自禁地弯下身去看那棋盘，想弄明白如此洋洋得意地宣告的这一着棋。乍一看去，看不出什么直接的威胁。这么说，我们朋友的这句话一定是指棋局的发展而言，我们这些脑子迟缓的业余爱好者一时还算不出来。在我们当中，只有琴多维奇一个人听了那句挑衅性的宣告一动不动；他纹丝不动地坐在那儿，仿佛"这下完了"这句侮辱人的话他压根儿没有听见似的，一时毫无反应。我们大家都屏息静气，只听见放在桌上用来计时的怀表的嘀嗒声。过了三分钟、七分钟、八分钟——琴多维奇一动不动了，可是我觉得，似乎有一种内在的紧张使他那厚厚的鼻孔张得更大了。看来我们的朋友似乎也跟我们一样，觉得这种默默的等待难以忍受。他突然猛地一下子站起身来，开始在吸烟室里踱来踱去，起先走得很慢，渐渐快起来，越走越快。我们大家有些惊讶地望着他，但是谁也没有像我这样焦急不安，因为我注意到，他的步子尽管很急，可总是在一定的范围内来回；就仿佛他在这个空荡荡的房间里每次都碰到一堵看不见的栏杆，迫使他转身往回走。我汗毛直竖地发现，他这样走来走去不知不觉中画出了他从前囚室的大小：在他囚禁的那几个月里，他一定恰好也是这样两只手一个劲地抽筋，缩着肩膀，像个关在笼子里的动物似的，奔过去奔过来；他在那儿一定是这样上千次地跑来跑去，在他那僵直而又发烧的眼光里闪烁着疯狂的红色的火焰。但是他的思维能力似乎还没有受到伤害，因为他不时地把脸转向桌子，看琴多维奇在这段时间里做出决定没有。过了九分钟，过了十分钟。这时终于发生了我们当中谁也没有料到的事情。琴多维奇缓缓地举起他那笨重的手，这只手本来一直一动不动地放在桌上。我们大家都十分紧张地看着他将做出什么决定。可是琴多维奇没有走棋，而是翻过手来，用手背果断地一下子把所有的棋子慢慢地从棋盘上扫了出去。过了一阵我们才明白：琴多维奇放弃这盘棋了。为了不至于在我们面前明显地被人将死，他投降了。不可思议的事终于发生了：世界冠军、无数次国际比赛的锦标获得者，在一个无名氏、一个二十年或者二十五年没有摸过棋盘的人面前，降下了他的旗帜。

我们的朋友，这位隐姓埋名的陌生人，在公开的战斗中战胜了世界上最厉害的象棋名手！

我们自己也没感觉到，大家在激动之余都一个个站了起来。我们每一个人都有这种感觉，得说点什么，或者干点什么，来发泄一下我们的惊喜之情。只有琴多维奇一个人安坐不动，始终保持镇静。过了好一会儿，他才抬起头来，用他那呆滞的眼光望着我们的朋友。

“再下一盘吗？”他问道。

“那还用说。”B 博士兴高采烈地回答道。我听了感到颇不舒服。我还来不及提醒他有言在先：只下一盘，绝不多下，他就已经坐了下来，急匆匆地把棋子又重新摆好。他的动作是如此之猛，以至于有一个卒子两次从他索索直抖的手指缝里滑落到地上。看见他这种极不自然的激动模样，我早就觉得心里难过，很不自在，此刻这种心情发展成为一种担心害怕。因为这个原来如此文静、如此安详的人现在明显地变得极度兴奋，他嘴角抽搐得越来越频繁，他的身体好像患了一场严重的寒热症，索索地抖个不住。

“别下了！”我在他耳边低声说道，“现在别下了！今天就到此为止吧！这对您来说太费劲了。”

“费劲！哈哈！”他大声地恶狠狠地笑道，“要是不这么磨蹭，我这段时间里都可以下了十七盘了！我唯一觉得费劲的是，用这种速度下棋得设法不让自己睡着！——好！现在您开棋吧！”

最后这几句话他是用一种激烈的似乎粗鲁的口气对琴多维奇说的。琴多维奇心平气和、不慌不忙地看了他一眼，他那呆滞的目光有点像一只握紧的拳头。一下子在这两个棋手之间出现了一种新的东西：一种危险的紧张气氛，一种强烈的仇恨。他俩不再是两个打算游戏似的互相显显本事的棋友，而是两个发誓要把对方消灭的仇敌。琴多维奇走出第一步之前，犹豫了很长时间，我明显地感到，他是故意拖这么长时间的。这位训练有素的战略家已经看出来，他恰好可以通过出棋缓慢，使对方精疲力竭、火冒三丈。所以他花了起码四分钟的时间，才用最普通最简单的方式把棋局打开，那就是把王前卒照通常的走法往前挪了两格。我们的朋友立刻把他的王前卒迎了上去，但琴多维奇马上又没完没了地停顿下来，简直叫人难以忍受；就像一道强烈的闪电过后，大家心惊肉跳地等着霹雳打来，可是霹雳始终不来。琴多维奇坐着纹丝不动。他思索再三，静静地，缓缓地，我越来越清楚地感觉到，他慢得非常恶毒；可是这一来，他可给了我足够的时间去观察B博士。B博士刚把第三杯水灌了下去；我不禁想起他告诉过我，他在囚室里就像发烧似的干渴难耐。他身上已经明显地表现出一切反常激动的征兆。我发现他的额头沁出了汗珠，他手上的伤疤比原来显得更红、更深。但他还控制住自己。一直到第四步棋，琴多维奇还是这样无止境地考虑，B博士就失去了自制，他突然冲着琴多维奇嚷了起来：

“您倒是走一步啊！”

琴多维奇抬起头来，冷冷地看了他一眼。“据我所知，我们有约在先，每一步棋的思考时间是十分钟。我原则上不用更短的时间下棋。”

B博士咬了咬嘴唇；我发现，他的脚后跟在桌子底下越来越焦躁不安地敲打着地板。我自己也不由地变得更加神经质，我被一种预感所苦恼,怕他身上正酝酿着一种什么荒唐的东西。果然下到第八步又发生了一场小小的风波。B博士等着等着,越来越失去自制,再也没法控制住自己内心的紧张情绪;他坐在椅子上摇来晃去,开始不自觉地用指头在桌子上敲打起来。琴多维奇又一次抬起他那沉重的粗壮的脑袋。

"我可以请您别敲桌子吗?这妨碍我。这样我是没法下棋的。"

"哈哈!"B博士短促地笑了一声,"这点大家都看见了。"

琴多维奇的脸涨红了。"您这话是什么意思?"他语气尖锐而凶狠地说道。

B博士又一次短促而恶毒地笑了笑,"没什么,我只不过想说,您显然十分神经质。"

琴多维奇不吭气,把头低了下去。

一直过了七分钟他才走了下一步棋,这盘棋就以这种慢得要死的速度拖拖拉拉地进行着。琴多维奇似乎越来越变成一尊石像;到末了他总是用满了规定的思考时间,才决定走一步棋。从一个间歇到另一个间歇,我们朋友的举止变得越来越奇怪。看上去,他似乎根本不再关心他下的这盘棋,而是在想着完全与此无关的另外一件事情。他不再急匆匆地跑来跑去,而是一动不动地坐在他的位子上。他的眼光发直,甚至有些迷惘,呆呆地注视着前方,他一刻不停地喃喃自语,说了些莫名其妙的话。要么他沉浸在无穷无尽的棋局联想之中,要么他——这是我内心深处的怀疑——在构想另外的一些棋局,因为,每一次琴多维奇终于走出一步棋之后,别人总得要提醒他,才能把他从心不在焉的神情中唤回来。然后他总是只花一分钟时间,来重新辨明局势；我越来越怀疑，他的精神病已经以这种文静的形式发作起来，他也许早就把琴多维奇和我们大家都忘得一干二净，这种精神病很可能会突然以某种激烈的形式爆发出来。果然，下到第十九步棋的时候，危机爆发了。琴多维奇刚一挪动他的棋子，B博士也没好生往棋盘瞧一眼，便突然把他的象往前进了三格，然后大叫起来，把我们大家都吓了一跳。

“将！将军！”

我们大家满心以为他走了一步绝棋，立刻都注视着棋盘。但是一分钟之后，发生了我们谁也没有料到的事情。琴多维奇非常、非常缓慢地抬起头来，把我们这群人挨个看了一遍——在这以前他从来没有这样看过我们。他似乎是在充分享受什么东西，因为在他的嘴唇上渐渐地泛出一个心满意足的、显然带有嘲讽意味的微笑。一直等到他把这个我们仍然莫名其妙的胜利充分享受之后，他才以一种虚伪的礼貌冲着我们说道：

“很遗憾——可是我还不明白怎么个‘将’法。也许诸位先生当中有谁看出我的王被将军了吧？”

我们大家看了看棋盘，然后又以不安的心情看看B博士。琴多维奇的王格果然——这是每个孩子都看得出来的——有一个卒子保护着，丝毫不受象的威胁，所以他的王不可能被将军。我们大家都不安起来。莫非我们的朋友一性急把一个棋子走偏了，走得远了一格还是近了一格？我们一沉默倒引起了B博士的注意，现在他也注视着棋盘，开始激烈地结结巴巴地说道：

“不过王是应该在$f_7$上面啊……他位子错了，完全错了。您走错棋了！这个棋盘上所有的棋子都站错位子了……这个卒应该在$g_5$上而不该在$g_4$上……这完全是另外一盘棋……

这是……”

他突然住口了。我使劲地抓住他的胳臂，或者不如说，我狠狠地掐了一下他的胳臂，这样，他即使在发烧似的慌乱之中也还会感觉到我在掐他。他转过脸来，像个梦游者似的凝视着我。

“您……有什么事？”

我什么也没说，只说了声“记住！①”同时用手指摸了一下他手上的伤疤。他不由自主地重复着我的动作，他的眼睛呆呆地望着那条血红的伤痕。然后他突然开始颤抖起来，一阵寒噤透过他的全身。

“我的天啊，”他苍白的嘴唇低声说道，“我说了什么蠢话，或者干了什么蠢事吧……难道我又……？”

“没有，”我向他低声耳语，“但是您必须立即停下这盘棋，现在已到紧要关头。记住大夫嘱咐您的话！”

B博士猛地一下子站起身来。“我请您原谅我的愚蠢的错误，”他又用他原来那种彬彬有礼的声音说道，并且向琴多维奇鞠了一躬，“我刚才说的话，当然纯粹是胡言乱语。不言而喻，这盘棋是您赢了。”然后他又向我们说道，“诸位先生，我也得请求您们原谅。不过我事先已经警告过您们，不要对我指望过多。请诸位原谅我出丑——这是我最后一次尝试着下象棋。”

他鞠了一躬就走了，那神气就跟他最初出现的时候一样谦虚而又神秘。只有我一个人知道，为什么这个人这辈子再也不会去摸棋盘，而其余的人都有些精神恍惚地留在那儿，心里模模糊糊地感觉到，刚才差一点卷入了一桩极不愉快的危险事件。

---

① 原文为英文。

“该死的笨蛋！①”麦克柯诺尔失望之余嘀嘀咕咕地骂了一句。最后一个从椅子上站起来的是琴多维奇，他还向那盘下了一半没有下完的残棋瞥了一眼。

“真可惜，”他宽大为怀地说道，“这个进攻计划安排得不算坏啊。作为一个业余爱好者来说，这位先生实在是个极不寻常的天才。”

（1941）

① 原文为英文。